Felicia Kingsley è nata nel 1987, vive in provincia di Modena e lavora come architetto. Con Newton Compton ha pubblicato *Matrimonio di convenienza*; *Stronze si nasce*; *Una Cenerentola a Manhattan*; *Due cuori in affitto*; *La verità è che non ti odio abbastanza*; *Prima regola: non innamorarsi*; *Bugiarde si diventa*; *Non è un paese per single*, che diventerà presto un film; *Ti aspetto a Central Park*; *Una ragazza d'altri tempi* e *Una conquista fuori menù*, che hanno esordito al primo posto delle classifiche; i romanzi brevi *Il mio regalo inaspettato* e *Appuntamento in terrazzo* e le novelle *Innamorati pazzi* e *Lo Spezzacuori*. Ha inoltre ideato il diario di lettura *Booklover* e il journal sulle disavventure amorose *Ex Files*. Autrice dell'anno ai TikTok Book Awards, i suoi romanzi sono pubblicati in venti Paesi.

feliciakingsley.com
Instagram: felicia_kingsley
TikTok: felicia_kingsley

Felicia Kingsley

Una ragazza d'altri tempi

Romanzo

SUPERPOCKET

In copertina: realizzazione grafica S.F.M.
Adattamento di Andrea Falsetti / Cahetel

Questo libro è un'opera di fantasia. Personaggi e luoghi citati sono invenzioni dell'autrice e hanno lo scopo di conferire veridicità alla narrazione. Qualsiasi analogia o riferimento a fatti, luoghi e persone, vive o scomparse, è assolutamente casuale. Parole, pensieri e azioni dei personaggi descritti sono finalizzati a una loro corretta caratterizzazione e pertinenti al contesto storico e geografico della storia, non sono da ritenersi espressione dei pareri personali dell'autrice.

Trigger Warning:
attenzione, nella storia sono presenti menzioni relative ad argomenti che possono toccare la sensibilità dei lettori quali linguaggio e scene esplicite, discriminazione di genere, violenze fisiche, abusi psicologici, maltrattamenti.

Superpocket è un marchio di
TEA – Tascabili degli Editori Associati S.r.l., Milano
Gruppo editoriale Mauri Spagnol

Edizione speciale Superpocket marzo 2025

UNA RAGAZZA D'ALTRI TEMPI

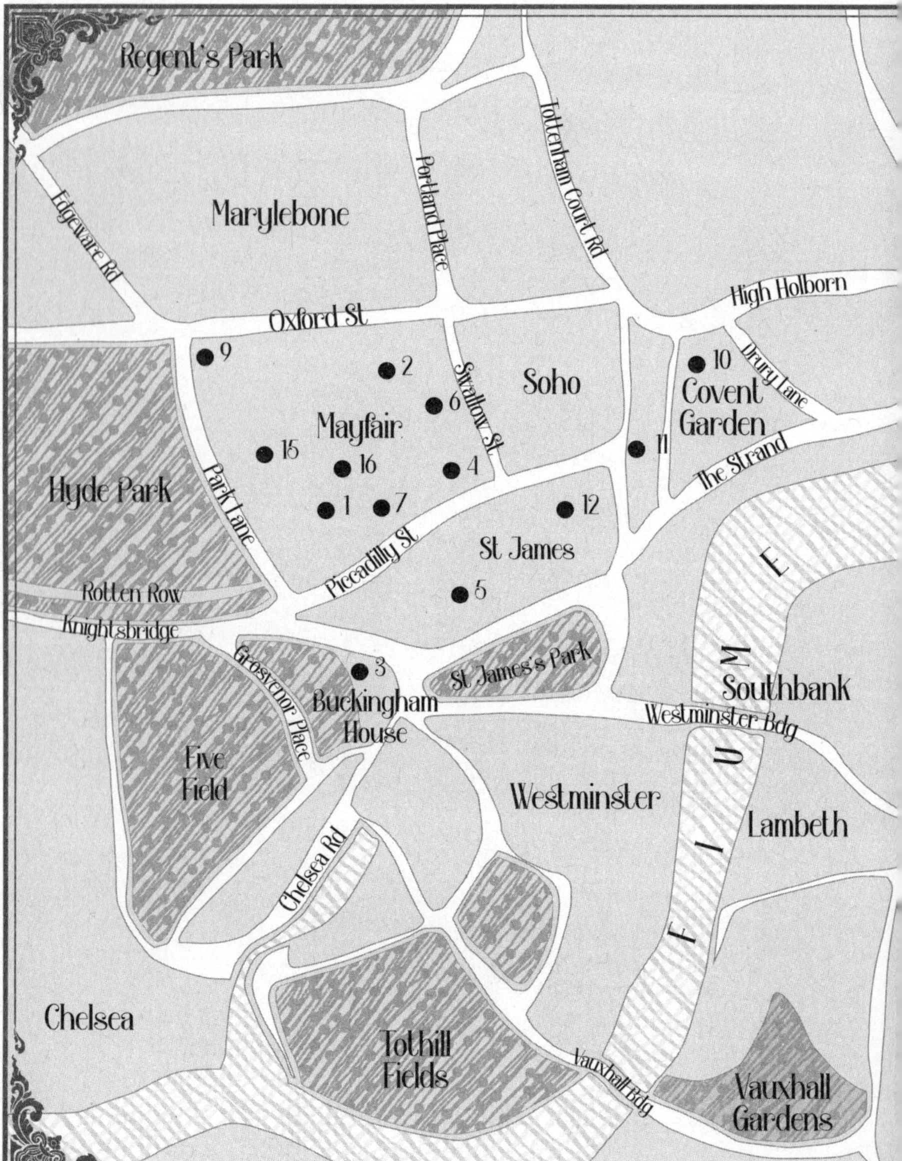
Regent's Park
Marylebone
Edgeware Rd
Portland Place
Tottenham Court Rd
High Holborn
Oxford St
9
2
6
Swallow St
Soho
10
Covent Garden
Drury Lane
Mayfair
15
16
4
11
The Strand
Hyde Park
Park Lane
1
7
12
Piccadilly St
St James
Rotten Row
5
Knightsbridge
Grosvenor Place
3
Buckingham House
St James's Park
FIUME
Southbank
Westminster Bdg
Five Field
Westminster
Lambeth
Chelsea Rd
Chelsea
Tothill Fields
Vauxhall Bdg
Vauxhall Gardens

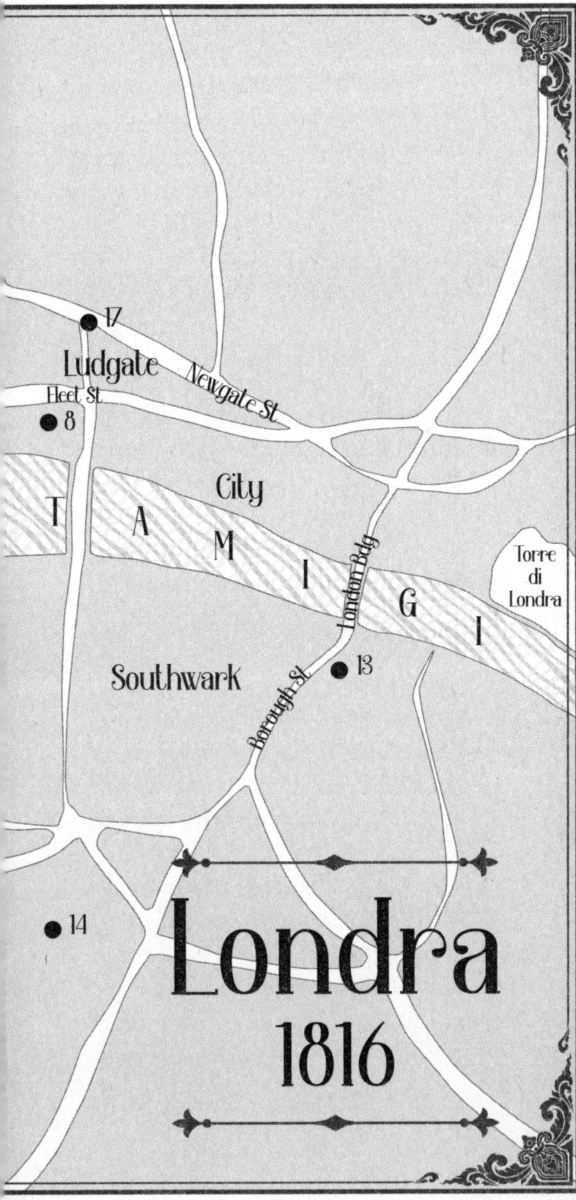

Legenda

1 Case di Rebecca e Reed in Charles St

2 Casa Duville e Casa Fraser in Hanover Sq

3 Palazzo reale di Buckingham House

4 Hatchards

5 Almack's Assembly Rooms in King St

6 Argyll Rooms

7 Atelier Mrs Triaud in Bolton St

8 Sede del «Chronicle»

9 Casa Latimore

10 Royal Theatre

11 The Green Canister

12 King's Theatre

13 Pub della Borough Gang

14 Bedlam Hospital

15 Casa Osbourne in Mount St

16 Casa Manderley in Berkeley Sq

17 Prigione di Newgate

A te,
se almeno una volta nella vita
hai sentito il bisogno di nasconderti.
Segui la tua luce.

La tua vita è un libro,
fai in modo che valga la pena leggerlo.

I said, "No one has to know what we do"
His hands are in my hair, his clothes are in my room
And his voice is a familiar sound
Nothing lasts forever.

You'll see me in hindsight
Tangled up with you all night
Burning it down
Someday when you leave me
I bet these memories
Follow you around.

Wildest Dreams, Taylor Swift

1

Mercoledì 8 maggio

Una sterlina per ogni volta che mi sono sentita dire: «Sei vecchia dentro».

Io non sono vecchia dentro. Sono vintage, c'è della differenza. Sottile, ma c'è.

Ho sempre avuto la sensazione di essere nata nell'epoca sbagliata e ogni giorno dei miei vissuti ventun anni me ne dà conferma.

Sono vintage nella vita, detesto la fretta e le cattive maniere. Le parolacce gratuite, soprattutto. Se me ne scappa una devo essere davvero sconvolta.

Sono vintage nel lavoro; vorrei insegnare storia, o curare un museo.

Sono vintage nell'amore, perché mi piace il corteggiamento lento.

E quest'ultimo punto è il principale problema che sta a cuore a May, mia collega alla biblioteca della UCL che, nel tempo, si è trasformata in confidente.

Mi ha perfino persuasa a scaricare una app d'incontri per trovarmi un ragazzo.

Io, su una app d'incontri. Il polo opposto del corteggiamento lento.

Finora, l'unico effetto che MatchMe ha avuto su di me è stato convincermi di avere il superpotere di trasformare i principi azzurri in casi umani con un bacio.

Dopo il tizio che mi ha rubato l'account Amazon; quello che, in seguito a un'amnesia, si è rimesso con la sua ex; quello che ci ha quasi fatti arrestare perché è venuto a prendermi con un'auto rubata; ieri sera c'è stata una new entry nel campionario: il tizio si è presentato con la moglie per propormi una cosa a tre.

«Mi arrendo», dico a May, disinstallando la app.

«Avanti, datti un'altra chance! Il quinto», insiste. «Il quinto è quello buono». La differenza tra me e May è che lei da sola non ci sa stare, mentre io ci sto benissimo, cosa che lei proprio non reputa possibile.

«Quattro sbiellati sono abbastanza. Mi sto laureando in Egittologia, non in assistenza sociale».

«Tu però fai la difficile, mica te li devi sposare», ribatte lei in tono esasperato.

«Non sono difficile», obietto. «Sono selettiva».

«Se non riduci un po' i tuoi criteri di selezione, morirai vergine. Ormai sei fuori tempo massimo».

«Fuori tempo massimo? Non sono uno yogurt, non ho mica la data di scadenza tatuata in fronte».

«Tu no, ma i preservativi che ti ho dato sì», decreta. «Una buona intesa sessuale è fondamentale per la serenità della coppia e l'esplorazione è la chiave! Ti stai laureando in Egittologia, dovrebbe piacerti *esplorare*».

Fingo di ignorare la sua replica, concentrandomi a impilare i volumi restituiti sul carrello per rimetterli al loro posto. «Che ci fa un testo della biblioteca di Farmacia, qui da noi?».

Lei prende il manuale di chimica inorganica dal mucchio. «Lo riporto a Farmacia, tu riscarica MatchMe».

Io e May frequentiamo entrambe la London College University e siamo colleghe da tre anni al desk della Main Library, da quando mi sono trasferita nella capitale da Marden, un villaggio di tremilasettecento abitanti nel Kent, ed è quanto di più simile a un'amica io abbia.

Lei, che invece studia Psicologia e vuole diventare terapista di coppia (possibilmente delle star), vive per accoppiare le persone. In questi tre anni l'ho vista far mettere insieme i due ragazzi della caffetteria, un numero imprecisato di compagni di corso e perfino due professori. È come Emma Woodhouse di Jane Austen, ma con i capelli blu.

Da quando le ho confidato di essere vergine io sono la sua nuova, entusiasta missione.

O caso studio. Temo che voglia infilarmi nella sua dissertazione di laurea.

«Uh, Rebecca», si rivolge di nuovo a me, «domenica ho da fare, potresti sostituirmi tu nel pomeriggio?»

«Ma ho già fatto tre domeniche di fila», protesto. «E sono di turno anche sabato», aggiungo.

Vorrei tanto la libertà di dirle di no, ma la vita a Londra è costosa e – a differenza di May – nessuno mi aiuta con l'affitto. E fortuna che ho una borsa di studio!

«Ti prego», piagnucola lei sbattendo le ciglia. «Ho un match».

«Avevo dei piani», borbotto.

«Raccattare paccottiglia vecchia per mercatini non è "avere dei piani"».

«È antiquariato, May», la correggo. «Non paccottiglia».

Sono una cliente fissa delle bancarelle di Portobello e Camden, che setaccio palmo a palmo a caccia di ventagli, timbri per ceralacca e tazze commemorative della famiglia reale. Se sono fortunata trovo anche nastri, pizzi e perline per creare gioielli stile Reggenza che poi vendo su Etsy.

Mi piace il passato. Il passato è un luogo sicuro e prevedibile, perfetto per me che odio le sorprese e gli imprevisti.

«Scambiamoci i turni: io faccio il tuo sabato», mi concede May. «Così puoi anche andare a quella cosa in maschera».

«Il *Regency Revival*!», esclamo. È un evento organizzato dalla Regency Society nel quale gli appassionati della Reggenza si ritrovano per trascorrere un pomeriggio secondo le regole sociali del primo Ottocento. Il tutto in abiti d'epoca, s'intende. Quest'anno si terrà da Hatchards, la libreria più antica di Londra, aperta nel 1797, e ospiterà anche la presentazione del nuovo romanzo di Patricia O'Neal, la regina del regency romance. «È una rievocazione».

«Significa sì?».

Visti i turni avevo già rinunciato all'idea di andare al *Regency*

Revival, ma a malincuore. I romanzi regency sono stati il mio rifugio dopo la morte dei miei genitori e quel mondo, con le sue regole e la sua etichetta da seguire alla lettera, è diventato la mia rete di sicurezza in un momento in cui tutte le mie certezze si stavano sgretolando.

A iniziarmi al genere è stata la mia vicina di casa, Gwenda Fanning, bizzarra professoressa di fisica teorica in pensione. Vive sola e ha cominciato a invitarmi da lei dopo cena e poi a prestarmi i romanzi di Georgette Heyer, Mary Balogh, Julia Quinn e Patricia O'Neal, ovviamente.

Non vedo l'ora di dirle che ci sarò anche io alla rievocazione.

Gwenda mi sta aiutando anche nella stesura della mia tesi: *L'egittomania nella Reggenza: come le campagne napoleoniche hanno risvegliato la passione per l'Antico Egitto.*

«È un sì *enorme*!», accetto lo scambio con May.

«Magari troverai un Mr Darcy a cui donare il fiore della tua purezza», ridacchia May contenta per aver ottenuto la domenica libera.

Finisco le mie mansioni in tempo record, fremendo per tornare a casa e stanare un costume per la rievocazione. «Ci vediamo domani», la saluto uscendo dalla biblioteca.

Normalmente mi piace restare più a lungo, la sera, in biblioteca, e i turni fino a mezzanotte sono i miei preferiti: è un momento magico in cui tutto sembra cristallizzato nel tempo e nel silenzio, senza la frenesia delle consultazioni pomeridiane e del viavai tra una lezione e l'altra.

Agli edifici antichi e ai libri piace la calma, e anche a me.

«Ehi! Rebecca», mi richiama May inseguendomi sul marciapiede. «Ti sei scordata il tuo diario», dice sventolandolo tra le mani.

«Grazie!», sospiro stringendomelo al cuore. «Se lo perdessi, morirei».

«Esagerata, si ricompra. Uno un po' più bello, magari». E senza aggiungere altro torna dentro alla Main Library.

Sul fatto che sia bruttino non obietto: ho scelto il più anonimo possibile così che a nessuno venga mai voglia di sfogliarlo.

Il diario posso ricomprarlo, ma quello che c'è dentro no: su queste pagine ho scritto la mia vita; non quella vera, ma quella che vorrei.

Ci sono io, Rebecca Sheridan, di ventun anni e vivo a Londra, con la differenza che è il 1816 e sono una lady.

Mi sono concessa qualche licenza, regalandomi quel pizzico di fortuna in più che di solito non ho.

Anche nei panni di Lady Rebecca sono orfana, ma almeno non sola al mondo: a prendersi cura di me ci sono il cugino Archie, che ha ereditato il titolo di marchese dal mio defunto padre, la mia affezionata zia Calpurnia e il suo secondo marito – il burbero zio Algernon –, la mia fidata cameriera personale Lucy e la mia vicina di casa, nonché migliore amica, Emily.

Non avendo nemmeno un'amica che capisca i miei hobby bizzarri, ho deciso di inventarne una. Emily mi vuole bene, Emily mi capisce.

Il mio è un diario epistolare composto dalle lettere che io scrivo a lei e lei scrive a me, dove condividiamo la passione per l'egittologia, i libri e la scrittura.

Ci siamo anche scambiate un bracciale dell'amicizia, uno di quelli creati da me con un nastro di seta turchese e una perla a goccia, che uso come segnalibro.

Emily ha già debuttato e si è sposata con un ottimo partito e nelle sue lettere mi racconta la vita mondana dell'alta società.

Abbiamo perfino un'insopportabile "nemica", la pettegola Lady Ausonia Osbourne.

Lady Rebecca vive in Charles Street, nell'elegante quartiere di Mayfair, in una di quelle grandi case bianche con le colonne all'esterno che oggi ospitano dozzine di appartamenti di lusso in vendita a quindici milioni di sterline l'uno.

Nulla a che vedere con lo sgabuzzino a Bethnal Green che l'annuncio su Gumtree mi presentava come monolocale, ma dopotutto la me di oggi non ha grandi bisogni. Niente ricevimenti o tè pomeridiani.

Sul diario ho anche disegnato i ritratti di tutti i miei amici e parenti, come se fosse un album di famiglia, e ho inventato storie del mistero che Lady Rebecca pubblica in segreto sul «London Chronicle», per garantirsi la sua libertà economica.

Non ho ambizioni editoriali, la vita di Lady Rebecca non ha una trama, sono soltanto piccoli spaccati di una vita che mi racconto e che mi piace più della realtà.

A qualcuno potrà sembrare strano ma, in fondo, il mio è un *guilty pleasure* che non fa male a nessuno.

Il diario è il mio mondo privato, smarrirlo non è un'opzione.

Quando rincaso, busso alla porta di Gwenda per darle la lieta notizia.

Mette a scaldare una zuppa da condividere, tutta ringalluzzita dalla mia partecipazione al *Regency Revival*.

È vedova da anni, non ha figli né parenti. Le nostre solitudini si fanno compagnia.

Sul mio cellulare lampeggia la notifica di una nuova e-mail, che apro subito.

«Figlio di Anubi», borbotto.

«Cosa ti turba, cara?», mi domanda Gwenda, apparecchiando con un delizioso servizio di piatti Queen Charlotte.

«Il giudizio del professor Sully riguardo alla mia tesi. Gli ho mandato i primi capitoli e, cito testuale: "Il suo elaborato è sì completo, ma manca di originalità e coraggio"», sbuffo.

«Non sono sorpresa», osserva lei, stupendomi.

«Cosa? Che intendi?»

«Be', avresti tanti spunti interessanti, se solo tu volessi muoverti per approfondire certi temi».

«Muovermi», ripeto corrucciata.

«Viaggiare», precisa Gwenda. «Saresti potuta andare a quella convention a Berlino, o a Torino...».

Apro la bocca per obiettare ma lei mi anticipa. «Se stai per dire che viaggiare costa, non provarci! Ti avevo trovato il volo in offerta per Il Cairo a quarantanove e novanta, andata e ritorno».

«Non volo», decreto. «Non mi piacciono gli aerei».

«Diventerai un'egittologa, Rebecca. Come speri di farlo senza mettere mai piede in Egitto?»

«Ci andrò... prima o poi».

«Come? Con il teletrasporto?»

«Potrei andare in treno», ipotizzo. «Vado fino a Dover, poi attraverso la Manica con il tunnel, a Calais riprendo il treno e faccio il giro largo dell'Europa e da Istanbul il gioco è fatto: Siria, Libano, Giordania...».

«È arrivata Jules Verne! Il giro del mondo in ottanta giorni», esclama lei.

«Ho fatto l'itinerario con Maps. Secondo Google ci vogliono sessantadue ore».

«Tutti i tuoi colleghi, per la ricerca sul campo, sono stati in Grecia, in Italia, in Sudan... Tu dove sei andata? In Galles».

«È interessantissimo il Galles», mi difendo.

«Pieno così di antichi egizi in Galles. Tuo padre era un archeologo, tua madre restaurava dipinti. I tuoi genitori viaggiavano, perché tu invece lo odi?».

Forse perché, se non avessero amato così tanto viaggiare, oggi sarebbero ancora vivi. «È pericoloso», mi limito a rispondere.

«Non guidi».

«Non è vero», replico. «Una volta ho guidato».

«Non in autostrada», specifica lei versando la zuppa nei piatti.

«Dove vuoi arrivare, Gwenda?»

«Hai ventun anni e permetti alle tue paure di chiudere la vita fuori dalla tua porta: ti porti sempre dietro un kit di emergenza pieno di farmaci che non userai mai... Hai ancora quello spray per l'asma? Da quanto tempo non hai un attacco d'asma?».

Almeno un anno. «Non si sa mai».

«Non viaggi, non hai un ragazzo... Perfino nel tuo diario sei un'osservatrice che racconta la vita di altri», mi rimprovera con una durezza che non le ho mai sentito. «Non hai amici».

«Tu sei mia amica».

«Intendo una persona della tua età, con cui condividere esperienze. Con cui sbagliare insieme, con cui crescere insieme».

«C'è May».

«May è una collega. Una collega con cui sei in confidenza, ma solo una collega. Al di fuori della biblioteca non vi frequentate mai».

«Abbiamo vite sociali diverse».

«Sì, lei almeno ne ha una». Gwenda sospira mettendo da parte il sarcasmo. «Da quando ti conosco non ti sei mai nemmeno tagliata i capelli», commenta tirandomi una ciocca castano ramato con fare scherzoso.

Ho incontrato Gwenda quando sono arrivata a Londra, quattro mesi dopo la morte dei miei. «Mi piacciono lunghi».

«Corti ti starebbero bene, sai».

Già ho intuito lo scopo del suo discorso, perciò la anticipo. «Che dovrei fare con la tesi?»

«Semplice: la butti, trovi un tema più interessante e la riscrivi».

«Splendido! Il professore, rullo di tamburi, vuole rileggere i primi capitoli giovedì prossimo», le comunico. «Niente rievocazione per me».

«Questo è fuori discussione!», chioccia lei togliendomi il telefono dalle mani. «Anzi, ora cerchiamo un bel costume per te. Verrai alla rievocazione, dovessi portartici di peso», dichiara Gwenda risoluta.

Sabato 11 maggio

L'appuntamento da Hatchards è alle quattro, Gwenda è già là da stamattina, insieme agli organizzatori della Regency Society.

Per l'evento è stato riservato l'intero negozio – tutti e cinque i piani –, che ora è gremito di damigelle in abiti color pastello, cappellini di pizzo e ventagli.

Mentre attendo di scorgere Gwenda tra i partecipanti, acquisto la mia copia di *I diari segreti delle sorelle Berrington* da far autografare e punto il buffet.

Mi faccio ingolosire dagli occhi, che vagano tra le alzatine di cupcake, i vassoi di macaron, le piramidi di bignè glassati e mi riempio due piattini.

D'accordo, non è elegante ma questi piatti sono *davvero* piccoli. E io ho *molta* fame.

«L'altro è per un'amica», mi giustifico quando una del catering mi rivolge un'occhiata storta. Be', potrebbe essere vero. Se solo trovassi Gwenda.

Sembra che i membri della Regency Society si conoscano tutti, ma io ancora non sono inserita dato che mi sono associata solo questo febbraio. La RS accetta cento iscritti l'anno in tutta l'Inghilterra e soltanto dopo aver superato una severa selezione con un test di conoscenza dell'epoca Regency molto scrupoloso. Ho perfino imparato a ballare le quadriglie e i reel con dei tutorial su YouTube.

«Oh, sei qui!», esclama Gwenda, sbucandomi alle spalle.

Dal sussulto per lo spavento ho ribaltato a terra i macaron che ora rotolano allegri per tutto il pavimento. «Accidenti! Mi hai fatto prendere un colpo! Complimenti, che abito perfetto». Si vede a colpo d'occhio che il suo è fatto su misura, forse da una sartoria, e che è di vera seta.

Non come il mio, noleggiato a ventinove sterline e novanta, di poliestere, la cui etichetta arreca l'inquietante avvertimento "Infiammabile – Tenere lontano da fonti di calore", e accomodato con spille da balia strategiche che, se si dovessero aprire, finirebbero per infilzarmi come uno spiedo.

«Vieni con me, siamo già in ritardo», mi fa fretta.

«In ritardo per cosa? Patricia O'Neal non è ancora arrivata», obietto.

Niente. Anzi, mi trascina per il gomito schivando dame e cavalieri.

«Dove stiamo andando?», le chiedo mentre lei apre la porta del magazzino. Diamine, stringe forte per essere così ossuta.

«Non c'è tempo da perdere», ribatte senza rispondere alla mia domanda.

«Non credo che quest'area sia aperta al pubblico», dico per dissuaderla mentre mi tira con sé dentro una stanza stipata fino al soffitto di scatoloni ricolmi di libri.

Lei finalmente mi lascia andare, si volta e mi guarda. «Muoviti e non fare storie». Dopodiché spinge un'altra porta con scritto VIETATO L'ACCESSO ed entra.

«E questa stanza *di certo* non è aperta al pubblico», dico di nuovo. «Se ci trovano passeremo dei guai», la avverto. Sono un'ottima cliente di Hatchards, mi manca solo di farmi interdire.

Niente.

Ha scelto proprio la giornata giusta per dare i numeri. «Va bene», mi arrendo. «Riacciuffiamo Gwenda».

Mi guardo intorno con circospezione, apro la porta ed entro in quello che sembra un locale tecnico.

L'altra porta della stanza è socchiusa. «Ma dove si è cacciata?», brontolo, infilandomi in una seconda stanza molto più buia e angusta. «Gwenda, per favore, non facciamoci espellere dalla Regency Society. Io sono appena stata ammessa», la prego sottovoce. Cammino quasi alla cieca, seguendo il rumore dei suoi passi, con ancora il libro di Patricia O'Neal stretto al petto, la mia borsetta di Mary Poppins al polso e il piattino superstite in mano.

Un velo sottile mi solletica la faccia: una ragnatela.

«Di bene in meglio», borbotto. Più avanzo, più le pareti si stringono fino a quella che sembra un'altra porta più bassa di me di almeno due spanne da cui filtra uno spiraglio di luce.

Poi, accade una cosa strana non appena la apro: avverto come un risucchio e un abbaglio violento quanto un riflettore sparato in faccia mi acceca, impedendomi di vedere dove vado e…

Mi ritrovo stretta da due braccia solide, il viso premuto contro un torace ampio e tutto ciò che percepiscono i miei sensi è ovattato, tranne un inebriante aroma di menta e liquirizia.

«Io…». Prendo le distanze dalla persona cui sono piombata addosso, ma un capogiro vorticoso mi fa perdere l'equilibrio e poi cedere le gambe.

Non sto affatto bene.

Rovino a terra, distesa sulla schiena.

«Ma che dia…?». E in un attimo una selva di volti si assiepano intorno a me.

«Signorina, vi sentite bene?», domanda una donna che non conosco, ma una cosa è certa: anche lei dev'essere della Regency Society, a giudicare da come è vestita.

Sono di nuovo nella libreria, circondata da tutti i partecipanti alla rievocazione che mi osservano straniti. Non so che giro mi abbia fatto fare Gwenda, né a che scopo, ma sono di nuovo in una delle sale della Hatchards, solo che ho il vestito coperto di polvere, l'acconciatura – che mi è costata due ore di lavoro e un crampo al braccio – sfatta e, nel precipitare addosso allo sconosciuto, mi sono spiattellata un cupcake con la panna sulla scollatura. Ottimo, mi costerà un extra di lavanderia, sempre sperando che si pulisca, o ci rimetto anche la cauzione.

Conciata così non so neanche se mi autorizzeranno a restare. Tolgo la nuvoletta di panna dall'abito con le dita e la lecco via… Peccato, era pure buono.

«È svenuta?», domanda una voce che non riconosco.

«Ha avuto un capogiro?», chiede un'altra.

«Forse la cameriera le ha stretto troppo la pettorina».

«Ma quale pettorina?! È già tanto se sono riuscita a prendere il vestito… Ahi!», esclamo sentendo un pizzicore nel fianco. «Lo sapevo che una delle spille si sarebbe aperta».

Le voci intorno a me si uniscono in un unico brusio. «Non indossa la pettorina?!».

«Scandaloso».

«Non ci sono più le debuttanti di una volta».

Certo che questi della Regency Society sono proprio degli integralisti! Ma chi va a guardare sotto i costumi?

«Che bizzarre calzature indossate? Non sono delle scarpette da pomeriggio», nota un'altra donna, sulla cinquantina, portandosi al naso degli occhialini rotondi dalla montatura dorata.

Ai piedi ho le mie Converse rosa: considerando la lunghezza dell'abito non credevo che qualcuno le avrebbe notate.

Un uomo si fa avanti tendendomi la mano guantata, ma non ho modo di vedere il suo viso perché la stanza è in penombra, lui è controluce e ancora fatico a mettere a fuoco. Posso solo intuire che è molto alto, dato che torreggia su tutti i presenti. «Permettetemi di aiutarvi».

Disorientata, mi rimetto a sedere da sola e poi mi tiro su, forse troppo in fretta perché la stanza ondeggia al punto che devo appoggiarmi allo scaffale di libri.

Ora so come si sente il bucato dopo una centrifuga. E capisco anche perché i calzini si spaiano sempre.

«Wow, che shakerata», sospiro rimettendomi in piedi. Non so in che parte della libreria siamo, ma questa sala di Hatchards non l'ho mai vista. Tutto l'arredo pare risalire a due secoli fa... perfino i volumi rilegati in pelle sugli scaffali mi danno l'idea di essere antichi. «Comunque, complimenti per la fedele ricostruzione: ha proprio l'aria di una libreria di inizio Ottocento. Chi ha curato l'allestimento?».

Dal borbottio generale emergono frasi come: «Che sta dicendo?», «Sta vaneggiando».

Ho capito: dobbiamo proprio fingere di essere nell'epoca Regency in tutto, come se non fossimo consapevoli che stiamo prendendo parte a una rievocazione.

«Lady Rebecca, ecco qui i libri che avete ordinato il mese scorso», annuncia una voce a me familiare.

Mi volto verso il bancone e la vedo. «Gwenda!», esclamo. «Ma perché non ti sei fermata, prima, quando ti chiamavo?»

«Prima?». Lei mi guarda con aria confusa. «Quando?»

«Prima! Quando ti ho rincorsa per tutto il magazzino, e siamo entrate da quella... porta». Indico la parete dove dovrebbe esserci il passaggio che abbiamo attraversato, ma la mia mano ora sta puntando uno scaffale.

«Che porta, Lady Rebecca?», mi chiede Gwenda.

Non capisco più se la pazza è lei o sono io. «Era qui!», ripeto piazzandomi davanti agli scaffali. «Proprio di fronte a me».

«Lady Rebecca, lì c'è sempre stata la libreria», continua lei con un sorriso quieto. «Eravate sullo scaleo a consultare i volumi nello scaffale più alto quando sono andata nel retro a prendere il vostro ordine. Ecco, sfogliateli pure e vedete se sono quelli che avete richiesto».

Io, frastornata, faccio come dice. *Il corsaro*, *I misteri di Udolpho* e *Il castello di Otranto*. Tutti i romanzi gotici preferiti di Lady Rebecca.

Una donna raccoglie da terra la mia copia pasticciata di *I diari segreti delle sorelle Berrington* e la osserva stranita. «Cos'è mai?».

Io la guardo ancora più stranita. «Siamo qui per questo. L'autrice arriverà a momenti».

«Questa Patricia O'Neal è famosa?»

«E qui abbiamo *Emma*, tutti e tre i volumi», interviene Gwenda con voce squillante, deponendo sul bancone la mia preferita tra le opere di Jane Austen.

Per essere delle imitazioni sono fatte piuttosto bene: sembrano copie appena uscite da una legatoria ottocentesca. Perfino il cuoio ha un profumo autentico.

Certo che questi della Regency Society non badano a spese!

«Vanno bene?», domanda Gwenda prendendomeli dalle mani. «Spero siate venuta in carrozza così che se ne occupi il vostro cocchiere».

Carrozza? Cocchiere? Ah, ma certo! Forse alla rievocazione c'era anche una recita in programma. Va bene, ci sono, entro nella parte.

«Naturalmente», annuisco come se la cosa avesse del tutto senso. «Passerà a ritirarli lui più tardi».

«Sono cinque ghinee, Lady Rebecca», mi comunica l'addetto alla cassa.

«Certo», confermo. Cinque ghinee sono un po' più di cinque sterline, per dei souvenir mi sembra un prezzo onesto. «Pago con la app», dico estraendo il cellulare e aprendo il portafoglio digitale.

Tendo il cellulare al commesso ma lui mi fissa impietrito. «Cosa dovrei fare con quel congegno?».

Ah, giusto, alla rievocazione non è ammessa tecnologia di alcun tipo. «Ho i contanti». Estraggo una banconota allungandogliela.

«Non accettiamo valute di altri Paesi», ribatte lui, restituendomela.

«Le emette la Banca d'Inghilterra stessa. Vede l'immagine del nostro re?»

«Ma *questo* non è il nostro re», obietta ancora.

Mi riprendo i soldi e li ficco nella mia borsetta da passeggio di nylon, decorata con perle di plastica, stipata di tutto il mio kit d'emergenza. «Bene, metteteli in conto».

«Lady Rebecca! Eccovi! Credevo di avervi persa. *Ancora*», esclama una ragazza più o meno della mia età, con un abito da cameriera, entrando nel negozio. Non la conosco, eppure il suo viso non mi è nuovo.

«Chiedo scusa?», domando perplessa.
«Vostra zia vi sta cercando per tutto Fortnum & Mason. Dobbiamo andare, è quasi l'ora del tè».
«Andare dove?»
«Lady Rebecca ha fatto una brutta caduta dallo scaleo», la informa Gwenda. «Temo sia un po' stordita».
«Santo cielo, spero non si sia fatta male o se la prenderanno con me», constata la ragazza in tono preoccupato. «Il vostro abito è malconcio, i vostri capelli… Questa volta mi toccherà una bella ramanzina!».
«Una ramanzina da chi? E cosa t'importa del mio abito?»
«Mrs Fanning, Lady Rebecca ha battuto la testa? Non mi riconosce più!», sospira. «Sono Lucy».
«Lucy», ripeto disorientata. Non conosco nessuna Lucy, di questo sono sicura.
«La vostra cameriera. Siamo uscite con Lady Calpurnia per fare compere e ora rientreremo a casa per il tè insieme a vostro cugino Archibald e vostro zio Algernon, sempre che si sia svegliato dal suo pisolino».
Cameriera Lucy, zia Calpurnia, zio Algernon e cugino Archibald: la mia "famiglia".
«E casa dov'è?», chiedo più per conferma che per altro.
«Dove è sempre stata», risponde lei allarmata. «In Charles Street».
«A Mayfair», preciso.
«Oh, grazie al cielo, qualcosa lo ricordate!», esulta Lucy, prendendomi sottobraccio e imboccando la porta tra gli sguardi di scherno degli astanti.
Non riconosco la strada, l'unico indizio a me familiare è l'insegna di Hatchards, da cui siamo appena uscite, con le sue vetrine dalle cornici di legno nero lucido.
Proprio accanto c'è Fortnum & Mason.
Dovremmo essere in Piccadilly Street se non fosse che questa non somiglia affatto a Piccadilly Street: niente autobus rossi a due piani, né taxi neri o veicoli a motore di alcun tipo; solo carrozze e cavalli.
«Ma siamo a Londra?», domando a Lucy.

«E dove, se no?».

Scuoto la testa e prendo il cellulare per avviare Google Maps e geolocalizzarmi.

Nessun segnale. Il telefono non prende e l'antenna del wi-fi non rileva reti nelle vicinanze.

«Che arnese è mai quello?»

«Lucy, potremmo per un momento smettere di recitare? Non capisco cosa è successo e come siamo finite qui».

«Ve l'ho detto, Lady Rebecca, eravamo da Fortnum…».

«E non chiamarmi Lady Rebecca. Non sono una lady».

Ma la mia frase ha l'unico effetto di farla ridere. «Ogni volta mi dite di non chiamarvi lady e ogni volta vi rispondo che non posso».

Mi guardo intorno, confusa: sono tutti vestiti con costumi regency curati nei minimi dettagli, e anche le carrozze non possono essere frutto dei curatori di una rievocazione storica amatoriale.

«Ma certo, siamo su un set!», esclamo. Che stupida a non averci pensato. A Londra c'è sempre una produzione faraonica impegnata nelle riprese di qualche kolossal storico. «Chiedo scusa», dico fermando un passante. «Che film stanno girando?».

L'uomo, vestito in completo brummeliano, mi scruta dall'alto in basso. «Film?»

«O serie tv?», aggiungo. «Netflix? Amazon?».

Lui però scuote il capo e se ne va senza degnarmi di una risposta.

«Rispondere è cortesia, razza di cafone!», gli urlo.

«Lady Rebecca, vi prego, non è decoroso fermare uomini che non conoscete, così, per strada. È un fare da avventuriera», sussurra ancora.

«Clamoroso!», urla un ragazzino di sì e no undici anni con le braccia cariche di giornali. «I prezzi salgono ancora! Il grano passa da cinquantadue scellini il quarto a settantasei!».

«Lady Rebecca, detesto insistere, ma è ora di tornare a casa».

Non ci sto capendo più nulla. Mi serve un punto di riferimento, qualcosa che nessuna produzione cinematografica possa stravolgere. «Il fiume», dico. «Andiamo al Westminster Bridge».

«Ma vostra zia…», protesta Lucy.

«Westminster Bridge, Lucy. Ora».

Lei sospira e annuisce arresa, trascinandomi a passo svelto per Haymarket, ma dove dovrebbe esserci Trafalgar Square con la colonna di Nelson ci sono solo altri edifici. La stessa cosa succede quando scendiamo in quella che Lucy dice essere Parliament Street, ma il vero smacco lo avverto nel momento in cui arriviamo al ponte sul Tamigi.

«Ecco il Westminster Bridge, Lady Rebecca», annuncia sfinita.

«Non può essere il Westminster Brid…», boccheggio spostando lo sguardo in cerca di tutti quei riferimenti visivi che non trovo.

La ruota panoramica dov'è?

Come mai sul fiume navigano solo barche a remi e a vela?

Il palazzo del Parlamento non è come lo ricordo, manca… «Che fine ha fatto il Big Ben?», chiedo con voce tremante.

«Chi sarebbe? È una frequentazione rispettabile?»

«Non è una persona. Il Big Ben è un orologio», rispondo.

«Un orologio con un nome? Che stramberia».

«È la torre con l'orologio più importante di Londra, dovrebbe stare lì», indico infervorata l'ubicazione del Big Ben. «È stata costruita nel 18…». Ma il resto di 1834 mi muore in gola.

L'occhio mi cade sul mio polso destro. C'è un braccialetto di nastri azzurri e oro intrecciati, come quello che la mia Lady Rebecca e la sua amica Emily si sono scambiate. Io non avevo nessun bracciale quando mi sono recata al *Regency Revival*.

«Signora, per favore», imploro una donna, che indossa un abito del tutto simile al mio ed è accompagnata da una ragazza vestita come Lucy. «Che giorno è oggi?»

«È sabato», mi risponde con gentilezza. «Undici maggio».

«Undici maggio, di che anno?», chiedo ancora.

Lei sbatte le ciglia sorpresa. «Del 1816, ovviamente».

1816.

Mille. Ottocento. Sedici.

Domenica 12 maggio
1816

2

«Si sta svegliando», annuncia una voce appena apro gli occhi con grande fatica. «Ha dormito per una giornata intera, dottore».

Sono sdraiata su un letto e coperta con un lenzuolo fino al collo.

«Nessun segno di traumi e niente febbre, direi che possa essersi trattato di una semplice debolezza. Fatele preparare un bel vassoio abbondante e si riprenderà in men che non si dica», afferma un uomo calvo e dall'aria seria con un paio di occhialini tondi sul naso.

Devono avermi portata in ospedale.

«Guardi, dottore, credo di stare molto meglio», dichiaro con voce squillante. «Si figuri che ho fatto questo sogno assurdo in cui mi sono ritrovata nella Londra del 1816: con le carrozze, i cavalli... Non c'era nemmeno il Big Ben!».

Lui scuote la testa. «Magari vi prescrivo anche un tonico. Un classico caso di digiuno da debutto: ne vedo dozzine ogni settimana di ragazze che si mettono a stecchetto prima della presentazione in società».

Debutto? Presentazione in società? Mi metto a sedere di scatto e noto che la stanza in cui mi trovo non somiglia affatto a quella di un ospedale: è arredata con stoffe sontuose nei toni lavanda-bianco-oro e mobili dagli intagli raffinati. Intorno al letto a baldacchino, sono assiepati – oltre al dottore – una donna sulla cinquantina dall'aria preoccupata, un ragazzo poco più grande di me, alto, magro e con una zazzera di capelli biondi scompigliati, che sembra ridere sotto i baffi.

Tutti volti che conosco, anche se non ho mai incontrato nessuno di loro prima.

«Oddio!», esclamo ributtandomi all'indietro sui cuscini.

Il ragazzo mi picchietta sulla mano. «Ci hai fatto prendere un bello spavento, cugina, quando ti hanno portato dentro flaccida come un sacco vuoto».

«Archie?», dico con un fil di voce.

«Sta bene, dottore, mi ha riconosciuto», dichiara lui passando poi a indicare la donna ai piedi del letto. «E quella è...?»

«Zia...», esito. Non può essere che lei. «Calpurnia?»

«Visto? La testa di Rebecca è a posto».

«Ma, dottor Winslow», protesta mia zia. «Rebecca non è a digiuno, mangia a quattro palmenti al punto che devo riprenderla più volte perché a tavola si comporti in modo decoroso».

«Se c'è qualcosa di cui Rebecca non si priva è il cibo; se mai il sonno, dato che passa le nottate a leggere», dice Archie in tono canzonatorio.

Il dottor Winslow scuote la testa con aria di disapprovazione. «La lettura non è cosa per signorine. Le loro menti fragili non sopportano simili livelli di concentrazione e certe suggestioni possono provocare infiammazioni al cervello».

«Ma che fesseria è mai questa?!», sbotto infuriata. «Dove accidenti si è laureato? In qualche gruppo di complottisti su Facebook?».

La stanza precipita in un silenzio tombale e il dottore s'irrigidisce impettito.

«Ho condotto i miei studi nel college più prestigioso di Londra e tra i miei pazienti vanto i più illustri membri dell'aristocrazia; mai in tutta la mia carriera sono stato insultato in un simile modo. Marchese», tuona rivolto a mio cugino, «in difesa del mio onore professionale vi informo che non sarò più a disposizione della vostra famiglia», e così dicendo chiude la sua valigia ed esce dalla stanza.

Mia zia mi rivolge uno sguardo infuocato per poi rincorrere quello spennagalline di Winslow. «Aspettate, dottore! Perdonate mia nipote, non è in sé».

Archie invece resta con me, misurando la stanza a lunghe falcate. «Rebecca, come padrone di casa e tuo tutore devo redarguirti per le tue parole irripetibili, che mai una signorina di rango dovrebbe pronunciare». Si ferma ai piedi del mio letto con le braccia conserte. «Ma come cugino non posso che ringraziarti per averci liberato di quel ciarlatano che l'ultima volta mi ha quasi ucciso a forza di salassi».

«Il cervello infiammato ce l'ha lui», ribadisco con le braccia conserte.

«Ti do ragione, Rebecca». Archie si siede accanto a me. «Ora però smettila di dare i numeri o mia madre penserà che tu sia impazzita sul serio».

«Io non sono impazzita, non sono mai stata più in me di così», provo a spiegargli.

«Te le inventi proprio tutte per sabotare il tuo debutto, eh?», scherza lui facendo spazio a Lucy, apparsa nella stanza imbracciando un vassoio carico di ogni ben di Dio, che appoggia accanto a me, sul comodino.

«Lucy!», esclamo nel panico. È tutto così terribilmente reale. Ma non può essere reale. Mi do un pizzicotto e il dolore, invece, è senza alcun dubbio reale. Non respiro. NON RESPIRO! «La mia borsa! Dov'è la borsa?».

La recupera dal tavolo da toeletta. «Quella che avevate con voi prima?»

«Sì, dammela, ti supplico», la imploro in apnea.

Scavo tra tutto il contenuto che sono riuscita a stiparvi, mettendo a dura prova le cuciture, finché non trovo il mio inalatore per l'asma.

Sono salva.

Archie mi guarda confuso. «Cosa stai facendo con quell'affare?»

«Cerco di non morire soffocata», rispondo.

Lui scuote la testa con fare divertito. «Ne inventi sempre una. Mangia e riposati, che domani ti aspetta un'altra giornata di compere. Cerca di non farti cacciare anche dall'atelier di Mrs Triaud. Passi per il dottore, ma perdere anche la modista è qualcosa che mia madre non ti perdonerebbe mai».

«Modista», ripeto come fossi in trance.

«Adori andare dalla modista. Avanti, qualunque cosa ti abbia sconvolta, non sarà nulla che il pan brioche caldo di Mrs Bry non possa sistemare». Archie mi dà un buffetto affettuoso sul capo e se ne va.

Lucy, Archie, zia Calpurnia, Charles Street e il 1816: sono nella mia storia, quella che ho scritto nel mio quaderno.

E ora, come ne esco?

Lunedì 13 maggio

1816

3

Un trambusto unito a un potente vociare mi sveglia dal mio sonno tanto profondo quanto inquieto.

Ieri sera, dopo la cena, mi sono rimessa a dormire, o meglio, a riflettere su cosa fare, finché non mi sono addormentata.

Lascio la mia stanza ed esco nel corridoio, che ricorda quello di un hotel di lusso, con porte bianche a doppio battente, boiserie alle pareti e un parquet liscio come il velluto. Seguo il chiasso fino allo scalone a spirale che scende nell'ingresso. Mi affaccio alla balaustra per sbirciare cosa stia accadendo.

«Queste diavolerie moderne!», brontola con tono burbero un uomo sulla cinquantina e dalla pancia prominente, con la voce che rimbomba sul marmo bianco della hall. Mi viene spontaneo chiamarla hall perché, tra i tendaggi in broccato, i dipinti a olio, il lampadario in cristallo e i valletti in livrea, manca giusto un bancone per il check-in e potremmo essere al Ritz. Non che io sia un'habituée del Ritz. In realtà, l'ho visto solo in *Notting Hill*, la scena in cui Hugh Grant si spaccia per giornalista e intervista Julia Roberts per «Cavalli e Segugi».

«Dove andremo a finire, dico io?!», continua l'uomo, che vedo ancora solo di spalle.

«Un giorno tutte le case ne avranno uno, Algernon!», ribatte con convinzione Archie, osservando soddisfatto le tre grosse casse di legno che campeggiano nell'atrio.

Algernon! Quello è zio Algernon!

Si volta verso di me e ne scorgo il volto. È proprio lui, come l'ho ritratto. Il naso rubizzo, occhi piccoli e scuri e il parrucchino imbellettato.

«Lady Rebecca, che bello vedervi in piedi! Anche se non convenientemente vestita», mi saluta Lucy, in un leggero tono di rimprovero, mentre si premura di infilarmi una pesante vestaglia, il cui tepore mi fa capire quanto avessi freddo.

«A proposito di vestiti. Che fine hanno fatto le mie mutande, Lucy?», le domando. Quando sono stata portata a casa, qualcuno mi ha svestito e messo la camicia da notte, ma non ho più trovato i miei indumenti.

«Mutande?! Ho fatto sparire quei capi indecenti prima che li vedesse vostra zia! Non so come vi siate procurata quella robaccia da donna di strada ma una signorina del vostro lignaggio non dovrebbe mai indossare nulla di simile! Meno male che le ho bruciate».

Bruciate?! Devo nascondere la borsetta con tutte le mie cose del futuro prima che diano alle fiamme pure il suo contenuto! E considerato che ho telefono, documenti, kit d'emergenza e assorbenti, sarà meglio che me li tenga cari.

«Invece non indossare nulla è meno sconveniente?!», esclamo.

A Lucy però il mio disagio non interessa. «Venite, vi aiuto a vestirvi! La colazione è servita, il fuoco è già bello acceso e vi ho fatto preparare la cioccolata calda», m'invita a seguirla.

Gli indumenti che Lucy preleva dal mio armadio non hanno nulla a che vedere con il mio costume regency: raffinate sottovesti di batista, camicia di pizzo chantilly, abito in lucida seta ricamata che profuma di acqua di rose. Non so quanto possano costare questi indumenti, ma sono sicura di non potermeli permettere. Anche se non ho ancora ben capito dove sono e cosa sto facendo.

E, come se lo stupore non fosse ancora abbastanza, arriva lo spettacolo – perché non posso definirlo altrimenti – della sala da pranzo: la vetrata si apre a perdita d'occhio sul giardino di glicini retrostante la casa, con la luce che scintilla sul trompe-l'œil del soffitto. La tavola è apparecchiata e anche la colazione è da hotel. «Forse è ancora meglio del Ritz», dico tra me e me.

Osservo tutto golosa e imbambolata, i sensi risvegliati dal fragrante profumo di pane tostato, burro fuso, bacon croccante...

«Non vi avventate sulle vivande come sempre prima che scenda vostra zia?», mi domanda Lucy.

«Posso… posso assaggiare tutto?», indugio. Non so quanto questa situazione durerà, ma mi sembra equo compensare il mio trauma con un ricco buffet.

«Certo, Lady Rebecca. Ma di solito non siete così esitante».

Se è così che faccio di solito, non vedo perché destare sospetti. Mi verso subito una generosa tazza di cioccolata calda. «Fa freddo per essere maggio», noto.

«La primavera non vuole saperne di arrivare. E la nevicata venuta a Pasqua non è d'incoraggiamento».

Ah, giusto, il 1816 è stato l'anno senza estate. Che fortuna, la mia!

Archie entra in sala seguito da zio Algernon che gli borbotta alle calcagna.

«Cretinate! Cosa c'è di più comodo di un bel pitale ben riposto in ogni angolo della casa quando serve?! Perché mai, se dovessi avere necessità di liberarmi mentre sono qui, dovrei recarmi in un'altra stanza per usare quel… quel… quel sedile?»

«Perché scaricheremo i fluidi nella fognatura anziché versarli nel giardino», spiega Archie.

«Si è sempre fatto così, non vedo il bisogno di cambiare!», protesta zio Algernon. «Prima hai fatto sostituire tutti i candelabri con le luci a gas, ora questo… questo…».

«Gabinetto con sciacquone», lo imbecca mio cugino incrociando le braccia sul petto con aria di trionfo.

Ecco cosa contengono le casse! Dei water!

Vorrei baciare Archie in fronte per aver deciso di installarli con questo tempismo. Trattenevo la pipì da ieri sera e stamattina ho ceduto all'uso di una brocca di porcellana appoggiata sotto il mio letto. È stato a dir poco disgustoso. Soprattutto perché poi non sapevo che farci così l'ho svuotata… nel camino. E meno male che era solo pipì.

«Buongiorno, Rebecca, hai un aspetto molto migliore stamattina», mi saluta Archie ignorando le rimostranze dello zio.

«E i domestici cosa avranno da fare se non ci saranno più i pitali da svuotare?», continua zio Algernon, contrariato. «Hai idea di quanti sguatteri perderanno il lavoro? Abbiamo una responsabilità nei loro confronti!».

«Sei così magnanimo, zio, a preoccuparti degli effetti sociali che può avere la diffusione del gabinetto», commento con velato sarcasmo, nel tentativo di reprimere una risata. Anche zio Algernon è identico a come l'ho immaginato, anche nel carattere.

«Vedi, Archibald, anche Rebecca è d'accordo con me. Ben trovata, cara», mi dice lo zio senza cogliere la mia ironia. «Fidati, questi gabinetti non hanno futuro», continua ficcandosi in bocca uno dei dolcetti alla crema disposti sull'alzatina di cristallo.

«Chissà che altre migliorie ha apportato il nostro nuovo vicino alla casa dei Fraser», si domanda Archie sbirciando dalla finestra.

«I Fraser si sono trasferiti?», chiedo stranita a Lucy, senza che nessun altro mi senta.

«Quando Emily si è sposata, a settembre, hanno messo in vendita la casa per trasferirsi vicino alla dimora di suo marito, in Hanover Square», risponde. «Un misterioso compratore l'ha acquisita due mesi fa».

La notizia mi coglie di sorpresa… Nella mia storia ho scritto delle nozze di Emily con il visconte Maxim Duville, ma non che la sua famiglia aveva venduto la casa.

«Non si sa chi l'ha comprata?», chiedo ancora.

«A parte gli operai che l'hanno rimodernata, non si è visto nessuno», ribatte Archie. «Senza dubbio è una persona all'avanguardia. Spero che quando il nuovo proprietario ne prenderà possesso dia una festa e ci inviti. Chissà che altre meraviglie ci sono là dentro!».

«Di certo non è un gentiluomo in possesso di titoli», bofonchia lo zio leccandosi le dita e agguantando una fetta di crostata. «O lo avresti incontrato in Parlamento».

«Magari non ha titoli, ma chi dice che non sia un gentiluomo?», ipotizzo io.

«Se lo fosse, sarebbe venuto a presentarsi, come prima cosa».

«Chi non è un gentiluomo?», esordisce zia Calpurnia entrando in sala accompagnata da quella che immagino sia la sua cameriera, pronta a sistemarle addosso soprabito e cappellino.

«Il nostro nuovo vicino», risponde Archie.

«Se non è scapolo non c'interessa», risponde lei concisa. «Rebecca, non sei ancora pronta a uscire? La modista ci aspetta per l'ultima prova del tuo corredo». Poi si rivolge di nuovo alla cameriera. «Dora, di' al cocchiere di preparare la carrozza. Anche se potremmo arrivare a Bolton Street a piedi, il cielo minaccia pioggia e non ho intenzione di bagnarmi. Lucy, vai a prendere la mantella di Rebecca, siamo già in ritardo. Lady Sefton ci raggiungerà all'atelier di Mrs Triaud tra poco. Vuole ispezionare l'abito per la tua presentazione a corte».

Il sorso di cioccolata mi va quasi di traverso. «Presentazione a co-co-corte?». Neanche questo avevo scritto.

«Non fingere di essertene scordata, Rebecca», mi redarguisce zia Calpurnia. «Ora che hai superato il lutto dei tuoi cari genitori e ti sei ripresa del tutto dalla malattia, non ha più senso continuare a rimandare».

«Una debuttante di ventun anni: sarà senza dubbio la più vecchia. Spenderemo più di belletto che di abiti!», maligna lo zio, la mano tesa verso l'ultima, rigogliosa meringa che mi sottrae da sotto le dita. «Questa meglio che la mangi io, nessuno vuole una sposa ingorda».

«Il marito ingordo, invece, va bene?», ribatto a denti stretti. Volevo davvero assaggiarla quella meringa, da come lo zio l'addenta sembra una nuvola alla vaniglia.

«Lady Sefton si è offerta di farti da madrina e presentarti alla regina. È un'occasione che non puoi perdere».

«Re… gina», deglutisco con la gola strozzata. *Decisamente* non ho scritto questo. Mi serve Gwenda, e mi serve ora.

«Io non posso farti ricevere a palazzo, non essendo stata presentata a mia volta». Tutto corretto fino a qui: la zia Calpurnia della mia fantasia è figlia di ricchi commercianti senza titolo. Era la moglie del fratello minore di mio padre, dal quale ha avuto Archie, e ha sposato Algernon Belfort dopo essere rimasta vedova, quindici anni fa. «Tuo padre era il marchese di Lennox, il lignaggio degli Sheridan richiede che tu sia presentata a Sua Maestà. Lady Sefton è generosa e amabile, saprà guidarti con maestria. Inoltre, è molto amica del Reggente».

«Nonché la sua procacciatrice di amanti», ridacchia Archie, la schiena poggiata al muro con indolenza.

«Non essere volgare, Archibald!», lo rimprovera sua madre.

«Ma è la verità», ribadisce lui.

«Cosa?», domando solleticata dalla curiosità.

«Guai a te, Archibald», l'ammonisce Calpurnia con una veemenza tale da far trasalire Dora, impegnata a legarle il cappellino.

Ma Archie non fa caso a sua madre. «Anni fa, Lady Sefton ha presentato in società Mary Fitzherbert con tanto successo che il Principe Reggente l'ha presa come sua amante ufficiale».

«Quando si è stufato di Lady Jersey come scaldaletto», aggiunge lo zio divertito, avido di pettegolezzi. Lo zio Algernon che ho immaginato è il terzo figlio di un barone squattrinato che, grazie al suo – un tempo – bell'aspetto, ha impalmato la ricca vedova Calpurnia Sheridan, garantendosi una vita agiata in società. Sebbene, ormai, il suo bell'aspetto sia solo un lontano ricordo.

«Non vi consento simili discorsi in presenza mia e di Rebecca», sbotta zia Calpurnia. «Non siamo in una casa di gioco, vi prego di mantenere un certo decoro. Rebecca, è ora di andare».

«Prima di Mrs Triaud dovrei fare un salto da Hatchards», dico, ricordando che Bolton Street è a pochi minuti da Piccadilly.

«Altri libri?», domanda lo zio sputacchiando una raffica di briciole. «A forza di leggere diventerai strabica e nessuno vorrà sposarti!».

«La dote di Rebecca è così ricca che, anche se avesse un corno in fronte, nessun pretendente vi farebbe caso», ironizza Archie mentre usciamo.

Riesco a strappare alla zia il permesso di recarmi da Hatchards con Lucy, mentre lei raggiunge la modista così che prepari il mio corredo per la prova.

Per zia Calpurnia sono la figlia che ha sempre desiderato e mai avuto, e non riesce a negarmi nulla.

Quando arrivo alla libreria, sulla soglia, incrocio un uomo alto, elegante, che mi saluta sollevando appena la tesa del cappello e rivolgendomi uno strano sorriso. Non è un sorriso di cortesia, ha più l'aria di qualcuno che mi ha già incontrata.

Ed è di una bellezza sconvolgente. Non ho mai visto un uomo simile in vita mia, né in questa né nel futuro.

«Buongiorno», mi saluta con un tono divertito che sembra più un: "Guarda chi si rivede".

Il mio cervello è annichilito, non riesco a spiccicare mezza parola.

«Lo conosco?», domando a Lucy una volta che si è allontanato.

«Uno con quella faccia da mascalzone? Voglio sperare proprio di no, Lady Rebecca».

«Mi ha salutata».

«Quei damerini da strapazzo sono sempre a caccia di facili conquiste. Fareste bene a guardarvene. Muoviamoci o tarderemo».

«Aspetta qui, Lucy», le dico prima che mi segua nel negozio. «È un affare che devo sbrigare da me».

«Ma Lady Rebecca, se vostra zia sapesse che non vi ho accompagnata...».

«Mia zia non lo saprà», taglio corto. «È una libreria, non una fumeria d'oppio».

Mentre lei è ancora sciocata dal cenno alla "fumeria d'oppio", mi tiro dietro la porta e al bancone trovo Gwenda impegnata a spulciare un grosso tomo.

«Dobbiamo parlare», esordisco, e appendo alla porta il cartello con scritto CHIUSO. «Subito, Gwenda!».

«Che modi bruschi», commenta lei aggiustandosi gli occhiali sul naso.

«Lascia perdere i miei modi. Io ho un problema in cui mi hai ficcato tu e ora tu lo risolvi». Mi avvicino al banco per affrontarla. «Dove siamo? Cosa è successo alla rievocazione? Perché quella là fuori non è la Londra che conosco io? Perché tutti mi continuano a dire che siamo nel 1816?», la mitraglio con una raffica di domande.

Gwenda, invece, mi guarda con tutta la serenità del mondo. «Perché *siamo* nel 1816, Rebecca».

«Sapevi *benissimo* dove mi stavi portando quando mi hai trascinata nel magazzino della libreria, non fare la finta tonta: voglio risposte e le voglio ora», batto il pugno sul piano.

«Prima potresti calmarti, però?»

«Calmarmi? Non so più niente! Non so dove sono, non so con *chi* sono!».

«Oh, invece sai benissimo con chi sei: tua zia Calpurnia, lo zio Algernon, Archie...», elenca pacifica.

«Perché sono, o meglio, siamo entrate nella mia storia, quella del mio diario? E perché succedono cose che non ho mai scritto? Tipo il mio debutto o la famiglia di Emily che ha venduto la casa?»

«Perché qui non siamo nella tua storia, Rebecca, non più. È la Londra del 1816. La *vera* Londra del 1816».

La vera Londra? Cioè non sono più nella mia storia, ma nella Storia? «Cioè, mi stai dicendo che tutto questo è reale?!». Rieccolo, il panico che comincia a strozzarmi. «Come accidenti è possibile?»

«Va bene», finalmente il suo tono si fa serio. Si aggiusta gli occhiali sul naso e mi fissa con aria solenne. «Per spiegarti cosa è successo, Rebecca, ho bisogno che tu mi creda».

Sto quasi per piangere. «A cosa dovrei credere?»

«Ai paradossi spazio-temporali», risponde con fermezza.

«Paradossi? Cioè viaggi nel tempo?!», boccheggio. «Ma è fantasia!».

«Quale fantasia! La fisica è scienza!», s'inalbera lei.

«Non importa il cosa, ma il come».

«Ti mostro come è avvenuto in modo che tu possa capire». Prende un foglio e, con la penna d'oca, vi traccia una riga con due punti alle estremità. «Se pensiamo al tempo come a una linea retta e con sola progressione in avanti, spostarsi all'indietro è impossibile. Ma non è così. Vedi? Qui abbiamo il presente, dove ci trovavamo sabato, e qui», indica il secondo puntino, «c'è il 1816». Gwenda piega il foglio, chiudendolo in modo che i due punti coincidano l'uno sull'altro. «Ed ecco che dal presente si può tornare al passato».

«Il tempo si è piegato su sé stesso?», domando incerta. Tutto questo mi sembra una follia.

«Non proprio, ma è il modo più semplice per farti comprendere che ciò che è accaduto è assolutamente possibile. Come vedi non è un vero e proprio viaggio: a Londra eravamo e ancora a Londra siamo. Non ci si sposta realmente nello spazio, perché a sovrapporsi sono solo le coordinate temporali».

«D'accordo, facciamo finta che sia come dici tu…».

«*È* come dico io», ribatte indispettita.

«Va bene, come faccio a tornare al presente? O al futuro, quel che è».

«Deve riaprirsi il passaggio».

«E ogni quanto si riapre? Una volta a settimana? Una al mese», deglutisco angosciata. «Una all'anno?»

«Non c'è regolarità e non si possono prevedere le aperture in sequenza. Bisogna aspettare che se ne chiuda una per calcolare quella successiva», e così dicendo, Gwenda prende una pila di fogli fitti di formule, numeri e grafici cartesiani che per me non hanno alcuna comprensibilità. «Ci sto lavorando. Arrivare alla data e all'orario preciso è un calcolo molto complesso. Ma non preoccuparti, non dovrei metterci più di tre mesi».

«Tre mesi?!», chiedo sconvolta. «E chi lo paga l'affitto dei prossimi tre mesi? E il lavoro? Mi licenzieranno! E il professor Sully vuole il nuovo incipit della tesi per giovedì… L'hai fatta già altre volte, questa cosa di viaggiare nel passato?»

«No», risponde sorridendo, senza un pensiero al mondo.

«Cazzo!», esclamo senza fiato. «Oh, cazzo!», ripeto ancora più forte. «È tutto vero… è tutto vero». Non mi entra aria nei polmoni, ho i battiti minimo a duecento e mi gira la testa. «De-devo sedermi».

Gwenda mi avvicina uno sgabello e mi ci abbandono, la mano già affondata nella borsa per prendere l'inalatore. Dentro… fuori… dentro… fuori.

«E la prima volta, ti è sembrata un'ottima idea portare me?», le domando appena ho di nuovo fiato.

«Non dici sempre che ti senti una ragazza d'altri tempi?», ribatte lei con l'aria più naturale del mondo. «Eccoti negli altri tempi!».

«Ma era per dire!», replico. «E adesso che faccio nel 1816 per *tre mesi*?»

«Fai quello che farebbe Lady Rebecca», risponde in tono ovvio.

«Che fretta hai di tornare al presente, in quel bugigattolo nel sottotetto in cui ti tocca anche camminare abbassando la testa, o a sistemare libri? Hai la possibilità di vivere come una debuttante nella Londra della Reggenza: affronta questa esperienza con entusiasmo, anziché dibatterti come una carpa appena pescata».

Che fretta ho? Be', io... ho... inoltre devo...

«Pensaci», mi stuzzica lei. «Vivi la tua vita, invece che fare da spettatrice a quella degli altri».

«Vivere come una debuttante?», ripeto a pappagallo.

«Vivere come una debuttante!», mi fa eco con voce carica di entusiasmo. «Sei una lady o no? Goditi le feste, i balli, i tè, il teatro, le passeggiate a Hyde Park... i corteggiamenti galanti», aggiunge strizzandomi l'occhio.

Ascolto ogni parola pesandone il significato. Vivere come una debuttante nella Londra del 1816.

«E vedere la Storia, quella che hai studiato sempre e solo sui libri, con i tuoi occhi», aggiunge Gwenda.

Giusto! Questa sì che è un'idea intrigante! Quanto materiale raccoglierei per la mia tesi! Scriverei qualcosa di mai letto prima!

«Non è una cattiva idea, dopotutto, no?», mi stuzzica lei. «Hai visto che un modo per farti viaggiare l'abbiamo trovato? Alla faccia dei tuoi percorsi calcolati con Maps», commenta compiaciuta.

«Ci sono delle regole particolari che devo rispettare?»

«Regole no», risponde lei, «ma prudenti precauzioni sì».

«Cioè?»

«Ogni azione compiuta nel passato modifica il futuro, tienilo sempre a mente: non metterti in pericolo, non farti uccidere...».

Sgrano gli occhi. «C'è questa possibilità?»

«Il corpo della polizia metropolitana non sarà istituito fino al 1829», dichiara con fermezza. «E le scienze mediche non sono in grado di curare quelli che per noi sono innocui malanni».

«Giusto». E in reazione stringo al petto la mia borsetta con l'ancor più prezioso kit d'emergenza.

«E non restare incinta», aggiunge.

Io scoppio a ridere. «Per quello non c'è rischio», la rassicuro. «Sono la persona meno sessualmente attiva del Regno Unito».

«Non c'è da scherzare con le traslazioni temporali».

«Non farmi uccidere e non restare incinta», ripeto voltandomi verso l'uscita. «Posso affrontarlo».

«E non innamorarti», mi richiama Gwenda.

Questa mi sfugge. «Anche questo ha effetto sulla traslazione temporale?»

«No, ha effetto sul cervello: si prendono decisioni stupide quando ci si innamora».

4

«Cara, raddrizza quelle spalle o Mrs Triaud prenderà tutte le misure sbagliate», mi intima la zia, riprendendomi ancora una volta per la mia postura scorretta.

L'atelier di Mrs Triaud è il più "in" di Londra, e lei è la Coco Chanel della Reggenza. Io sono troppo curiosa per star ferma a fare il manichino: smanio dalla voglia di aprire i cassetti dei ventagli o provare i cappellini. Questo posto appaga il mio bisogno estetico di merletti, nastri e colori pastello.

Mrs Triaud confeziona abiti anche per la famiglia reale e tutte le clienti passate fino a ora hanno chiesto di poter sbirciare l'abito da sposa che ha cucito per la principessa Carlotta, ma lei è una professionista e non rivela nessun dettaglio.

«È vero, come dicono, che è costato diecimila sterline?», le domanda una donna entrata da poco.

«Dato che non lo pagherete voi, Lady Osbourne, non vedo perché dobbiate preoccuparvene», è la risposta di Mrs Triaud.

Quanto?! Diecimila sterline è la rendita annua di Mr Darcy e corrisponde su per giù a trecentomila sterline del futuro. «Neanche quello di Kate Middleton è costato tanto e lei si è sposata in mondovisione», osservo.

«Kate Middleton?», domanda Mrs Triaud con tono indifferente. «Non ho idea di chi sia».

«Ha sposato un buon partito?», chiede Lady Osbourne.

«Non può lamentarsi», rispondo sorridendo tra me e me delle

due, ignare del fatto che io stia parlando della futura – in tutti i sensi – regina. «Tranne che della cognata, forse».

«Lady Rebecca, vi prego di stare ferma o gli orli dei vostri abiti saranno tutti storti. E poi, come mai siete più alta della volta scorsa? Toccherà allungarli tutti».

«E allargarli, senza dubbio», aggiunge una vocina sottile ma dal tono aguzzo e fastidioso. Mi volto e mi trovo davanti Lady Ausonia Osbourne proprio come l'ho immaginata e disegnata. Se la Londra del 1816 fosse *Mean Girls*, Lady Ausonia sarebbe Regina George: acida, presuntuosa, vanesia, calcolatrice e con sempre qualcosa di cattivo da dire. La Lady Osbourne che chiedeva dell'abito della principessa dev'essere sua madre. «Dunque, è vera la voce che ho sentito: è infine giunto il debutto di Rebecca Sheridan. Meglio tardi che mai».

Incredibile, ci sono tutte le persone che ho inventato... A questo punto mi chiedo se io le abbia inventate o se siano esistite davvero.

«Ho finito», annuncia Mrs Triaud. «Ora potete provare guanti e accessori».

«Pare che Maggie Blige abbia inghiottito una tenia pur di recuperare la sua linea», dice Ausonia affiancandomi, lei in cerca di scialli. «Io preferisco bere un bicchierino di aceto prima dei pasti e l'appetito se ne va. Dovresti provare. Certo, considerando che la stagione ormai è alle porte, potrebbe essere uno sforzo inutile... Magari potresti portarti avanti per l'anno prossimo. È alquanto improbabile che trovi marito subito, alla tua età...». Ausonia s'interrompe per schiaffeggiare la mano dell'apprendista, intenta a sciogliere i nastri del suo copricapo. «Sii delicata! Questo pizzo costa più di quanto guadagnerai in un anno!». Tra i denti sibila un «Bifolca» che la ragazza, tremante per il rimprovero, forse non sente.

«Mi fido di te, Ausonia, che sei un'esperta: questa è la tua terza stagione, dal tuo debutto, senza proposte di matrimonio, giusto?», ribatto. Sono pronta ad affilare le armi.

«Nessun pretendente era alla mia altezza», replica acida.

«Ti brucia che Emily si sia sposata prima di te, non è così?», la punzecchio.

Tra i bersagli preferiti di Ausonia c'è anche la mia migliore amica, timida e riservata, e spesso bullizzata da lei per il suo piede destro storto. Ho pensato bene di riscattarla facendole sposare un ottimo partito molto ammirato.

Sul viso di Ausonia si tende un sorrisetto malefico. «Dalle tue parole deduco che non sai lo scandalo del giorno!», esclama.

«Che scandalo?», domanda mia zia.

«Non avete sentito? Emily è scappata con il suo amante», spiega la madre di Ausonia.

Nell'atelier cala il silenzio. Io la fisso incredula, boccheggiando.

«Che vergogna per i Fraser. Per fortuna che hanno già venduto la casa o non avrebbero intascato un quattrino», seguita lei con compiaciuta noncuranza. «E la povera Jemima, la sorella minore di Emily, è ro-vi-na-ta».

«Non è possibile!», salto su scioccata. «La mia Emily… voglio dire, Emily non farebbe mai nulla di simile».

Zia Calpurnia è stupita quanto me. «Con chi mai sarebbe potuta fuggire quell'uccelletto spaurito?»

«Ha lasciato casa dicendo che si sarebbe recata a Bath per rinvigorire la sua salute messa a dura prova dal freddo e poi ha fatto perdere ogni traccia. Ieri l'altro la sua famiglia ha ricevuto una lettera di addio con cui Emily faceva sapere che lasciava il marito per seguire il suo amante», continua Lady Osbourne. «Nelle Colonie».

«Pare si fosse fatta irretire da un ufficiale, tale Benjamin Harlow, quella sciocca», aggiunge Ausonia.

«Non è un comportamento da Emily!», insisto con convinzione. Conosco Emily, non farebbe nulla di simile. Amava suo marito ed era più che felice della sua vita coniugale. Tra di noi c'era una regolare corrispondenza in cui mi informava del suo sereno ménage domestico. No, no, no, non credo alle mie orecchie.

«Chissà come le avrà fatto girare la testa quell'ufficiale. Dei militari non c'è da fidarsi! Da quando è finita la guerra, Waterloo ci ha risputato tutta questa gentaglia in mal arnese al di qua della Manica che ora ciondola per le strade a caccia di soldi», decreta Lady Osbourne.

«Sarà stato un pezzente di sottocategoria, al verde, che l'ha corteggiata per farsi mantenere», maligna Ausonia. «Non è mai stata un'incantatrice di uomini quella zoppetta, avrebbe dovuto ritenersi fortunata che un uomo come il visconte Maxim Duville l'avesse voluta sposare».

«Sono tutte malignità, le tue», la accuso.

«La servitù dei Fraser ha spifferato la storia per tutta Londra; avrebbero dovuto pagare di più il loro silenzio. Humphrey ha perfino esposto le stampe satiriche nelle sue vetrine in St James Street. Vai a vederle, se non ti fidi», mi sfida Ausonia con un sorriso soddisfatto.

«Non mancherò», replico.

Mia zia segue Mrs Triaud al piano superiore per vedere delle stoffe e io resto sola con le due vipere Osbourne.

«In effetti, mi chiedo che razza di debutto sarà mai il tuo. Non hai nessuna parente che possa presentarti alla regina, e con tua zia che dà alloggio in casa vostra a donne di dubbia reputazione, dubito che verrai accettata ai ritrovi più esclusivi, tipo all'Almack's Assembly Rooms».

«La reputazione di Lucy è immacolata», ribatto in difesa della mia cameriera, che zia Calpurnia ha salvato dalla casa di piacere di Marylebone. Il suo precedente padrone l'aveva ceduta per coprire i propri debiti, così che potessero recuperare il denaro mettendo all'asta la sua verginità. La zia, saputo il fatto da Dora, ha saldato il debito di Lord Vancroft prima che Lucy fosse venduta al miglior offerente. «E se all'Almack invitano te, non devono essere poi così selettivi», mi lascio scappare.

«Buongiorno», saluta una donna sulla cinquantina entrando nell'atelier di Mrs Triaud.

Ausonia e sua madre si profondono in un'ostentata riverenza. «Lady Sefton», la salutano a loro volta con un tono zuccheroso ben diverso da quello che mi hanno rivolto fino a un attimo fa.

False. False e paracule.

Dunque, *lei* è Lady Sefton, in carne e ossa! Nella Londra regency ci sono sette donne che tengono in pugno l'alta società: le patronesse dell'Almack's Assembly Rooms, ossia Lady Jersey, Lady Cowper, la contessa di Lieven, Clementine Burrell, Lady Castelreagh, la principessa Esterhazy e Lady Sefton che, essendo la più anziana, è anche la più influente. Se nel 1816 esistesse il Met

Gala, loro sarebbero Anna Wintour, con il potere di decidere chi è "in" e chi è "out". «Oh, Rebecca, sono contenta di trovarti qui. Il tuo abito è pronto, mi auguro. Dov'è Calpurnia?»

«Eccoci, Maria», esordisce mia zia, scendendo dal primo piano seguita da Mrs Triaud. «Il vestito è divino, a Rebecca va a pennello. E gli accessori s'intonano perfettamente al verde chiaro dei suoi occhi».

Lady Ausonia e sua madre osservano la scena confuse. Sembra che non si aspettassero che Lady Sefton potesse avere dei legami con me e mia zia.

«Contessa, che onore poter condividere con voi la stessa modista», interviene subito la madre di Ausonia piccata per essere stata ignorata.

Lady Sefton scruta prima lei poi Ausonia, stringendo gli occhi. «Rammentatemi chi siete».

«Lady Miranda Osbourne, moglie del barone Louis Osbourne. E questa è la mia adorabile figlia Ausonia».

«Certo», annuisce Lady Sefton con sguardo vacuo. «Rebecca ha anche un copricapo di piume, vero?».

Vedendo che la contessa non dà segno di riconoscerle, Ausonia insiste ad attirare la sua attenzione. «Mio padre è cugino di quarto grado dalla parte della seconda moglie di suo padre del duca di Wellington».

Il duca di Wellington è l'eroe nazionale che ha sconfitto Napoleone a Waterloo. All'indomani del trionfo chiunque darebbe un braccio per avere un legame di sangue con lui.

Lady Sefton annuisce. «Oh, sì. La nipote di Arthur… una delle tante, almeno».

«Come sta la contessa di Lieven? È lei che ha patrocinato il nostro ingresso all'Almack», continua Lady Osbourne.

«Interessata alla politica, come sempre», risponde Lady Sefton impegnata a ispezionare ogni cucitura, orlo e pizzo del mio abito.

«Stavo proprio parlando a Rebecca di quanto siano esclusivi i balli all'Almack e quanto sia difficile esservi ammessi, se non si possiede una reputazione immacolata».

Lady Sefton annuisce distratta, più attenta a saggiare la qualità del tessuto del mio vestito. «Senza ombra di dubbio».

«E un aspetto impeccabile», aggiunge Ausonia scrutandomi dall'alto in basso. «Cos'è successo alle tue mani, Rebecca? Hai pulito un calamaio?».

Chiudo d'istinto i pugni per nascondere le punte delle dita macchiate da schizzi neri d'inchiostro. «Corrispondenza», mento. «Avevo delle lettere da scrivere».

«E a chi? La tua cara amica Emily è fuggita nelle Colonie». Ausonia alza gli occhi al cielo. «Che scandalo, sono così contenta di non poter essere associata a lei in alcun modo».

«Non preoccuparti, Ausonia, nessuno ci tiene a essere associato a te», la ripago con la sua stessa moneta.

«Che animo focoso!», esclama Lady Sefton sventolando la mano in aria. «Sai, Calpurnia, credo che se avessimo mandato tua nipote in battaglia avremmo sconfitto Napoleone nella metà del tempo».

«La mia Rebecca spesso dimentica di riflettere prima di parlare», mi scusa la zia rivolgendomi uno sguardo severo.

«L'abito è approvato, ma Rebecca deve allenarsi a tenere le spalle dritte. Le legheremo un bastone dietro la schiena, se dovesse servire». Poi Lady Sefton fa un cenno a Mrs Triaud, indicandole i nastri appesi al soffitto. «Ne voglio uno per colore, fatemeli recapitare a casa. Ci vediamo domani sera al ballo in maschera dai Manderley; ho saputo in via confidenziale che ci sarà anche il duca di Wyndham: ottimo partito, dovremo fare in modo di presentartelo, Rebecca».

Lady Sefton esce senza salutare, con Ausonia ingrugnita per non aver ricevuto considerazione dalla contessa.

«Cara, rientriamo, è quasi ora di pranzo e sai quanto tuo zio s'indispone se non ci sediamo a tavola puntuali», mi sollecita la zia, invitandomi a raccogliere le mie cose. «A domani sera, Lady Osbourne, Ausonia. I miei omaggi a Lord Osbourne».

«Uh, Ausonia, dimenticavo», dico un attimo prima di seguire la zia fuori dall'atelier. «Giovedì prossimo sarò presentata a corte».

Il suo viso si allunga in una smorfia di stupore. «Impossibile. Chi ti…?»

«Ci hai appena parlato: Lady Sefton». E mi volto per seguire zia Calpurnia.

Vivere come una debuttante della Reggenza credo mi riesca bene, dopotutto.

Esco dall'atelier con passo deciso e uno strano slancio nel petto: ho avuto l'ultima parola in una discussione con Ausonia Osbourne.

E ho appena pestato una gigantesca cacca di cavallo.

Martedì 14 maggio
1816

5

Le mie prime settantadue ore da lady sono trascorse più o meno così:

Ore 7:00: sveglia, vestizione con l'impossibile impresa di mangiare pane imburrato e tè mentre Lucy mi tira i capelli nell'acconciatura.

Ore 9:00: cavalcata con Archie in Rotten Row. Alla mia prima montata all'amazzone sono caduta rischiando di spezzarmi il collo. Credo che prenderò l'avvertimento di Gwenda di non ammazzarmi molto più sul serio.

Ore 10:00: cambio d'abito, seconda colazione e sbrigare la corrispondenza. Che è un po' il moderno controllare le e-mail del mattino bevendo un caffè da Costa.

La zia sfoglia «La Belle Assemblée», che è il «Vanity Fair» della Reggenza, mentre io mi dedico alla scrittura dei miei racconti del mistero – che firmo come la Sfinge – fingendo di rispondere a lettere di cortesia. Devo consegnare *Assassino al Cairo* entro stasera al «Chronicle». Da quanto ho trovato nel portamonete nascosto nel mio scrittoio, devo guadagnare piuttosto bene e, dato che zio Algernon scrutina le spese al centesimo, sarà meglio che questi introiti me li tenga stretti.

Ore 11:00: terza colazione e shopping con la zia. C'è sempre qualcosa da mangiare e da comprare e questo mi piace molto.

Ore 12:00: si ricevono o si fanno visite ai conoscenti. Che io non conosco, ma sto imparando.

Ore 14:00: cambio d'abito e pranzo. Ossia il quarto pasto e non siamo neanche a metà giornata. Il forno di Mrs Bry, la cuoca, lavora a ciclo continuo e in tutta la casa aleggia sempre l'odore fragrante di biscotti, pane e torte calde. Un po' comincio a capire la fame perenne dello zio.

Ore 15:00: altre visite.

Ore 16:00: c'è sempre qualche merenda a cui partecipare, mentre Archie e zio Algernon vanno ai loro club per gentiluomini.

Ore 17:00: cambio d'abito e promenade a Hyde Park. Perché se non ti fai vedere al parco alle cinque, non sei nessuno. Ausonia c'è *sempre*.

Ore 19:00: cambio d'abito (ancora) e spuntino leggero.

Ore 20:00: teatro, esibizione o qualche incontro sociale di sorta.

Ore 22:00: rientro e cena.

Ore 23:00: svestizione e, infine, letto.

Questa, per me, è una serata speciale perché parteciperò al mio primo ballo: la festa in maschera di Lady Celeste Manderley, che apre ufficialmente la stagione.

«Le forcine mi stanno perforando la scatola cranica», bisbiglio all'orecchio di Archie al quale do il braccio, mentre alla mia destra la zia e Lady Sefton salutano gli altri invitati. «E le cuciture di questi guanti prudono da impazzire».

L'estetica regency è bella ma non comoda.

«Mia cara, i guanti fanno la signora e se non avessi passato ogni momento libero a scrivere, le tue dita non sarebbero imbrattate d'inchiostro fin sotto le unghie», mi schernisce lui.

Non sono pratica di penna d'oca e calamaio, ma tra i racconti del mistero e gli appunti che sto annotando per la tesi si può dire che la scrittura sia la mia attività principale.

Lucy porta i miei scritti al giornale di nascosto e, altrettanto di nascosto, ritira il mio compenso che divido con lei. I miei misteri piacciono e l'editore me ne ha chiesti due a settimana… e con tutto quello che so dal futuro ho materiale per scrivere storie da lasciare sbalordita tutta Londra: come un killer senza volto che si muove nella notte tra le strade di Whitechapel, o il ritrovamento della tomba di un giovane faraone maledetto… «Buonasera, Lady Covington», saluto la donna che mi ha appena presentato la zia.

«Calpurnia, era ora che vi decideste a far debuttare Rebecca.

Ancora un anno e questo meraviglioso fiore lo avreste lasciato appassire! Che crudeltà».

«Lady Sefton sarà così generosa da farle da madrina per la presentazione a corte».

Erano le stesse frasi che sentivo dire a tutti: commenti sul mio debutto tardivo, sul mio aspetto ancora fresco nonostante "l'età", sul mio stato di salute e l'imminente presentazione alla regina.

E sussurri a mezza voce su Emily, Maxim e i Fraser. Ho visto le stampe affisse alle vetrine di Humphrey – uno degli stampatori più noti in città per le sue caricature spietate – che, senza alcun tipo di tatto, ritraggono Emily caricata su una carriola, a voler estremizzare la sua disabilità, e spinta dal suo amante, che ha il simbolo dei soldi al posto degli occhi. La parte peggiore è stato vedere quanta gente indicasse la caricatura sghignazzando…

«In questo caso, dovete concedere il primo ballo a mio figlio!», esclama Lady Covington.

«Mi spiace. Ma il primo ballo è un onore che spetta a mio cugino», rispondo pronta.

«Allora, il secondo!», insiste lei con convinzione. «Vado a cercare Henry».

Un altro Henry?!

Quanti Henry si sono già prenotati per danzare con me? Do un rapido sguardo al carnet: Henry Peverell per il cotillon, Henry Dalton per il reel scozzese, Henry Wittley per la quadriglia e un Henry dal cognome illeggibile per la *boulangère*.

«Ma perché si chiamano tutti Henry?!», sibilo all'orecchio di Archie.

«Guarda il vantaggio, Rebecca: non dovrai sforzarti a ricordare il nome del tuo cavaliere».

«Oh, ecco la nostra deliziosa ospite», interviene Lady Sefton. «Celeste, che ricevimento divino! Avete un dono naturale. Conoscete già Calpurnia Sheridan e suo figlio Archibald. Stasera c'è anche la, ehm, giovane Rebecca, prossima al debutto».

Lady Celeste scosta la maschera dal volto e mi rivolge un sorriso che, nonostante i denti perfetti di un bianco abbagliante, mi pare spento. «Le mie congratulazioni, Rebecca».

Celeste Manderley trasuda grazia ed eleganza, tuttavia ho l'impressione che la sua sia una bellezza opaca e anche un po' triste. Per capirne il motivo mi basta guardare l'uomo che raggiunge il suo fianco. «Mia cara moglie, è ora di aprire le danze».

Quello è suo marito?!

Rivolgo uno sguardo impietrito ad Archie che, annuendo con un impercettibile movimento del capo, condivide il mio sgomento.

Aggancio con presa salda il braccio di mio cugino, per conforto. Come ha potuto la famiglia di Celeste farle una cosa simile? Lord Manderley è... brutto. Non c'è altro modo di definirlo. Brutto e, per di più, vecchio. Potrebbe essere suo padre. Attempato. Lei avrà su per giù la mia età.

Un brivido mi corre lungo la schiena: e se mi trovassi circondata da corteggiatori come Lord Manderley?

Io voglio Mr Darcy, mica suo nonno.

Appena i padroni di casa si allontanano, rivolgo uno sguardo implorante ad Archie. «Scordati che io conceda anche solo un ballo a tizi simili a quel... quella...».

«Non offendere il padrone di casa», mi ammonisce lui, guidandomi al centro della sala, dove si stanno radunando i gruppi per la siciliana.

«...Mummia», concludo, incurante.

«Diciamo che le scelte matrimoniali sono influenzate da condizioni al contorno», replica lui.

«*Punizioni* al contorno, intendi», abbasso il tono di voce, al punto da poter essere appena udita. «Puzza già di morto».

«*Pecunia non olet*».

E anche se non tanto vecchi come Lord Manderley, anche i miei cavalieri, gli Henry, che per comodità ho deciso di ribattezzare H1, H2, H3 e H4, lasciano alquanto a desiderare facendomi quasi rimpiangere i tizi che ho incontrato su MatchMe.

H1 mi pesta i piedi e, anziché scusarsi, incolpa me di ogni errore, con irritante ostinazione.

H2, invece, suda. Tutto in lui suda: la fronte, il naso, il collo, i capelli... sembra una fontana.

Infine, H3 ha un alito pestilenziale, tipo zio Algernon. Ogni volta che mi rivolge la parola mi sento svenire e, lì per lì, comincio a pensare che accasciarsi al suolo potrebbe essere una valida via di fuga.

Finito il ballo vedo già H4 fare capolino e venirmi incontro, ma io sono troppo provata dai primi tre cavalieri per tollerarne un altro, così mi defilo alla chetichella.

Ho anche una buona scusa: mi serve un bagno o qualcosa di simile perché non so per quanto riuscirò a trattenermi. Non dovevo bere tutto quel tè prima di uscire.

E poi, ho bisogno di togliermi questi guanti pruriginosi.

Mi defilo dal ricevimento e salgo al piano di sopra, dove imbocco un corridoio immerso nella semioscurità: mi muovo alla cieca, sbirciando le stanze sperando che anche i Manderley abbiano deciso di installare un gabinetto.

Una delle cose a cui mi sto abituando è il buio delle case una volta scesa la sera. Le serie tv mi avevano illuso con sale sfavillanti al limite dell'abbaglio, invece, con solo la luce fioca delle candele, ci si muove nella penombra perenne, il che può essere romantico o inquietante a seconda delle situazioni.

Da una delle porte chiuse, però, percepisco uno strano mugolio che sembra un po' un affanno e un po' un lamento.

Poggio l'orecchio all'uscio, con circospezione, e il gemito mi giunge ancora più nitido. È una donna. Forse non si sente bene?

Apro appena uno spiraglio e la scena che mi trovo davanti mi coglie impreparata: la donna non è sola; c'è un uomo con lei, *addosso* a lei, e ha una mano affondata sotto il suo vestito.

6

La donna sussulta, annaspa e, di primo acchito, penso a un'aggressione. Mi frugo nella scollatura in cerca dello spray al peperoncino che, seguendo le raccomandazioni di Gwenda, ho preso l'abitudine di infilare sempre nella pettorina, comodo da agguantare in caso di emergenza. Un attimo prima di intervenire, però, mi rendo conto che i suoi sono gemiti di piacere.

Qualunque cosa le stia facendo quell'uomo, a lei sta bene. *Più* che bene.

È seduta su un tavolo da toeletta e lo specchio alle sue spalle oscilla al ritmo dei suoi movimenti.

La donna si abbandona all'indietro, permettendomi di vedere il suo volto: è Lady Celeste Manderley!

Ma quell'uomo *di certo* non è Lord Manderley.

Il marito di Celeste è basso, tarchiato e con pochi capelli, mentre l'uomo con lei – *addosso* a lei – è alto almeno il doppio del conte, con spalle ampie, muscoli torniti e folti capelli castano scuro lunghi quasi fino alle spalle.

Dovrei andarmene ma resto ipnotizzata dal riflesso del volto dell'uomo, peraltro coperto in parte dalla maschera.

Pur con le migliori intenzioni, ogni mio "Ora vado" viene dissolto da un nuovo gemito di Celeste.

Non mi sembra che finga, quindi dev'essere pure bravo. *Chapeau*, Lady Manderley…

Di colpo, a sorprendermi è lo sguardo di lui che mi trafigge attraverso il riflesso nello specchio.

Prima, con le palpebre chiuse o il volto nascosto nel collo di Lady Celeste, aveva ignorato la mia presenza; ora invece mi fissa con un sorriso perfido e una sfacciata aria di sfida.

Sussulto imbarazzata e, indietreggiando, mi pesto l'orlo dell'abito fino a strapparlo.

Mi precipito nel corridoio e poi giù per le scale, senza nemmeno guardare dove sto andando, tanto da scontrarmi con un'altra persona e finire chiappe a terra.

«Il solito disastro, Rebecca», commenta Ausonia Osbourne squadrandomi dall'alto. «Era prevedibile, d'altronde». Giuro che te lo cancellerò quel sorriso irritante.

«Anche la tua malignità è prevedibile, Ausonia», ribatto.

«Non porti i guanti per anticonformismo o vai orgogliosa delle tue mani chiazzate di nero?».

Accidenti, non ho rimesso i guanti. «Almeno le macchie d'inchiostro confermano la mia capacità di scrivere. Le tue mani immacolate, invece, lasciano il dubbio». Poi le sventolo i guanti sotto il naso. «Ma dato che offendo la tua vista, li rimetto». Solo dopo aver infilato il primo, realizzo di aver smarrito l'altro.

«Accaldata, spettinata, priva di un guanto, con l'abito sgualcito e proveniente da un piano appartato rispetto alla festa. Rebecca, se non conoscessi la tua reputazione, direi che fossi coinvolta in qualche intrattenimento illecito».

«Rebecca», mi chiama zia Calpurnia, affiancata da Lady Sefton e altri due uomini. Uno più giovane e, devo dire, il primo davvero affascinante che incontro stasera, e l'altro più anziano e distinto, con indosso il sash blu dell'Ordine della Giarrettiera. «Eccoti! Prima di tornare a casa vorremmo presentarti a Lord Charles Rutherford, duca di Wyndham».

«Lady Rebecca, le voci sul vostro conto non vi rendono giustizia», mi saluta il giovane affascinante. Castano-biondo, occhi nocciola, niente cicatrici da vaiolo, non suda e ha tutti i denti. Promosso. Nel 1816 ci vuol poco a ridimensionare i miei standard.

«Dipende da quali avete sentito, Lord Rutherford. Se quelle amiche o nemiche», rispondo lanciando un'occhiata ad Ausonia.

Lady Sefton, invece, introduce l'uomo con il sash. «Arthur

Wellesley, duca di Wellington, colui che ha liberato l'Europa dall'incubo napoleonico. Lord Wellesley, Rebecca Sheridan, sarà la mia debuttante. Oh, e Lady Astoria Osbourne».

«Ausonia», precisa lei, piccata, a denti stretti.

Mi profondo in una riverenza, imitata da Ausonia. «Lusingata di fare la vostra conoscenza». Ah, se quella vecchia carampana del professor Sully mi vedesse!

«Due giovani molto graziose», commenta Wellington. «Siete forse cugine?».

Potrei offendermi all'idea che qualcuno mi reputi parente di Ausonia, ma credo che me la giocherò in altro modo. «Se così fosse, duca, vorrebbe dire che anch'io sono imparentata con voi, ma è un onore che può vantare solo Ausonia».

Lo sguardo impietrito della reginetta snob e quello confuso di Wellington mi dicono che ho colto nel segno.

«Nipote, se non ricordo male», aggiungo.

«Lontana», replica Ausonia in fretta. «Lontana nipote».

«Orbene, avendo quattro fratelli devo presumere che la mia memoria non sia del tutto affidabile: non ho mai saputo di avere tanti nipoti come negli ultimi mesi. Dovrò rimproverare la mia famiglia di avermi omesso tali informazioni durante gli anni di guerre che mi hanno tenuto lontano dall'Inghilterra».

Il duca saluta con garbo e si sposta verso un altro gruppo che reclama la sua eccellente presenza.

«Mi sarebbe piaciuto chiedervi l'onore di un ballo, Lady Rebecca», dice Lord Rutherford in tono di commiato, «ma ritengo sia più opportuno attendere fino alla festa successiva al vostro debutto ufficiale. Vi domando sin da ora di riservarmene uno».

«Io sono libera!», starnazza Ausonia. «Voglio dire… ho ancora un paio di balli liberi nel carnet perché volevo riposare un momento, ma sarei lieta di concedervene uno».

Stucchevole capra…

Il duca la guarda impassibile. «Magari in un'altra occasione». E accenna un inchino rivolto a me. «Buona serata, Lady Rebecca».

«Lady Celeste!», chiama zia Calpurnia con un cenno del ventaglio.

La padrona di casa raggiunge il nostro capannello, ma appena i suoi occhi incrociano i miei, abbassa lo sguardo sul calice che ha tra le mani, con un sorriso tirato.

Percependo il suo disagio, lascio che sia la zia a farsi carico dei saluti, rivolgendomi di nuovo ad Ausonia. «Anziché interessarti ai pettegolezzi, ti suggerirei di scrivere più spesso a tuo zio, il duca di Wellington; non mi pare si ricordasse molto bene di te. Qualcuno potrebbe pensare che ti sia inventata la parentela».

Seguo zia Calpurnia e Lady Sefton sulla carrozza, riflettendo sulla serata. Gwenda mi ha detto di godermi i balli, ma questo mio primo – forse a causa delle alte aspettative che mi hanno creato i romanzi di Patricia O'Neal e compagnia – non è stato così godibile. Per non parlare dei cavalieri… Forse, se ci fosse stata Emily con cui condividere qualche battuta!

«Archie non torna con noi?», chiedo alla zia notando l'assenza di mio cugino.

«Ha preferito intrattenersi con il suo amico Bennet. In cuor mio, spero che la moglie di Bennet gli presenti qualche fanciulla perbene e lasci quell'attricetta che mantiene a Soho. Ora che Archie porta il titolo di tuo padre, la sua priorità è trovare una moglie all'altezza del ruolo, non sollazzarsi con un'amante nuova ogni mese. Questa stagione dovremo ricevere molto, dare un ballo in tuo onore… Tuo zio brontolerà fino a sfinirmi ma non possiamo fare altrimenti, ora che debutterai. E che dire del duca di Wyndham?! Sarebbe un ottimo pretendente…».

Ma non ascolto più la zia, intenta come sono a osservare dal finestrino la carrozza accostata al lato opposto della strada, su cui sta salendo un uomo mascherato. Quello che era con Lady Celeste.

Si volta verso di me e, quando mi vede, mi rivolge un cenno del capo nell'esatto momento in cui la nostra vettura parte.

Giovedì 16 maggio

1816

7

«Lucy, questo "Morning Post" è strappato!», protesta zia Calpurnia nel prendere il giornale dal vassoio.

«È già una fortuna averne uno», replica lei. «Due valletti sono perfino arrivati alle mani per accaparrarsene una copia».

«Dovremo accontentarci, pare», sbuffa mia zia.

Il giorno del mio debutto è arrivato, questo pomeriggio alle due sarò presentata alla regina e tutta la casa è in fibrillazione.

Lucy è stata spedita a comprare il «Morning Post», che è solito dedicare ampio spazio alle debuttanti.

«Dubito che il "Post" sia andato a ruba perché compare il mio nome all'interno delle presentazioni a corte», obietto.

«In realtà, l'articolo di cui tutti parlano è quello in terza pagina», precisa Lucy. «Alcuni la rivendevano a tre volte il prezzo del giornale intero».

«Su cos'è l'articolo in terza pagina?», chiedo curiosa.

«Nulla che possa interessare una fanciulla», taglia corto lo zio, la bocca stipata di pasticcini.

«Riguarda un tale Reedlan Knox», risponde Archie.

«Gentaglia», aggiunge lo zio.

Dato che nessuno sembra curioso, prendo la terza pagina per vedere da me.

«Il pirata cavaliere», leggo ad alta voce. «Le porte di Buckingham House si spalancano per insignire del titolo di cavaliere il controverso Reedlan Knox. L'ex luogotenente della Royal Navy, reo di aver guidato l'ammutinamento contro il capitano Croydon nel 1812 per poi darsi alla pirateria, detiene il record di quaranta navi catturate. Una Lettera di Marca rilasciata dalla Corona nel 1814 ha trasformato il pirata più ricercato d'Europa, con una taglia di cinquantamila ghinee sul capo, in corsaro di Sua Maestà per contrastare la guerra di corsa sostenuta da Napoleone nel Mediterraneo».

«Oltraggioso», commenta lo zio. «Il Reggente non vorrà mica titolare ogni avanzo di galera che abbia alzato un dito contro i francesi?!».

"Almeno un dito lo hanno alzato, *loro*", sto per fargli notare, ma lo zio lascia il soggiorno per raggiungere un uomo che il maggiordomo annuncia come Bransby Cooper, il medico dentista. «Ho portato un'ampia selezione di denti, milord», annuncia Cooper.

In effetti, a zio Algernon manca metà dentatura. Con tutti i dolci che mangia non mi sorprende.

«Non voglio spazzatura di legno», lo ammonisce lo zio. «Ne avete in porcellana?»

«Ho ben di meglio: denti veri che non crepano come la porcellana».

Disgustata dalla loro conversazione riappoggio il tramezzino sul piatto. «Credo che farò un bagno», dichiaro.

«Ma lo hai già fatto ieri», obietta zia Calpurnia.

«Appunto», replico io.

«Non dovresti lavarti così spesso, Rebecca», mi riprende lo zio dalla porta. «A furia di strofinarti toglierai lo strato protettivo della pelle e ti ammalerai come i tuoi genitori».

Da quanto ho annusato alla festa di Lady Celeste, sono in molti a pensarla come lo zio. «Correrò il rischio», ribatto.

Quando Lucy vede le macchie rosse sull'asciugamano le prende un colpo: il ciclo.

In un giorno in cui devo vestirmi di bianco da capo a piedi e inchinarmi davanti alla regina e a tutta la corte, mi è venuto il ciclo.

«Dovremo mettere due traverse», dice armeggiando con delle

lunghe pezze di stoffa con cui tenta di avvolgermi come un bebè con il pannolino. «Anzi, facciamo tre».

«Non posso mettermi questo coso, non riesco a camminare», mi lamento simulando la sfilata che dovrò fare verso il trono e che ieri abbiamo provato fino alla nausea. «Sembro una papera».

«Non c'è alternativa».

Oh, sì. Altroché! Riesumo il mio kit di emergenza e ne prendo uno stick sigillato nella plastica. «Ti voglio bene», dico stampando un bacio sulla confezione.

«Cos'è?», mi chiede Lucy confusa mentre mi sciolgo il pannolone per l'incontinenza.

«Un Tampax», rispondo scartandolo. «Un assorbente interno».

Lei però è ancora più confusa. «Interno? Intendete…».

«Intendo che s'infila dentro».

Sto per inserirlo quando lei si lancia su di me di peso per toglier- melo di mano, facendoci rovinare entrambe a terra. «La vostra integrità! Non fate sciocchezze, per carità».

«L'ho usato un sacco di volte, la mia integrità è inespugnata, Lucy», protesto cercando di riagguantare il Tampax, l'unico che ho nel 1816.

«Non siete una donna di facili costumi! Non ve lo permetterò».

«Lucy, o io mi metto quel Tampax ora, o non debutterò affatto. A te la scelta».

Ma Lucy è più veloce e lo lancia nel camino privandomi della mia preziosa ancora di salvezza. «Traversa, Lady Rebecca. Subito».

8

C'è grande fermento a Buckingham House, nell'anticamera della sala dove si terranno le presentazioni. Madri, zie, sorelle ripetono alle debuttanti i comandamenti: non gesticolare, non starnutire, non tossire, non grattarsi in presenza della regina.

Non grattarsi... Bella scommessa, le mani mi prudono da morire.

«Non ciondolare», mi ricorda Lady Sefton, al mio fianco. Queste scarpine rigide come bare mi stanno facendo sentire la mancanza delle mie Converse.

Da quanto ho capito, c'è così tanta gente perché questo è il primo giovedì da mesi in cui la regina riceve a corte, complici le nozze della principessa della scorsa settimana.

E lì, nella ressa, in attesa della propria chiamata a comparire dinanzi alla sovrana, il cicaleccio verte proprio sulla giovane principessa Carlotta.

«Considerando quanto si detestano il principe Giorgio e sua moglie Carolina è un miracolo che siano riusciti a concepire un erede, benché femmina», osserva una donna con dei pennacchi giganteschi in testa.

«Peccato che alle principesse ereditarie tocchi maritarsi sempre con principi senza terra e senza fortuna. I Sassonia-Coburgo-Saalfeld sono tutto cognome e poco altro», ridacchia l'altra signora più bassa.

«Leopoldo sarà anche povero sì, ma almeno è bello», sibila una terza, più giovane. Dev'essere la debuttante in compagnia della madre e della madrina.

«Ricco o povero, poco importa: bisognava tacitare lo scandalo», aggiunge la pennuta da dietro il suo ventaglio. «La principessina si era invaghita di un ufficiale dei Light Dragoons, un certo capitano Hess».

«E a chi non piacciono gli ufficiali?!», scherza la donna bassa.

«Davvero la dama di compagnia della principessina era complice dei loro incontri segreti?», chiede la debuttante, curiosa.

La pettegola pennuta annuisce. «Pare che Lady Cornelia facesse entrare Hess a Warwick House di nascosto. Il Reggente ha dato in escandescenze quando lo ha saputo».

«Come se il Reggente fosse un santo, con tutte le amanti che ha avuto», osserva la più bassa.

«Senza contare i figli illegittimi», aggiunge la pennuta.

«Anche il principe Leopoldo si sarà tolto i suoi sfizi mentre era occupato come diplomatico a Parigi», continua la donna bassa.

La pennuta si china verso le altre due con atteggiamento riservato. «Vi dico solo un nome: Hortense Bonaparte».

Le altre due strabuzzano gli occhi. «La figliastra di Napoleone!».

Purtroppo, i pettegolezzi mi fanno perdere la cognizione del tempo e non appena le porte della sala si spalancano mi rendo conto che il mio momento è arrivato.

Quando il ciambellano di corte batte a terra la sua *band of office* tre volte e annuncia a gran voce: «Lady Maria Molyneux, contessa di Sefton, presenta a Vostra Maestà Lady Rebecca Sheridan, figlia di Lord William Sheridan e Therese Sheridan, cugina del marchese di Lennox», Lady Sefton mi guida sul tappeto rosso che devo percorrere fino al podio del trono.

Panico: ho tutti gli occhi puntati addosso a esaminarmi, misurarmi e soppesarmi. Mi sento venir meno il respiro ma non ho più il tempo di prendere il mio inalatore.

A nessuno interessa la profondità dei miei pensieri o il mio eloquio: tutta la partita si gioca in una manciata di minuti e le uniche carte che ho in mano sono il mio aspetto, il mio portamento e la caratura della mia madrina.

E la mia riverenza. Mentre mi esibisco nell'omaggio alla regina mi ripeto le parole che tanto mi ha rammentato la zia: grazia, modestia e leggiadria. Grazia, modestia e leggiadria.

Grazia, modestia e leggiadria. E nel preciso istante in cui mi piego, la traversa che Lucy mi ha legato in vita per contenere il ciclo si slaccia.

Pessimo, pessimo tempismo.

«Figlio di Anubi», sibilo tra i denti.

«Raddrizzati, cara», sibila la mia madrina.

È una parola. Incrocio le gambe per trattenere il mio "pannolone contenitivo" dal cadere sul tappeto. *Red carpet* non potrebbe essere espressione più azzeccata.

«Lady Sefton, la generosità di cui siete dotata nell'elargire la vostra guida alle giovani debuttanti è ammirevole», si complimenta con lei la regina.

«Lady Rebecca merita un debutto in piena regola, dato il suo rango», spiega la mia madrina.

«E la sua dote», aggiunge la sovrana. «Certo, per grazia, discendenza e ricchezza non vi è fanciulla a Londra che possa competere con voi. Tuttavia ho un dubbio: quanti anni avete?»

«Ventuno, Vostra Maestà», rispondo.

«Un debutto tardivo, il vostro», osserva la regina.

«La mia famiglia ha desiderato rispettare il lutto per la perdita dei miei genitori e attendere la piena ripresa della mia salute che la malattia aveva debilitato», spiego.

«Alla vostra età avevo già tre figli e aspettavo la quarta», è il regale commento. «Non temete di aver procrastinato troppo?».

Potrei rispondere con un semplice no, ma non riesco. «Forse, Vostra Maestà, ma non mi faccio scoraggiare. In fondo, anche le vostre quattro figlie – sebbene ben più mature di me – non sono ancora sposate». Né sì sposeranno mai, né daranno eredi alla corona, ma questo non lo posso dire. Da debuttante a strega è un attimo.

La mia battuta smuove un brusio in sala.

La regina mi guarda increspando un sopracciglio. «Ma loro sono in linea di successione al trono», ribatte.

«Come ha sottolineato Vostra Maestà, spero che la mia cospicua dote compensi la mia età».

«Lady Sefton, una simile impudenza non si addice a una giovane di buona famiglia, vi consiglio d'istruirla a dovere. Siete una perla, Rebecca, ma una perla selvatica», ci redarguisce la regina. «Potete andare».

Seguo Lady Sefton saltellando a piccoli passi verso i capannelli di ospiti che fanno ala alla pedana dove siede la sovrana.

Zia Calpurnia mi rifila subito uno sguardo di rimprovero mentre mio cugino scuote il capo nel tentativo di mascherare un ghigno divertito.

Appena fuori dal campo visivo della regina tiro su alla meglio il pannolone ammollato e mi concedo di grattare le mani che dentro i guanti mi prudono fino alla follia.

Seguono altre due presentazioni abbastanza incolore, tra cui quella della giovane accompagnata dalla pettegola pennuta, che scopro essere la Maggie Blige che si è mangiata la tenia per dimagrire, anni diciotto, introdotta dalla viscontessa Astrey.

Ma la sala si anima quando, al cospetto dei reali, viene annunciato Sir Reedlan Knox.

È lui! Il pirata.

Mi allungo per vederlo fendere la folla e rimango sorpresa nel notare che l'uomo che sta per inchinarsi davanti alla regina non somiglia per nulla all'idea che mi ero fatta.

Niente uncino, niente gamba di legno, niente pappagallo sulla spalla.

E ora che è così vicino mi accorgo che è... È l'uomo che ho incrociato lunedì davanti a Hatchards mentre andavo da Gwenda e che mi ha salutata!

Incede con portamento sicuro, al limite dello sfacciato, quasi fosse un sovrano in visita a un suo pari, lo sguardo deciso e un mezzo sorriso teso che sa di sfida.

Il chiacchiericcio intorno a me si accende, specie quello delle signore che non risparmiano lusinghe sul suo aspetto.

«Che capelli folti», bisbiglia una. «I bruni sono il mio genere».

«In confronto a lui, i nostri mariti sembrano dei tisici in fin di vita», osserva un'altra.

«I suoi occhi... due carboni ardenti. Potrebbe mandare una donna a fuoco con il solo sguardo».

«Mio marito si è indignato quando ha saputo che è stato investito del cavalierato. Ha detto che il suo posto sarebbe appeso a una forca e che un giorno finirà impiccato sul molo di Wapping».

«Magari ha ragione, ma che spreco!», esclama Maggie.

«Maggie», la redarguisce la madre. «È un fuorilegge. Anche solo salutarlo sarebbe sconveniente».

«Ma ricco come Creso», aggiunge la pennuta Lady Astrey. «Ho saputo che possiede un palazzo moresco a Gibilterra, appartenuto a un sultano, con l'acqua corrente in ogni stanza e fontane e piscine...».

«Davvero?», chiedono le altre due.

«E ha anche... un harem», sussurra.

Maggie e sua madre sgranano gli occhi. «Harem?»

«Con sette concubine», precisa la Astrey. «Una per ogni giorno della settimana».

«Scandaloso», sussurra la madre. «Un depravato».

«Gli ufficiali raccontano che sia un sadico che ama torturare i suoi ostaggi e che usi amputare le mani ai sottoposti che disobbediscono ai suoi ordini per poi inchiodarle al pennone più alto».

«Come può il Reggente aver attribuito un cavalierato a un tale demonio?», chiede la madre di Maggie che, però, non riesce a staccare gli occhi di dosso a Reedlan Knox.

Ha la bava alla bocca, come la maggioranza delle donne presenti.

«Sembra che abbia intercettato informazioni chiave per la vittoria di Waterloo».

Ascolto interessata, spaventata e affascinata.

E poi, potrei scrivere una storia del mistero riguardante un corsaro e Reedlan Knox sarebbe un ottimo spunto.

Giusto stanotte ho terminato di scrivere *L'amuleto di Alessandria* e Lucy lo ha portato al giornale prima dell'alba. *Il corsaro del Mar Rosso* potrebbe essere il prossimo, magari...

«Mr Knox, da quanto tempo mancate da Londra?», lo saluta la regina Carlotta.

«Mi trovo nella capitale per la seconda volta in dieci anni», risponde lui con una voce profonda e calda. «E a corte per la prima in vita mia».

«Si può dire che abbiate avuto molte vite, Sir», continua la sovrana. «Non tutte onorevoli, ma senza dubbio piene».

«Dunque è un bene, poiché la Corona ne ha guadagnato più dal mio disonore che dal mio onore», ribatte Knox con sferzante ironia. «Fossi stato ligio al dovere, forse, il trono davanti a cui mi sono inchinato oggi sarebbe occupato dall'uomo che ora è esiliato a Sant'Elena».

La regina si irrigidisce, sussurrando qualcosa al ciambellano, per poi rivolgersi di nuovo a Knox. «Vi tratterrete molto in città?»

«Solo il tempo necessario», risponde lui conciso.

«Auspico allora che il vostro soggiorno sia tanto piacevole quanto breve, Sir Knox», conclude lei asciutta.

Neanche il tempo per Knox di ritirarsi che il ciambellano dichiara chiuse le presentazioni.

«Oltraggioso», decreta Lady Astrey. «La sua audacia ha indisposto la regina al punto da interrompere il ricevimento».

Prima di imboccare l'uscita, una voce alle nostre spalle ci ferma. «Marchese di Lennox», si rivolge a mio cugino che si volta, e io lo imito.

Ad averlo chiamato è proprio Reedlan Knox.

Da vicino fa ancora più effetto. Archie è alto, ma Knox lo supera di una spanna abbondante, per non parlare del fisico. Pur indossando abiti dello stesso elegante stile brummeliano, la stoffa lo fascia, tendendosi sopra a muscoli tonici allenati da anni di navigazione e combattimento.

Ma è il viso a calamitare il mio sguardo, con quei tratti decisi, come se un tagliapietre lo avesse scolpito nel marmo.

Mi guarda come se mi conoscesse e mi fa sentire a disagio.

«Sir Knox», ricambia il saluto mio cugino.

«Finalmente ho l'occasione di presentarmi ai miei vicini», dice lui con cordialità.

«Oh, il misterioso compratore della proprietà dei Fraser!», afferma Archie.

«Sembra che quando si riceve un cavalierato non si possa non avere una residenza a Londra».

«Non posso smentire. Lasciate che mi complimenti per le illuminate migliorie che avete apportato alla casa. Ho avuto occasione di seguire i lavori e non vi nascondo che ho imitato alcune delle vostre iniziative», risponde Archie.

«Onorato che le abbiate apprezzate», replica Knox sempre fissando me. «Questa fanciulla è vostra sorella?»

«Cugina», lo correggo.

«Fresca di debutto», aggiunge Archie, facendo poi cenno alla zia di avvicinarsi a noi. «C'è anche mia madre, lasciate che ve la presenti. Madre, abbiamo scoperto chi è il nostro misterioso vicino».

«Davvero, mio caro?»

«Sir Reedlan Knox», si presenta lui di nuovo, con un inchino.

«Mia madre, Calpurnia Sheridan Belfort».

La zia lo osserva sbattendo le palpebre attenta a misurare la propria reazione. «L'eccentrico innovatore, nientemeno».

«In persona. Ora che i lavori sono ultimati, prenderò possesso dell'immobile in settimana. Sarete miei ospiti graditi per un tè, spero», continua lui.

«Volentieri», accetta subito Archie, che smania per ficcare il naso a casa sua, incurante del fatto che la zia non sembri proprio entusiasta dell'invito.

«Rincasiamo? È stato un pomeriggio intenso», ci sollecita la zia.

Mi arrabatto a seguirli fuori dalla sala, zampettando a gambe strette per trattenere la traversa.

«Lady Rebecca», mi chiama Reedlan Knox, sorprendendomi.

«Sì, Sir?», rispondo girandomi di nuovo verso di lui.

Knox mi si avvicina, come a volermi comunicare qualcosa di privato. «Temo di avere una cosa che vi appartiene».

«A me?», domando senza capire.

Lui si sfila dalla giacca un lungo pezzo di seta rosa antico. «Non avete per caso smarrito un guanto alla festa dei Manderley?».

Sì che l'ho perso, ma il punto è: come fa lui ad averlo? Lo guardo deglutendo, priva di una risposta.

«È un silenzio assenso, il vostro?», domanda in tono provocatorio.

«Non è mio», dichiaro. «Vi sbagliate».

Lui lo rivolta mostrandomi l'interno, macchiato di inchiostro. «Sicura? Perché questo è un guanto sinistro e se la mano che lo indossava vi ha trasferito dell'inchiostro, significa che la proprietaria è mancina», argomenta. «Come voi».

Mi costringo a trattenere un'espressione sconcertata. Come può saperlo? «State tirando a indovinare».

«È la vostra mano dominante, quella con cui stringete il ventaglio, reggete il lembo del vestito e con cui avete allacciato il bracciale che portate al polso destro», conclude.

«Ottimo osservatore», commento. «Però non è il mio guanto».

«Ma scommetto che se vi chiedessi di sfilarvi quello che indossate ora, la vostra mano presenterebbe una macchia come questa. Un inconveniente di scrittura comune a molti mancini».

«Sfilarmi il guanto?». Per il 1816 sarebbe come chiedermi di levarmi le mutande – se ancora le avessi. «Siete un impudente, le voci sul vostro conto non mentono. Non farò nulla del genere».

«Non serve. Vi grattate la mano perché l'inchiostro di evidente scarsa qualità che utilizzate vi provoca allergia. Non è un comune ferrogallico, vero? È un inchiostro economico diluito con un additivo da lavanderia: il solfato di rame. Guardate la macchia», insiste allungandomi il guanto. «Non è proprio nera. C'è un sottotono blu, colore del solfato di rame appunto. È per questo che vi dà tanto fastidio, vero, Rebecca? Fareste meglio a comprare un inchiostro migliore».

Purtroppo, ha ragione: usandone molti, faccio acquistare da Lucy le penne e gli inchiostri meno costosi.

«Sì, sono mancina e uso un inchiostro economico, e allora?», ammetto.

«Nulla. Mi chiedevo se lo spettacolo di me e Lady Celeste cui avete assistito vi sia piaciuto. A giudicare dall'insistenza con cui osservavate, direi di sì».

Oddio... è lui.

«Voi eravate...», boccheggio incapace di aggiungere altro.

«Stavo per domandarvi se avreste gradito unirvi a noi, ma ve ne siete andata così di fretta che non ho fatto in tempo».

Stavolta il mio shock è tale che Knox reagisce con una risata sommessa carica di soddisfazione.

«Non resterò ad ascoltarvi oltre», dichiaro. «Me ne vado».

«Non rivolete il vostro guanto?»

«Tenetevelo».

«Un pegno d'amore? Così presto», mi provoca. «Avete davvero fretta di mettere a frutto il vostro debutto».

«Non rivoglio nulla che sia stato sfiorato dalle vostre mani», affermo con decisione voltandomi in cerca di Archie e zia Calpurnia.

«La vostra andatura è alquanto strana, Lady Rebecca», osserva lui a bassa voce. «Di solito le donne camminano così dopo che le ho toccate, non prima».

«Non mi toccherete in alcun modo, statene certo».

«Ci vediamo al tè», mi apostrofa canzonandomi.

«Forse hanno ragione quelli che dicono che un giorno vi appenderanno a una forca a Wapping».

«Forse». Alla mia risposta, Knox sorride compiaciuto. «Ma quel giorno non è oggi».

Domenica 19 maggio

1816

9

Tre giorni dopo il mio debutto ci arriva l'invito di Reedlan Knox al tè inaugurale.

«Ho mal di testa», mi scuso con Archie, che invece ha già tra le mani il biglietto di conferma firmato.

Non ho nessuna voglia di ritrovarmi faccia a faccia con lui. Mi fa sentire a disagio, ed è un disagio strano, che non mi ha fatto provare mai nessuno prima. Mi fa sentire una preda.

Una preda con cui lui vuole giocare.

Una preda che, però, non vuole scappare.

Di certo, Celeste Manderley non voleva scappare...

La finta indisposizione mi regala un ottimo alibi per chiudermi in camera a scrivere il nuovo racconto per il «Chronicle», ottimo diversivo per non pensare a Knox.

Questa mattina è uscito *L'enigma dello scriba*, che ho lasciato sospeso per svelare il mistero nella seconda parte.

A Thorpe, il direttore, l'idea è piaciuta ma vuole il resto della storia entro mezzanotte.

Lucy bussa alla mia stanza che fuori è già calato il buio, per prepararmi al ricevimento per il debutto delle gemelle Porter.

Ho incontrato Ophelia e Orthensia Porter dal tipografo e mi hanno fatto subito simpatia, anche solo per il fatto di aver scoperto che pure loro sono bersagli dell'acredine di Ausonia.

Murray Porter, il loro padre, è l'ultimo di una lunga dinastia di armatori: ricco sì, ma senza un titolo, e con origini da portuale poiché il nonno costruiva pescherecci, motivo per cui Ausonia usa apostrofarle come "pescatrici di mariti".

Lascio la scrivania per stendere i fogli del manoscritto sul davanzale della finestra così da far asciugare l'inchiostro. «Appena saranno andati tutti a dormire puoi portarlo da Thorpe? Ti pagherà le vendite di oggi, perciò non andare a piedi. Fleet Street non è una strada raccomandabile la sera, affitta una carrozza che ti accompagni. A carico mio, s'intende». Mentre mi spoglio, guardo la mia mano sinistra. «Come possiamo cancellare l'inchiostro?», le chiedo.

Quello stronzo di Knox ha ragione, devo procurarmi un inchiostro migliore.

Per il debutto delle loro figlie i Porter hanno riservato l'Argyll Rooms, una delle sale da ballo private più grandi e nuove della città. Dopo aver fatto il mio ingresso al seguito degli zii, al braccio di Archie, ci uniamo a un gruppo di invitati.

Con mia sorpresa scopro che l'argomento della conversazione entusiasta è proprio *L'enigma dello scriba*.

«Ormai compro il "Chronicle" solo per i racconti della Sfinge», dice uno degli uomini.

«Per me, il suo migliore è *La chiromante del Nilo*», ribatte mio cugino Archie.

«Chissà chi si cela dietro la sua firma», si domanda un altro.

«Scommetto che è William Bullock!», dichiara il primo. «Nessuno è più egittomane di lui, a Londra».

«Chi scrive è del mestiere», ribatte mio cugino. «Io dico che è Walter Scott».

«Magari Shelley», ipotizza un altro.

«E se fosse una donna?», m'intrometto io, raccogliendo però solo una sonora risata.

«Sarebbe un bel mistero da risolvere», continua un altro, ignorando la mia ipotesi. «Di certo sappiamo chi non è: Beau Brummel».

La conversazione vira sul pettegolezzo del giorno: la fuga in Francia di Beau Brummel, il dandy più celebre di Londra.

«È scappato subito dopo essere uscito da teatro. Ha assistito allo spettacolo come se nulla fosse e poi è corso a Dover per attraversare la Manica», sento dire a Lord Osbourne, il padre di Ausonia, che si è unito al pettegolezzo.

«Ero da White quando Richard Mayler ha detto a gran voce che Brummel non gli ha pagato una grossa perdita al gioco», spiega zio Algernon. «Tra scommesse, azzardo e vita estrosa ha accumulato debiti per oltre seicentomila sterline».

A sentire quella cifra, gli astanti sobbalzano.

«Se avesse aspettato qualche giorno avrebbe potuto chiedere i soldi a Knox», ridacchia un signore più anziano e pingue. «Pare che quel pirata sia più ricco del sovrano».

«Ed è anche qui, stasera», aggiunge Osbourne. «Oltraggioso».

Accidenti! Cosa ci fa Reedlan Knox al debutto delle gemelle?

Lord Manderley risponde al mio dubbio. «Knox ha commissionato a Porter una nuova fregata completa di armamenti. Una commessa da cinquantamila sterline. Neanche la Royal Navy spende tanto per una nave sola».

«Pagata in anticipo», precisa l'uomo pingue.

«In oro», aggiunge un terzo.

Allarmata dalla sua imprevista presenza, passo in rassegna la sala per individuare Knox, così da evitarlo.

Lo intercetto dal capo opposto dell'Argyll, proprio davanti a me in linea d'aria, così mi defilo dal capannello per sottrarmi alla sua vista, nel caso si voltasse.

«Oh, chiedo perdono», mi scuso accorgendomi di aver spintonato la donna dietro di me.

È Lady Celeste. «Nessun incomodo, anzi. Speravo di poter scambiare due parole con voi, Rebecca».

La sua replica mi prende così in contropiede che non sono in grado di accampare scuse. «Beviamo qualcosa al rinfresco?», propongo, notando Knox spostarsi dalla sua posizione.

«Volentieri».

Ci serviamo due tazze di un leggero punch fruttato, che sorbiamo in silenzio per alcuni minuti.

«Ho saputo che alla vostra presentazione avete tenuto testa

alla regina; ha la tendenza a stuzzicare le debuttanti, qualcuna l'ha fatta anche piangere. Sono contenta che con voi non ci sia riuscita».

«Stavo per perdere la fascia assorbente per il ciclo davanti a tutta la corte, avevo altre preoccupazioni», rispondo schietta, strappandole una risata.

«Ho ricevuto la prima proposta di matrimonio appena un mese dopo il debutto. Avevo diciassette anni». Lady Celeste si fa sfuggire un sospiro. «Ciò non significa che il mio sia stato un buon matrimonio».

«Lord Manderley è molto più vecchio di voi», non posso fare a meno di dire. «*Pardon.* Intendo che siete separati da una notevole differenza anagrafica», mi correggo.

«Ha cinquantasei anni, trentaquattro più di me», taglia corto con schiettezza. «Non è un matrimonio d'amore, il nostro. Lui vuole da me l'erede che la prima defunta moglie non gli ha dato e io, figlia di una madre che ha generato ben quattro maschi e tre femmine, sembravo una garanzia di fecondità. Mio marito è un uomo impaziente, incline agli scatti d'ira e privo della minima empatia».

Guardo Lady Celeste, i suoi grandi occhi scuri dolci e tristi fissano la tazza di punch.

«Perché vi state confidando con me?», le chiedo.

«Mi sento soffocare da una vita senza uscita: io e lui fingiamo cordialità in pubblico, ma in privato mi parla a stento e io devo tollerare la presenza delle sue amanti che entrano ed escono da Manderley Manor come se fosse casa loro». La sua voce trema, rotta dalle lacrime che stanno affiorando ai suoi occhi. «Ciò a cui avete assistito al masque è stato… un colpo di testa».

«Lady Celeste, se temete che io divulghi pettegolezzi…».

«Ci tenevo a farvi sapere che quello non è il mio abituale comportamento: non sono una donna dissoluta che cerca piacere negli sconosciuti. È stata la disperazione a spingermi verso Knox. Quando l'ho incontrato la prima volta ero andata dal calligrafo a ritirare gli inviti per la festa, lui ordinava i suoi biglietti da visita. Non lo conoscevo e lui non sapeva chi fossi: era così bello, così affabile che ho pensato…». Qualunque cosa stia per dire Celeste, le muore sulle labbra. «Non lo so cosa ho pensato. Gli ho allungato un invito ma sono stata una stupida avventata. Quando ci avete sorpreso mi sono resa conto di che follia stavo commettendo. Posso vivere nell'umiliazione per non aver dato un erede a mio marito, ma non nel disonore, cacciata di casa, senza mezzi e rifiutata dalla mia famiglia. Ho solo ringraziato il cielo che a vederci non fosse stata Ausonia o sua madre».

«Lady Celeste, non amo le chiacchiere velenose, vorrei che con me foste a vostro agio come se nulla fosse mai capitato», la tranquillizzo.

«Vi ringrazio della discrezione, Rebecca. Vi auguro che il vostro tutore conceda la vostra mano a un uomo buono, che vi tratti con rispetto e affetto».

«Qualcuno ha già chiesto la mano di Rebecca?!», s'intromette tra noi Ausonia, cogliendoci di sorpresa al punto che quasi mi verso il punch sull'abito.

«Per fortuna no», dichiaro io.

«Chiacchierate di qualcosa di interessante?», continua lei con quel suo fastidioso brio acidulo. «È una serata così noiosa. Le sorelle Porter sono noiose».

«E perché sei venuta, allora?», le domando.

«Per compassione, mi pare ovvio», risponde lei con un sorrisetto falso. «Pensate alla pena per quelle due ragazze se tutti coloro che contano avessero declinato l'invito… Oh». Ausonia interrompe la sua raffica di ostilità sbattendo le palpebre con aria sorpresa. «Ma quello non è il marito di Emily?!».

«Sembrerebbe di sì», conferma Celeste mettendo a fuoco l'uomo appena entrato.

«Emily è stata una sciocca a lasciare un uomo così perbene come il visconte Duville», critica lei agitando il ventaglio davanti al viso.

«Non dovrebbe essere a casa affranto dal dolore? O a farsi in quattro per ritrovare Emily?», chiedo a voce troppo alta. Qualcuno *dovrebbe* cercare Emily, invece è tutto un fuggi fuggi.

«La svergognata è lei, non lui. Anzi, ora è un uomo libero di risposarsi e in più ha mantenuto la dote», mi rimbecca lei, sempre aggiornata sugli ultimi sviluppi. «Un uomo del suo rango ha bisogno di una viscontessa e di eredi. Credo che andrò a porgergli i miei omaggi».

«Che gesto delicato», commenta Celeste.

«E del tutto disinteressato», sussurro io quando Ausonia è ormai abbastanza lontana.

«A giudicare dall'espressione di mio marito, temo di doverlo raggiungere», sbuffa sconsolata lei. «Vi auguro un buon proseguimento».

Ma il suo augurio non potrebbe rivelarsi più malriposto perché vedo uno degli Henry – quello con l'alito mefitico – avvicinarsi a me. Stanno per iniziare i balli e ho paura che voglia invitarmi a danzare.

Mi affretto a nascondermi dietro una delle grosse colonne che punteggiano il perimetro della sala e di colpo mi viene un'idea.

Mi sfilo il carnet di ballo dal polso e con la sua matitina compilo gli spazi bianchi destinati ai cavalieri.

«Mancina», commenta una voce alle mie spalle, facendomi sobbalzare. È Knox, che mi osserva con le mani dietro la schiena. «Non che mi servisse una conferma».

«Buonasera, Sir», lo saluto in tono distaccato, rinfilandomi svelta il carnet al polso.

«Avete trovato qualcosa in cui ficcanasare stasera?»

«Ero impegnata a evitarvi ma, a quanto pare, ho fallito».

«Che asprezza, la vostra. E io che, per scusarmi del nostro diverbio a corte, volevo chiedervi un ballo. A proposito, la vostra camminata mi sembra migliorata», aggiunge con un sorrisetto beffardo.

«Ho le danze già tutte impegnate», dico sventolando verso di lui il carnet. «Spiacente».

«Lord Timothée Chalamet, Sir David Beckham, Mr Harry Styles…», legge dall'elenco. «Non mi pare di conoscerli».

«Siete nuovo a Londra», ribatto. «Ci sono molte persone che non conoscete».

Lui ride scuotendo il capo. «Mi gioco la mia fortuna che questi non li conoscete nemmeno voi».

«Non siete abituato al rifiuto, vero, Sir Knox?», lo punzecchio.

«Siete furba, Lady Rebecca, ma ancora molto ingenua. Potevate disturbarvi almeno a storpiare la grafia tra un nome e l'altro». Il suo tono canzonatorio unito a quella sua espressione di sfida sono davvero irritanti. «Tuttavia siete una ragazza alquanto singolare».

«È un complimento?»

«C'è da chiedersi come mai una debuttante cerchi di sottrarsi alle danze, anziché rincorrere ogni singolo scapolo eligibile della festa».

«Preferisco osservare e valutare a chi concedere il mio tempo», spiego. «In più, molti sono danzatori mediocri, i balli sarebbero un martirio».

«Senza falsa modestia, sulla pista non me la cavo affatto male: il mare in tempesta è un ottimo maestro di ritmo ed equilibrio».

«Sarete anche un buon ballerino ma, quanto a scapolo, non siete comunque eligibile», obietto.

Knox si porta una mano al petto, simulando un malore. «Che dolore avete inflitto al mio povero cuore... Ah, no, per fortuna non ne ho uno».

«Questa conversazione è durata fin troppo, e voi vi state prendendo troppa confidenza», taglio corto.

«Siamo in confidenza più di quanto crediate: come va la vostra mano?»

«La mia mano non è affar vostro, né in senso stretto né in senso figurato».

«Avete scritto a lungo, oggi. Strano rimedio per l'emicrania, ma se per voi è efficace...».

Un momento, lui che ne sa di cosa ho fatto oggi? «Mi spiate, Knox?»

«Non siete così interessante, ma in via del tutto accidentale mi sono accorto che il mio studio affaccia proprio sulla vostra stanza e, poiché il vostro scrittoio è posizionato davanti a una delle finestre, vi ho vista».

Le case di Archie e di Knox occupano un isolato intero, hanno la forma di due ferri di cavallo simmetrici, chiusi uno contro l'altro alle estremità, con il giardino interno comunicante, e la mia stanza dà proprio su quel giardino.

«Sembra che io non sia la sola ficcanaso, qui», lo provoco.

«Io non ho ficcato il naso, siete stata voi a entrare nel mio campo visivo».

«Sapete, credo che dopotutto prenderò parte alle danze. Buonasera, Knox». Ma guarda questo.

«Ah, Lady Rebecca», mi chiama lui prima che possa defilarmi. «Fate chiudere le tende prima di cambiarvi d'abito».

Lunedì 20 maggio

1816

10

«Buongiorno, Lady Rebecca», mi saluta Lucy al risveglio. «Dal resoconto entusiasta di vostra zia, pare che ieri sera abbiate danzato con ogni uomo presente in sala».

Mi stiracchio, emergendo dalla coltre di coperte che, sebbene sia maggio inoltrato, sono ancora vitali. «Tutti tranne uno», rispondo. Ogni scapolo al di fuori di Knox.

Dopo aver preso parte a due balli, però, ho constatato con amarezza che la realtà è molto lontana da quel che erano le mie aspettative: non c'è nessun affascinante Mr Darcy, nessun romantico Colonnello Brandon, nemmeno uno straccio di Mr Knightley. Solo dei Mr Collins a perdita d'occhio.

Stendiamo un velo sugli aitanti fratelli Bridgerton, dei quali neanche l'ombra.

Solo il duca di Wyndham avrebbe potuto salvare la serata, ma non era presente.

«Spero vi siate divertita». Essendo rientrati alle quattro passate ho risparmiato l'alzataccia a Lucy e mi sono svestita – con le tende ben chiuse – da sola.

«Sono rimasta sorpresa che fosse presente anche il marito di Emily. Come può pensare alla vita mondana quando dovrebbe essere in pena per lei?», esterno la mia perplessità.

Lucy si stringe nelle spalle. «Gli uomini possono fare ciò che vogliono, credo».

«Nessuno si preoccupa di trovarla. Forse dovrei provare a informarmi io».

«Oppure fareste meglio a stare lontano dagli scandali. Già con la pubblicazione segreta dei misteri correte sul filo di lana», mi avverte, facendomi capire che la questione Emily non si tocca.

«Thorpe che ha detto della seconda parte del racconto? Gli è piaciuta?», le chiedo.

Lucy sbatte le palpebre confusa. «Non ho potuto portare a Thorpe la storia, Lady Rebecca. Quando sono entrata in camera vostra per prendere i fogli, non li ho trovati».

Io sgrano gli occhi sorpresa dalle sue parole. «Come, non li hai trovati? Li avevo messi lì, sul davanzale, ad asciugare», dico indicando il punto in cui avevo lasciato il mio manoscritto.

«Sono desolata, ma non c'erano», ripete.

«Lucy, chi altri entra in camera mia a parte te?», chiedo allarmata pensando alle cose che mi sono portata dal futuro e che ho occultato in una scatola da cucito.

«Nessuno», mi rassicura. «Almeno credo. Dopo che vi siete recati all'Argyll Rooms, i domestici si sono ritirati tutti quanti».

Mi affretto a indossare gli abiti per scendere di sotto. «Lucy, rivolta la stanza da cima a fondo, quei fogli devono saltare fuori».

Giù, in sala da pranzo, fatico a trovare il tavolo, seppellito com'è da mazzi di fiori.

«Lasciami dire che, dopo un inizio un po' accidentato, ieri sei stata impeccabile, Rebecca», commenta zia Calpurnia sbucando da dietro un bouquet di rose gialle. «Vedi questi? Sono doni dei tuoi cavalieri. Significa che intendono corteggiarti», afferma.

«Speriamo di maritarti entro la fine dell'estate», osserva zio Algernon pescando dei cioccolatini da una scatola.

«Cosa è successo?!», chiede Archie in tono sorpreso entrando in sala. «Qualcuno ha disboscato le aiuole di Regent's Park?»

«Tua cugina ha già dei pretendenti», replica orgogliosa la zia. «Dodici».

«Dodici, eh?». Archie mi dà un buffetto sulla guancia. «Brava Rebecca».

«Anche tu hai fretta di liberarti di me?», gli chiedo.

«In realtà no, perché una volta che ti sarai sposata, tutte le attenzioni di mia madre saranno rivolte al trovarmi una moglie. Anzi, oggi pomeriggio ho in programma di andare al club e fare in modo che tutti i membri, entro sera, sappiano che non intendo elargire anticipi sulla tua dote. Vediamo, di questi dodici, quanti corteggiatori rimarranno», ridacchia lui.

«Non farai nulla di tutto ciò, Archibald», lo riprende la zia. «Vado subito a scrivere a Lady Sefton per aggiornarla su questi eccezionali sviluppi».

«Non ti conviene allontanare i pretendenti di Rebecca, a meno che tu non voglia trovartela sul groppone a vita», lo avverte lo zio. «Se rimane zitella, avrai una bocca in più da sfamare».

«Sebbene Rebecca sia una buona forchetta, i suoi pasti non peserebbero sul bilancio domestico quanto i tuoi, Algernon», è la frecciatina che gli rifila Archie. «E dimmi, cugina, c'è qualche gentiluomo che vorresti che io tenessi in considerazione più di altri?»

«Nessuno». Nessuno che possa convincermi a fermare Gwenda dal calcolare l'apertura per il mio ritorno al futuro alla svelta.

«Non ti conviene fare la schizzinosa, alla tua età», bercia lo zio.

«Perché, per tua informazione», continua Archie, «da White il duca di Wyndham ha dichiarato che quest'anno intende prendere moglie. E immagino che lo abbia detto in mia presenza non per caso».

Ecco, il duca di Wyndham non è affatto male…

Archie si siede in poltrona, sfogliando il giornale. «Non vedo l'ora che sia mercoledì. La Sfinge ha lasciato in sospeso il finale di *L'enigma dello scriba* e sono curioso di leggerlo».

«Sarà uno di quegli artisti oppiomani, ottenebrati dai vapori del laudano, che non aveva neanche idea di come scriverlo, il finale», ridacchia zio Algernon.

Il maggiordomo, Norbert, entra in sala con una scatola infiocchettata. «Il nostro vicino, Sir Knox, invia un presente a Lady Rebecca».

Lo zio strabuzza gli occhi. «Non intenderà corteggiarti anche quel rinnegato?»

«Non credo proprio», ribatto.

«Il valletto che lo ha portato ha detto che si tratta di un rimedio cinese per le emicranie», spiega Norbert.

«Be', gentile», commenta colpito Archie.

Un regalo da Knox, per me? Prendo la scatola, sciolgo il nastro celeste e la scoperchio: contiene delle boccette di liquido scuro e un biglietto.

Dato che, a quanto pare, non siete in grado di procurarvelo da sola, ecco l'inchiostro della migliore qualità esistente. Arriva da Shanghai e in campo medico viene usato anche per lenire il dolore delle scottature, perciò, se dovesse macchiarvi le mani, non solo non vi arrecherà danno, ma guarirà l'irritazione lasciata dall'inchiostro pessimo che usate ora.

R.K.

P.S.: Mi sembra un compenso equo per avermi permesso di leggere in anteprima il finale di L'enigma dello scriba.

Mi ritrovo ad accartocciare il biglietto tra le dita.

«Avete un messaggio di risposta per Sir Knox?», mi domanda Norbert. «Il suo valletto ha avuto istruzioni di attendere».

Vado allo scrittoio di Archie e scrivo un biglietto.

Ladro.

R.

Chiudo la busta e la allungo a Norbert perché la consegni.

Ma tu guarda questo infame.

Dal nervoso fatico a restare seduta, tanto che comincio a fare avanti e indietro per la stanza.

La replica arriva quasi in tempo reale.

Ho un accordo da proporvi. Presentatevi alla cancellata che divide i nostri giardini a mezzogiorno.

R.K.

P.S.: Per quanto mi riguarda, ladro non è un'offesa, ma una qualifica professionale.

Un accordo?

11

A mezzogiorno, con la scusa di prendere una boccata d'aria nella prima giornata di sole da quando sono arrivata nel 1816, esco in giardino.

«Il parasole, Lady Rebecca», mi ricorda Lucy tendendomi un ombrellino. «Mica vorrete abbronzarvi?!».

La recinzione che separa i due giardini, alta circa due metri, è ricoperta di edera e cascate di glicini, che fingo di annusare estasiata.

Il giardino è davvero incantevole, una delle poche cose che rispecchia la mia fantasia: c'è una fontana sormontata da una ninfa dal cui vaso zampilla acqua, un salice piangente con una rigogliosa chioma di frasche che sarebbe un rifugio perfetto in cui rintanarsi a leggere, aiuole traboccanti di narcisi…

«Lady Rebecca… O forse dovrei chiamarvi *la Sfinge*», sento dire dall'altra parte in tono canzonatorio.

A pochi passi da me, in uno spiraglio tra i rampicanti, intravedo il viso compiaciuto di Knox.

«Inemendabile farabutto pezzo di… come vi siete permesso di entrare in camera mia?», lo affronto subito, inviperita.

«Ne avete di presunzione, eh? Credete davvero che io non abbia altro da fare che intrufolarmi in camera vostra camminando – che ne so? – sul tetto della rimessa delle carrozze per frugare tra i casti segreti di una debuttante? Sono troppo impegnato per curarmi di voi».

«E allora come siete venuto in possesso di *L'enigma dello scriba*?».

Lui alza un dito in aria. «Secondo voi come mai, dopo tanti giorni di cielo coperto, oggi c'è il sole?»

«Ho l'aria di una che vuole giocare agli indovinelli?»

«Vento. Che ha soffiato tutta la notte, in direzione ovest-est, ossia dalla vostra stanza al mio lato del giardino. Ho visto i fogli volare dalla vostra finestra e li ho recuperati con l'intento di restituirveli, ma poi ho letto il contenuto e ho pensato di tenerli».

«Avete rubato il mio manoscritto», lo accuso.

«Dunque lo ammettete con questa leggerezza, che siete voi l'autrice dei racconti firmati dalla Sfinge?».

Ok, mi sono data la zappa sui piedi da sola. «Non avete detto di essere un uomo impegnato? Cosa ve ne importa se una debuttante annoiata scrive racconti del mistero?»

«Non mi importa, ma a questo punto mi siete utile», Knox stacca una foglia di edera, rotolandosi il gambo tra le dita per farla volteggiare come una girandola. «E, dato che conosco il vostro segreto, a voi è utile il mio silenzio».

«Un ricatto, che originalità», ironizzo.

«Uno scambio di favori».

«E che favore vorreste in cambio del vostro prezioso silenzio?»

«Devo avere accesso gradito alle sfere dell'alta società, l'ammissione nei circoli più prestigiosi, presenziare a tutti i balli più importanti, essere ricevuto in tutte le case, ma non posso farlo se nessuna delle persone che contano mi mostra cortesia».

«Un pirata non è gradito nei salotti bene di Londra?», lo schernisco. «Che sorpresa».

«Corsaro».

«Semantica».

«No, lo dice una Lettera di Marca firmata dal Reggente in persona».

«E quella non è sufficiente a spalancarvi le porte di tutte le case di Mayfair?», lo provoco. «Dicono che siate più ricco del re, usate i vostri soldi per farvi accettare».

«Purtroppo pare che una reputazione immacolata non abbia prezzo».

«Così intendete usare la mia. Sciocco da parte vostra supporre che avrei ceduto al ricatto con questa facilità. Sì, forse rivelare l'identità della Sfinge genererà qualche chiacchiera, Ausonia Osbourne sputerà un po' di veleno, ma sopravvivrò». Ruoto il mio ombrellino con vittoriosa baldanza. Io sono solo di passaggio qui, stronzo. «Spiacente di aver rovinato i vostri piani. Spero che comunque *L'enigma dello scriba* vi sia piaciuto. Ora, scusatemi, sono troppo impegnata per curarmi di voi», gli faccio il verso.

«Mi piacciono le vostre risposte, Lady Rebecca, non potrei aspettarmi meno arguzia da una scrittrice, tuttavia non raccolgo il vostro bluff: abbaiate ma non mordete».

«Mordo eccome se serve».

«Interessante. E, di grazia, avete già qualche preferenza su dove mordermi o posso scegliere io?»

«Non raccolgo le vostre provocazioni e le vostre minacce a vuoto non mi toccano».

«Siete così sicura?», ribatte lui sferzante, appoggiato con la spalla alla cancellata. «Avete dato i numeri in più occasioni sotto gli occhi di tutti, come quel sabato, da Hatchards».

«Come sapete di Hatchards?»

«Quel giorno siete caduta proprio addosso a me».

Non ricordo nulla del frangente in cui sono piombata nel 1816, a parte quel profumo intenso e avvolgente di liquirizia e menta.

«Le donne scrittrici non sono ben viste, hanno la nomea di eccentriche, radicali, addirittura di sovversive. E questo se si trattasse di articoli innocui, ma qui parliamo di racconti del mistero, del terrore, di crimini, di cruenti omicidi... Qualunque medico non esiterebbe a dichiararvi pazza».

«Io non sono pazza», ribatto con sdegno.

«Non importa che lo siate o meno, importa solo ciò che si dice e nessuno sposerebbe mai una pazza. E non si tratta solo del vostro onore, ma di quello della vostra famiglia, che non avrebbe altre alternative se non rinchiudervi in casa per sottrarvi alla pubblica gogna, oppure spedirvi in cura in qualche luogo dimenticato da Dio», replica compiaciuto. «Non mettetemi alla prova».

La paura mi stringe la gola: se avesse ragione, se venissi deportata chissà dove o ricoverata in un istituto, potrei perdere la possibilità di tornare al futuro e ritrovarmi incastrata qui per... sempre.

«Comincia a non piacervi la prospettiva che vi ho illustrato, eh, Rebecca?», mi sfida fissandomi. «Domani sera c'è la festa a tema Antico Egitto a casa del conte Latimore: la rivelazione dell'identità della Sfinge potrebbe essere il clou della serata».

La paura è forte, ma il mio orgoglio ha la meglio. «Sapete che c'è? Correrò il rischio», ribatto senza la minima intenzione di dargli soddisfazione. «Addio».

«Pensateci su: vi do ventiquattro ore. E se non siete una stupida, saprete scegliere secondo la vostra convenienza».

Martedì 21 maggio

1816

12

I Latimore sono una famiglia molto vistosa, in costante ricerca del favore delle alte sfere dell'aristocrazia, e sempre in bilico tra rispettabilità e scandalo. Per questo gli inviti alle loro feste stravaganti sono comunque accolti con molta vivacità: offrono ottimi spunti di conversazione.

«Ma qui c'è Primark!», esclamo tra me e me quando scendiamo dalla carrozza e realizzo dove ci troviamo.

«C'è cosa?», mi domanda confusa zia Calpurnia.

Ciò che ho detto per lei non ha alcun senso. Come spiegarle che potrebbe comprarsi una maschera viso al cocomero a una sterlina e novanta? Funzionano? Non lo so. Le compro lo stesso? Sì. Anche se non mi sembra che la mia pelle ne benefici, quando mi faccio una maschera viso il mio cervello si sente coccolato. «Niente, zia, pensavo ad alta voce».

La dimora dei Latimore è, però, un edificio molto più bello di quello in cui avrà sede il grande magazzino nel futuro.

I Latimore hanno addobbato tutta la casa con drappi d'oro, e nel giardino su cui si aprono tutte le vetrate del salone delle feste si stanno esibendo fachiri e mangiatori di fuoco.

Lady Celeste Manderley è una delle prime a salutarmi, mentre mio cugino Archie raggiunge il suo amico Bennet, un uomo dagli occhi gentili ma il cui viso scavato e il colorito pallido gli conferiscono un aspetto malato, come se non si fosse ancora ripreso da un brutto virus intestinale.

«Andiamo a farci leggere la mano dall'indovina?», mi propone

Celeste che, quando è lontana da suo marito, sembra molto più serena.

«C'è un'indovina?»

«Pare che l'abbiano fatta venire da Alessandria».

L'indovina siede davanti a un tavolino basso, su un grande tappeto cosparso di cuscini, e mi fa cenno di inginocchiarmi di fronte a lei.

«Sfilatevi il guanto e porgetemi la mano, milady, così che possa leggervi il futuro», comanda solenne. L'accento mi dice che l'indovina è spagnola, altro che Alessandria d'Egitto. Sottigliezze.

«Ecco fatto», dico allungandogliela. «Cosa vedete? Un matrimonio con un uomo di rango e una lunga fila di eredi?», chiedo scettica.

«Non vedo nessun matrimonio», decreta seria. «*Nada*».

Io guardo Celeste ridacchiando. «Mi sa che Ausonia l'ha pagata».

«La vostra mano, milady, è un enigma», medita rigirandosi il mio palmo tra le dita. Vabbè che non è egiziana, ma non mi sembra neanche tanto brava come indovina. «Come se non aveste un passato, né un futuro».

«Andiamo bene», commento con sarcasmo. «Almeno un presente ce l'ho?».

La mistica stringe gli occhi con concentrazione. «Sembra che veniate da molto lontano, eppure non avete fatto alcun viaggio per arrivare qui».

Per la miseria!

«No, no! Ora li vedo: avete *due* passati che si intrecciano», continua, ora più convinta delle sue parole. «E il vostro futuro pare una linea sospesa nel vuoto».

«Significa che morirò?», chiedo con una punta d'ansia. Sto davvero credendo a un'indovina? Sto davvero credendo a un'indovina.

«Non c'è nessuna linea della morte», la sua risposta non dovrebbe rassicurarmi però è così. «Ma vedo un pericolo».

«Per cosa?», la incalzo.

«Non c'è altro».

Celeste si inginocchia accanto a me e tende la sua mano. «Leggete la mia. Cosa vedete?».

All'indovina basta un secondo per darle la risposta. «Un uomo buono».

Anche Celeste la guarda confusa. «Non quello che ho sposato», mormora sarcastica.

«C'è una terra straniera», dice lapidaria. «Lo seguirete fin dove non siete mai stata».

«Sai, Rebecca, credo che quest'indovina voglia solo suggestionarci in vista della sorpresa che hanno in serbo i Latimore», svia Celeste scuotendo il capo.

«Quell'uomo!», esclama l'indovina puntando il dito oltre le nostre spalle. «Voi», e si alza di scatto. La seguiamo con lo sguardo mentre va incontro a Knox, che è in compagnia di un giovane dalle fattezze mediorientali. Gli prende il palmo con forza bruta. «Una luce vi toglierà dall'oscurità in cui vivete. Il desiderio di una grande conquista vi porterà a grandi rinunce o rinuncerete alla conquista stessa».

Knox la guarda come se fosse pazza.

«La luce!», gli ripete, prima di tornarsene seduta sul suo cuscino. Nel muoversi ha lasciato una scia di una fragranza intensa, legnosa, acre e un po' dolciastra.

«Oppio», mi sussurra Celeste vedendomi annusare l'aria.

Ok, nessun potere soprannaturale, è solo strafatta.

Knox però mi fissa, roteando tra le dita la catenella cui è appeso il suo orologio da taschino, come ad avvertirmi della scadenza del suo ricatto.

Io gli restituisco lo sguardo, chiudo di scatto il ventaglio e me lo porto accanto all'orecchio sinistro, sorridendo cortese.

L'ho appena mandato a farsi fottere nel linguaggio dei ventagli.

Evito Knox per tutta la sera, restando sempre in compagnia di Celeste.

Dovrò inventarmi qualcosa di plausibile da dire quando lui rivelerà che la Sfinge sono io, perché è una questione di quando, non di se.

Lord Latimore richiama l'attenzione degli ospiti per introdurre quella che è la grande attrazione della serata: ha acquistato nientemeno che una mummia da un bastimento arrivato dal Cairo e stasera il dottor Bransby Cooper la "sbenderà" per noi.

La mia bocca si spalanca tanto che il mento potrebbe toccare terra.

Sapevo che l'egittomania, esplosa in tutta Europa a cavallo tra Settecento e Ottocento, aveva portato a pratiche grottesche e macabre come i mummia party, ma non avrei mai immaginato di trovarmi a uno di questi.

Pur trattandosi di un evento che renderebbe straordinaria la mia tesi, la ritengo una pratica irrispettosa. Sono morti, no? Non importa da quante migliaia di anni, avranno ben diritto anche loro alla pace eterna.

Come se, nel futuro, qualcuno disseppellisse i nostri cari per puro intrattenimento. Se lo facessero con le spoglie dei miei genitori... «Barbari ignoranti», commento a bassa voce con mio cugino, che mi ha raggiunto insieme a Bennet e sua moglie Mary Anne, che invece sembra entusiasta.

«Lord Latimore l'ha pagata cinquemila sterline», osserva lei, fremente. «Davvero originale».

«Cosa non farebbe pur di ingraziarsi l'alta società!», commenta invece Bennet, più perplesso.

Eppure, ha ragione: sebbene i Latimore siano chiacchierati, la notizia del loro sbalorditivo spettacolo ha portato tutte le famiglie più in vista dell'aristocrazia ad accettare l'invito e ora tutti sgranano gli occhi stupefatti all'ingresso del sarcofago, che i domestici depositano al centro della sala.

Il manufatto di legno è decorato con stringhe di geroglifici dai colori sgargianti, quasi non sembra essere vecchio di millenni.

Appena i domestici sollevano il coperchio, rivelando la mummia al suo interno, in sala si leva un «Oooh!» di clamoroso stupore.

È chiaro che nessuno tra i presenti ha mai osservato una mummia da vicino prima d'ora, eccetto me che le ho viste esposte al British Museum. Non solo, ho studiato pure le foto della TAC fatta a Tutankhamon.

Il dottor Cooper, che è anche il dentista di zio Algernon, cammina intorno al corpo, che è stato traslato su un tavolo, come se stesse tenendo una lezione di anatomia.

«Prego le signore più impressionabili di farsi da parte, poiché lo sbendaggio potrebbe urtare la loro sensibilità», enuncia solenne. «Il corpo che andremo a disvelare risale al regno dell'Alto Egitto, millenovecento anni prima di Cristo».

Non è possibile. L'unificazione dei regni dell'Alto e del Basso Egitto è cominciata nel 3150 avanti Cristo.

«Proviene da una delle piramidi della Valle dei Re».

Sbagliato anche questo. Non ci sono piramidi nella Valle dei Re, solo tombe scavate in profondità nella pietra. E le sepolture nella Valle dei Re sono iniziate all'incirca nel 1539 avanti Cristo proprio per evitare gli sciacallaggi che subivano le piramidi.

D'accordo che è un medico e non un archeologo, ma perché raccontare queste buffonate? Perché non servirsi di un vero storico se possono pagare cinquemila sterline per una mummia?!

«Dalle iscrizioni sul sarcofago, queste sono le spoglie umane di una principessa dell'undicesima dinastia».

Non torna. Nella Valle dei Re sono sepolte le dinastie del Nuovo Regno, dalla diciottesima alla ventesima... Perché tutte queste discrepanze?

E poi la Stele di Rosetta, nel 1816, non è ancora stata decifrata, come fanno a sapere cosa dicono i geroglifici?

Nel momento in cui, con un paio di forbici, il dottor Cooper procede all'operazione di sbendaggio della mummia, in sala cala un silenzio tesissimo.

Tuttavia, quella che dovrebbe essere un'operazione lunga ore, si risolve in una decina di minuti o poco più e io noto altre cose che non tornano.

Le mummie venivano avvolte in centinaia di metri quadrati di lino, con meticolosità, per tenere il corpo più compatto possibile: un primo strato per i bendaggi minuti, incluso ogni singolo dito, poi un altro strato per consolidare gli arti, un altro per posizionare il corpo nella sua forma finale; bendaggi, bendaggi e bendaggi fino all'ultimo per comporre la salma.

Sul pavimento saranno caduti gli scampoli equivalenti ad appena due lenzuoli e non rilevo nessun bendaggio alle dita, nessun amuleto protettivo inserito tra uno strato e l'altro. Questa mummia è stata composta in fretta e senza cura: a nessuna principessa sarebbe mai stato riservato un trattamento così irrispettoso.

Al termine dell'operazione si leva qualche sospiro accompagnato da mugolii svenevoli.

«Notate lo stato conservativo del corpo», sottolinea il dottor Cooper, «essiccato in vasche di sale per eliminarne l'umidità».

Gli egizi usavano il natron, un cristallo di sodio capace di deumidificare il corpo senza annerirlo. Ma il corpo che abbiamo davanti non sembra affatto aver subìto un processo di imbalsamazione: non ha l'aspetto essiccato delle mummie che conosco, piuttosto sembra essere stato sottoposto a un processo di imbalsamazione moderno.

Ormai sono certa che questa mummia di principessa egizia è autentica quanto l'indovina.

«I setosi capelli neri della principessa hanno attraversato oltre tre millenni, fino a noi. Eppure, è come se li avesse pettinati ieri sera».

Più il grottesco spettacolo continua, più una crescente sensazione di disagio mi monta dentro, rendendomi impossibile stare ferma: sposto il peso da un piede all'altro e mi rigiro il ventaglio tra le mani.

Ho la stessa sensazione di déjà-vu che ho avuto la prima volta che mi sono imbattuta in Lucy da Hatchards, o quando ho visto Archie e zia Calpurnia, riconoscendoli subito pur non avendoli mai visti, ma non capisco perché.

In preda all'inquietudine, sposto lo sguardo lungo il corpo della mummia, che mi colpisce per un particolare: il piede destro è ritorto verso l'interno, più piccolo del sinistro.

La colpa non è del bendaggio maldestro, è proprio una deformazione ossea.

Cerco di non concentrarmici troppo ma un secondo dettaglio fa breccia nei miei pensieri confusi: al polso di quella che, senza ombra di dubbio, non è una principessa egizia c'è un bracciale di stoffa, intrecciato, uguale a quello che ho creato io e che porto al polso.

Ho la sensazione che la sala si faccia più stretta, buia, calda, uno strano ronzio sostituisce le parole di Cooper e la vista mi si annebbia.

La voce che grida non sembra nemmeno la mia, ma tutti sentono il nome che mi esce chiaro e distinto dalla bocca.

«Emily!».

Mercoledì 22 maggio

1816

13

Ho pochi ricordi e confusi di come è terminata la serata dai Latimore e la mattina successiva, quando mi sveglio nel mio letto, c'è Lucy a prendersi cura di me. Purtroppo, non è sola.

C'è anche il dottor Winslow, quello secondo cui la lettura provoca la febbre al cervello.

«Non ho alcun dubbio: è isteria», decreta parlottando con mia zia. «Ciò spiegherebbe i suoi eccentrici comportamenti recenti, gli scatti d'ira e l'uso di linguaggio volgare».

«Oh, cielo, la mia Rebecca», esclama zia Calpurnia con voce sottile.

«Raccomando che sia chiusa in isolamento per due mesi, al buio, senza libri o qualunque cosa che possa stimolare nuovi attacchi, e che sia nutrita con cibi molto grassi. Dovrò praticarle dei salassi e applicarle sanguisughe alle labbra genitali…».

Cosa vuole fare questo pazzo con le sanguisughe?

«Stanno sperimentando anche una nuova cura che prevede l'asportazione chirurgica del clitoride, da cui origina lo stato di nervosismo pervasivo…».

Asportazione chirurgica del clitoride?! No, no, no, io me ne devo andare da qui.

«Nessuno si azzarderà a mettermi le mani addosso». Scatto a sedere sul letto. «Fuori di qui, pazzo macellaio!», lo minaccio brandendo il pitale poggiato sul comodino.

Winslow solleva gli occhi al cielo spazientito. «Credo che forse dovreste anche valutare l'internamento in un istituto».

«Non faremo nulla di tutto ciò», replica Archie comparendo sulla soglia. «Credevo che non intendeste più esercitare in casa nostra. Forse ci avete ripensato. Io, però, no: andatevene».

«Archie», lo riprende la zia. «Dovevo pur chiamare qualcuno, no, per la povera Rebecca?»

«Marchese», replica il dottore, impettito. «Sono abituato a trattare con pazienti instabili. Molte donne sono nella medesima condizione: l'utero può causare stati di demenza».

«Demente sarete voi», urlo.

«Ho detto fuori», ripete Archie, algido.

Winslow se ne va brontolando tra sé e sé, ma al suo posto entra un altro uomo. Non è molto alto ma snello e dal portamento aggraziato, dalla pelle bruna, con grandi occhi scuri. Porta con sé una valigia di cuoio come quella del dottor Winslow. L'ho già visto, era con Knox alla festa dei Latimore. «Come vi sentite, Lady Rebecca?», mi chiede con una voce gentile dall'accento straniero.

«Chi siete?», domando.

«Il mio nome è Azmahl Al-Saidi. Sono il medico personale di Sir Knox. Mi spiace doverci presentare in condizioni così spiacevoli. Vi ho prestato assistenza appena vi siete sentita male alla festa dei Latimore. Di nuovo, come vi sentite?».

Mi porto la mano destra al torace. «Mi sento schiacciare qui, come se avessi un peso».

«Avete ancora le palpitazioni? Senso di soffocamento? Tremore?».

Scuoto il capo. «No, ora no».

«Posso?», domanda prima di prendermi la mano e muovere le dita, poi il polso, poi tutto il braccio. «Niente più rigidità degli arti».

«Non sono isterica», dichiaro ad alta voce. «L'isteria non esiste».

«Non lo siete», conferma lui, stupendomi. «Ho visto molti uomini, in guerra, reagire agli shock proprio come è accaduto a voi nel vedere il corpo della vostra amica».

«Cosa faranno ora, per Emily?», li interrogo.

«Credo siano state chiamate le pattuglie di Bow Street e il coroner, così che il magistrato avvii un'inchiesta», risponde mio cugino. «È stato emesso un mandato di cattura per Benjamin Harlow, l'ufficiale con cui Emily era fuggita».

Azmahl apre la sua valigetta e prende un'ampolla. «Questa è una tintura di mia preparazione a base di scutellaria, rhodiola rossa, escolzia e biancospino: prendetela diluita in acqua e miele la sera. Sembra che siate stata sottoposta a una forte condizione di stress, di recente. È così?».

Sono stata sbalzata nel passato di oltre duecento anni. «Più o meno».

«Non dobbiamo rinchiuderla, vero?», domanda Archie.

Azmahl scuote la testa con un accenno di sorriso. «Tutt'altro. Raccomando che esca il più possibile, goda di aria fresca, sole – quando c'è – e faccia tanto movimento».

«Vi ha mandato Knox?», chiedo.

«Ho chiesto io la sua assistenza», interviene mio cugino. «Knox è stato così generoso da accordarmela».

«Da dove venite?»

«Gibilterra», risponde Azmahl. «Ma sono nato e cresciuto a Damasco. Sono al servizio di Reedlan da sei anni».

«Possiamo disturbarvi ancora, se ne avessimo bisogno?», chiede Archie.

«Ma certo». Azmahl chiude la sua valigia e si appresta ad andarsene, ma prima, con un gesto fluido e veloce, pone una busta sul mio comodino, senza dire nulla. «Se lo desiderate, marchese, posso preparare uno sciroppo a base di estratto di edera, grindelia e ribes nero per alleviare la tosse di Mr Algernon».

«Il mio patrigno non è molto incline a farsi curare», ridacchia Archie. «Ma cercherò di convincerlo».

Appena resto sola prendo la busta che mi ha lasciato Azmahl e la apro.

Sono le pagine del mio racconto che aveva Knox.

Me le ha restituite.

Più tardi seguo il consiglio di Azmahl e passo quasi tutto il tempo a passeggio con Lucy in lungo e in largo per la città, sedute sul landò decappottato per beneficiare dell'aria fresca.

Ho scoperto di soffrire il mal di carrozza, perciò – nonostante la temperatura gelida per essere maggio – preferisco viaggiare sulla vettura scoperta.

Purtroppo, nel 1816 non esistono né Boots né i braccialetti anti-nausea.

Lasciando Hyde Park per Oxford Street noto una lunga fila di persone in coda davanti all'ingresso della casa dei Latimore.

«Cosa ci fa tutta quella gente lì?», chiedo stranita.

«I Latimore hanno aperto la casa ai turisti», risponde Lucy con la massima naturalezza.

«Turisti?»

«Ogni volta che accade un fatto di sangue, i curiosi accorrono a vedere la scena del delitto. Lord Latimore fa pagare l'ingresso uno scellino», mi spiega lei.

La vista della dimora dei Latimore unita al dettaglio raccapricciante del turismo dell'orrore risveglia con prepotenza il senso di panico di ieri sera, strozzandomi la gola.

Frugo nella borsetta con mani tremanti per prendere il mio inalatore, che Lucy fissa perplessa ogni volta che lo vede, ma quando me lo porto alla bocca non succede nulla. «No, no, no!», piagnucolo tra me e me. «Non dirmi che è finito!».

Non posso restare nel 1816 senza inalatore!

Lucy nota il mio affanno, così comincia ad agitarmi il ventaglio a un palmo dal viso con furia. «Lunghi respiri», ordina. «Dentro: uno, due, tre. Fuori: uno, due, tre».

Mentre transitiamo accanto al serpentone di ficcanaso, e io recupero fiato, incrociamo due tizi che escono dalla casa brandendo ciascuno un cesto di scampoli di stoffa.

«Bende! Bende della mummia a quattro pence la spanna!», urla uno dei due.

«Ultimi pezzi! Comprate le bende autentiche in cui è stato avvolto il corpo della giovane rapita».

«I Latimore stanno vendendo le bende in cui era avvolta Emily?!», domando orripilata. «Sono prove! Non si possono vendere le prove di un crimine come fossero dei souvenir! Non sono mica calamite da frigo».

Ma ben presto mi rendo conto che, quello che per me è un crimine, per tutti gli altri è solo puro intrattenimento.

Lo capisco soprattutto quando arriviamo a Ludgate, alla bottega di John Fairburn, un rinomato stampatore da cui ho deciso di recarmi per comprare una mappa della città in modo da potermi orientare, dato che Google Maps è fuori gioco.

Il negozio trabocca di *chapbook*, opuscoli di quattro pagine in cui sono descritti con dovizia di particolari tutti i crimini più efferati verificatisi in città, con tanto di verbali delle pattuglie.

Neanche a dirlo, quello della mummia di Oxford Street va a ruba.

«Ne prendo uno, per favore», dico al commesso, intento ad arrotolarmi la mappa in un tubo di cartone.

«Lady Rebecca, siete sicura?», mi chiede Lucy. «Non dovreste lasciarvi turbare ancora da questi fatti».

«Ho bisogno di sapere».

«Sono sei pence. Se vi interessa abbiamo ancora qualche copia del caso della serva avvelenatrice», mi dice quello.

Rifiuto con cortesia e appena tornata a casa sfoglio la stampa.

La seconda facciata riporta la macabra illustrazione di quella che sembra una squadra di ispettori che osserva il corpo sbendato della mummia.

Nella terza facciata c'è il rapporto del coroner, il quale ha esaminato il corpo nei sotterranei di una taverna a St Pancras che funge da obitorio: "Sul corpo della vittima si è rinvenuta una ferita lunga e profonda alla gola. A giudicare dalla nettezza del taglio si suppone che sia stata inferta da dietro con un coltello o pugnale o arma dalla lama affilata, provocando la morte per dissanguamento. In seguito, il corpo è stato pulito, eviscerato e sottoposto a una procedura di imbalsamazione a base di arsenico".

La quarta facciata, invece, racconta una versione storpiata del pettegolezzo riguardo alla fuga di Emily con l'ufficiale Benjamin Harlow, che ora è ricercato per omicidio.

Nascondo l'opuscolo insieme a tutti i miei beni del Ventunesimo secolo e scendo per la cena anche se non ho per niente fame, evento che lascia tutti stupiti.

Più tardi Lucy esce per andare al «Chronicle» a ritirare il mio compenso per la seconda parte di *L'enigma dello scriba*, che le ho fatto consegnare subito dopo che Knox me l'ha restituita. Quando torna, mentre mi aiuta a prepararmi per la notte, mi dice che Thorpe vuole vedermi.

«Perché?», chiedo.

«Vuole parlarvi, domani pomeriggio se possibile».

«Di cosa?»

«Non ne ho idea, Lady Rebecca. Non mi ha detto altro».

Giovedì 23 maggio

1816

14

Approfittando del pisolino pomeridiano dello zio, della riunione della zia con il suo comitato di beneficenza e dell'assenza di Archie, in visita alle scuderie dei suoi purosangue da corsa, mi reco al «Chronicle» con Lucy, sotto mentite spoglie.

Ho indossato uno dei suoi abiti da domestica, nascosto i capelli in una cuffia, e ci siamo dirette al giornale, in Fleet Street, evitando tutte le strade alla moda.

Attendiamo di essere ricevute da Thorpe mentre un giovane dall'aria trafelata e nervosa parla con l'usciere. Non so cosa stia dicendo, sembra quasi che stia implorando. Ha dei vestiti eleganti ma sporchi e stropicciati, come se fosse stato a una festa parecchi giorni fa e poi non si fosse più cambiato.

Carino, non bellissimo, ma di certo meglio della media, anche se la barba sfatta e i capelli mal acconciati non mi permettono di dargli un'età.

Insiste per incontrare Thorpe con urgenza, perché non resterà a Londra più di una notte. Quando l'usciere gli chiede il suo nome, lui si limita a qualificarsi come «un amico», così quello scuote ancora la testa e lo prega di andarsene.

«Vi scrivo il mio recapito, dateglielo. Può trovarmi qui, ma domani all'alba me ne vado», dice il ragazzo allungandosi verso il calamaio. Noto che è mancino come me, il che me lo rende subito simpatico: i set da scrittura hanno tutti il calamaio a destra, facendoci così gocciolare l'inchiostro su tavolo e foglio. Disguido che, infatti, capita anche a lui, e manda su tutte le furie l'usciere.

L'altro fa a malapena in tempo a finire che lo caccia fuori a pedate.

«Scusatemi», bofonchia l'usciere, facendoci cenno di alzarci e seguirlo. «Questa redazione è un covo di matti, tutti i mitomani ubriaconi a caccia di soldi vengono qui ogni volta che succede una tragedia, spacciandosi per informati sui fatti con notizie segretissime pur di spillarci quattrini. Chi devo annunciare al direttore?»

«Smith», rispondo io. «Lucy e Rebecca Smith. Ci ha convocate lui».

L'usciere apre la porta dell'ufficio di Thorpe e ci annuncia, invitandoci a entrare.

La stanza è una nube di fumo e riesco appena a intravedere il direttore nella coltre grigiastra.

«Grazie per la solerzia», mi saluta offrendomi una sedia, con un sigaro stretto tra le labbra.

«Sembrava importante», rispondo. «Di cosa si tratta? Intendete sospendere la nostra collaborazione?»

«Mai!». Thorpe scuote la testa con forza. «Anzi, voglio rafforzarla, dandovi ancora più spazio, magari quotidiano».

«Impossibile. Inoltre, non mi trovo nelle condizioni mentali per dedicarmi alla vena creativa», rispondo.

«Non serve un racconto intero, anche qualcosa di più breve, diciamo intorno alle seicento parole», mi rassicura. «Sulla mummia di Oxford Street, per esempio».

Per poco gli occhi non mi schizzano dalle orbite. «Cosa?!».

«Una giovane lady assassinata e mummificata, il cui cadavere viene rinvenuto durante una festa? In città non si parla d'altro! Chi mai potrebbe scriverne un racconto del mistero se non la Sfinge?»

«Io non voglio che un giornale speculi su una tragedia», ribadisco. «Tutta Londra sta già impilando quattrini sulle povere spoglie di Emily Fraser, di certo non mi ci metterò pure io».

«Ma non vi sto chiedendo di scrivere della storia vera. Un mistero ispirato al fatto di Oxford Street», m'incalza lui. «*Miss Smith*», aggiunge calcando il tono su Smith.

«Mi state minacciando?», chiedo irritata.

«Non oserei mai. Sappiamo entrambi che voi non vi chiamate Smith, ma io sto tutelando il vostro nome perché la Sfinge rappresenta un mio interesse economico». Thorpe stropiccia un pezzo di carta tra le dita. «Vi sto dicendo che forse dovreste pensare alla mia offerta, perché è solo questione di tempo: se non lo farete voi, lo farà qualcun altro e non so quanto questo qualcun altro avrà cura del nome della vostra, chiamiamola, conoscente. Già molte cose si dicono di lei…».

«Ci devo pensare», mormoro.

«Eravate presente all'accaduto, voi e la vittima eravate in confidenza. Chi potrebbe conferire maggior autenticità alla storia? Io metto a disposizione il mio spazio, voi il vostro talento e la vostra conoscenza».

«E credete che basti un racconto del mistero a tacitare un chiacchiericcio?»

«Le persone faticano a distinguere la realtà dalla finzione, scrivete una bella storia come sapete fare voi e tutti vi crederanno».

Sospiro e scuoto la testa. «Forse la nostra collaborazione è durata troppo a lungo», concludo alzandomi, imitata da Lucy. «Non mi sento di accollarmi una tale responsabilità».

«Stiamo perdendo entrambi un grosso affare, ma capisco la vostra scelta: voi donne siete troppo sentimentali».

«È una questione di rispetto, Mr Thorpe», ribatto. «Il mio sesso non c'entra nulla. Arrivederci».

Ci congediamo in maniera spiccia e usciamo di nuovo su Fleet Street, dove però ci imbattiamo in un gran trambusto.

Una pattuglia di Bow Street Runner sta trascinando di peso un uomo verso un carro blindato, il tutto in un coro di fischi, urla e «Buuuuuu» degli astanti.

Qualcuno gli tira un torsolo di mela addosso e, mentre lo caricano, noto che si tratta del ragazzo che prima era nella redazione del «Chronicle».

«Ma che diamine è successo?», domando accostandomi a uno dei passanti intenti a osservare la scena. Oggi non sono nelle vesti di una lady, perciò non è disdicevole rivolgersi a sconosciuti.

«Lo hanno arrestato», biascica l'uomo.

«Perché? Cosa ha fatto?»

«È Benjamin Harlow», risponde sputando a terra. «L'assassino della mummia».

15

Alle sei io, Archie e gli zii andiamo al Royal Theatre, a Covent Garden, per la prima assoluta dell'*Adelaide*, una tragedia in cinque atti molto attesa, poiché secondo la zia è necessario che riprenda la vita sociale al più presto per svagarmi.

Non mi sfugge, però, la sua chiosa all'invito: «Altrimenti i tuoi corteggiatori si dilegueranno».

Non è tanto lo svago, quanto il problema di perdere eventuali pretendenti.

«Sarebbe davvero un peccato sciupare un così bel debutto», chioccia in carrozza. «E poi ci sarà anche il duca di Wyndham».

Il nostro palco è uno dei migliori, con un affaccio diretto sulla scena, eccellente sia per vedere lo spettacolo sia per essere visti. L'opera è secondaria, farsi vedere è il motivo principale del teatro. Infatti, mi riservano proprio una poltroncina in prima fila così che, dall'affaccio, tutti vedano che Rebecca Sheridan è più in forma che mai.

Crisi di nervi? Isteria? Voci infondate…

«E comunque, tra poco si terranno i Derby di Epsom e Ascot», osserva Lady Sefton, che ha i posti nel palchetto accanto al nostro e con la quale la zia conversa nel corridoio in attesa che inizi lo spettacolo, «la campagna le farà un gran bene. Meno male che questa brutta storia è finita».

Già, perché negli ambienti perbene, l'omicidio di Emily è stato derubricato a semplice "brutta storia".

«Con quel delinquente in prigione, dopo il funerale di Emily, i

Fraser potranno tornare a una vita più onorevole», osserva Lady Osbourne raggiungendoci, accompagnata da Ausonia. «Certo, lo scandalo c'è stato, ma almeno si è in parte risolto».

«Il funerale sarà molto ristretto, con poco clamore e nessun corteo», spiega zia Calpurnia. «Domani porteremo le nostre condoglianze alla famiglia ma non parteciperemo né al rito né alla sepoltura; i Fraser e il visconte hanno chiesto che non vi sia nessun altro a parte loro».

«È comprensibile», commenta Ausonia, «chi vorrebbe dare rilevanza alla morte di una figlia disonorata? Se non altro, ora, sua sorella Jemima potrà mostrarsi di nuovo in pubblico».

«Scusami, Ausonia», io sbatto le palpebre, interdetta, «stai dicendo che Emily è meglio morta e sepolta piuttosto che viva…?».

Lei mi guarda con espressione ovvia. «Che viva e disonorata? Senza dubbio».

Il fatto che nessuno, *nessuno* obietti a questa affermazione mi gela il sangue nelle vene. Mi estraneo dalla conversazione e mi risiedo sulla mia poltroncina pensando a quanto poco vale la vita di una donna rispetto a ciò che le persone pensano e dicono di lei.

Quando lo spettacolo inizia, la sala resta illuminata dalle centinaia di candele – peraltro responsabili degli incendi che hanno raso al suolo la maggior parte dei teatri di Londra –, e dato che i miei pensieri non mi consentono di concentrarmi sulla messa in scena, scruto la platea e gli altri palchi.

Più che i presenti, mi colpiscono gli assenti. «Non vedo Knox», sussurro a mio cugino.

«Perché non c'è».

«Strano», commento. «Sembrava molto interessato alla vita mondana».

«I palchi sono di proprietà o sono affittati per l'intera stagione dalle famiglie più in vista; ottenerne uno se non si è nel giro è quasi impossibile. Il teatro ci tiene alla propria nomea e la caratura del pubblico regala prestigio allo spettacolo», mi spiega lui. «Non c'è prezzo per comprare un posto a una prima, se il teatro ha già deciso a chi assegnarlo. Ci sono liste di attesa per riassegnare i biglietti nel caso qualcuno non desideri partecipare, ma si tratta di rare eccezioni. Gli outsider più fortunati possono sperare di essere ospitati nei palchetti dei graditi habitués».

La sua affermazione mi fa sentire in parte al sicuro e in parte, stranamente, dispiaciuta.

Per quanto fastidioso e arrogante, Knox è una delle persone più interessanti che mi sia capitato di incontrare finora.

E, a dire la verità, mi piacerebbe sentire il suo punto di vista riguardo alla morte di Emily, perché ho la sensazione che lui mi darebbe una prospettiva interessante e controcorrente.

Due palchi vuoti sono quelli verso cui tutti rivolgono il loro sguardo, e capisco che sono quelli dei Fraser e di Maxim Duville.

Continuo a pensare e ripensare a Emily, a Benjamin Harlow, alla sua fuga, al cadavere mummificato, alle parole di Ausonia e, finito lo spettacolo, mi rendo conto che non ho idea di cosa ho visto e sono solo nervosa e frustrata.

«Lady Rebecca», mi saluta il duca di Wyndham quando, alla fine, scendiamo nel foyer, «avete gradito l'opera?»

«Moltissimo», mento. «Voi?»

«Ammetto che frequento il teatro più per la socialità che per gli spettacoli e di preferire una serata al club a una tragedia in cinque atti».

«E come mai avete deciso di prendere parte all'evento?», chiedo con cortesia.

«Speravo di incontrarvi e sincerarmi del vostro stato di salute. So che siete rimasta molto scossa dall'evento dei Latimore e, anzi, ci tengo a farvi le mie più sentite condoglianze. So che eravate molto amica della defunta».

«Vi ringrazio».

«E dato che vostro cugino, il marchese, è uno stimato membro del Four-in-hand Club mi piacerebbe invitarlo a prendere parte alla corsa sportiva che si terrà a Hyde Park sabato».

«Parteciperò senz'altro», accetta Archie.

«Pare che il meteo sarà clemente, un *rencontre* all'aria aperta potrebbe giovarvi, Lady Rebecca», aggiunge il duca.

«Oh, ci saremo di sicuro, duca», conferma zia Calpurnia con vivacità.

Tuttavia, c'è qualcosa di stonato nel chiacchiericcio generale, nella spensieratezza del pubblico che mi segue fino a casa mentre la zia fantastica su cosa farmi indossare.

Emily è già acqua passata per tutti, tranne che per me.

Venerdì 24 maggio

1816

16

La stonatura mi tormenta anche il mattino successivo, quando insieme a zia Calpurnia, zio Algernon e Archie raggiungiamo la nuova casa dei Fraser in Hanover Square, dove, nel futuro, ci sarà l'Apple Store.

Il salone accanto all'ingresso è stato rivestito con panni di velluto nero e, al centro della stanza, circondata da fiori bianchi e grossi ceri, giace Emily, che vedo per la prima volta da vicino.

Sotto il velo nero che la copre sembra una piccola bambola di porcellana.

Le hanno infilato l'abito più accollato possibile ma, nonostante questo, posso vedere a sinistra della gola il taglio che l'ha uccisa, che parte da sotto l'orecchio e scende in diagonale fino a scomparire nel colletto candido, la pelle slabbrata ricucita in maniera goffa.

Suo padre, il maggiore Edgar Fraser, ha l'aria distrutta ma è come se fosse imprigionato in una specie di trance. Sembra si appoggi al camino per non cadere a terra.

A fare gli onori di casa c'è Leonie, la sua seconda moglie che, malgrado abbia un aspetto tirato, appare molto più presente di lui.

«Siamo sconvolti», dice a mia zia, «Emily era come una figlia, per me. Non aveva neanche due anni quando io e Edgar ci siamo sposati; lei e Jemima sono cresciute insieme», sospira e scuote la testa.

«Straziante», commenta la zia.

«È una tragedia, ma almeno è finita nel modo più veloce e indolore possibile. Spero che quell'Harlow venga impiccato al più presto».

«Ho sempre sostenuto che gli ufficiali dei ranghi inferiori fossero feccia, e avevo ragione», borbotta zio Algernon.

Una mano fredda si posa sul mio braccio sinistro. «Grazie per essere passata a dirle addio. Sei sempre stata una cara amica per lei». È Jemima, sua sorella minore, anche se è molto più alta di Emily e con il fisico muscoloso di sua madre Leonie.

«Non sarei potuta non venire. Chi altri è passato?», le chiedo curiosa.

«Nessuno», risponde. «Per fortuna».

La sua aggiunta finale mi spiazza. Che la morte di Emily venisse presa sottogamba da lontani conoscenti mi sembrava inopportuno ma tutto sommato trascurabile, ma addirittura la sua famiglia sembra... sollevata?

«Almeno siamo a due passi dalla chiesa di Saint George, così il tragitto per la funzione sarà breve e non darà nell'occhio», conviene Leonie con altre due donne, che credo siano parenti, appena arrivate.

Nella stanza fa la sua comparsa il marito di Emily, Maxim Duville, anche lui vestito di nero, pallido, con gli occhi cerchiati di chi non dorme da diverse notti ma, a differenza degli altri, tutti composti e irrigiditi, misura la stanza a grandi falcate nervose. Scambia poche parole con Archie, da cui capisco – con mio ulteriore orrore – che non ha concesso l'autorizzazione all'autopsia per «Non mortificare oltre il suo corpo già martoriato».

«E le indagini?», mi affretto a chiedergli. «Siete già in contatto con il magistrato?».

Maxim strabuzza gli occhi come se avessi detto un'assurdità. «Il responsabile è già in carcere. Non credo sia necessario tormentare la famiglia di Emily con interrogatori o informazioni impressionanti», replica lui gelido.

«E nessuna famiglia per bene vuole agenti alla porta», aggiunge in tono ovvio Leonie. «Sarebbe disdicevole».

Io sto per esclamare: "Ma come? A nessuno di voi interessa sapere cosa sia successo a Emily? Come sia finita avvolta in una bobina di bende e venduta come mummia egizia per essere l'intrattenimento di una festa?", ma mi rendo conto di essere l'unica a farmi queste domande. E l'occhiata di Archie come a dire: "Lascia perdere" me lo conferma.

«Scusate l'invadenza. Ancora condoglianze, visconte Duville», lo saluto con cordialità.

«Lady Rebecca, la presenza della vostra famiglia ci onora e ci riscatta».

Onore e buon nome, non gli interessa altro!

Hanno tutti fretta di metterci una pietra sopra, in tutti i sensi: l'assassino è in prigione, Emily sarà presto sottoterra, e per loro tutto si è risolto nel più rapido dei modi.

Digrignando i denti per l'indignazione, seguo gli zii e Archie sulla strada di ritorno a casa; siamo venuti a piedi, tanto la Londra della "gente che conta" è tutta qui, circoscritta dai quattro rassicuranti confini di Mayfair: Oxford Street a Nord, Piccadilly Street a Sud, Swallow Street – che tra qualche anno diventerà Regent Street – a Est e Hyde Park a Ovest.

Non mi stupirei se stasera brindassero al "Tutto è bene ciò che finisce bene".

Una volta rientrati mi rifugio in camera come una furia e dal mio nascondiglio cerco un analgesico per il mal di testa lancinante che mi è esploso. Il non poter dire ciò che avrei voluto mi ha mandata in cortocircuito.

Spero che Gwenda si dia una mossa a farmi tornare al futuro, così da lasciarmi alle spalle questa epoca Regency che, ora che l'ho vista con i miei occhi, mi fa sentire una stupida per averla romanticizzata tanto.

Senza dubbio ho raccolto idee a sufficienza per la tesi.

Tipo *Dai mummia party ai chapbook: quando la morte diventa intrattenimento*.

Prendo dal nascondiglio quello che ho comprato da Fairburn sulla storia di Emily e lo rileggo per cogliere tutti i possibili spunti.

In particolare, il rapporto del coroner, nello specifico la riga riguardo alla coltellata al collo.

Un atroce sospetto mi aggroviglia le viscere e mi ritrovo ad accartocciare il chapbook tra le dita.

Ho bisogno di fare delle domande, e di farle a qualcuno che non abbia paura di rispondere. Qualcuno che sappia come si accoltellano le persone e che non abbia timore di sporcarsi le mani e rimetterci il proprio prezioso onore.

Meglio se questo qualcuno, un onore, non ce l'ha proprio.

Mi serve Knox.

17

Scrivo un biglietto a Knox e lo faccio recapitare a casa sua tramite Lucy che, ancora una volta, mi presta il suo prezioso silenzio e la sua complicità.

La risposta, scritta in calce al mio biglietto, mi giunge immediata ma non è quella che aspettavo.

Ho bisogno di parlarvi.
R.

Io no.
R.K.

Ah, no?!

«Lucy, usciamo», annuncio agguantando le mie scarpette. «Andiamo da Knox».

«Lady Rebecca, è disonorevole recarsi a casa di uno scapolo… e con la sua reputazione, poi».

«Non c'è nessuno in giro ora, si stanno tutti preparando per la cena», ribatto pronta ad andare.

«Mettetevi almeno i guanti!», m'implora lei inseguendomi.

Usciamo dalla porta di servizio e mi dirigo dritta a bussare al nostro spinoso vicino.

Mi apre una donna, vestita da governante, ma che non ha l'aria di una governante, piuttosto di una guardia.

Forse è poco più grande di me e, dai suoi lineamenti, direi che proviene dall'Asia del Sud, tipo la Thailandia.

«Questa mi fa rizzare i peli delle braccia», mi sussurra Lucy.
«Desiderate?», ci domanda con voce algida.
«Sono Lady Rebecca Sheridan e ho bisogno di conferire con urgenza con Sir Knox».
«Sir Knox sa della vostra visita?»
«Più o meno», rispondo.
Quella mi scruta ancora con aria imperturbabile. «Non sa della vostra visita», decreta. «Sir Knox non riceve ospiti non annunciati».
Pfff. Sembra il mio relatore. «Dato che sono qui, che ne dite di annunciarmi, per esempio?», insisto.
«Vedrò che posso fare», replica lei, granitica. E anziché farci accomodare nell'atrio, in attesa della risposta, ci richiude la porta in faccia.
«Ve l'avevo detto che non era una buona idea», borbotta Lucy.
Pochi minuti dopo la governante riappare. «Sir Knox è impegnato», ci informa.
«E quando si disimpegnerà?», chiedo io.
«Sir Knox ha detto che lo avreste chiesto. E ha detto anche di riferirvi che questo non vi riguarda». Dopodiché richiude la porta senza possibilità di appello.
«Figlio di Anubi», sbuffo stizzita.
«Meglio rientrare, Lady Rebecca, prima che qualcuno ci veda e vi scambi per una postulante o peggio, a quest'ora della sera…».

Non mi do pace, perché qualcosa non quadra nel caso di Emily e io voglio farlo quadrare a ogni costo.
Anziché mettermi a letto, mi arrovello facendo su e giù per la stanza in cerca di un'alternativa.
Dalla mia finestra vedo che quella dello studio di Knox è illuminata.
Osservando il giardino che divide le due proprietà ricordo ciò che ha detto quando l'ho accusato di essere entrato in camera mia a rubare il manoscritto: «Credete davvero che io non abbia altro da fare che intrufolarmi in camera vostra camminando sul tetto

della rimessa delle carrozze?». In effetti, il tetto della rimessa collega le nostre rispettive finestre agendo da ponte tra le due case.

Grazie dell'idea, Knox.

Impegnato, eh? Ti sistemo io.

Metto le mie ciabattine, infilo il chapbook ripiegato nella taschina interna della camicia da notte – dovrebbe servire a contenere grani di lavanda per aiutare il sonno –, raccolgo la veste intorno alla vita e scavalco la mia finestra, ritrovandomi sulla tettoia. Siamo al primo piano, non è neanche troppo alto ma, dovessi cadere, sarà meglio che m'inventi una buona scusa. Tipo che sono sonnambula.

Avrei dovuto mettermi le Converse. Non so chi abbia deciso di chiamarle "ciabattine" ma questi accidenti non dovrebbero avere il tacco.

Che freddo maledetto che fa. Spero di non prendermi una polmonite.

Dopo i primi passi incerti, acquisto fiducia e raggiungo la finestra di Knox. Lo vedo seduto alla scrivania intento a leggere dei documenti, con un bicchiere di liquore nella mano sinistra. Tra le dita della destra rotea un coltellino tagliacarte.

E va bene, devo dare ragione alle pettegole: Knox è di una bellezza spietata. È impossibile non guardarlo.

Chino sui fogli, un ciuffo di capelli bruni gli ricade sulla fronte fino quasi a coprirgli gli occhi, così scuri che si fatica a distinguere l'iride dalla pupilla.

Il velo di barba indurisce il profilo della mandibola e mette in risalto le labbra carnose, che si morde come se fosse molto concentrato.

Cristo santo, non sono qui per fare la guardona!

Busso sul vetro per attirare l'attenzione, ma lui non reagisce. Busso con maggior vigore e stavolta si gira verso di me ma non fa il minimo cenno di alzarsi.

«Apritemi, Knox», ordino bussando con ancora più insistenza.

Lui però si indica l'orecchio come a dire: "Non sento, non capisco". L'angolo destro della bocca teso all'insù è chiara espressione del fatto che mi sta deridendo. E con divertimento, per giunta.

Anzi, più lo prego, più lui si gode la scena al punto da sorseggiare il suo liquore con soddisfazione.

A mali estremi… Mi sfilo una ciabattina e con il tacco picchio sul vetro finché al secondo colpo non si crepa e al terzo si spacca sotto lo sguardo sorpreso di Knox.

Dopotutto, non ho fatto male a metterle.

Infilo la mano nel buco, sgancio l'uncino che blocca la finestra a ghigliottina, la alzo e irrompo nella stanza.

«Vi siete divertito abbastanza», dichiaro. «Non sono il vostro saltimbanco».

«Mi ripagherete il danno», replica lui.

«Con che faccia avete osato respingermi per ben due volte, oggi?», lo accuso.

«Con questa», mi sfotte indicandosi il viso con sarcasmo. «Volevo vedere fino a che punto la vostra urgenza era davvero urgente. Pare lo sia tanto da irrompere in casa mia dalla finestra in camicia da notte».

«Lo è», dichiaro.

«Ammetto che ora sono molto curioso. Ma avvicinatevi al fuoco, sembra che abbiate freddo, Rebecca».

Freddo? Sono congelata. «Che intuito!».

«Oh, non serve nessun intuito. Il tessuto della vostra camicia da notte è molto sottile e… piuttosto rivelatore». Il suo sorriso predatorio e il suo sguardo puntato addosso mi spingono ad abbassare gli occhi sulla mia scollatura.

Vorrei sprofondare… Ho i capezzoli tesi in maniera imbarazzante, che premono dritti contro la stoffa. Incrocio le braccia sul petto per nascondermi. «Se solo mi aveste aperto subito…».

«Mi sarei privato di questo gradito spettacolo».

In quell'istante la porta dello studio si spalanca e piomba dentro Azmahl con una lama sguainata. «Serve aiuto, Reed?». Quando poi mi vede l'abbassa. «Lady Rebecca?!».

«Tutto a posto», risponde Knox con nonchalance. «È solo una visita di scortesia, diciamo».

«Ho sentito il rumore di un vetro rotto, pensavo ci fosse un intruso», si scusa Azmahl arretrando.

«Grazie dell'assistenza, posso gestire Lady Rebecca da solo. Almeno credo».

Appena Azmahl se ne va, guardo Knox con le sopracciglia ag-

grottate. «Perché il vostro medico personale brandiva una scimitarra?»
«Strumenti del mestiere».
«Mestiere di dottore?»
«Azmahl è molto versatile». Knox si alza e muove qualche passo verso di me. «Ma non tenetemi sulle spine, a cosa devo questa effrazione?»
«Quante persone avete accoltellato in vita vostra?».
Lui resta spiazzato dalla mia domanda. «Non so se la risposta che volete sia un numero alto o un numero basso».
«Siete un pirata o no?»
«Corsaro», mi corregge.
«Siete molto legato alla forma, per essere stato un fuorilegge», ribatto. «Mi basta sapere se lo avete mai fatto».
«Sì». Nel suo tono non c'è né pentimento né orgoglio. Lo espone come un crudo dato di fatto.
«Potete spiegarmi come si fa?»
«Ma che problema avete? Perché non vi dedicate al ricamo e alle composizioni floreali come tutte le altre debuttanti?»
«Poi ve lo spiego, ma c'è un dubbio che mi devo togliere e voi, anche se non mi piacete, siete l'unico a cui posso rivolgermi. Spiegatemi come si accoltella alla gola una persona», ripeto. «Per favore».
«Posso fare di meglio». Prende il tagliacarte dalla scrivania e lo fa roteare in aria per poi riprenderlo nel pugno. «Posso mostrarvelo».
«Intendete su… su di me?», deglutisco. Forse la mia non è stata un'idea così brillante.
«Quale modo migliore per sapere come funziona?».
Sono in casa di un criminale, di notte, nessuno lo sa, e vuole mettermi un coltello alla gola. Un'idea per nulla brillante. «Ci sto».
«E dove mi preferite, Lady Rebecca: davanti o dietro?». Knox sembra non essersi mai divertito tanto, a giudicare dal suo sorrisetto beffardo.
«Dietro», dichiaro decisa.
«Avventurosa», commenta compiaciuto. «Mi piace».
«Fatela finita con i doppi sensi e datevi da fare, Knox».

«Agli ordini, milady». Fa come dico e un secondo dopo sento il suo corpo premuto contro la mia schiena. È piacevolmente solido e caldo a contatto con la mia pelle fredda.

«Ho il permesso di toccarvi?», mormora al mio orecchio solleticandolo con il suo respiro impregnato dell'aroma dolce del liquore: anice e cardamomo.

«Accordato».

«Vi tratterrei per i capelli». Knox affonda la mano sinistra nella mia chioma sciolta avvolgendosela intorno al pugno e tirandomi indietro il capo con decisione, ma senza farmi male. «Poi metterei il coltello qui», dice portando la punta del tagliacarte nell'angolo tra il mio collo e l'orecchio sinistro. «E taglierei verso il basso con un colpo secco, veloce e piazzato in profondità», sussurra tracciando con la lama gelida una linea immaginaria intorno alla mia gola.

Trattengo un brivido che mi percorre da capo a piedi. «E se foste mancino?», chiedo con la voce d'improvviso arrochita. «Sarebbe uguale?»

«No». Knox si passa il tagliacarte nella mano sinistra e si mette in posizione speculare a prima. «Se fossi mancino taglierei nell'altro senso e lo squarcio comincerebbe qui», dice picchiettando la punta della lama sotto l'orecchio destro.

«Perché è la mano dominante», concordo. «E la morte è la stessa?»

«Che si recida la carotide destra o la sinistra, la persona perde i sensi in cinque secondi e muore dissanguata in dodici, perciò sì. Taglio diverso, morte identica», conferma lui.

Restiamo così, stretti uno all'altra in quella posizione letale per qualche secondo, prima che mi decida a riscuotermi perché, accidenti a me, nella sua presa non ci sto così male. «Perfetto, è quello che volevo sapere», dico prendendo un po' di giusta distanza.

«Come mai questa curiosità così inappropriata per una giovane di buona famiglia? Volete metterla in una storia della Sfinge?»

«Riguarda Emily Fraser. Hanno arrestato Benjamin Harlow per il suo omicidio ma non credo sia stato lui a ucciderla».

«Cosa vi provoca questo sospetto?»

«Devo mostrarvi una cosa», dico infilando una mano nella scollatura.

«Sapevo che a un certo punto le cose si sarebbero fatte interessanti», commenta malizioso.

«Intendevo questo», ribatto tendendogli il chapbook. «Leggete».

«Non sono appassionato di giornaletti di pettegolezzi macabri».

Lo apro alla seconda facciata e gliela ficco sotto il naso. «Intendo il report del coroner sul corpo di Emily».

Lui prende il foglio stropicciato e si appoggia al bordo della sua scrivania, con l'aria di chi mi sta facendo un piacere ad assecondarmi. «È stata accoltellata alla gola», conclude.

«Il report dice che il taglio è stato inferto da dietro, da sinistra verso destra».

«Sì, come vi ho mostrato», concorda Knox.

«Ma Benjamin Harlow non può averla uccisa così perché è mancino», spiego.

L'espressione sardonica sul viso di Knox cambia in una frazione di secondo. Ora è accigliato e mi fissa serio. «Come lo sapete?»

«Ieri sono stata al "Chronicle" con Lucy e Harlow era lì prima di noi. L'ho visto scrivere un biglietto per Thorpe e ha usato la sinistra. Non eravate voi a dire che i mancini tengono gli oggetti nella mano dominante? Se avesse ucciso lui Emily, la coltellata l'avrebbe inferta da destra verso sinistra, e non viceversa», rispondo posseduta da una strana frenesia. «Ho visto il corpo di Emily oggi e il report è corretto: il taglio comincia sotto il suo orecchio sinistro, non sotto il destro».

«Perciò chi ha ucciso Emily teneva il coltello con la mano destra», conclude lui.

«Credo che abbiano arrestato la persona sbagliata e che l'assassino di Emily sia ancora a piede libero».

Knox annuisce. «L'avete detto a qualcun altro, a parte me?».

Scuoto la testa. «A che servirebbe? Sono tutti così felici che la morte di Emily e l'arresto di Harlow abbiano messo fine allo scandalo che nessuno mi darebbe retta».

«Avete ragione», concorda lui prendendo un sorso del suo liquore. «Ora che avete la risposta che volevate, siete contenta?»

«No. Voglio un'altra cosa da voi», rilancio. «Avete ancora bisogno di accedere alla vita sociale della Londra che conta?»

«Non mi dispiacerebbe».

«Vi propongo uno scambio: io sarò il vostro salvacondotto per ogni festa, casa, club, evento, qualunque luogo desideriate frequentare farò in modo che vi vengano spalancate le porte. In cambio, dovete aiutarmi a scoprire cosa è successo a Emily».

«Non mi sembra molto equo, cara piccola dolce Becca».

«Punto primo: non chiamatemi Becca; punto secondo: a me sembra più equo del subdolo ricatto che avete proposto a me».

«Con la sola differenza che ciò che serve a me non mette in pericolo voi, mentre ciò che chiedete voi mette in pericolo me».

«Oh, caspita, credevo di stare parlando con il pirata più ricercato d'Europa che ha requisito l'incredibile cifra di quaranta navi in un anno, non con un giocatore di carte imbolsito», lo sfido. «Non usate l'alibi del corsaro, non attacca».

Lui mi scruta con un sopracciglio increspato. «Mi state mettendo alla prova?»

«Non lo so, ditemelo voi. Vi sentite messo alla prova?»

«Non ho paura del rischio, ma lo corro quando c'è una ricompensa. Il rischio senza ricompensa è sacrificio e, come avete più volte ribadito, sono un pirata, non un martire».

«Quale ricompensa vi aspettate?», chiedo.

Mi gira intorno con uno sguardo che pare incenerirmi i vestiti. «Ci devo pensare».

«Non verrò a letto con voi», chiarisco.

La risata bassa che gli sfugge mi fa arrossire fino alle orecchie. «Le vergini non sono il mio genere: se voglio divertimento so dove trovarlo».

«Non ho mai detto di essere vergine», ribatto.

Lui mi scocca uno sguardo ammiccante. «Ah, perché, non lo siete? Mi sorprendete, Rebecca… piacevolmente».

«Certo che sono vergine, ma è irrilevante ai fini dell'indagine. Lo farete o no, Knox?», domando spazientita.

«Perché vi rivolgete proprio a me?», mi chiede.

«Perché ho bisogno di una persona che non abbia paura di sporcarsi le mani, con pessime conoscenze e che frequenti i bassifondi».

«Non ho mai detto di avere pessime conoscenze e di frequentare i bassifondi», mi fa il verso.

«Perché, non li frequentate?», ribatto io. «Mi sorprendete, Knox... piacevolmente».

«Che alta opinione avete di me. Tutti questi complimenti in una volta sola potrebbero darmi alla testa», mi prende in giro.

«Allora, Knox?», lo incalzo.

Lui si ferma davanti a me, con le braccia incrociate sul petto. «Accetto con riserva: se, a un certo punto, il rischio dovesse superare il beneficio mi chiamo fuori».

«Meglio di niente». Mi accontento, non ho alternative.

«Perché ci tenete tanto? Perché mettere a repentaglio la vostra reputazione per un caso che è a tutti gli effetti risolto?»

«Perché da dove vengo io, chi tace davanti a un'ingiustizia ne diventa complice», affermo con forza.

«Ah, sì?». Lui sembra incuriosito dalla mia affermazione. «E da dove venite, Rebecca? Ho visto quasi tutto il mondo, ma un luogo simile ancora non l'ho incontrato».

«Da un posto troppo lontano anche per qualunque delle vostre navi». Mi avvicino alla finestra, attenta a non calpestare i frammenti del vetro che ho rotto. «Ora vado. Comunicherò con voi tramite Lucy, dite alla vostra governante di trattarla con riguardo».

«Per curiosità, riceverò altre vostre visite attraverso la finestra? Giusto per sapere se vale la pena farla riparare».

«Non lo so», dico scavalcando il davanzale. «Nel dubbio, non bloccate la serratura».

«Spero riusciate a risolvere il caso di Emily, sembra che ci teniate molto».

«Scoprirò cosa è successo quant'è vero che ho visto tutte le stagioni di *CSI*; lo giuro sugli occhiali da sole di Horatio Caine».

«Horatio Caine?», mi chiede Knox confuso.

«So io chi è», taglio corto balzando fuori sulla pensilina. «Buonanotte, Knox, e grazie per... la consulenza».

«Chiamatemi Reed».

«Buonanotte, Reed. Ma continuate a chiamarmi Rebecca. Non Becca, non Becky, niente diminutivi, non mi piacciono».

«D'accordo, Rebecca, buonanotte. Ah… giusto perché lo sappiate: la vostra camicia da notte è trasparente anche dietro».

Sabato 25 maggio

1816

18

Il sole splende di nuovo su Londra, e grazie ad almeno tre giorni senza pioggia possiamo prendere parte alla merenda organizzata a Hyde Park dal Four-in-hand Club.

I club sono solo per gentiluomini, ma quando i suddetti devono esibire la loro mascolinità alla guida di un cocchio da corsa non disdegnano un nutrito pubblico femminile con la scusa di un picnic.

Nulla a che vedere con il mio concetto di picnic, con coperte buttate sul prato o sandwich d'asporto preso in un Subway.

Un esercito di domestici ha allestito il prato con tavoli e sedie, perfino poltrone per i più esigenti, e a tutti gli ospiti vengono servite tartine da vassoi d'argento e champagne in calici di cristallo, il tutto accompagnato da un quartetto d'archi che si esibisce da un pavillon di legno, a pagoda, circondato di fiori freschi.

Data la giornata all'aperto, comunque non calda, tutte le signore sfoggiano eccentrici cappellini e agitano ventagli, inclusa me.

Nel mio caso, il ventaglio ha due scopi precisi.

Il primo: mi serve per mascherare la sfilza di sbadigli che mi provoca il monologo di Lord Julian Boyle, uno dei *suitor* che mi ha inviato un bouquet dopo che ho danzato con lui all'Argyll.

Mi sta parlando della sua nuova muta di cani da caccia da circa mezz'ora e non so cosa rispondergli. Non so nulla di caccia né tantomeno di cani da caccia.

Il secondo: Boyle ha un difetto di pronuncia – cosa di cui non gli faccio colpe – perciò quando parla sputa e, stando a due spanne da me, il ventaglio è un valido scudo ai suoi lapilli salivari.

Temo che sarà una presenza costante per tutto il picnic dato che sua sorella maggiore Eugenie siede al tavolo con noi. È molto amica della moglie di Bennet e la loro conversazione non m'interessa molto di più: il corredino per il nascituro di Eugenie.

Ci sono anche i vari H1, H2, H3 e H4 i quali, quando incrocio il loro sguardo per caso, non mancano di accennarmi un inchino.

Ho un attimo di tregua solo quando Boyle si scusa per rintanarsi dietro un cespuglio, credo per fare pipì.

«Sappi che in tre si stanno contendendo il tuo primo ballo, mercoledì sera, all'Almack», m'informa mio cugino chinandosi su di me, mentre allunga il braccio per afferrare un canapè dal mio piatto.

«Contendendo, in che senso?», gli chiedo preoccupata.

«Andrew Stockton, James Dewey e Paul Clifford sono in lizza per danzare con te. Non mi hanno ancora offerto soldi, ma il picnic è solo a metà».

«Ma io ho detto loro che ballerò prima con te», gli ricordo.

«E loro sono venuti da me per chiedermi di cedere la mia precedenza».

«Questa poi!», sbuffo. Come si permettono di scavalcare il mio libero arbitrio per mercanteggiare con Archie, neanche fossi di sua proprietà?! «E tu hai acconsentito?»

«Ho detto che scambierò il ballo con te solo con colui che riuscirà a battermi alla gara di corsa che si terrà tra poco, in Rotten Row».

«Ti prego, vai più veloce che puoi», lo imploro.

«Stai parlando con la punta di diamante della squadra di polo di Cambridge», mi rassicura con un *pat-pat* affettuoso sulla spalla.

«Allora la gara sarà molto più stimolante», aggiunge una terza persona la cui ombra si allunga sul tavolo tra noi.

Alzo lo sguardo incrociando quello del duca di Wyndham, davanti al quale tutte le signore sorridono melense.

È un uomo affascinante, forse più vicino ai quaranta che ai trenta, ma senza dubbio molto al di sopra della media dei corteggiatori con cui mi sono intrattenuta fino a ora. I suoi capelli castano chiaro, quasi biondi, luccicano sotto il sole e, anche se strizza le palpebre per combattere la luce, posso intravedere delle iridi nocciola. «Buon pomeriggio, duca», lo saluto.

«Per favore, Charles Rutherford, è sufficiente».

La concessione di questa confidenza fa sbattere le palpebre a tutte le pettegole.

«Stasera parto per la Scozia dove devo recarmi per la ricognizione di alcune proprietà», spiega. «Ma rientrerò in tempo per il ballo di mercoledì all'Almack anche se, da quanto ho capito, per danzare con voi c'è una prova da superare».

«La gara è aperta, non vi è alcun vincitore favorito», ribatto io. Forse non sono più così sicura di volere che vinca Archie.

«I contendenti sembrano agguerriti, ma non mi spaventano. A più tardi, Lady Rebecca», commenta Charles Rutherford prima di congedarsi.

All'orizzonte si profila anche Bennet, il migliore amico di mio cugino, che lo chiama sventolando il braccio.

«Fammi sapere se vuoi che stracci anche Rutherford o se devo lasciargli una mezza lunghezza». E prima di raggiungere Bennet mi lancia un occhiolino.

«Rebecca», mi picchietta zia Calpurnia sulla mano. «Rebecca, ti rendi conto?!».

«Di cosa, zia?»

«Hai attirato l'attenzione del duca di Wyndham», risponde lei accalorata.

«È una cosa importante?»

«Altroché», esclama Lady Sefton con gli occhi sgranati. «È lo scapolo più inafferrabile di Londra. Da anni le mamme cercano di accaparrarselo per una delle proprie figlie, ma non si è mai fatto avvicinare. Sua madre non fa più vita mondana da anni, prima o poi avrà bisogno di una duchessa e tu, mia cara, saresti perfetta».

«Deve essersi sparsa la voce riguardo ai tuoi pretendenti», suggerisce la zia.

«Ma certo», concorda Lady Sefton. «Più corteggiatori si hanno, più ne arrivano. Gli uomini sono pecore, si muovono in gregge».

«Oh, dunque Charles Rutherford si è limitato ad andare dove stanno già pascolando tutti», osservo. «Che spirito pionieristico e che autonomia di pensiero».

«Un uomo del suo calibro deve essere pratico. Nessuna ragazza può vantare una dote più alta della tua, eccetto forse Ausonia, ma Rutherford non ha bisogno di qualche spicciolo in più. Tu sei più graziosa di lei e il tuo cognome è molto più illustre del suo», le parole di Lady Sefton non mi suonano rassicuranti. È solo una lista della spesa.

«Per non parlare delle proprietà che ti hanno lasciato i tuoi genitori!», aggiunge la zia.

Sebbene tutti trovino normale che il valore di una donna sia proporzionale alla sua dote, alle sue grazie e alla caratura del suo cognome, io ancora non riesco a fare mia questa mentalità. Anche perché secondo questi criteri, la me del futuro, figlia di nessuno e senza un penny in tasca, sarebbe spazzatura.

«Vado a sgranchirmi le gambe», annuncio nel momento in cui vedo Boyle uscire dal suo cespuglio con una mano ancora affondata nelle braghe, intento a ravanarsi i bassifondi.

Mano che non esita poi a offrirmi appena mi vede alzarmi. «Faccio da sola», rifiuto. «Anche io devo rispondere a un bisogno».

Non è vero ma non importa, è un'ottima scusa per nascondermi indisturbata.

Raggiungo il folto degli alberi che ombreggiano la riva della Serpentine e, stretta nel mio scialle, passeggio un po' costeggiando il laghetto dove una mamma cigno nuota seguita dai suoi piccoli.

«Siete sempre l'anima della festa, eh, Rebecca?». Sullo specchio d'acqua compare il riflesso tremolante di Reedlan Knox, in sella al suo cavallo.

«E voi avete questo vizio di comparirmi sempre alle spalle», replico.

«Non mi avete informato di questo gaio raduno, ieri sera», mi fa notare. «Sbaglio o i nostri accordi erano diversi?»

«Era troppo tardi per farvi invitare», mi difendo.

Reedlan salta giù dal cavallo e lo lega a un tronco. «Peccato, volevo condividere con voi qualche riflessione riguardo al caso di Emily».

«Cosa vi trattiene? Fatelo», lo incito.

«In cambio voglio un biglietto per l'Almack di mercoledì prossimo e per tutti i mercoledì successivi, l'accesso al parterre d'onore al Derby di Epsom e l'invito alla serata inaugurale dei Vauxhall Gardens».

«E un vassoio di pasticcini, no?», lo prendo in giro.
«Non li rifiuterei, se li aveste».
«Dovrò inventarmi qualche buona scusa, ma avrete tutto. Parliamo di Emily, ora».
Reedlan si guarda intorno con aria circospetta. «Meglio se non diamo troppo nell'occhio». E con una presa decisa mi agguanta per il gomito e mi trascina sotto la chioma di un salice, tanto folta che tocca terra.
«Che modi sono questi, Knox?!», esclamo sorpresa dallo strattone.
«Vi ho detto di chiamarmi Reed».
«Mi ci devo ancora abituare», ribatto. «Da dove cominciamo con Emily?»
«Ho notato che il dottor Cooper entra ed esce spesso da casa vostra».
«Si occupa dei denti di mio zio. Li ha persi tutti e lui gli sta facendo una dentiera».
«Quando torna?»
«Lunedì pomeriggio», rispondo.
«Bene».
«Perché bene? Che volete fare?»
«Farci dire da lui come si è procurato la mummia per lo spettacolo a casa dei Latimore».
«E cosa vi fa pensare che ce lo dirà?», chiedo scettica.
Reedlan si fa sfuggire una risata sottile. «So essere molto persuasivo».
«Io come sono coinvolta?»
«Chiedetegli di visitarvi, dicendo di avere qualche problema ai denti».
«Non se ne parla neanche, i miei denti stanno benissimo e non ho intenzione di farmi mettere le mani in bocca da quel ciarlatano», dichiaro perentoria.
«Che apprezzabile spirito collaborativo, Rebecca».
«Fatevi visitare voi».
«Meglio se non vede la mia faccia», ribatte. «Comunque, quando se ne va, trattenetelo in qualche modo mentre sale in carrozza. Al resto penso io».

Uno squillo di trombe riecheggia nel parco. «Non siamo ancora fuori stagione per le battute di caccia?», chiede Reedlan.

«Credo che stia per iniziare la corsa», osservo. «Sarà il caso che vada a dare un'occhiata dato che in palio c'è il mio primo ballo all'Almack, mercoledì».

«Non c'era proprio nulla di meglio per premio?», mi prende in giro lui, sempre con quel suo tono arrogante.

«Ha parlato quello che, per ottenere il mio favore, è arrivato a ricattarmi», ribatto uscendo dal nostro anfratto diretta al bordo di Rotten Row, dove si stanno radunando tutti gli spettatori della gara.

«Fatemi capire: chi arriva primo aprirà le danze con voi?», domanda Reed, seguendomi con il proprio cavallo per le briglie dopo averlo slegato: un frisone dalla lunga chioma nera e dei grandi occhi dolci.

«Proprio così. Ma battere mio cugino Archie sarà difficile».

La tromba dà il via alla gara e dal fondo del percorso si alza una nuvola di polvere, segno che i landò sono partiti.

«Hanno scommesso quasi tutti su Archie», mi rincuora Bennet, che per l'occasione è stato eletto bookmaker della gara.

«E gli altri?», gli domando.

«Clifford non ha speranze, è pessimo alla guida, su di lui nessuno ha scommesso un penny. Dewey se la caverebbe meglio ma ha dei cavalli nuovi e non ci ha ancora preso la mano. Stockton potrebbe dargli del filo da torcere però è già mezzo ubriaco, sarà già un successo se riuscirà a stare in carreggiata. Il secondo più puntato è il duca di Wyndham».

«Chi?», s'intromette Reedlan con un'espressione di stupore che non gli ho mai visto.

«Charles Rutherford», ripete Bennet.

Reedlan fissa il terreno di gara su cui si rincorrono i competitor e, senza mia grande sorpresa, Archie è in testa di una lunghezza.

Ci troviamo quasi all'altezza del traguardo e posso vedere Rutherford raggiungerlo e ingarellarsi con lui.

Mancano pochi metri all'arrivo quando Rutherford supera Archie provocando un mugugno generale tra quelli che avevano scommesso su mio cugino.

«Quindi aprirete le danze con lui, mercoledì?», mi domanda Reedlan in tono asettico.

«Così pare. Ma poteva andarmi peggio». Pochi istanti dopo ci raggiunge mio cugino, coperto di polvere e con il fiatone. «Meno male che dovevi stracciarli tutti, eh?», lo rimprovero.

«Avrei potuto, ma non volevo stressare i cavalli», ridacchia lui dandosi di gomito con Bennet.

«La vecchia Calpurnia ti ha obbligato a far vincere Rutherford, vero?», gli domanda il suo amico.

«Pena: la morte», ammette Archie.

«Potevi dirmelo prima, ho perso due ghinee».

«Sono certo che ti rifarai a Epsom», scherza Archie. «Oh, Knox, ci siete anche voi! Siete appassionato di corse nonostante la vostra lunga vita in mare?»

«Sto scoprendo nuovi interessi», risponde lui.

«Forse Sir Knox potrebbe unirsi al nostro parterre al Derby, giovedì», propongo guadagnandomi un'occhiata stranita da parte di mio cugino. «Dopotutto, è stato così gentile da mandare il suo medico ad assistermi. E la tosse dello zio è quasi del tutto sparita grazie alla sua tintura».

Il cipiglio di Archie scompare, persuaso. «Ma ci mancherebbe, anzi! Che maleducato a non averci pensato io stesso. Sarete il benvenuto, Reedlan».

«Magari potrebbe unirsi a te e Bennet quando andrete da White, stasera, così da conoscere anche alcune delle persone che saranno con noi a Epsom».

«Non saprei, i club sono molto selettivi», arretra Reedlan, con mio stupore.

«Ma si stancano anche delle solite facce», obietta Archie. «Perché no? Facciamo arruffare le penne a qualche vecchio barbagianni. Vi aspetto da me alle nove, così andremo insieme, Reedlan. Ora, scusate, vado a darmi una ripulita perché sono impresentabile. Bennet, tua moglie sembra reclamarti e, dalla sua faccia, ti aspettano guai».

«Soddisfatto?», chiedo a Reedlan una volta che mio cugino e il suo amico sono a debita distanza d'orecchio.

«Anche troppo. Non c'era bisogno di esagerare facendomi addirittura invitare da White».

«Ho giocato d'anticipo, così ho un credito nei vostri confronti», ribatto compiaciuta. «Qualora il vostro impegno sul caso di Emily richiedesse un incoraggiamento».

«Non promuovetemi con tanto entusiasmo o qualcuno potrebbe pensare che nutriate interesse per me, Rebecca».

«Sapete, Reedlan, ho pensato a una cosa: voglio vedere quanti dei miei cosiddetti pretendenti si faranno scoraggiare dall'effetto della vostra vicinanza. Facile fare la corte a una ragazza di ottima famiglia, di dote ricca, aspetto gradevole, reputazione immacolata e frequentazioni raccomandabili. Io non sono un premio da vincere a una corsa di cavalli. Chi mi vuole, mi deve guadagnare correndo qualche rischio».

«Ne rimarranno ben pochi, mi sa». Reedlan dà uno sguardo al campo da corsa dal quale Rutherford sta venendo nella nostra direzione. Si rimette il cappello e con un cenno del capo mi saluta. «Torno alle mie occupazioni. Ricordatevi cosa dovete fare lunedì pomeriggio. Arrivederci, Rebecca».

«Avete seguito la corsa, Lady Rebecca?», mi domanda Lord Rutherford avvicinandosi a me.

«Congratulazioni per la vittoria. Anche se temo che mio cugino non abbia dato il massimo».

«Allora dovrò sfidarlo di nuovo. Siete lieta dell'esito?»

«Mai quanto mia zia», constato. «Ma avendo già danzato con i signori Stockton, Dewey e Clifford, posso dirmi contenta di non dover ripetere l'esperienza».

Con Dewey, in particolare, dato che il lezzo delle sue ascelle mi ha quasi fatto diventare cianotica.

«Quell'uomo vi stava importunando, poco fa?», mi chiede Rutherford serio.

«Chi, Reedlan Knox?». Mi volto verso di lui che è già lontano, in groppa al suo cavallo. «Sul fatto che dica molte cose inopportune sono d'accordo, ma niente a cui io non sia in grado di rispondere a tono».

«Reedlan Knox, avete detto?», mi domanda con espressione esterrefatta.

«Sì. Sir Reedlan, a voler essere precisi».

«Non è una compagnia raccomandabile per una signorina del

vostro rango». Ecco un altro convinto di dovermi istruire su cosa posso o non posso fare, o con chi posso o non posso parlare. Peccato, duca, all'inizio mi avevate anche fatto una buona impressione.

«La sua reputazione ha dato adito a molte voci, ma è ancora da verificare quali siano vere e quali calunnie», replico.

«Oh, ma io non parlo di reputazione, ma per esperienza diretta», obietta Rutherford.

«Lo conoscete bene, allora?». Da come aveva reagito Reedlan vedendolo durante la gara avevo avuto la stessa impressione.

«Per mia sfortuna anche *troppo* bene. Reedlan è mio fratello».

Lunedì 27 maggio

1816

19

Quando il dottor Cooper lascia casa nostra dopo l'incontro con mio zio, faccio come mi ha detto Reedlan. Lo seguo e lo fermo mentre sale in carrozza, sul predellino.

«Dottor Cooper, potrebbe dedicarmi un minuto?»

«Avrei un altro appuntamento, Lady Rebecca, ma se è una cosa veloce non c'è problema: soffrite forse di mal di denti anche voi?»

«Non è per me. Riguarda… ehm… opere di carità», invento di sana pianta.

Il dottor Cooper increspa il sopracciglio. «Carità?»

«Mia zia è molto attiva nel campo della beneficenza e io non voglio essere da meno. Ci sono tanti bambini nelle zone più povere della città che rischiano di perdere i denti già da piccoli e vorrei chiedervi di collaborare con me per offrire visite ai bisognosi».

«I denti sono il minore dei loro problemi. E poi molti se li fanno cavare per venderli e mettere in tasca due soldi», mi liquida lui alla svelta. «Il mio tempo costa caro, non posso offrirlo gratis a bifolchi che nemmeno ne capiscono il valore, quando ho l'agenda piena per settimane».

Oh, ma dove accidenti è Reedlan?! Avrebbe dovuto aiutarmi. «Magari delle semplici lezioni di igiene», propongo senza sapere più cosa dire.

Lui scuote il capo con fare paternalistico. «Lady Rebecca, non emenderete l'East End dal vizio con lezioni di igiene. Risparmiate le vostre energie e dedicatevi ad attività più fruttuose e interessanti per voi. Trovare un marito dovrebbe essere la priorità per una signorina del vostro rango».

«Dottor Cooper, la prego».

«Arrivederci, cara. Gli Osbourne mi aspettano». Lui fa per voltarsi ed entrare nella cabina quando si immobilizza.

«Non così in fretta», dice una voce da dentro la vettura. Non posso vedere l'interno, ma il mio udito riconosce Reedlan. Noto che vicino al fianco del dottore è comparsa una lama. «Non un fiato o potrebbe essere il vostro ultimo».

«Chi siete?», mormora Cooper con voce tremante.

«Faccio io le domande», risponde Reedlan. «Emily Fraser: com'è arrivato il suo corpo a casa dei Latimore?»

«Non ne ho idea», sputacchia il dottore. «Non so niente».

«Risposta sbagliata». E Reed preme la lama sul suo fianco con più forza, forandogli la giacca.

«Io non c'entro con la morte di Emily Fraser, lo giuro su quanto ho di più caro».

«Come è arrivato il corpo di Emily a casa dei Latimore?», chiede di nuovo Reedlan scandendo parola per parola. «Lo avete portato voi?»

«Lord Latimore voleva una mummia per la sua festa ma quelle vere, dal Cairo, costano troppo e lui non voleva spenderci tutti quei soldi. Così gli ho suggerito di farsene fare una finta con un cadavere fresco. Io mi sono solo offerto di condurre la presentazione sostenendo la veridicità della mummia», dichiara il dottore in un fiato.

«Avete detto tante di quelle castronerie che sapevo che la mummia era finta ancora prima che levaste le bende. Poteva studiare almeno un po'», affermo, incapace di tacere il rimprovero.

«Se non l'avete procurata voi, come l'ha avuta Latimore?», lo interroga Reedlan.

«Gli ho detto di rivolgersi a Ben Crouch: collabora con la London Anatomy School dove insegna mio zio Astley. Ci ha messi in contatto perché mi procurasse i denti dei soldati morti a Waterloo, ma non so come abbia trovato il corpo di Emily. Davvero, vi supplico, chiunque siate lasciatemi andare».

Sul cavallo dei pantaloni del dottor Cooper si è allargata una macchia scura che gli gocciola lungo la gamba.

«Grazie della preziosa e spontanea collaborazione», risponde Reedlan ritirando il coltello.

«Posso andare via, ora?». Cooper è quasi sull'orlo delle lacrime.

«Attenderete che io scenda dalla carrozza, dall'altro lato. Non voltatevi finché non avrò battuto sul portello, dopodiché potrete andare», lo istruisce Reedlan. «Un'ultima cosa: questa conversazione non è mai avvenuta».

Il dottor Cooper deglutisce. «Quale conversazione?»

«Bravo, dottore. Quello che volevo sentire». Dopodiché percepisco un salto sul selciato, un colpo sul legno e il dottore arretra nell'abitacolo.

«A-A-Albert, pa-partiamo».

Quando la carrozza lascia Charles Street, vedo Reedlan, dall'altro lato della strada, poggiato con le spalle al muro dietro di lui, le braccia conserte sul petto e l'aria annoiata.

Lo sguardo che gli lancio io, invece, è carico di rimprovero.

Attraversa la carreggiata e mi raggiunge, passeggiando con disinvoltura verso la porta di casa sua.

«Minacciarlo con un coltello?», gli chiedo. «Sul serio? Era ciò che intendevate con essere persuasivo?»

«Coltello? Io non ho coltelli. Ho solo un bastone da passeggio», ribatte passandosi il bastone da una mano all'altra. Guarda caso, l'impugnatura è la stessa del coltello con cui ha minacciato Cooper.

«Non trattatemi da stupida».

«Volevate il pirata, o no? Credevo che vi foste rivolta a me soprattutto per questo motivo».

«Si poteva tentare un approccio più morbido, almeno».

«Se cercate un diplomatico, la prossima volta rivolgetevi a un'ambasciata. Per quanto mi riguarda abbiamo ottenuto ciò che ci serviva, come lo abbiamo ottenuto è irrilevante».

«Dove lo troviamo questo Ben Crouch, ora?», gli chiedo.

«A quello ci penso io. Voi fatemi avere l'invito per il ballo dell'Almack di mercoledì. Le patronesse si riuniscono stasera, giusto?»

«Sì», confermo. «Al lunedì decidono chi ammettere e chi no».

«Fate la vostra parte, che io faccio la mia. Ci vediamo al ballo».

Mercoledì 29 maggio
1816

20

Non è stato facile procurare l'invito a Reedlan senza che Lady Sefton sospettasse un mio interesse nei suoi confronti.

Anzi, quando ho pronunciato il suo nome, si è allarmata diventando tutta rossa. «Non vorrai che la vicinanza di un uomo dalla simile reputazione allontani tutti i tuoi corteggiatori?!», ha esclamato.

L'ho rassicurata che il mio è solo un gesto di riconoscenza per il supporto medico fornitomi dopo la festa dei Latimore; anche se non troppo convinta, Lady Sefton ha convenuto di confrontarsi con le altre patronesse e chiedere parere al Principe Reggente, suo caro amico che, dopotutto, a Reedlan aveva concesso un cavalierato.

Io mi sono esposta per lui e ora quell'ingrato non c'è. Alle undici chiuderanno le porte e nessuno potrà più entrare.

L'Almack è il clou della vita mondana londinese, nonché un vero e proprio mercato matrimoniale.

Le mamme puntano gli scapoli e i papà ne soppesano le fortune.

Non mi sfugge che per la cena, allestita su tavoli lunghi quanto il salone, Lady Sefton mi abbia posizionata proprio di fronte al duca di Wyndham, Charles Rutherford, il fratello di Reedlan.

«Ho saputo che siete una lettrice appassionata, Lady Rebecca», conversa con me tra una portata e l'altra.

«I libri mi sono di grande compagnia. Spesso le giornate mi sembrano troppo lunghe o troppo uguali».

«Non ricamate?», mi domanda stranito.

«Non sono portata».
«Suonate arpa o clavicembalo?»
«Non ho un orecchio musicale».
«A Wyndham Hall c'è una biblioteca immensa, credo che vi piacerebbe visitarla».
Attenzione! È per caso un invito? «A voi piace leggere, duca?»
«Abbastanza, ma non riesco quanto vorrei. La cura dei miei possedimenti mi occupa molto tempo e, dopo giornate intere passate a studiare documenti, non ho le forze di concentrarmi su un libro. Per questo è un peccato che nessuno fruisca della biblioteca. Sarebbe opportuno tenerla aggiornata con le più recenti pubblicazioni. Sentitevi libera di suggerirmene qualcuna».
«Senza dubbio».
Mi piace il duca di Wyndham? Abbastanza. Sicuro è il primo da cui non sento l'esigenza di scappare a gambe levate. Non puzza, non sputa, non suda e ha un aspetto gradevole. Tuttavia, lo osservo cercando somiglianze con Reedlan che però non trovo. Al di là dei modi, uno è chiaro, l'altro è scuro; il duca ha una corporatura massiccia, Reedlan invece è sì alto e con un fisico muscoloso, ma atletico. Uno mi guarda in faccia, l'altro mi fissa dritto negli occhi. Potrebbero sembrare la stessa cosa, invece sono differenti. È come se Reedlan volesse scrutarmi dentro, leggermi nei pensieri, come se stesse spiando alla finestra.
Charles, invece, sembra mi stia prendendo le misure, come se avesse lo stencil della duchessa perfetta e stesse provando a vedere se io vi rientri e, nel caso, appurare quali spigoli bisognerebbe smussare.
Una delle patronesse annuncia la fine della cena e invita tutti gli ospiti a spostarsi nell'altra sala per l'apertura delle danze.
«Prometto di non farvi rimpiangere il passo leggero di vostro cugino», mi dice Rutherford, scortandomi sotto gli sguardi d'approvazione di zia Calpurnia e Lady Sefton, che ci seguono un passo indietro.
Quella che pare volermi fulminare è Ausonia, che mi scruta dal lato opposto della sala. Anche lei però non è sola, anzi! È al braccio di Maxim Duville, il marito di Emily.

«Maxim Duville all'Almack?!», penso ad alta voce. «Il funerale di Emily è stato la scorsa settimana: il lutto non dura un anno?»

«Per le vedove, non per i vedovi», mi corregge Rutherford. «E comunque, dato il comportamento sventato della moglie, nessuno può biasimarlo. Che sia morta è una liberazione».

Alle sue parole m'irrigidisco. Anche lui è del partito meglio stecchita che disonorata.

Eseguo la quadriglia in sua compagnia, come promesso, ma senza più scambiare una parola. È riuscito a perdere tutti i punti con una frase sola.

Finita la danza, applaudiamo l'orchestra e facciamo per lasciare la pista, quando noto il volto di Rutherford trasfigurare in un'espressione gelida.

Ne capisco subito il motivo: al bordo del cordone di velluto che separa danzanti e non, c'è Reedlan.

Sgancia la corda come se fosse il padrone dell'Almack e viene verso di noi con il suo passo che ho ribattezzato: "Stavate aspettando me?".

«Tu qui?», ringhia di pancia Rutherford.

«Stavo per farti la stessa domanda, Charlie. Non sei un amante dei ritrovi mondani, ma tutto d'un tratto apri le danze come se non facessi altro nella vita».

«Non credevo lasciassero entrare anche gli avanzi di galera. Dovrò informare qualcuno della tua condotta».

Reed ha l'aria di volerlo passare a fil di lama. E non escludo che potrebbe farlo. «E chi tace davanti a un'ingiustizia ne diventa complice», ribatte rivolgendomi lo sguardo con un movimento degli occhi impercettibile, ma che non mi sfugge.

È ciò che gli ho detto io quando sono andata a chiedergli aiuto per Emily.

«Hai finito, Reedlan?», domanda gelido Charles.

«In effetti sì, non avevo intenzione di conversare con te», lo taglia fuori lui. «Volevo solo chiedere a Lady Rebecca l'onore del secondo ballo».

Ma prima che io possa aprire bocca, Charles mi parla sopra, ridendo. «Sei il solito pazzo arrogante. Cosa ti fa pensare che Lady Rebecca voglia avere a che fare con te?»

«Chissà… chiediamolo a lei».

Ma, di nuovo, mentre ho la risposta sulla punta della lingua, Charles parla in vece mia. «Non credo proprio. Girale al largo e non creare guai o ti faccio sbattere fuori a calci».

«Non hai tutto questo potere, fratello».

«Non chiamarmi mai più fratello in pubblico».

«Tranquillo, Charlie, me ne vergogno più io della nostra parentela». Reedlan mi accenna un inchino di commiato. «Buona serata, Lady Rebecca», poi si volta e si allontana.

«Aspettate!», lo chiamo a un tono di voce del tutto inadatto a una signorina. «Danzo con voi, Sir Knox».

Rutherford si volta a guardarmi basito. «State scherzando, spero».

«Affatto», dichiaro risoluta. Muoio dalla voglia di danzare con Reedlan? No. Ma detesto che mi si parli sopra. Io penso con la mia testa e parlo con la mia bocca, non con quelle degli altri.

Reedlan si gira e il sorriso affilato che gli tende l'angolo destro delle labbra arriva a Rutherford dritto come una freccia in mezzo agli occhi.

«È un criminale», mi redarguisce Rutherford. «Correte il rischio di compromettere la vostra reputazione».

«Correre fa bene alla salute», replico tendendo il palmo a Reedlan. «Andiamo, stanno radunando i gruppi per il reel».

Reed afferra la mia mano e mi guida verso il centro della pista dove le coppie si stanno allineando in una lunga fila.

«Sto cercando di capire se avete accettato così di buon grado di danzare con me perché lo desideravate davvero o per sfidare mio fratello», mi dice mentre la danza inizia e ci muoviamo a ritmo di musica.

«Ho accettato perché è il nostro accordo che lo prevede, no?», ribatto. «Mostrarvi favore in pubblico in cambio del vostro aiuto».

«Avete ragione, non sono altro che un mezzo per voi, tanto quanto voi lo siete per me. Ci stiamo usando a vicenda per i nostri scopi personali».

«Mi prendete sempre in giro ma dopotutto mi ascoltate sul serio. Non credevo…».

«A cosa vi riferite?»

«Alla frase che avete rivolto a vostro fratello, quella sulla colpevolezza di chi tace davanti alle ingiustizie».

«La trovavo calzante. Dopotutto, siete la Sfinge e io un pirata: voi sapete di parola, io so di spada. Infilzare mio fratello in mezzo alla pista non mi sembrava un buon biglietto da visita, come prima volta all'Almack».

«Che fine ha fatto la qualifica di corsaro che tanto tenevate a precisare?»

«Ho pensato che, dopotutto, avete ragione: sono quello che sono, perché nascondermi dietro la burocrazia? Non sono un ipocrita e non rinnego nulla di ciò che ho fatto».

«Credo che vostro fratello farà il possibile perché rimuovano il vostro nome dalla lista degli ammessi», osservo. «A proposito, c'è un particolare che mi sfugge: siete fratelli ma lui fa Rutherford di cognome e voi Knox, come mai?»

«In realtà il mio cognome è stato Rutherford fino all'età di dodici anni, poi è intercorso un incidente domestico per cui si è ritenuto che farmi portare il cognome di mio padre non fosse più onorevole, così mi è stato messo quello di mia madre. Knox, appunto».

«Un incidente di che tipo?», chiedo curiosa.

«Oh, Charlie non ve lo ha già detto? Ho ucciso nostro padre».

«Cosa?!». Per un istante mi blocco.

«Non aggiungerò altro. Ma se preferite lasciare la pista sentitevi libera di farlo, lo comprendo».

L'idea c'è, ma non lo faccio. Continuo a danzare con Reedlan in silenzio, sempre più confusa nel cercare di decifrare questo giovane uomo che sembra vivere avvolto in un mantello di costante oscurità.

E quel calore che sprigiona la sua mano fino a penetrare nella mia, passando attraverso la seta del guanto, mi provoca uno strano formicolio.

«Se volete interrompere ogni rapporto e che io abbandoni le ricerche su Ben Crouch, ditemelo ora».

«Affatto». Seguiamo il treno di coppie che fa il giro della pista in passeggiata, distanziati dai due davanti a noi, perché non sentano la nostra conversazione.

«Molto bene», commenta con un sorriso compiaciuto.

«Avete scoperto qualcosa?»

«Azmahl ha interrogato per me il dottor Astley Cooper, lo zio del dentista. Ben Crouch è il capo della Borough Gang, si fanno chiamare Resurrezionisti».

«Resurrezionisti?», chiedo.

«Suona meglio di "ladri di cadaveri"», spiega lui, in tono cinico. «Dissotterrano corpi seppelliti da poco e li portano alle scuole di anatomia che li pagano profumatamente. La base della banda è una taverna a Southwark dove si tengono anche combattimenti di pugilato clandestini. C'è un tale, Naples, che registra tutti i corpi rubati e venduti. Ho in previsione di fare loro una visitina più tardi».

La musica svanisce, i ballerini si fermano e restiamo lì ad applaudire l'orchestra in mezzo alla pista.

«Vengo anche io», dico d'impulso. Ci sono mille ottimi motivi per non andare, la me del futuro di certo se ne starebbe a casa, ma c'è un bisogno che mi bussa nel petto con prepotenza.

«Non se ne parla neanche».

«Portatemi con voi, o vi farò radiare da ogni circolo sociale da Londra a Bath».

«Levatevelo dalla testa», insiste Reedlan. «Non è un ambiente adatto a voi».

«Non è adatto a me, dite? Oh, scusate, non mi ero accorta di stare parlando con vostro fratello».

Alla parola fratello, Reedlan serra la mandibola. Centro. La psicologia inversa funziona sempre.

«E sia», mi accorda. «La prossima danza è una *boulangère*. Fingete di storcervi la caviglia e fatevi riportare a casa. Ci vediamo nel mio studio tra un'ora precisa. Tardate e non vi aspetterò».

21

Il finto incidente della caviglia è semplice da attuare anche perché come cavaliere ho proprio Mr Boyle, che ha la reputazione di essere un ballerino piuttosto goffo.

Torno a casa simulando una zoppicata sofferente e mi chiudo a doppia mandata, dopodiché raggiungo il davanzale di Reedlan che ha già lasciato la finestra aperta a mio favore.

«Pronta», annuncio balzando dentro, dove lo trovo ad attendermi appoggiato alla mensola del camino.

«Non potete venire così».

«Così, come?»

«Ci stiamo recando nei bassifondi di Londra e con quel vestito gridate "Mayfair" a chilometri di distanza. Dovete cambiarvi o daremo nell'occhio». Prende un abito rosso porpora e me lo tende. «Tenete».

«E questo da dove arriva?», chiedo osservando il vestito.

«Indossatelo senza fare domande».

«Devo spogliarmi e non posso farlo da sola», gli faccio presente. «Mi serve una mano».

«Si dà il caso che io ne abbia due», ribatte alzando i palmi guantati verso di me. «So togliere i vestiti a una donna meglio di una cameriera. E sono anche più veloce».

«Levatevelo dalla testa, Reedlan. Non mi spoglierete, né ora né mai».

«Ora può aiutarti Sun-Yi», replica suonando una campanella per chiamarla. Poi i suoi occhi mi percorrono da capo a piedi. «Sul mai è tutto da vedere».

Sun-Yi arriva nello studio, impedendomi di ribattere. «Eccomi».

«Aiuta Lady Rebecca a cambiarsi».

Sun-Yi guarda me e poi il vestito. «Il mio abito le andrà stretto».

Sun-Yi? Perché una governante possiede un abito simile? Più tempo passo con Reedlan meno ne capisco di lui e della sua vita, o di chi gli sta intorno.

Sun-Yi esegue la consegna, ma noto che Reed mi fissa, appoggiato allo stipite della porta con le braccia conserte.

«Potreste voltarvi, almeno?», chiedo stizzita.

«Siete entrata qui in veste da notte. A che serve questo pudore?»

«Non è pudore. Non intendo mostrarvi più di quanto abbiate già visto».

Lui sbuffa e si volta. «Muovetevi».

Mi cambio più in fretta che posso e indosso l'abito che mi ha dato, restando però perplessa dall'aderenza del taglio e dalla scollatura.

«Lo avevo detto che le sarebbe stato stretto», commenta Sun-Yi prima di andarsene.

«Avete ragione, Reedlan. In effetti, così non do affatto nell'occhio», affermo con sarcasmo facendo una piroetta. «Sembro una prostituta».

«E infatti dove stiamo andando noi è pieno di prostitute: vi mimetizzerete». Il suo sguardo si abbassa sui miei piedi: la punta delle mie Converse fa capolino dall'orlo del vestito. «Cosa sono quelle?».

Alzo l'abito per mostrargliele meglio. «Ho pensato mi servisse qualcosa di comodo, nel caso dovessimo scappare».

Lui aggrotta la fronte. «Bizzarre».

Prendiamo una carrozza a noleggio. «Nessuno deve poterci riconoscere», mi spiega.

«Come pensate di ottenere le informazioni che ci servono? Userete il vostro solito metodo di persuasione, quello con cui avete fatto parlare il dottor Cooper?»

«Vedete, Rebecca, il dottor Cooper è ricco e vive nel benessere, la sua unica paura è morire; a Bankside fanno i conti con la morte ogni giorno, non hanno nulla da perdere, le minacce sarebbero inutili. La moneta sonante ci farà ottenere più di quanto può fare una lama».

«Significa che siete disarmato?»

«Non siate sciocca, Rebecca. Nessuna persona sana di mente si recherebbe nell'East End senza una buona ragione o senza una lama ben affilata», ribatte mostrandomi il serramanico che tiene nascosto nella manica della giacca.

Quando scendiamo sulla Borough High Street ho la sensazione di aver cambiato città.

«Mano», mi ordina Reedlan tendendomi la sua, che io non esito ad afferrare malgrado il tono autoritario.

Il dedalo di vicoli bui in cui ci infiliamo mi porta addirittura a stringerla ancora di più, con le dita congelate nonostante i guanti, più per la paura che per il clima.

Perché accidenti mi è venuta l'idea di venire con lui?! Potevo lasciarlo cercare i Resurrezionisti da solo.

Le strade sono scivolose, coperte da una patina vischiosa non meglio identificata. L'aria è satura del puzzo di urina, immondizia, putrefazione e i muri delle case, a differenza di quelle bianche di Mayfair, sono coperti da uno spesso strato di fuliggine. Camminiamo nel nero, e lui sembra orientarsi benissimo.

Il passo di Reedlan è veloce e ringrazio la mia lungimiranza nell'aver indossato le Converse, anche se, ora che ho infilato il piede in una pozzanghera di melma putrida, dubito siano ancora rosa.

Arriviamo alla taverna, ma l'insegna è così malandata che non sono in grado di leggere il nome.

«Non allontanatevi da me per alcuna ragione. Dovete essere la mia ombra».

Lo spettacolo che ci si offre quando entriamo non mi lascia dubbi. Mi appiccico a Reedlan come se da lui dipendesse la mia stessa vita (e forse è così). «Ok».

Il tasso di ubriachezza media degli avventori di questo posto va da medio-alto ad alto, quasi tutti sembrano essere sopravvissuti a un pestaggio, in un angolo c'è un tizio che vomita accanto a un altro che urina in un boccale di birra vuoto, un bambino pelle e ossa raccoglie avanzi dal pavimento e li mangia, due si stanno menando a sangue e, su un tavolo, un energumeno barbuto sta penetrando una cameriera senza alcuno scrupolo per la pubblica decenza.

Reedlan si siede all'unico traballante tavolo libero del locale e mi metto accanto a lui.

«Che volete?», ci domanda l'oste con fare scocciato.

«Vedere Ben Crouch e il suo socio Joseph Naples».

«Dipende da chi è che li cerca», borbotta quello.

Reedlan tira fuori una moneta d'oro con l'effigie di Giorgio III. «E se li cercasse Sua Maestà?».

L'oste prende la moneta e la stringe tra i denti marci. Emette un grugnito e annuisce. «Dovete aspettare una decina di minuti che finisce il combattimento». S'interrompe per emettere un rutto che fa tremare il tavolo. «Chi gli devo dire?»

«Ci manda il dottor Astley Cooper. Ben capirà».

L'oste si ficca due dita in bocca e fischia. «Tu», bercia agguantando per il collo una ragazza dall'età indefinibile. «Porta un boccale al signore. Bello pieno». E con mio disgusto, prima di andarsene le infila la lingua in bocca.

«Non resteremo a lungo, vero?», domando a Reedlan intimidita.

«Non ditemi che vi siete già pentita di avermi accompagnato».

«Forse un po'».

«Che vi aspettavate di trovare in un quartiere operaio a ridosso dei moli del Tamigi? Un tè con biscotti in tazze di porcellana accompagnato da quartetto d'archi?»

«Non prendetemi in giro solo perché per voi queste frequentazioni sono l'abitudine», lo rimprovero.

«Benvenuta nel mondo reale, Lady Rebecca», replica lui alzando verso di me il boccale schiumante che gli ha portato la ragazza. «Salute. Volete gradire?»

«No, grazie».

«La taverna più malfamata di Southwark, con la birra migliore della città», enuncia lui con soddisfazione.

«Accidenti!», esclamo scioccata. «C'è Mr Boyle!».

Dalla porta di accesso al retrobottega, insieme a quello che doveva essere il pubblico della scazzottata clandestina, esce il mio ultimo cavaliere al ballo.

«Nessuna sorpresa che l'alta società venga a divertirsi quaggiù, all'ultimo girone dell'inferno», osserva Reedlan. «L'élite di Londra è marcia fino al midollo, solo che sa nasconderlo bene».

«Non deve vedermi». Tolgo il grosso boccale di birra dalla sua mano e mi ci attacco come un'assetata nel deserto. Almeno mi copre la faccia.

«Sta venendo da questa parte, dovete coprire anche me», mi avverte Reed. «Sedetevi sulle mie gambe».

«Come, prego?»

«Potreste, per una volta, fare come vi dico senza obiettare, Rebecca?»

«Ok». Scivolo in grembo a Reedlan e lui mi attira a sé, cingendomi la vita. «Ora fate quello che farebbe una locandiera allegra».

«Cioè?».

Reedlan mi passa una mano dietro la nuca, facendomi chinare il viso sulla sua spalla, mentre lui affonda il suo nel mio collo. Mi sfila le forcine che reggono l'acconciatura e i miei capelli ricadono giù a coprirlo come un sipario.

«Che state facendo?», mormoro in imbarazzo.

«Fingo che siamo impegnati. Volete che vi baci davvero sul collo per rendere la cosa più realistica?»

«No, se non è necessario».

«Allora fate la vostra parte e cingetemi le spalle», mi incoraggia.

«Così?», chiedo seguendo il suo suggerimento.

«Come se quello che vi sto facendo vi piacesse da impazzire».

«Non mi state facendo nulla».

«Usate l'immaginazione, Rebecca», sussurra al mio orecchio con voce bassa e graffiata.

Il suo respiro caldo mi accarezza la pelle, e il brivido che mi scende lungo la schiena mi dice che mi piace anche solo questo. Figurarsi se facesse altro!

La Rebecca del futuro mai si caccerebbe in una situazione simile, né berrebbe birra da un boccale dalla dubbia igiene, in una locanda dove anche solo sfiorando le superfici si possono contrarre almeno tre tipi diversi di epatite, mai si butterebbe addosso a un uomo che conosce appena, mai lo lascerebbe anche solo sfiorarla come sta facendo Reedlan.

È una messa in scena, ma la sua mano che mi stringe il fianco è reale. E il suo tocco maledettamente piacevole. Come il solletico dei suoi capelli contro il mio viso. Reprimo l'istinto di affondarvi le mani e intrecciarli tra le dita…

Un ubriaco precipita svenuto sul nostro tavolo, interrompendo qualunque cosa io e lui stiamo fingendo di fare.

«Se n'è andato Boyle?», gli domando.

«Sì», risponde lui. «E anche da un pezzo, mi sa».

«E allora cosa facciamo ancora così?». Mi scosto da lui scivolando giù dalle sue gambe.

«Avete un buon profumo, cosa usate?»

«Nulla di particolare, ho solo il vizio di lavarmi ogni giorno, anche se in casa mia disapprovano tutti».

Lui ride, gettando la testa all'indietro. «Anche la mia governante mi rimprovera per tutte le mie docce, ma è un retaggio che mi ha lasciato la Royal Navy».

«Avete una doccia?!», chiedo sbalordita sgranando gli occhi.

«Chiaro. L'ammiraglio Nelson esigeva che tutti i marinai della sua flotta fossero sempre tirati a lustro e si lavassero ogni giorno. Quando si sta mesi per mare, igiene e alimentazione sono fondamentali o ci si può trovare con l'equipaggio decimato da scorbuto, pidocchi, dissenteria… Dato che l'abitudine mi è rimasta, ho fatto installare in casa una doccia ad acqua calda con pompa manuale per non incomodare la servitù con secchi di acqua bollente ogni giorno. Dovreste suggerire a vostro cugino di metterne una anche da voi».

Non lo avrei mai creduto possibile ma la Reggenza mi ha fatto rivalutare tante cose che davo per scontate, tipo: l'igiene personale è sexy. E Reedlan ha appena guadagnato parecchi punti sul resto dell'universo maschile del 1816.

«Non so come faccia tutta la gente a lavarsi una volta al mese… Non muoiono soffocati dalla loro stessa puzza?», ironizzo. «Le spugne sembrano carta vetrata e i saponi non sanno di niente, forse se ne migliorassero la qualità le persone potrebbero anche trovare piacevole lavarsi».

L'oste torna al nostro tavolo, dal quale prende l'ubriaco svenuto e lo getta a terra come un sacco vuoto. «Ben può ricevervi. Il suo "ufficio" è nel retro».

Seguiamo le sue indicazioni, quando, un attimo prima di imboccare il corridoio, un tizio barcollante ci blocca.

«Ehi, amico», sputacchia quello. «È nuova questa puttana? Non l'ho mai vista».

«E non la rivedrai mai più, stanne certo», risponde Reedlan scrollandosi il tipo di dosso.

«Una ragione in più per farci una cavalcata stasera». La sua mano lercia si allunga fino ad accarezzarmi la guancia.

«Sciò», dico allontanandolo, ma lui ha più forza e mi agguanta per il mento, attirandomi a un palmo dal suo fiato fetido.

«Sei una puledra selvaggia, eh? Ci penso io a darti una bella domata... cominciamo con te che me lo prendi in bocca e lo succhi... Ahhh!».

In un lampo il tizio è schiacciato contro il muro con il braccio ritorto dietro la schiena, bloccato da Reedlan. «Vuoi che qualcuno te lo succhi? Come la vedi se te lo taglio e te lo ficco in gola così te lo succhi da solo?»

«Mi spezzi il braccio, bastardo!», urla il tizio.

«E non sarà l'unica cosa che ti spezzerò se non ti levi di torno subito», lo minaccia Reedlan prima di spedirlo contro una botte con uno spintone.

Il retrobottega del pub sembra una piccola arena, con la paglia a terra intrisa di schizzi di sangue e un uomo coperto di lividi, rannicchiato in un angolo, che mi chiedo se sia ancora vivo.

«Siete voi che avete chiesto di me ad Astley Cooper?», ci domanda un tipo alto e massiccio, vestito in abiti stranamente eleganti per questo posto e con le mani cariche di anelli d'oro.

Le luci fioche delle candele accentuano una pelle del viso scavata dalle cicatrici del vaiolo.

«Sì», conferma Reedlan.

«Uno dei miei migliori clienti», commenta quello. «Che volete?»

«Ci servono informazioni circa un corpo di cui vi siete occupato con la vostra banda. So che tenete un registro».

«Ogni informazione ha il suo prezzo. Pagate con la ragazza?», chiede Ben Crouch accennando a me. «Mi farebbe comodo. Nel mio bordello a Soho ne è rimasta incinta una e la casa perde incassi».

«Lei non è merce di scambio», chiarisce subito Reedlan mettendo mano a un sacchetto di velluto preso da sotto la giacca. «Ma immagino che questo coprirà il disturbo».

Crouch guarda nel sacchetto e solleva le sopracciglia. «Al vostro servizio. Come possiamo esservi utili?»

«Sappiamo che avete fornito voi la falsa mummia a Lord Latimore. Dove avete trovato il corpo?».

Crouch ridacchia tra sé e sé. «Fossi in voi starei lontano da quella storiaccia».

«Ma non siete noi».

«Jo», urla. «Il registro!».

Da dietro una tenda sbuca un secondo uomo, con i capelli unti e l'andatura ciondolante, che tiene un grosso libro sottobraccio. Dev'essere Naples. «Che hai, Ben?»

«Questi vogliono sapere della mummia», va dritto al punto Crouch.

Joseph Naples si gratta il mento dalla barba ispida e sfoglia il suo registro. «Siete fortunati, è una dei morti di maggio. Lord Latimore ci ha chiesto di procurargli una mummia il...». Naples scorre il dito lungo una colonna di date. «Il quattordici maggio. Voleva un cadavere fresco, che non puzzasse, perché non voleva disgustare gli ospiti, ma non potevamo garantirgli nulla di giornata per la sera della festa. Dal London College of Surgeons ci hanno restituito un corpo che gli avevamo portato, su cui hanno sperimentato delle nuove tecniche di imbalsamazione e abbiamo deciso di venderlo a Latimore infagottato da mummia. Ci ha pagato... trecento sterline».

«Un bell'incasso», concorda Crouch, nettandosi i denti con uno stecchino. «Ormai la stagione delle dissezioni è quasi agli sgoccioli, non si butta niente».

«Stagione delle dissezioni?», chiedo rabbuiata.

«Le università di Medicina aprono a ottobre e chiudono a fine maggio, le richieste di corpi per le esercitazioni pratiche di anatomia d'estate si fermano», spiega lui.

«E come è arrivato il corpo di Emily Fraser ai laboratori di anatomia?», chiedo ancora. «Lo avete portato voi? Dove l'avete trovato? Quando?»

«Siete degli agenti di Bow Street?», bercia Naples con piglio sospettoso.

«Niente di più lontano», rispondo io.

«Perché quella fa tutte queste domande?», sbotta con aria di sufficienza indicandomi.

«Perché può», replica Reedlan. «E vedi di risponderle, dato che siete stati pagati per bene».

Naples guarda Crouch per conferma e, al suo cenno di assenso, soffia dal naso. «Non abbiamo nessuna Emery, qui».

«*Emily*», lo correggo.

«Non fa differenza. Io qui ho una Mary Lee, che abbiamo prelevato dal cimitero di Red Cross Street sabato undici».

Il giorno in cui io sono arrivata nel 1816.

«Ma quello di Red Cross Street è un cimitero per poveracci. Ci seppelliscono quelli del Mint», nota Reedlan. «Come può una ragazza di Mayfair essere finita lì?»

«E io che ne so?», brontola Naples.

«Forse lo sa Harnett, che ci lavora come becchino», dice Crouch. «Vai a chiamarlo».

Restiamo lì, in silenzio, con Crouch che si accende una sigaretta, finché non entra un giovane mingherlino.

«Bill, la ragazza che abbiamo venduto come mummia, ti ricordi come è arrivata al cimitero da te?».

Quello si gratta la testa e ridacchia. «Sì che me la ricordo: la puttana carina con il piede zoppo. Sembra che aveva fatto arrabbiare un cliente importante. Era ancora calda quando è arrivata, me l'hanno fatta buttare in una fossa comune, poi l'abbiamo ritirata fuori la notte stessa. È stato facile perché era sopra».

Chiudo gli occhi e serro la mandibola cercando di rimuovere l'immagine del corpo senza vita di Emily trattato come un sacco della spazzatura.

La mano di Reedlan stringe la mia forte, come se sapesse. Confermo: ho fatto un errore a voler venire qui, però sono contenta che ci sia lui. Non vorrei nessun altro se non lui.

Questi orrori non lo suggestionano e mantiene il sangue freddo che io non ho.

«Emily non era una puttana», spiego a denti stretti.

«Be', la persona che l'ha portata m'ha detto così», obietta Harnett.

«Chi l'ha portata?», domanda Reedlan.

«Mica so il nome».

«Alto, basso, giovane, vecchio?», prova a descriverlo.

«Era una donna, non mi ricordo altro», e così dicendo, se ne va.

Una donna?

«Siete a posto?», ci chiede Crouch.

Io scuoto il capo, sfinita, guardando Reedlan. «A posto».

«L'uscita sapete dov'è».

Lasciamo il retrobottega e torniamo nella sala della taverna dove la situazione, rispetto a prima, è – se possibile – peggiorata.

Sono tutti ancora più ubriachi, in particolare quelli che hanno scommesso sul pugile vincitore, e tutti più incazzati. Non c'è cameriera libera da manacce allungate su parti varie del proprio corpo e nessuno sembra interessarsi della gestione del caos.

«Via di qui, veloci», mi sollecita Reedlan.

Svicoliamo rapidi tra la folla quando lui si blocca e io vado a sbattere contro la sua schiena.

«Reedlan, perché… Oh, Signore!», esclamo.

Parato davanti a lui c'è il tizio che prima mi aveva aggredita e che lui aveva immobilizzato. Ha gli occhi iniettati di sangue e punta un coltello dritto alla gola di Reedlan.

«Visto che non vuoi condividere la tua puttana, mi sa che faccio prima a prendermela tutta per me. Le tue ultime parole?».

Ma Reedlan non risponde. Con uno scatto fulmineo afferra la lama del coltello, disarmando l'uomo, e dopo averlo ruotato fra le dita, lo impugna.

Ci avrà messo una frazione di secondo.

Il tizio fa a malapena in tempo ad accorgersi che quello in svantaggio ora è lui che Reed gli afferra il braccio destro, lo schiaffa sul piano del tavolo vicino e ce lo inchioda piantandovi il coltello.

L'urlo dell'uomo è atroce ma nella taverna urlano tutti e nessuno fa caso a noi.

«Vuoi le mie ultime parole? Eccole. Il punto in cui ti ho piantato il tuo coltello di merda è a pochi millimetri dall'arteria brachiale: un movimento sbagliato e vedrai tutto il tuo sangue schizzare a fiotti sul muro». Il suo tono è spietato, gelido e l'espressione sul suo volto è carica di rabbia. «Puoi provare a toglierlo. Buon divertimento».

22

Riprendiamo una carrozza dopo aver raggiunto il London Bridge di corsa.

Lungo il tragitto, però, mi accorgo che il mio guanto è bagnato e alla luce della luna vedo che sul palmo, quello con cui Reed mi ha tenuta per mano, si è allargata una macchia scura.

«Siete ferito?», chiedo a Reedlan vedendolo stringere il pugno destro.

«Non è nulla», risponde lui con fare noncurante.

«Fatemi vedere», insisto.

«È solo un graffio».

Io non demordo. «Vi siete tagliato con il coltello di quel tizio, quando lo avete disarmato?»

«Ho fatto ciò che dovevo», minimizza.

Non mi lascia spazio per continuare la conversazione, ma quando arriviamo a casa sua, ribadisco che il suo dottore lo medichi.

«Azmahl non c'è», mi informa consegnando la giacca a Sun-Yi, «sta controllando una persona per conto mio, stasera».

«Lasciate che me ne occupi io».

«Non mi serve aiuto».

«Mi avete difesa, è il minimo che posso fare per ricambiarvi».

«Ti ho acceso il camino in camera, Reed», lo informa la governante.

«Grazie, Sun-Yi».

«Permettete che i domestici vi parlino con questa confidenza?»

«Sun-Yi è di famiglia, diciamo. Come Azmahl», mi spiega mentre lo seguo su per le scale, diretti al piano superiore. «Mi porteresti su un cognac caldo, Sun, per favore?»

«Sarebbe meglio un buon tè», obietta lei.

«Preferisco il cognac», replica Reedlan, però Sun-Yi lo fissa con quel suo sguardo gelido capace di pietrificare le persone. «Ma il tè è perfetto».

Appena arriviamo di sopra, apre la porta di una stanza arredata nei toni del verde bosco e argento, ricca sì, ma di un'eleganza raffinata. Contro la parete di fondo c'è un grande letto a baldacchino, il pavimento di legno è coperto da un gigantesco tappeto a motivi arabeschi e, accanto al camino, una porta a due ante è spalancata su… un bagno.

Un *vero* bagno, davanti al quale resto imbambolata a bocca aperta.

«Quando ho comprato la casa, questa era una cabina armadio. I miei vestiti necessitano di meno spazio», mi spiega Reedlan.

«È bellissimo», dico entrando, accarezzando le pareti rivestite di mosaico in ceramica decorata a geometrie azzurre e gialle.

«Gli *azulejos* vengono da Siviglia. Volevo una sala da bagno uguale a quella nel mio forte a Gibilterra».

«Quello in cui avete l'harem di sette amanti?».

Lui increspa un sopracciglio, confuso. «Un harem?»

«Così dicono. Sbagliano?».

Lui fa spallucce. «Se gli piace pensarlo, non sarò io a smentirli».

Entro nella stanza in cui vi è una grande vasca in rame lucido e un water come quelli acquistati da Archie, ma la mia attenzione va a un altro oggetto. «La doccia!», esclamo davanti a quella che, agli occhi di una persona del futuro, potrebbe sembrare una gabbia rudimentale più simile a una voliera per uccelli, collegata a un serbatoio a manovella. «Quanto darei per farmene una come si deve».

Bello fare il bagno eh, ma mi piace sentirmi scorrere addosso l'acqua pulita mentre mi lavo; quella della vasca una volta sporca e insaponata, tale rimane, e non mi sento mai ben lavata del tutto.

«Se volete, chiamo Sun perché vi assista».

«No, grazie. Sono qui per medicarvi il taglio», dico prendendo un asciugamano pulito dal ripiano e riempiendo una bacinella d'acqua.

«Azmahl tiene i suoi medicamenti in quell'armadio», m'indica lui, con un cenno del capo, arreso alla mia insistenza.

Un mobile ad angolo con le ante intagliate di fitti arabeschi contiene ogni tipo di ampolla, boccetta, flacone e vasetto, colmi di polveri colorate che mandano un profumo sublime di spezie ed erbe esotiche, tutto etichettato secondo l'uso.

Fossimo nel futuro saprei a colpo d'occhio cosa usare, ma queste cose sono del tutto sconosciute per me.

Una bottiglietta il cui contenuto emana un forte odore alcolico misto a chiodi di garofano e agrumi ha appeso il cartoncino "Disinfettante", perciò la prendo senza esitazioni.

Passando ai vasetti, l'unguento al profumo di aloe e iperico è indicato come cauterizzante. Non ho visto quanto è profondo il taglio di Reedlan ma male non può fare. «Ho tutto, andiamo».

Torniamo in camera da letto, dove Reedlan si siede a terra davanti al camino. «Sul divano stareste più comodo», gli faccio notare.

«Se lo macchiassi di sangue Sun si irriterebbe e preferisco non indisporla. È lei che comanda davvero in questa casa. Io cerco di disturbarla il meno possibile con la mia presenza».

«C'è qualcuno che riesce a tenere testa al temuto Reedlan Knox?! Sun-Yi ha tutto il mio rispetto, dovrei domandarle come riesce a imporsi su di voi», commento inginocchiandomi accanto a lui, riscaldata dalla fiamma alle nostre spalle.

«Non ne avete bisogno, faccio già tutto quello che volete», ridacchia lui in quel suo modo impertinente.

«Anche io faccio tutto ciò che dite, Reedlan», replico inumidendo l'asciugamano nell'acqua. «Levatevi il guanto», ordino facendo lo stesso.

«Non saprei dire chi tenga in scacco chi».

«La mano», comando con voce ferma.

Mi tende il palmo in su, impiastricciato di sangue coagulato e con la ferita ancora gocciolante. «Non vi sentite mancare? Le signorine perbene dovrebbero essere sensibili».

«Ma le signorine, sensibili o no, in una vita vedono più sangue di qualunque uomo», obietto impegnata a ripulire il taglio che per fortuna non è tanto profondo da necessitare punti. «Perfino più di voi».

«O forse non siete così *tanto* perbene». Alla sua battuta, premo con forza il tampone sul taglio. «Ahi! Delicatezza, milady!».

«Sarò delicata se voi non mi provocherete».

«Così mi togliete tutto il divertimento. Ma con tutta la malagrazia che possiate mettere, il vostro tocco è comunque più piacevole di quella volta che ho dovuto togliermi una pallottola dal fianco a mani nude e farmi cauterizzare il foro dal mio quartiermastro con un ferro arroventato».

«Esagerato».

Reedlan fa cadere la bretella sinistra dalla spalla e solleva la camicia fino a sfilarla dai pantaloni, scoprendosi il fianco. La cosa mi lascia tanto impressionata da farmi versare la soluzione disinfettante sul vestito.

«Visto?», mi chiede.

Fisso lo sfregio di pelle ustionata, scura e lunga un pollice, sul suo addome teso e perfettamente disegnato dai fasci di muscoli. «Ha fatto molto male?»

«Il rum ha rimosso il ricordo del dolore».

Dopo aver disinfettato la ferita, la mano non ha più un aspetto terribile, così passo a spalmare l'unguento cicatrizzante. Strofino in punta di dita il bordo del taglio, attenta a non provocare un nuovo sanguinamento, poi passo a fasciare la mano con una benda pulita.

«Come nuovo», dico quando ho finito.

Ma Reedlan, anziché ritirare la mano, chiude le dita sulla mia e mi rendo conto che è la prima volta che ci tocchiamo senza i guanti.

Non dovrebbe essere nulla di trascendentale, eppure è una rivelazione che mi lascia sconcertata. La mia pelle contro la sua pelle.

Reedlan ha delle mani molto belle, forti ma snelle, con lunghe dita affusolate e un tatuaggio che gira intorno all'anulare destro come un anello. È un nodo marinaro, ma non saprei quale.

«Cosa rappresenta?»

«È una promessa che ho fatto quando ho preso la nave di Croydon dopo l'ammutinamento. Ho giurato che avrei sempre protetto il mio equipaggio».

«Ed è così?», gli chiedo, sempre con la mano stretta nella sua.

«Fino all'ultimo uomo».

«Come mai vi siete ammutinati?»

«Ero secondo ufficiale a bordo della *Victory Blue*, sotto il comando del capitano Croydon. Una mattina abbiamo trovato un ragazzo della cambusa impiccato all'albero maestro. Croydon non ha ritenuto necessario indagare perché era un giovane senza famiglia, ma io avevo conquistato la fiducia dell'equipaggio dal primo giorno che ho messo piede in Marina, a dodici anni. Non potevo lasciar cadere l'episodio come se la vita del ragazzo non avesse valore. Poco tempo più tardi, ho notato che uno degli allievi di coperta aveva smesso di mangiare, diventando sempre più magro, perciò ho cominciato a tenerlo d'occhio. Ogni notte entrava e usciva dalla cabina di Croydon nel giro di mezz'ora, così ho praticato un foro nella parete per capire cosa ci andasse a fare».

«Abusava di lui?», chiedo nella speranza che la risposta sia no.

«Lo costringeva a subire le sue perversioni da mesi, proprio come aveva fatto con il cambusiere che si era suicidato per sfinimento. È venuto fuori che molti giovani ufficiali avevano subìto le sue sgradite attenzioni ma avevano taciuto per evitare ripercussioni. Avevano bisogno dei soldi della Marina per mantenere le proprie famiglie».

«Perciò avete guidato l'ammutinamento?»

«Ho chiesto di tornare a Plymouth affinché Croydon fosse giudicato dal tribunale della Royal Navy, ma eravamo nel pieno della guerra contro Napoleone, non potevamo sguarnire la flotta. Ciò significava che Croydon poteva disporre di noi come meglio credeva. L'ammutinamento è stata l'unica scelta», la sua voce trasuda disgusto. «Quella feccia umana ha avuto ciò che si meritava, tribunale o no».

«Lo avete ucciso?».

Reedlan annuisce. «Ho inchiodato le sue palle al trinchetto, poi ho lasciato il corpo all'equipaggio, perché ne facessero ciò che volevano. E se me lo state per chiedere: no, non sono pentito; sì, lo rifarei».

«Avete ucciso molte persone nella vostra vita?»

«Solo quelle che hanno provato a uccidere me o le persone a cui tengo».

«Avreste ucciso quell'uomo che mi ha aggredita, alla taverna?»

«Certo», dichiara senza ombra di indecisione, guardandomi negli occhi, con la fiamma del fuoco che si riflette nelle sue iridi scure.

Il sangue mi sale al viso in un'ondata violenta che mi fa arrossire. «Se non vi servissi, potrei quasi credere che teniate a me».

Reedlan intreccia le sue dita alle mie. «Anche la vostra mano va meglio, vedo. Non è più arrossata».

«Non vi ho mai ringraziato per l'inchiostro che mi avete regalato».

«Potete farlo ora».

«E come?», gli chiedo.

Lui mi scocca un sorriso che mi fa benedire di essere già seduta a terra. «Lasciandomi fare questo», mormora. Si porta la mia mano alle labbra e la bacia.

Non è un baciamano di quelli di cortesia. È un bacio lungo, appassionato, con le sue labbra che lasciano una scia incendiaria sulla mia pelle mentre la sua bocca si sposta lungo il dorso, poi sul palmo, poi sulle dita, fino alle punte accarezzate dal suo respiro.

Con l'indice sfioro il profilo delle sue labbra piene e dal disegno perfetto, mentre ci guardiamo in silenzio, gli unici rumori nella stanza sono i nostri respiri e il crepitio del fuoco nel camino.

Lui inclina appena il capo, sporgendosi verso di me e io, per reazione, lo imito.

Vuole baciarmi? Stiamo per baciarci? Mi piacerebbe che mi baciasse?

I nostri volti sono così vicini che lui potrebbe udire i pensieri che mi vorticano in testa senza arrivare a una risposta.

«Il tè è pronto», annuncia Sun-Yi, entrando senza bussare.

Qualunque cosa stesse accadendo tra me e Reedlan sfuma nell'aria, mentre lui lascia la mia mano e si rimette in piedi in un balzo. «Grazie, Sun… Perché c'è una tazza sola?»

«Non mi hai detto che ne volevate due», ribatte lei secca. Un qualunque altro domestico si sarebbe prostrato in mille scuse e sarebbe corso a prendere una seconda tazza.

«Non importa», dico, alzandomi a mia volta. «Tanto io devo tornare a casa».

«Certo, vi accompagno nello studio». Reedlan mi guida verso la stanza accanto, dove la finestra da cui sono entrata è ancora aperta.

«Ehm, grazie Reedlan per… per…». Per esserti quasi fatto uccidere?

«Per la vivace serata?», scherza lui appoggiandosi alla cornice della finestra.

«Sì, chiamiamola vivace», concordo scavalcando il davanzale. «Buonanotte».

«È quasi l'alba», mi fa notare.

«Allora, buongiorno», mi correggo. «Mi spiace avervi tenuto sveglio fino a ora».

«Non dormo mai molto, in realtà». Lui si sporge dal davanzale per sciogliere un nastro di pizzo dell'abito che si è impigliato in un chiodo sporgente. «A domani, Rebecca».

«È quasi l'alba, avete detto. È già oggi», lo correggo.

«Avete ragione. Ci vediamo oggi pomeriggio al Derby».

Mi decido ad avviarmi verso la mia finestra, anche se una parte di me sarebbe volentieri rimasta a chiacchierare con Reedlan.

«Rebecca», mi chiama lui sottovoce. «Domani ricordatevi di zoppicare: avete lasciato il ballo per una storta».

Giovedì 30 maggio
1816

23

Il Derby di Epsom è una cosa grossa e tutta la casa è in fermento.

Lucy mi sveglia dopo appena due ore di sonno e ringrazio la mia presenza di spirito, quando sono rientrata, nell'aver nascosto subito l'abito da prostituta dentro la federa di uno dei cuscini del divanetto, o brucerebbe anche quello, se lo trovasse in giro.

Dopo avermi vestita mi spedisce giù a colazione, dispiacendosi per la mia storta.

Sono una brava attrice, pare, e la recita funziona così bene che, quando zia Calpurnia mi vede entrare, sospira disperata.

«Cielo, quel Boyle deve davvero imparare a danzare come si deve o decimerà le dame ballo dopo ballo. Se l'inciampo comprometterà la tua stagione, sua madre mi sentirà! Che educazione diano ai gentiluomini oggi, proprio non so».

«Non è così grave, zia», la rassicuro.

«Meno male che hai ballato prima con il duca di Wyndham! Che uomo affascinante, così cortese e interessato», sospira estasiata lei.

«Interessato è la parola che preferisco!», concorda zio Algernon.

«Interessato?», domando. «Forse intendevate dire interessante».

«No, no. Proprio interessato, cara», replica la zia. «A te».

«A me?»

«Ti ha mandato questo bouquet», dice indicando il mazzo gigantesco a centrotavola. «Nessuno ha inviato niente di tanto maestoso».

«Lo spero bene», s'intromette Archie entrando in sala. «Un duca non vorrà certo fare la figura del taccagno».

«Se intende corteggiarla in modo serio, dovrà emergere rispetto agli altri pretendenti», gli fa notare la zia.

«Sono solo fiori», dico io per smorzare l'entusiasmo generale.

«Oh, no. Nel biglietto ti invita per una promenade al parco sul suo calesse questo sabato», aggiunge la zia.

Mio cugino la guarda sbigottito. «Hai letto il biglietto di Rebecca, mamma?»

«Certo, Archie! E dovresti anche tu, come suo tutore. Ora dobbiamo solo decidere chi le farà da chaperon. Io sabato ho la riunione del comitato beneficenza per sostenere la scuola del professor Watson, e temo che non finirò in tempo».

«Non contate su di me». Archie alza le mani in aria. «Io starò via tre giorni, da venerdì a domenica».

«E perché mai?». La zia lo guarda con gli occhi fuori dalle orbite. «Spero che tu non voglia portare in villeggiatura a Bath quella tua "amica"», borbotta a mezza voce. Deve riferirsi all'attrice-amante di Archie.

«Bath è piena di gentiluomini che portano in vacanza le loro "amiche"», commenta lo zio.

«Nulla di tutto ciò: io, Bennet e altri membri del club andremo a Newcastle-upon-Tyne a visitare le officine dove George Stephenson sta realizzando un nuovo modello di locomotiva a vapore».

Lo zio Algernon ridacchia. «Un altro dei tuoi amici inventori strampalati?»

«I treni sono il futuro, presto persone e merci si sposteranno su lunghe distanze senza bisogno di sostare in locande per fare riposare i cavalli», gli spiega Archie.

Lo zio, guardandosi nello specchio per raddrizzare il parrucchino, fa spallucce. «Diavolerie per svitati perdigiorno».

«Ma che discorsi!», brontola la zia. «Cosa ci importa di come viaggeranno le merci? A Rebecca serve uno chaperon… Lucy», punta il dito contro la mia cameriera che sta entrando proprio in questo istante.

«Dite, milady?»

«Accompagnerai Rebecca in carrozza con il duca di Wyndham,

sabato pomeriggio. Che hai lì, in mano?», chiede accennando a una scatola bianca avvolta con un nastro.

«Un dono per Lady Rebecca», risponde. «Da parte di Sir Reedlan Knox».

La zia e lo zio allungano il collo come due struzzi. «Knox?!», esclamano allarmati all'unisono. «Non ti starà mica facendo la corte, per caso? Non è un uomo rispettabile, cavalierato o no».

«Ma non si può negare che sia più interessante di tanti altri titolati reputati rispettabili», scherza Archie, e io sarei pronta a dargli ragione.

Lucy mi passa la scatola che sfiocchetto e il cui contenuto mi strappa un sorriso.

Il meglio degli artigiani provenzali per rendere i vostri bagni più piacevoli.
R.K.

Adagiate su un cuscino di tulle ci sono una spugna di mare e sei saponette, ciascuna di un colore diverso: quella lilla profuma di lavanda, quella gialla di limone, quella bianca di vaniglia, quella rosa di rose, quella marrone di legno di sandalo e quella verde, quando me la porto al naso, quasi mi provoca un capogiro. È il profumo di Reedlan: menta e liquirizia.

Continuo ad annusarla, ipnotizzata. Ogni volta che l'aroma mi solletica le narici, mi sento di nuovo stretta al corpo di Reedlan, nella taverna, mentre cerchiamo di nasconderci dalla vista di Boyle.

«Saponi?!», domanda Archie sbirciando nella scatola.

«Che dono inopportuno!», esclama la zia. «Sarà meglio restituirglielo».

«Ma non si tratta di un regalo di corteggiamento. Ieri sera al ballo, ho lamentato il forte odore di sudore che permeava la stanza... tutto qui», divago.

«Ciò non di meno, dovresti scoraggiare le sue attenzioni», insiste la zia.

«Non preoccuparti, mamma, gli farò intendere con cortesia che i piani matrimoniali di Rebecca sono rivolti altrove senza bisogno di offensive restituzioni. Inoltre, Reedlan Knox è un uomo di mare, la sua è una permanenza a breve termine e non credo sia finalizzata a un matrimonio».

Una volta che Gwenda avrà ricalcolato la mia data di ritorno al futuro, chi sposare non sarà più un mio problema. Reedlan è di passaggio quanto me. Eppure, non sapere il come e il quando ciò avverrà mi fa percepire tutto quanto come permanente, come se fosse davvero la mia realtà. E nella mia realtà il regalo di Reedlan lo voglio tenere.

«Lo spero bene», conclude la zia. «In ogni caso, non voglio che vi sia fraintendimento alcuno. Lucy, manda indietro il dono di Knox. E niente biglietti, non vogliamo certo iniziare una corrispondenza. È ora di partire per Epsom o arriveremo a corsa già iniziata».

Lucy si volta verso di me guardandomi arresa. "Mi dispiace", mima con le labbra.

«Va bene», cedo rendendole la scatola. Ma non prima di aver nascosto la saponetta verde tra le pieghe del vestito.

Chiunque pensi che il Derby di Epsom sia una corsa di cavalli si sbaglia. O meglio, i cavalli corrono, certo, ma la cornice è più importante del quadro.

Sembra che tutta Londra si sia trasferita in campagna, radunando nel Surrey spettatori di ogni estrazione sociale.

C'è chi si è fatto Londra-Epsom a piedi durante la notte per assistere.

Noi, come tutto il bel mondo di Mayfair, siamo arrivati con la nostra carrozza migliore. Tutte le famiglie di un certo rango colgono l'occasione per sfoggiare i loro mezzi di rappresentanza.

Se fossimo nel futuro, il parterre d'onore dove abbiamo posteggiato sarebbe fitto di Porsche, Ferrari e Aston Martin.

E «Vogue» avrebbe degli inviati stampa all'evento per fotografare i look degli ospiti, che sfilerebbero sfoggiando gli abiti freschi di sartoria.

E i gioielli! Ogni donna ha addosso almeno mezzo quintale di oro e pietre preziose che luccicano sotto il sole che oggi si è degnato di fare capolino tra le nubi.

«Sì, è uno zaffiro blu reale», si vanta Ausonia della spilla che chiude il suo giacchino azzurro. «Circondato da dodici diamanti».

«È un gioiello squisito», si complimenta mia zia.

«È nuovo», aggiunge lei. «Mi sembrava l'occasione giusta per sfoggiarlo. Certo, è un peccato che Rebecca non indossi alcun prezioso… L'abito sembra incompleto».

«Non volevo correre il rischio di smarrire oggetti di valore», spiego. «E il mio abito mi piace così com'è».

La veste è arrivata dritta dall'atelier di Mrs Triaud e zia Calpurnia ha insistito che appuntassi uno dei fiori del bouquet di Charles Rutherford tra i capelli.

Io, che a differenza dello stereotipo mondiale che vuole tutti gli inglesi appassionati di cani e cavalli, di corse ippiche non so nulla, così prima di partire ho riesumato e riacceso il mio cellulare e sono andata a spulciare nella app libreria alcuni testi che ho acquistato per la tesi. In particolare, *Tempo libero nella Reggenza: sport e scommesse*, nel quale ho trovato una preziosa appendice con l'almanacco di tutti i Derby dal 1811 al 1820. So chi sono i concorrenti, i fantini e perfino il vincitore: Prince Leopold, un baio di proprietà del duca di York.

La mia preparazione però si rivela inutile dato che nel parterre dove siamo radunati sono solo gli uomini a tenere banco, le donne del gruppo restano mute spettatrici della discussione elargendo sorrisi ornamentali.

«Nectar è in gran forma quest'anno», tuona Charles Rutherford riscuotendo l'approvazione del capannello.

«A Newmarket ha sbaragliato tutti i rivali», concorda Archie.

«Avete già fatto le vostre scommesse, signori?», chiede Bennet, sempre ligio al suo ruolo di allibratore.

«Quanto manca alla gara?», domanda Lord Manderley.

Rutherford controlla il suo orologio da tasca. «Un quarto d'ora; ci siamo quasi». Poi scuote la testa. «Il vecchio colonnello Peterson ha puntato su Prince Leopold».

Tutto il gruppo scoppia a ridere di questo colonnello Peterson. «Quella pallottola che ha preso a Quatre-Bras lo ha lasciato rintronato», ridacchia il padre di Ausonia, sollevando l'ilarità di tutti, tranne che del duca di Wellington.

«Nectar è una garanzia, sono arrivato prima per fare il giro delle stalle e lui ha proprio la stoffa del vincitore rispetto agli altri», gli fa seguito mio cugino.

Possibile? Il mio almanacco dà per vincitore Prince Leopold. Stanno sbagliando tutti.

«Per come la vedo io», rincara Rutherford, «solo un folle potrebbe scommettere su un baio ribelle come una femminuccia isterica. Figurarsi dieci ghinee. Gli darà gusto perdere...».

«Venti ghinee!», esclamo attirando gli sguardi stralunati di tutti. «Venti ghinee su Prince Leopold», ripeto, sortendo solo un boato divertito. Gli uomini si spanciano, le donne nascondono i risolini dietro i loro ventagli, tranne Lady Celeste che scuote il capo con un sospiro, come a dirmi: "Lasciali perdere".

«Cugina, hai per caso bevuto un bicchierino di punch a stomaco vuoto?», scherza Archie. «Da quando t'interessano i cavalli?»

«Ho i miei buoni motivi», ribatto. «Puoi anticiparmi i soldi, Archie? Poi te li restituisco».

«E come?», si rabbuia lui.

Ah, già. Lui non sa dei miei guadagni illeciti con il giornale. «Trattenendoli dalla mia dote».

«Ma cara, è del tutto inopportuno scommettere per una signorina», obietta Lady Sefton.

«E da quando Rebecca sa come si comporta una signorina?», maligna Ausonia accarezzando lo zaffiro.

«Per non parlare del fatto che punterebbe su un perdente», ridacchia Mary Anne, la moglie di Bennet che, a quanto pare, è amichetta di veleno di Ausonia.

«Senza dubbio sta scherzando», è la battuta smorzante di Rutherford. «Lady Rebecca, non prendete queste iniziative. Se davvero tenete a essere coinvolta nella gara, posso mettere io una ghinea simbolica per voi su Nectar».

«Io non voglio scommettere su Nectar», insisto. Ormai ne ho fatto una questione di principio.

«Ma è il favorito», ribatte lui.

«Finanzio io la scommessa di Lady Rebecca», s'intromette una terza voce.

Reedlan.

La sua comparsa tra noi fa irrigidire Rutherford. «Non se ne parla neanche», decreta.

«Tutto questo tramestio non è affatto appropriato», interviene zia Calpurnia. «Rebecca non scommetterà proprio su nessuno».

«Chi ha voglia, poi, di perdere venti ghinee, così?!», le fa seguito lo zio.

«Accetto», rispondo risoluta.

«Garantirò io per l'onore di Lady Rebecca», annuncia Wellington. «Testimonio che Sir Reedlan Knox finanzia di sua sponte la scommessa senza nulla chiedere, né in caso di vincita né di perdita».

«Grazie, generale», rispondo con una piccola riverenza.

«Caro Rutherford, pare che Lady Rebecca non abbia orecchio per i vostri consigli», ridacchia Wellington. «Ebbene, omaggerò il vincitore di questo braccio di ferro con una delle bottiglie di champagne che abbiamo prelevato dal quartier generale di Napoleone a Waterloo».

Lo squillo di trombe annuncia il principio della corsa e tutti ci disponiamo in fila lungo lo spalto in legno assemblato a bordo pista, Reedlan alla mia sinistra, Wellington alla mia destra.

«Avete rifiutato il mio dono», mi comunica Reedlan a bassa voce. «E senza neanche due righe di spiegazione. Posso saperne il motivo?»

«La mia famiglia non ha ritenuto opportuno accettarlo», mormoro.

«Credevo che non deste peso alle opinioni altrui». Nella sua voce noto una punta di risentimento. «Mi sono sbagliato».

«Non vi siete sbagliato, ma se ritenessero che nutriste interesse per me e io lo ricambiassi, potrebbero diventare un grande ostacolo per le nostre indagini. E non riuscirei più a farvi da apriporta per gli eventi sociali».

«Saggia decisione», commenta.

«Come mai avete sostenuto la mia scellerata scommessa?»

«Ho un debole per gli sfavoriti. Inoltre, non potevo perdere una così preziosa occasione di infastidire mio fratello».

«Tutto qui? Solo smania di esibirvi?», lo punzecchio.

«E mi fido del vostro intuito. Finora le vostre sensazioni sono sempre state corrette: la sicurezza con cui volevate puntare su Prince Leopold mi ha convinto. Cosa vi dice che vincerà lui?»

«Chiamiamola precognizione». Oppure, pagina quattrocentosedici dell'almanacco dei Derby.

I cavalli si lanciano in corsa, sferzati dai fantini e acclamati dal pubblico. Intorno a me, tutta la tifoseria sostiene Nectar, che distanzia gli altri concorrenti, Prince Leopold incluso. E non di poco.

Dannazione.

E se l'almanacco fosse sbagliato?

Se ci fosse stato un errore di documentazione o un refuso nella stampa?

«Dai, dai, Leopold», ringhio a denti stretti. Nectar però lo stacca di brutto. «Muovi quelle chiappe».

«Non mi sembrate più tanto sicura della vostra precognizione», insinua Reedlan.

Brontolo tra me e me, mi spazientisco, sposto il peso da un piede all'altro nervosa e infastidita. «Oh, andiamo, Leopold!», salto su. M'infilo indice e pollice in bocca e caccio un fischio da stadio.

Tutta la fila di spettatori si volta dalla mia parte.

Reedlan è svelto a ficcarsi le dita tra le labbra e a fischiare con forza, come se fosse stato lui. «Chiedo perdono», si scusa. «La gara mi sta infervorando più del previsto».

«Per Giove!», esclama lo zio Algernon. «Un po' di contegno».

Forse perché Nectar accusa un po' di stanchezza per la performance, forse perché il fantino di Prince Leopold gli dà un po' di sprint, ma in dirittura di arrivo i due cavalli sono quasi testa a testa.

Dai, dai, dai!

Il mio montante entusiasmo coincide con la crescente preoccupazione dei sostenitori di Nectar.

A pochi metri dal traguardo Prince Leopold si slancia in avanti di mezza lunghezza e taglia la linea d'arrivo qualche secondo prima di Nectar, tra i «buuu» dei suoi sostenitori e i miei saltelli.

«Dubitavate di me?», dico voltandomi verso Reedlan a braccia conserte.

«Io no, voi sì».

«Complimenti, Lady Rebecca», mi dice Wellington. «Ha dato una lezione a tutti quei bellimbusti. Fossero stati nel mio reggimento avrei fatto lucidare loro i fucili con la lingua per come hanno parlato del colonnello Peterson. Quella pallottola in testa l'ha presa per loro». Poi si rivolge al gruppo di scontenti. «Direi che potete anche buttare le vostre ricevute, signori. Bennet, Lady Rebecca aspetta di essere pagata, sareste così gentile da raccogliere le quote di questi gentiluomini?».

Ma prima che io possa riscuotere la mia vincita, tutti i presenti nel parterre s'inchinano e le donne si prostrano in riverenze e in un coro di: «Vostra Altezza».

Vostra Altezza?

Ci metto un po' a capire che l'uomo che sta venendo nella mia direzione è il Principe Reggente in persona.

Il termine principe farebbe pensare a un giovane adulto, ma davanti ho un cinquantenne imbolsito che ricorda molto zio Algernon – anche se, va detto, noi inglesi abbiamo chiamato principe un uomo che ha ereditato il trono a settantaquattro anni, perciò non dovrei stupirmi –, e nonostante io studi Egittologia e sappia contare benissimo, rimango comunque interdetta. Specie per il numero di amanti che il Reggente ha avuto.

«Siete voi la fanciulla che ha ribaltato le scommesse di tutto il parterre d'onore?», mi domanda.

«A quanto pare è così, Vostra Altezza!», confermo esibendomi in una riverenza.

«Interessante», commenta avvicinandosi. «E quanto avete vinto?»

«Gli scommettitori mi devono venti ghinee ciascuno», rispondo. «Ma potrei abbonare loro il debito».

«Mai!», tuona il principe. «I debiti di gioco sono debiti d'onore. Wilcox», fa cenno a un suo valletto che scatta sul posto. «Consegna le mie venti ghinee a Lady Rebecca Sheridan».

«Non è necessario, Vostra Altezza. E poi, il denaro mi è stato anticipato da Sir Reedlan Knox», spiego, indicandolo. «È stato il mio investitore».

«Sir Knox», lo saluta Sua Altezza. «L'andare controcorrente è ancora vostra abitudine, vedo».

«Se devo sbagliare, sbaglio con la mia testa», ribatte lui.

«E, per la cronaca, quante volte avete sbagliato?», continua il principe.

«Finora mai», è la risposta sferzante di Reedlan.

«Molto bene». Il principe riporta lo sguardo da Reedlan a me. «Lady Rebecca, spero di rivedervi al Derby di Ascot: sarebbe piacevole conversare con qualcuno che ne capisce *davvero* di cavalli», dichiara sollevando un «Ohhh» sommesso dal nostro gruppo. «È evidente che molti gentiluomini debbano prendere lezioni da voi, e non il contrario».

Quando il principe se ne va, io sono ancora lì a sbattere le palpebre, incredula.

«Direi che il vostro onore è più che integro», constata Reedlan.

A incrinare il mio momento di gloria, però, arriva Ausonia. «Sai, Rebecca, sei molto fortunata, anzi, *troppo* fortunata. Ma le cose non potranno andarti sempre bene: un giorno metterai il piede in fallo e la tua caduta sarà così fragorosa che la udiranno a tutti i quattro capi di Mayfair», sibila acida, sempre con la mano al petto, ad accarezzarsi la sua nuova spilla.

«La tua vita è così vuota che non dubito non aspetti altro», replico prima che anche lei vada via, raggiungendo con i suoi genitori Maxim Duville, dall'altra parte del parterre.

«Chi era quella?», mi domanda Reedlan.

«Una serpe infelice», rispondo guardando il modo in cui Ausonia avvolge le sue spire intorno a Maxim. «Sapete, credo che domani farò visita alla famiglia di Emily».

«Pensate sia una buona idea?»

«Secondo me dovrebbero sapere ciò che abbiamo scoperto. Sono gli unici che possono chiedere la riapertura dell'indagine e con quello che ci ha detto Crouch credo vorranno approfondire».

«Vi accompagno», si propone.

«E a che titolo?», chiedo. «Non possiamo certo presentarci insieme».
«Il maggiore Fraser era nell'esercito, no?»
«A giudicare dal suo grado, sì».
«Allora, so come fare. Non preoccupatevi. A che ora vi recherete da loro?»
«Alle tre. L'unico orario rispettabile per fare visita a una famiglia con cui non si ha legami stretti».
«Potrebbe diventare un gioco pericoloso», mi avverte Reedlan.
«Non se voi giocate in squadra con me».

Venerdì 31 maggio

1816

24

Quando arrivo dai Fraser, in Hanover Square, rimango sorpresa nel notare che la casa non porta più le insegne di lutto.

Non solo il marito di Emily, ma anche la sua famiglia ha deciso di cancellare la sua memoria più in fretta possibile.

Leonie e Jemima mi ricevono in soggiorno, intente a ricamare.

«Cara Rebecca, che deliziosa visita la tua», mi saluta Leonie. «Sei stata al Derby, ieri?»

«Sì, una giornata davvero piacevole e anche il clima è stato clemente». Purtroppo, mi tocca lasciare spazio alle chiacchiere di circostanza prima di affrontare il tema caldo.

«Avrei partecipato volentieri», sospira Jemima da sopra il suo lavoro di cucito. «Non c'è nulla che mi diverta di più di un bel ritrovo fuori città».

«L'anno prossimo, Jemima», la rassicura la madre. «La tua stagione come sta procedendo, Rebecca?»

«Discreta», rispondo vaga.

«Direi ben più che discreta. A quanto ho avuto modo di sentire, molti giovani stanno rivolgendoti le loro attenzioni».

«Nessuno ha manifestato intenzioni serie», specifico.

«E tu desidereresti intenzioni serie da parte di qualcuno in particolare?», chiede lei con piglio pettegolo.

«La stagione è ancora lunga».

«Sembra lunga, ma non lo è. Tra la proposta e il matrimonio passa sì e no un mese… il tempo vola».

«È vero che l'Almack è la sala da ballo più bella? E che il tuo abito per il debutto lo ha confezionato Mrs Triaud?», m'incalza curiosa Jemima. «Anche io vorrei un corredo cucito da lei. Sarebbe possibile, madre?»

«Dipende da tuo padre, Jemima. La tua dote non è ricca quanto quella di Emily, non so se riuscirò a convincerlo».

«Sarai molto affascinante in ogni caso», la rassicuro.

«Jemima aspettava con ansia questa stagione per debuttare da quando ha compiuto diciotto anni, a gennaio. Emily avrebbe dovuto presentarla a corte, ma quella sciocca sventata...», sbotta Leonie. «Non era degna dell'eredità che sua madre le ha lasciato. E dire che ha sacrificato la sua vita per dare alla luce quella figlia ingrata».

In quel momento il maggiordomo annuncia l'arrivo di Reedlan, che fa sussultare di sorpresa Leonie e Jemima.

Quando lo vedo comparire sulla soglia del soggiorno, fasciato in un completo in lucida seta nera, provo uno strano senso di gioia.

Da quando ho cominciato a sentirmi felice della presenza di Reedlan?

«Buon pomeriggio», le saluta con un inchino. «Porto un messaggio affidatomi dal tenente Wilkes per il maggiore Fraser, che conosce e stima dai tempi dell'esercito. Spero di non arrecare disturbo».

«Siamo già impegnate in visite, Sir Knox», risponde Leonie, «ma un messaggio di un vecchio amico sarà una piacevole distrazione per mio marito».

Il maggiore Fraser raggiunge il soggiorno, salutando i presenti. Lui sembra ancora l'unico, di tutta la famiglia, a soffrire della perdita di Emily.

«Buon pomeriggio, Sir Knox, lieto di fare la vostra conoscenza. Lady Rebecca, è bello rivedervi. Apprezzo che la mia Emily non sia stata dimenticata».

«Anche se sarebbe ben più opportuno il contrario», osserva a bassa voce Leonie.

«Riguardo a Emily», Reedlan allunga una busta a Fraser, «il tenente Wilkes vi invia le sue più sentite condoglianze».

Il maggiore Fraser stringe la missiva chinando il capo, quasi a nascondere lo sguardo appannato dalle lacrime. È un uomo spezzato e mi smuove una pena quasi dolorosa.

«Signori Fraser, io avrei portato per voi un pensiero», dico aprendo la mia borsa da polso. «Tra la corrispondenza inviatami da Emily e che ho conservato, c'è questo biglietto con cui mi ha spedito un bracciale dell'amicizia che porto sempre». Sciolgo il bracciale dal polso e lo appoggio sulla bustina. «Quello fatto da me lo aveva ancora quando è stata rinvenuta alla festa dei Latimore. Ho pensato che conservare un oggetto personale creato da lei vi avrebbe fatto piacere».

«Affatto», decreta Leonie gelida.

«Lo accetto volentieri, Lady Rebecca. Un gesto molto delicato il vostro», ribatte Mr Fraser, indispettendo moglie e figlia. Gli trema la mano prendendo bracciale e biglietto, al punto che sono io a stringerglieli nel palmo perché non gli cadano.

«Emily può vivere ancora nel cuore delle persone che hanno provato affetto per lei», dico.

«Be', forse avrebbe dovuto avere un po' di riguardo e rispetto per queste persone. La mia Jemima è rovinata».

«Leonie!», tuona il maggiore Fraser.

«Mi spiace, non volevo contribuire a creare un clima teso», mi scuso. «Prima di togliere il disturbo, però, c'è qualcosa che dovreste sapere. Ho chiesto a Sir Knox la cortesia di approfondire le circostanze misteriose che hanno portato al ritrovamento di Emily ed è emersa una verità ben diversa da quella ufficiale».

Il maggiore, Leonie e Jemima sgranano gli occhi.

«Emily non si trovava a Bath. È deceduta a Londra: il suo corpo è stato consegnato al becchino del cimitero di Red Cross Street da una donna che l'ha presentata come una prostituta di nome Mary Lee», spiega Reedlan. «E, purtroppo, la crudeltà del fato ha voluto che Emily non trovasse pace neanche nella morte, poiché il suo corpo è stato trafugato da dei ladri di cadaveri che riforniscono le scuole di anatomia per le esercitazioni. Latimore cercava una mummia a buon mercato, la banda ha recuperato il corpo imbalsamato per venderlo come quello di una principessa egizia».

Leonie scatta in piedi. «Non staremo qui ad ascoltare tali turpitudini. Come vi permettete, Sir Knox, di venire in casa nostra a turbare me e Jemima con siffatte nefandezze? Lady Rebecca, mi stupisco di te: una fanciulla del tuo rango, immischiarsi in scandali con… Andatevene, e dimentichiamo questo incontro».

«Sir Knox e Lady Rebecca resteranno», decreta il maggiore Fraser.

«Allora, ce ne andremo noi», ribatte lei, inalberata. «Vieni via, Jemima».

«Bene. Voi non vorrete sapere, ma io sì. Restate pure a ricamare, riceverò gli ospiti nel mio studio».

«Edgar, il tuo cuore è già debole», insiste Leonie.

«Non può andare più a pezzi di così».

«Ricordati che hai ancora una figlia. È di Jemima che devi preoccuparti, ora».

Io e Reedlan ci scambiamo uno sguardo di sottecchi. È evidente che la famiglia è spaccata.

Seguiamo in silenzio il maggiore Fraser nello studio dove ci fa accomodare.

«Ho bisogno di risposte, di parlare di Emily, ma non interessa a nessuno. Quando ho sposato Leonie, dopo la morte di Claudette, speravo davvero che potesse amare Emily come fosse sua, ma mi sono illuso…». Fraser si sofferma davanti a due ritratti appesi alla parete davanti alla scrivania.

«Sono la vostra prima moglie ed Emily?», gli domanda Reedlan guardando i dipinti.

«Si somigliano molto, vero?». La voce di Mr Fraser è piena di commozione. «Avevano gli stessi occhi buoni e lo stesso sorriso. Ho fatto ritrarre Emily poco prima del suo matrimonio con Maxim Duville. Era raggiante, purtroppo la sorte non è stata generosa con lei. Nelle complicazioni del parto il piede le è rimasto offeso e se n'è sempre vergognata. Quando Maxim l'ha chiesta in sposa, mia figlia mi ha implorato di approvare le nozze benché abbia sempre temuto che lui amasse di più la sua dote».

«Era molto ricca?», chiede Reedlan.

«Sono un secondogenito, non ho titoli, solo un'onorevole carriera militare. Ho cercato di fare del mio meglio per entrambe le mie ragazze, ma Claudette discendeva dai Somerset, una stirpe tra le più facoltose d'Inghilterra, che ha trasmesso a Emily cospicue somme di denaro e proprietà. Ho venduto la grande casa in

Charles Street su suggerimento di Leonie, per arrotondare un po' la dote di Jemima. Questa è ben più piccola, ma finché siamo a Mayfair…».

Non riesco a staccare gli occhi dal ritratto di Emily. È *il mio* ritratto, quello che ho fatto sul mio diario. E ora, come mai prima, mi sento responsabile della sua morte.

Fraser sospira sedendosi alla scrivania, esausto e all'apparenza chiuso in una bolla di pensieri inaccessibile, mentre fissa il bracciale che gli ho dato.

Reedlan mi si avvicina indicandomi il ritratto della madre di Emily. «Notate nulla di familiare?», bisbiglia chinandosi verso di me.

«Claudette è la fotocopia di Emily», sottolineo.

«No. Guardate bene il suo collo».

Ha ragione. Lo zaffiro attorniato di diamanti che pende dalla catena della madre di Emily è molto familiare. Lo abbiamo visto proprio ieri. «Ausonia!», sibilo.

«Mr Fraser, pur essendo stato solo un militare, avete fatto dono a vostra moglie di un gioiello molto pregevole», osserva Reedlan con un tono da finto ingenuo. «Questo zaffiro che Claudette ha al collo nel dipinto deve valere una fortuna».

Lui si riscuote dal suo torpore. «È un cimelio della sua famiglia, che – altra cosa che ha indispettito molto Leonie – faceva parte dell'eredità di Emily e che ha portato con sé dopo il matrimonio».

«Aveva molti gioielli?», gli chiedo.

«Incalcolabili: rubini, diamanti, smeraldi… Non che a Emily interessassero. È sempre stata una ragazza discreta, non amava adornarsi di preziosi. Forse Benjamin Harlow ha colto il suo disinteresse e ha pensato di sottrarle i suoi gioielli con l'inganno… e poi di ucciderla liberandosene come fosse una pro…», un singhiozzo gli mangia le parole.

«E se vi dicessimo che non l'ha uccisa Harlow?», butto lì.

«Sulla base di cosa?»

«La ferita mortale alla gola di Emily è stata inferta da una persona destrorsa, Harlow è mancino», spiega Reedlan telegrafico.

Fraser scuote il capo. «Ma era fuggita con lui. La sua ultima lettera», dice prendendo un foglio dal cassetto, passandomelo. «Ne parlava in toni così appassionati».

Il foglio è stropicciato ai bordi e la carta si è fatta sottile, come se fosse stato tenuto in mano centinaia di volte.

Leggo la lettera in cui Emily dichiara il suo amore incondizionato per Harlow, e racconta di come le abbia regalato la felicità e del suo bisogno di scappare da una vita che non sente sua.

L'amore di Benjamin è una promessa di libertà che sono pronta a ricambiare con il coraggio di andare contro tutto ciò che mi è stato insegnato come giusto. I nostri sentimenti sono più forti delle convenzioni e ciò che non può essere accettato qui sarà compreso a New York dove libertà e amore sono una cosa sola.

Addio, con dolore ma senza rimpianto.

Emily

Nel mio cuore vorrei che fosse vero, che fosse andata così e che Emily fosse lontana e felice con Benjamin.

Appoggio la lettera d'addio sulla scrivania accanto al biglietto che ho portato io, osservando quelli che ora sono gli unici ricordi che Edgar Fraser può conservare di sua figlia.

Ma le due scritture, accostate, hanno qualcosa che non va.

Il biglietto del bracciale ha una grafia tondeggiante e leggermente inclinata a destra, con tutte le "o" e le "a" ben chiuse. La lettera invece ha una grafia sì inclinata sempre a destra, ma le lettere sono più spigolose e le "o" non sono chiuse.

Passo i due scritti a Reedlan. «Guardate con attenzione la grafia».

«Perché?», chiede il maggiore.

«Queste due lettere non sono state scritte dalla stessa mano», risponde conciso Reedlan porgendogli i due fogli. «Chi ha scritto la lettera di addio ha cercato di imitare la grafia di Emily, ma in alcuni tratti si tradisce».

«Cosa?!», domanda lui sconvolto.

«Dovreste far riaprire l'indagine», dico al maggiore Fraser.

«Leonie non me lo permetterebbe mai. Riaccenderebbe le luci sullo scandalo e poi, sul fatto che Jemima ne risentirebbe, ha ragione... Se ve ne occupaste voi, però, nessuno lo saprebbe».

«Ma non siamo autorità», ribadisco. «Siamo civili e abbiamo mezzi limitati, basterebbe che con queste prove andaste dal magistrato e...».

«Ci penso io», dichiara Reedlan a sorpresa.

Io lo guardo esterrefatta. «Ma neanche voi potete...».

«Posso fare molte più cose di quelle che pensate, Lady Rebecca», mi zittisce. «A partire da una visita a Benjamin Harlow. Andrò a Newgate domenica sera, giorno in cui le visite sono più fitte e gli orari meno rigidi, così non darò nell'occhio».

«Non possiamo entrare in una prigione», obietto.

Reedlan si volta verso di me, guardandomi con espressione seria. «Io sì».

Sabato 1 giugno

1816

25

Prima che la zia esca per la riunione del suo circolo di beneficenza mi riempie di raccomandazioni per il giro in carrozza con Rutherford.

Non che io sia un'esperta di appuntamenti, ma se c'è una cosa che, una volta tornata nel futuro, non mi mancherà della Reggenza è il dover sempre essere controllata a vista da uno chaperon appena un uomo mi si avvicina.

Anche se, nel caso di oggi, mi fa piacere che ci sia Lucy con me e Rutherford.

Più trascorro tempo con lui, più mi chiedo come possa condividere anche solo una goccia di sangue con Reedlan.

Reedlan è il tipo che non usa cinque parole se gliene bastano tre; o non le usa affatto perché a volte gli basta lo sguardo per farsi capire. Non gli sfugge nulla, ma di rado esprime osservazioni su chicchessia. Charles invece ha un'opinione su tutto e tutti, e non riesce a trattenersi dall'esprimerla.

Quella donna è sguaiata, quell'altro è indecente, la tale è rozza, il talaltro non ha modi da gentiluomo. Sebbene anche io sia piuttosto critica nei confronti di molti membri dell'alta società, per lui non si salva nessuno.

In più, il mio mal di carrozza oggi ha deciso di farsi sentire più del solito.

L'andamento sussultorio del calesse, unito alle ruote non ammortizzate che trasmettono anche l'urto del minimo sassolino, mi sta rendendo difficile trattenere la merenda. Non avrei dovuto mangiare, ma Mrs Bry fa dei tramezzini da fuori di testa e non riesco mai a regolarmi.

In ogni caso è Rutherford a parlare, sollevandomi in parte dalla conversazione.

La prima parte della passeggiata è dedicata ai suoi vanti sparsi, dalla sua scuderia di purosangue al suo sarto di fiducia in Savile Row; dall'estensione dei suoi possedimenti al suo fiuto per gli affari.

Mi limito ad annuire con cortesia, più concentrata a controllare la mia nausea che non sulle sue parole.

Poi passa ai desideri personali.

Desidera sposarsi entro quest'anno, allargare la sua tenuta in campagna e ristrutturare la dimora di città perché non c'è una nursery.

Vuole molti figli – informazione non richiesta –, tre maschi e tre femmine, in quest'ordine: maschio, maschio, femmina, maschio, femmina, femmina.

«E se nascesse una femmina per prima che fareste? Il reso con rimborso entro trenta giorni? O lascereste una recensione a una stella alla fattrice?», la provocazione mi esce prima che possa frenarla. «Articolo non conforme alla descrizione».

Lui mi guarda confuso. «Cosa?»

«Niente». Meno male che non ha capito. Però sarebbe stato bello se l'avesse fatto.

«È un peccato che la salute di mia madre non le consenta di viaggiare. Vorrei presentarvela».

«Perché?», chiedo io strabuzzando gli occhi.

«Gradirei che riceveste la sua approvazione prima di impegnarmi in un corteggiamento serio».

Alle parole "corteggiamento serio", Lucy – seduta di fronte a noi – sobbalza. Oppure è per la buca che abbiamo preso. A me sobbalza lo stomaco.

«A trentasei anni, il vostro giudizio non vi basta?», lo punzecchio.

La carrozza devia su un sentiero del parco ancora più dissestato e l'andatura tremolante peggiora il mio malessere. Dio mio, quanto deve durare ancora questa tortura?

«La donna che sposerò prenderà il suo posto di duchessa di Wyndham, ruolo che prevede delle responsabilità, e lei saprà riconoscere se avete l'attitudine a ricoprirle. Non sono un uomo che può sprecare tempo», risponde risoluto.

«E farete anche misurare la larghezza dei miei fianchi per valutare se io sia in grado di procurarvi tutti gli eredi che avete in wishlist?». Mi spiace, non riesco a prenderlo sul serio.

Lui, invece, lo è eccome. «Mi sembra un passaggio prematuro», ribatte. «Magari prima della stesura del contratto matrimoniale».

«Sapete? Credo che si stia facendo tardi, dovrei rientrare», taglio corto.

«Non ancora, voglio raggiungere uno scorcio del parco assai pittoresco a quest'ora del pomeriggio».

«Magari un'altra volta».

«Manca poco», insiste. «Fidatevi di me».

«E fidatevi di me se vi dico che è meglio che io scenda da questa carrozza».

«Mi piacerebbe organizzare un ritrovo per il fine settimana alla mia tenuta nel Berkshire, in corrispondenza del Derby di Ascot. Gradirei foste mia ospite», continua lui indifferente al mio respiro agonizzante.

«Ho il cuore a mille», dico in preda alla tachicardia.

«Sono felice che la cosa vi renda tanto entusiasta».

Ma non è entusiasmo. È la nausea. «Fermate la carrozza», imploro.

«Siamo quasi arrivati, dobbiamo soltanto svoltare quella curva...».

«Lucy...». Oddio, ora che faccio? «Lucy, dammi il parasole», la prego disperata allungandomi per prendere l'ombrellino appoggiato accanto a lei.

«Parasole? Ma siamo all'ombra degli alberi ed è quasi il tramonto», obietta Rutherford. «A che vi serve?».

Un conato violento ripresenta alla mia vista e a quella di Rutherford i tramezzini di Mrs Bry che prima erano nel mio stomaco e ora nella raffinata seta rosa del parasole.

«Avreste dovuto avvertirmi che eravate indisposta», mi rimprovera lui in tono stizzito. «Ho appena rinnovato le pelli dei sedili».

«Ci ho provato, ma eravate troppo impegnato ad ascoltare la vostra, di voce», ribatto con la gola che ancora mi brucia. «Vogliate scusarmi, ma credo che ora io e Lucy rientreremo».

Domenica 2 giugno

1816

26

Zia Calpurnia si è sentita così in colpa per il mio malessere durante il giro con Rutherford che, anche se ho provato a tranquillizzarla sul mio stato di salute, ha deciso che questa domenica devo riposarmi dato che la settimana entrante è densa di impegni: inaugurazione del ponte di Vauxhall e serata di gala ai Vauxhall Gardens domani; prima di *Così fan tutte* al King's Theatre giovedì e la regata a St James Park sabato, perciò devo essere in forma.

Stamattina, contro ogni previsione, è arrivato un nuovo bouquet da parte di Rutherford corredato da un biglietto con cui si rammarica per la mia indisposizione, si scusa per non aver compreso il mio stato e rinnova la sua intenzione a ospitare me e la mia famiglia a Wyndham Hall per il Derby di Ascot. Invito che ha spinto la zia a correre subito da Lady Sefton a pianificare ogni dettaglio.

Io, invece, mi ritiro presto, indosso il travestimento con cui sono andata alla taverna di Southwark e raggiungo la finestra di Reedlan.

«E voi che ci fate qui?», mi domanda vedendomi balzare dentro al suo studio.

«Sono pronta per andare a Newgate», dichiaro.

Reedlan si alza dalla sedia e s'infila la sua giacca, appoggiata allo schienale della poltrona. «Quando dicevo di andare alla prigione, intendevo che sarei andato io, non noi».

«Neanche per idea», protesto piazzandomi i pugni sui fianchi, indispettita.

«E di certo non vestita così».
«Perché? Anche le prostitute fanno visita ai carcerati. E a Southwark ha funzionato, mi pare», ribatto.
«Anche troppo. Non vi porterò vestita così in una prigione piena di uomini che non vedono una donna da mesi».
«E se mi vestissi da uomo?», propongo.
Reedlan mi guarda stranito. «Eh?»
«Se mi vestissi da uomo non ci sarebbero problemi, o no?».
Lui si guarda intorno disorientato, grattandosi la testa. «Non so come dirvelo, ma credo che in alcun modo voi potreste mai passare per un uomo».
«Sarò discreta», insisto.
«Potremmo subire un'aggressione, non voglio esporvi a un pericolo inutile per una cosa che posso fare benissimo da solo», mi spiega. «Voglio potermi concentrare sulla missione, senza preoccuparmi di proteggervi».
«Vi preoccupate per me?»
«Mi preoccupo sempre di chiunque sia in mia compagnia. E detesto esporre le persone a pericoli inutili, come è successo l'altra sera a Southwark».
«Ma una prigione è anche piena di guardie», continuo. «Non corriamo alcun pericolo reale».
«Le probabilità sono altissime», ribatte lui serio, incrociando le braccia sul petto.
«State esagerando», dico io.
«Vi assicuro di no».
«In questa indagine non voglio essere la bella statuina che si limita ad ascoltare pettegolezzi nei salotti tra un tè e l'altro mentre voi affrontate le situazioni più…».
«Avanti, ditelo», mi sfida. Sa benissimo che se dicessi la parola "pericolose" finirei per dargli ragione.
«Interessanti», concludo.
«Siete un'incosciente, Rebecca. Datemi retta, se vi dico di starne fuori ho una buona ragione per farlo e in genere non mi sbaglio».
«Magari stavolta sì», obietto. «Scommettiamo?».
Reed copre la distanza tra me e lui in poche falcate, trovandosi a

forse un palmo da me. E quel suo profumo pazzesco di liquirizia e menta mi riempie le narici. «Scommettiamo».

«Bene», affermo soddisfatta. «Se ho ragione io, non tenterete mai più di escludermi dalle indagini e vi seguirò ovunque andrete. Condivideremo ogni decisione e informazione».

«Ci sto», annuisce. «Se invece ho ragione io, sarete voi a dare qualcosa a me».

«Cosa?».

Reedlan mi fissa, sorridendo con quella sua aria sfacciata. «Un bacio».

«Un bacio», ripeto come se non avessi capito, deglutendo.

«Un bacio», conferma.

«Se vi baciassi, potrei restare avvelenata».

«Ci sono veleni che uccidono e veleni che rendono dipendenti. Quale dei due temete di più?», mi provoca.

«Nessuno dei due. Però...», esito.

«Avete forse paura di perdere?»

«Scommessa accettata», dichiaro sicura.

«Giusto per essere chiari, se vincerò non vi condonerò il debito».

«Debito di gioco, debito d'onore, giusto?».

Lui mi scruta a lungo mordendosi il labbro inferiore, e mi sento quasi come se avesse incendiato i miei abiti con lo sguardo. «Troviamo qualcosa che possa andare». Apre la porta dello studio e infila fuori la testa. «Sun, Azmahl, ho bisogno di voi».

La governante e il medico ci raggiungono poco dopo nello studio, guardandomi incuriositi.

«Cambio di programma: Lady Rebecca viene a Newgate con me. Sun, le serve un completo da uomo, dalle uno dei tuoi».

«Ma me lo restituisce o se lo tiene come quello rosso?», domanda lei, acida.

«Te ne compro uno nuovo», gli risponde lui. «Azmahl, dobbiamo trovare qualcosa di semplice ed efficace nel caso debba difendersi da una aggressione».

Sun sparisce e ricompare a una velocità impressionante con un completo quasi della mia taglia, anche se è almeno una spanna più bassa di me.

Vado nella sala da bagno a cambiarmi e riscopro la comodità di indossare un paio di pantaloni. Quanto mi erano mancati!

«Pronta!», annuncio dopo aver raccolto i capelli in uno chignon stretto nascosto dal berretto.

«Non ingannerà nessuno», osserva Azmahl sospirando. «Passiamo alla difesa, che è meglio».

Apre una porta a doppio battente che credevo fosse un armadio ma invece dà accesso a una stanza segreta, le cui pareti sono piene di armi di ogni tipo: spade, sciabole, coltelli, lame rotanti, tirapugni, archi, frecce, fucili, pistole, balestre…

«Perché avete un arsenale in casa?», domando a Reedlan.

«Collezionismo», risponde lui con piglio sarcastico.

«Dovrei crederci?», ribatto io.

«Cosa le diamo?», taglia corto Azmahl.

«Niente con cui possa farsi male da sola e niente che le si veda sotto i vestiti», gli fa presente Reedlan intento a infilarsi un coltello a scatto nell'interno della giacca e un altro dentro la manica della camicia.

«L'artiglio», interviene Sun-Yi, aprendo un cassetto pieno di oggetti metallici dalla forma strana.

«Giusto». Azmahl prende quello che ha l'aria di un anello con una piccola agata azzurra incastonata e me lo porge. «Siete mancina, giusto? Infilate questo all'indice della mano sinistra e, se doveste trovarvi in pericolo, premete la pietra». Fa ciò che dice e dalla fascia dell'anello scatta un artiglio sottile e affilato.

«Colpite l'aggressore alla gola o, meglio ancora, nell'occhio», m'istruisce Reedlan.

Azmahl apre uno sportello stipato di boccette colorate. «Cantarella, arsenico o cicuta?», chiede prendendo tre ampolle. «La ferita diventa efficace al cento per cento se l'artiglio è intinto nel veleno».

«Niente veleno», decide Reedlan. «Se Rebecca lo facesse scattare inavvertitamente potrebbe tagliarsi da sola».

«Non sono così tonta», ribatto risentita.

«Andiamo?», sbuffa Reedlan scocciato. «Abbiamo perso fin troppo tempo, e non possiamo arrivare fuori dall'orario di visita».

Saliamo in carrozza, diretti nella City, io e Reed seduti uno di fronte all'altra.

«Sono curioso di sapere cosa vi siete inventata per sgattaiolare fuori di casa indisturbata», mi dice Reedlan.

«Nulla, in realtà. Avevo un motivo vero per chiudermi in camera a riposare: ieri pomeriggio sono stata a Hyde Park a fare un giro in carrozza con vostro fratello Charles e mi sono sentita male».

«Siete svenuta?»

«Sarebbe stato più appropriato e finanche affascinante. Gli ho chiesto di farmi scendere più volte ma lui non ha sentito ragioni e gli ho vomitato davanti i tramezzini di Mrs Bry».

«Soffrite la carrozza?», mi domanda con sincero interesse.

«Sì. Tutto questo oscillare e sobbalzare mi dà la nausea, soprattutto se l'andatura è lenta».

«Anche ora?»

«Non come ieri pomeriggio ma sì, un po' anche adesso».

Reedlan si sporge in avanti, tendendomi i palmi alzati. «Datemi le mani».

«Perché?»

«Voglio provare una cosa».

Faccio come dice mettendo le mie mani nelle sue. Le gira verso l'alto e, dopo avermi alzato appena le maniche per scoprire i polsi, li stringe premendovi sopra i pollici.

Non abbiamo guanti, siamo pelle contro pelle ancora una volta. Il calore del suo contatto mi tranquillizza.

«Vi faccio male?», mi domanda.

«No».

«Controllate il respiro: addome, non torace. Cinque secondi dentro, cinque secondi fuori», mi istruisce. Continua a esercitare una pressione decisa, muovendo i polpastrelli in piccoli cerchi come se stesse praticando un massaggio. «Come va?»

«Meglio».

Le sue labbra si tendono in un sorriso impercettibile. «Bene», commenta. «Vi faccio i miei complimenti per la vostra creatività nel respingere mio fratello: di tutti i modi che mi sono inventato, vomitargli in faccia non mi era passato neanche per la testa».

«Non credo che abbia funzionato, comunque. Ha invitato me e la mia famiglia a Wyndham Hall per il Derby di Ascot».

Reedlan sembra colto alla sprovvista. «Davvero?»

«Vuole presentarmi a sua madre».

«Nostra», mi corregge. «*Nostra* madre».

«Perdonatemi, ho scelto male le parole. Ma a mia discolpa ammetto che è davvero difficile concepire che abbiate un legame di sangue. Sembrate così diversi».

«Perché lo siamo», sottolinea con una punta di fastidio.

«È un complimento, il mio, Reedlan».

«Anche il mio».

«Riguardo a chi?», domando confusa.

«A voi. Quando prima, a casa, ho detto che non potreste mai passare per un uomo».

«Non è stato molto esplicito», gli faccio presente.

«Non intendevo esserlo», ribatte. «Avete ancora la nausea?»

«Non più. Dove lo avete imparato?», gli chiedo.

«Mi promettete di non ridere?»

«Ovviamente… no».

«Allora smetto». E per ripicca solleva i pollici dai miei polsi.

«E va bene, non riderò».

«Quando sono entrato in Marina soffrivo il mal di mare». Reedlan riprende il suo massaggio con i pollici dandomi di nuovo sollievo. C'è un punto di contatto tra noi ed è un tocco che ha il potere di escluderci dal mondo, come se fossimo in una bolla solo nostra. «Ho passato i primi tre giorni a bordo con la faccia verde, non facevo che vomitare. Poi Azmahl ha avuto pietà di me e mi ha insegnato questo trucco».

«Vi conoscete da così tanto?», gli chiedo.

«Siamo cresciuti insieme. Era il garzone del medico di bordo, poi ne è diventato l'apprendista».

«Perché ho la sensazione che Azmahl sia molto più che il vostro medico personale?».

Reedlan mi guarda scuotendo il capo. «Perché è così, ma non posso dirvi altro».

«E anche la vostra governante, Sun-Yi, non mi sembra *solo* una governante».

«Avete molta fantasia, Rebecca», evita di rispondermi.

«Siete stato voi, a Epsom, a dire che le mie sensazioni si rivelano giuste, no?»

«Siamo arrivati», annuncia.

In effetti, mi accorgo che la carrozza si è fermata. Reedlan si alza, apre lo sportello e scende. Io lo imito e ci ritroviamo davanti ai cancelli della peggiore prigione di Londra.

«Chi dovete vedere?», sbraita la guardia addetta ai controlli all'ingresso quando arriva il nostro turno di entrare nella fila dei visitatori ai prigionieri.

«Benjamin Harlow», dichiara Reedlan.

«Impossibile», ribatte la guardia.

«Perché mai?», chiedo.

«Non sono affari vostri. Chi siete voi due?», ci interroga con un muso incarognito.

«Io sono Sir Reedlan Knox e lui è… è…».

«Horatio Caine», mi sbrigo a dire.

«Horatio Caine, il mio segretario».

«E perché mai un cavaliere della Corona vorrebbe vedere un omicida?»

«Questo non vi riguarda».

«Il prigioniero Harlow non riceve visite, ordini del magistrato, nessuna eccezione».

«Scommettiamo?». Reedlan sfila dalla giacca un foglio su cui luccica il sigillo reale. «E se è il Reggente stesso ad autorizzarmi a entrare in qualunque prigione per visitare qualunque prigioniero? Oppure volete spiegare a Sua Maestà il perché non potete farmi incontrare Harlow?».

La guardia caccia un colpo di tosse catarrosa, sputa a terra e ci fa un cenno con il capo. «Entrate».

27

Non ho mai avuto motivi per mettere piede in una prigione in vita mia, ma queste dell'Ottocento toglierebbero la voglia di delinquere anche a un terrorista.

Buia, cunicolare, puzzolente, asfittica, l'anticamera dell'inferno.

La guardia ci ha affidato a un secondino che ci guida fino alla cella di Harlow. Un bugigattolo chiuso da una pesante porta di metallo con una bocchetta attraverso cui gli passano il cibo.

Quando entriamo troviamo Harlow seduto sul bordo di una branda di legno dal materasso lurido.

È vestito come quando lo hanno arrestato, ma il suo completo è ormai sfatto.

Si regge la testa come se tutto il peso del mondo gli gravasse addosso.

«Harlow, hai visite», lo avverte il secondino. «Goditele». Dopodiché sbatte la porta dietro di noi con un fragore che riecheggia sulle pareti di pietra fino quasi ad assordarci.

«Chi siete?». Ha la voce roca di chi ha passato giorni a urlare. I suoi capelli chiari sono arruffati e appiccicati al capo, la barba è ispida e lunga e i suoi occhi sono gonfi e opachi. «Avete un pezzo di pane? Un goccio d'acqua, per favore?»

«Io sono un'amica di Emily, lui è Sir Reedlan Knox. Insieme stiamo tentando di far luce sulla sua morte», rispondo mortificata per non aver pensato di portargli qualche sostentamento.

«Abbiamo fatto alcune ricerche e ciò che abbiamo scoperto non coincide con quanto si racconta», spiega Reedlan. «Vorremmo farvi qualche domanda».

Lui scuote la testa, sfinito. «Io non le ho fatto niente, sono innocente».

«Lo so», gli dico. «Ho assistito al vostro arresto. Voi siete mancino come me, la persona che ha ucciso Emily no».

«Non vedo anima viva da dieci giorni, a parte un uomo che si è qualificato come mio avvocato di ufficio, ma che poi non è più tornato. Come avete fatto a entrare?»

«Ho un permesso speciale», risponde Reedlan telegrafico.

«In questa cella dovrebbe esserci qualcun altro», dico inginocchiandomi davanti a lui sul pavimento lercio. «Per aiutarvi, però, abbiamo bisogno che siate sincero con noi, Benjamin».

Lui annuisce. «Cosa volete sapere?»

«Scopavi con Emily Fraser?». Reedlan è diretto e spietato.

«Viva la diplomazia, eh?!», lo rimprovero.

«Non abbiamo tempo per la diplomazia», ribatte lui. «Tu ed Emily eravate amanti o no?»

«Non l'ho mai sfiorata con un dito, lo giuro su quanto ho di più caro».

«Allora che tipo di conoscenza c'era tra voi?»

«Frequentavo la tenuta dei Duville perché mia zia Nancy, l'unico familiare che mi è rimasto al mondo, lavora nelle loro cucine», racconta. «Io ero di stanza proprio nell'Hertfordshire, vicino alla proprietà, perciò le facevo visita ogni domenica».

«E come mai tutti sostengono che foste amanti?», lo incalza Reedlan.

«Ho conosciuto Emily poiché frequentava molto più i locali dei domestici che non quelli signorili. Era una donna molto sola: cercava compagnia ma non di tipo amoroso. Con il tempo ho notato che la sua melanconia andava sempre più trasformandosi in angoscia. Sembrava quasi spaventata».

«Spaventata da cosa?», chiedo io. «Ve lo ha detto?»

«Mi ha fatto capire di non sentirsi più sicura e mi ha chiesto di aiutarla a lasciare Duville Downs tramite un biglietto infilato nella scatola di biscotti che mi lasciava ogni volta mia zia».

«Perché le serviva aiuto? Non poteva andarsene da sola?», domanda Reedlan.

«Non ne ho idea. Voleva che la portassi a Londra in segreto». Benjamin Harlow scava nei suoi ricordi, ma è stanco e non sembra lucido. «Ha nascosto un astuccio di pelle nella cesta del mio bucato rammendato – altra cosa di cui si occupava mia zia Nancy – dicendo che doveva consegnarlo al "Chronicle" e voleva che glielo conservassi per quando sarebbe venuta via con me, la domenica successiva».

«E ce l'avete portato?»

«Quando sono tornato, ho saputo che i signori Duville si erano trasferiti nella dimora di Hanover Square per la stagione e non ho più avuto contatti con lei».

«Significa che Emily non si è mai recata a Bath per curare la sua salute», aggiungo.

«Non che io sappia».

«Ma voi al "Chronicle" ci siete andato», gli faccio presente. «Il giorno dell'arresto, io ero lì, dopo di voi, per incontrare Thorpe».

«Quando è stata scoperta la sua morte ho lasciato l'Hertfordshire e sono venuto a Londra per incontrare il direttore del "Chronicle" e dargli l'astuccio che mi aveva consegnato. Senza successo».

«Cosa c'era in quell'astuccio?», gli chiedo.

«Non lo so. Emily mi ha detto di non aprirlo e non l'ho fatto», ammette.

«E dove si trova ora?», indaga Reedlan.

«Avevo affittato una stanza in una locanda in Bristol Street a due passi dal ponte di Blackfriars. Per ottenerla ho pagato una pigione per quaranta giorni, dovrebbe essere ancora lì».

«E la famiglia di Emily non sapeva nulla del suo piano di fuga?», indago.

«Non credo che la sua matrigna le avrebbe dato asilo. Sapeva che lasciare il marito avrebbe dato scandalo e Lady Leonie tiene molto alla solidità della reputazione familiare».

«Era Maxim che non la faceva sentire sicura?», suggerisce Reedlan.

«Vi aveva detto se c'era un'altra donna?», lo interrogo io.

«Sì, c'era un'altra donna. Emily temeva di essere messa da parte. In che modo, però, lo ha lasciato sospeso in aria».

È la risposta che volevo sentire: i miei sospetti s'incanalano verso una persona specifica. «Ha mai nominato Ausonia Osbourne?»

«Emily aveva il talento per la vaghezza: parlava di tutto senza mai specificare nulla. Purtroppo per me non so altro: voleva lasciare il marito; sapeva che lui aveva un'altra relazione e non si sentiva al sicuro; voleva andarsene da Duville Downs e non poteva farlo da sola; la famiglia non l'avrebbe riaccolta per lo scandalo; aveva qualcosa da consegnare al "Chronicle", ma non so cosa fosse né da dove venisse. Le uniche cose certe sono che lei è morta e hanno dato la colpa a me, sebbene non l'abbia mai nemmeno sfiorata con il pensiero». L'apparente calma con cui ci ha parlato finora s'incrina e lui scoppia in un pianto disperato. «Io sono un uomo onesto, ho sempre fatto il mio dovere, difeso il mio Paese e rispettato la legge. Mi reputo fortunato a essere tornato dalla battaglia tutto intero, non capisco perché ora sono qui, cosa ho fatto e a chi per ritrovarmi a un passo dal patibolo».

Benjamin è scosso dai singhiozzi, guardarlo mi stringe il cuore. «Siamo qui per questo, per scoprire la verità, dare giustizia a Emily e scagionare voi».

Reedlan non dice nulla, si limita ad aprire la porta e chiamare un secondino con un fischio. «Questa è una ghinea», gli dice sfilandosi la moneta dalla tasca e ficcandogliela sotto il naso. «Se ne vuoi altre, assicurati che il prigioniero sia sempre ben nutrito, abbeverato, lavato e sistemato in una cella pulita. Se muore non ne vedrai altre».

«Chi siete?», domanda quello, diffidente.

«Il denaro».

Il secondino si limita a intascare la moneta e poi portare un vassoio con una caraffa di ferro colma d'acqua e una pagnotta, su cui Benjamin si avventa con una foga da farmi temere che si strozzi.

«Reb... ehm... Horatio, andiamo», mi chiama Reedlan in tono autoritario. «Torneremo, Benjamin».

«La cameriera personale di Emily», dice quello, a bocca piena. «Se c'è una persona che può averla vista fino all'ultimo è lei».

«Come si chiama?», gli domando.

«Emily la chiamava Penny, ma non so il cognome. Chiedete di Penny».

«Avanti, fuori, visita finita», ci intima un altro secondino, aprendo la porta della cella. «Levatevi dai piedi».

«Voi non siete quello che ci ha accompagnato», nota Reedlan.

«Cambio turno», ribatte secco. «Abbiamo una vita anche noi».

«E cambio divisa», aggiungo io notando la sua giubba diversa da quella degli altri guardiani.

Lasciamo Benjamin e ci incanaliamo nello stretto corridoio punteggiato di altre porte blindate quando un colpo sordo alla nuca mi tramortisce.

28

Ancora stordita per la botta mi guardo intorno in cerca di Reedlan.

È a terra anche lui, placcato dalla guardia che ci stava scortando fuori, che brandisce su di lui un coltello.

Reedlan si difende, le loro posizioni si invertono più volte senza che però nessuno dei due prenda il sopravvento sull'altro.

Siamo in un'area così remota della prigione che per cercare aiuto dovrei allontanarmi, ma non posso farlo.

È il momento di usare l'artiglio. Purtroppo, però, non è più al mio dito, nella caduta dev'essersi sfilato e ora non mi sembra il momento giusto per cercarlo carponi nella penombra.

Mi butto sull'aggressore di peso, senza alcuna cognizione di causa, ma non mi viene in mente niente di meglio, nella concitazione.

Quello si libera di me strattonandomi per il braccio per poi bloccare il fendente di Reedlan poco prima che arrivi a colpirlo.

Mi tiro di nuovo su da terra, ancora più ammaccata di prima, e dalla pettorina mi cade la mia ancora di salvezza che non ho avuto la prontezza di usare prima: il mio spray al peperoncino.

Sempre tenuto a portata di mano nei miei tragitti serali, in metro o sul bus, nella Londra del futuro, non l'ho mai usato prima; ora, nel 1816, sta per essere inaugurato.

Agguanto il flaconcino che punto dritto in faccia all'energumeno e gli spruzzo la nebbia pepata negli occhi.

Quello non capisce cosa stia succedendo ma dopo pochi secondi lascia la presa su Reedlan per portarsi le mani al volto, urlando: «Bruciaaa, bruciaaa».

«Che gli avete fatto?», mi domanda Reedlan.

«Niente di letale, purtroppo», rispondo.

Reedlan si alza da terra e poi solleva me. «Via di qua».

Vaghiamo a tentoni per la prigione, di corsa, in cerca di un'uscita finché non riusciamo a trovare uno sbocco dai magazzini di approvvigionamento e raggiungiamo la carrozza che ci aspetta davanti alla Old Bailey.

«State bene?», mi domanda Reedlan una volta in marcia.

«Voi?»

«Ve l'ho chiesto prima io».

«Sto bene», lo rassicuro.

«Stavolta siete voi quella ferita», dice indicando il mio ginocchio sinistro, dove la stoffa del pantalone è lacerata e macchiata di sangue.

«È solo una sbucciatura, non mi fa male».

«Meno male che ero io quello che minimizzava».

«Davvero, è *solo* una sbucciatura», insisto. «Non sanguina neanche più, tempo di arrivare a casa e ci sarà già la crosta».

«Ho comunque l'obbligo morale di medicarvi con la stessa cura che avete riservato a me».

Siamo ancora una volta nella camera da letto di Reedlan, ma a parti invertite.

Stasera la paziente sono io.

«Fatemi indovinare: Azmahl è di nuovo fuori a controllare una persona per voi?».

Lui annuisce. «Sul letto starete più comoda», dice indicandomelo. «Però, per curarvi la ferita, dovete togliere i pantaloni».

«Se le vergini non fossero il vostro genere, direi che questa è un'avance bella e buona, Reedlan».

«Quale uomo farebbe avance a una donna dopo un'aggressione?»

«Un pirata?», suggerisco.

Lui apre il guardaroba e mi porge una sottoveste profumata e piegata. «Cambiatevi, mentre prendo i medicamenti».

«Come mai avete una sottoveste nell'armadio?», chiedo curiosa. «Ne tenete sempre una per le emergenze o l'ha lasciata una delle vostre amanti?»

«Né l'una né l'altra», risponde dalla soglia del bagno. «È la vostra. L'avete lasciata qui la notte che siamo andati a Southwark. L'ho fatta lavare e stirare».

Ah. Giusto. Qualunque replica sarcastica mi muore in gola. «Grazie».

Mi cambio svelta e mi risiedo sul letto, in attesa di Reedlan.

Il materasso è enorme, corredato da una coltre di cuscini.

Attirata dalla morbidezza, mi ci stendo. È così soffice che sembra di essere sdraiati su una nuvola, se mi addormentassi qui potrei dormire dieci anni di fila.

I cuscini profumano di liquirizia e menta, profumano di lui. Reagisco d'istinto e vi affondo il viso inspirando forte.

È così buono…

«Vi siete messa comoda, vedo», mi riscuote la sua voce.

«Più che comoda. Non disdegnate i lussi domestici, a quanto pare».

«Non disdegno nulla, quando posso mi circondo sempre del meglio che c'è». Lui si siede accanto a me poggiando sul letto la valigetta di Azmahl. «La gamba, Rebecca».

Sollevo la sottoveste sopra al ginocchio, scoprendo la sbucciatura che, come previsto, si è già seccata.

«Queste non ci servono», dice togliendo dalla borsa delle pinze chirurgiche. Poi posa sul materasso un cilindro di legno. «E questo neanche».

«Cos'è?», domando prendendolo tra le mani.

«Uno strumento di nuova invenzione per ascoltare il cuore».

Accidenti! Sto toccando il primo stetoscopio. Lo rigiro da tutte le parti per osservarlo meglio.

«Attenta a non romperlo, Rebecca», mi avverte Reedlan. «Azmahl è molto geloso dei suoi strumenti».

«Sbaglio o avevate detto di non avere un cuore? Di questo, Azmahl non ne ha bisogno».

«Avete ragione, ma può servire per qualcun altro».

Lo rimetto giù, con cura. «Secondo voi come mai la guardia ci ha aggredito? Forse perché vi ha visto dare del denaro all'altro secondino e ha pensato di derubarvi?»

«Non era una guardia vera. Aveva la divisa, sì, ma non era quella della prigione di Newgate».

«Qualcuno travestito, dunque?».

Lui annuisce, concentrato a prelevare con il contagocce una sostanza liquida rossastra e dall'odore acidulo tipo citronella e inumidirvi una pezzuola. «Non credo fosse per i soldi, comunque».

«E per cosa, allora? Ah… brucia», protesto appena tampona la pezza sulla sbucciatura, premendola con le dita.

«Immagino che non volesse che interrogassimo Harlow. Ricordate cosa ci ha detto? Che non ha ricevuto nessuna visita. Non trovate un po' strano l'isolamento per un uomo incriminato di un delitto passionale?»

«Non è abbastanza grave, per voi?!», replico stupita.

«È gravissimo. Ma gli isolati, in genere, sono uomini ritenuti pericolosi più per la Corona che per le singole persone».

«A proposito di Corona… Perché avete una carta bianca firmata dal Reggente che vi permette di entrare indisturbato nell'isolamento di Newgate? Perché avete un arsenale da combattimento nel vostro studio? Perché il vostro medico e la vostra governante sembrano tutto meno che un medico e una governante?».

Reedlan abbassa lo sguardo sul mio ginocchio, evitando di guardarmi. «È un nuovo gioco che non conosco? Il gioco dei perché?»

«Sono seria», ribatto. «C'è qualcosa che non mi dite».

«Ci sono molte cose che non vi dico». Poi il suo sguardo torna su di me, trafiggendomi. «Come voi, d'altronde».

«Io?!».

«Come avete neutralizzato quell'uomo? La roba che gli avete spruzzato… Lo abbiamo lasciato rantolante e con le mani premute sul viso come se gli stesse andando a fuoco».

«E voi non lo avete finito», ribatto io evitando la sua domanda. «Anche se potevate».

«La priorità era uscire da lì il prima possibile. Illesi. Non uccido per sfizio, uccido quando non c'è alternativa». Reedlan toglie la pezza dalla sbucciatura e prende dalla valigetta un rotolo di garza impalpabile che avvolge intorno al mio ginocchio. «Se stringo troppo, ditemelo».

«Cosa è accaduto con vostro padre?», chiedo senza girarci troppo intorno.

Reedlan si morde il labbro inferiore e sbuffa infastidito. «Mia madre era una donna giovane e bellissima, ma nonostante questo si riempiva di belletto per coprire lividi e graffi. Diceva di essere goffa e maldestra, che se li provocava cadendo e inciampando, o per via del sonnambulismo».

«Ma non era così», intuisco.

«Sembrava che mio padre la detestasse, che la disprezzasse. Le parlava di rado o le sfogava contro autentici scatti di collera. E alzava le mani su di lei, favorito dal silenzioso benestare dei domestici, il cui unico compito era togliermi di mezzo con qualche scusa quando cominciava a tirare una brutta aria. Avevo dodici anni quando, per caso, ho visto per la prima volta mio padre picchiarla. Un giorno mi ero nascosto in biblioteca per non farmi trovare dalle cameriere, alle quali giocavo sempre qualche tiro. Lì, a un tratto, sono entrati i miei genitori; mia madre supplicava mio padre di lasciarla andare da sua sorella ammalata: lui l'ha coperta d'insulti, poi l'ha schiaffeggiata tanto forte da schiantarla contro uno scaffale».

«Picchiava anche voi?», gli chiedo.

«No. Ci è andato molto vicino tante volte ma non so cosa lo abbia trattenuto. Ciò detto, mia madre le prendeva per entrambi. Quando Charles è tornato da Eton per le festività natalizie sono corso a informarlo; lui aveva diciotto anni, era grande e grosso, era l'erede, aveva titolo e stazza per intervenire. La sua risposta è stata: "Le questioni tra i nostri genitori non ci riguardano, stanne fuori", e quando gli ho fatto notare che nostra madre soffriva per le botte, lui ha commentato con un gelido: "Avrà fatto qualcosa per meritarsele"».

«Se n'è lavato le mani?!». La mia esclamazione è tanto forte da riempire la stanza. «Di vostra madre!».

Faccio così tanta fatica a concepire questi rapporti mogliemarito così sbilanciati e oppressivi nonostante il benessere e il privilegio che circonda l'élite, assolvendola dai problemi di ordine quotidiano. Mio padre e mia madre, pur dovendo tirare la cinghia, sono sempre stati innamorati e romantici al limite dello sdolcinato. Mi ricordo che, quando avevo la stessa età di Reedlan e li sorprendevo a baciarsi, li prendevo in giro con un: "Bleah!". Forse, se sono cresciuta con la pretesa di innamorarmi è anche colpa loro e delle aspettative che mi hanno creato.

Reed a dodici anni, invece, faceva la guardia anti-botte.

Mi sa che, dopotutto, anche se non sono stata cresciuta nel lusso, la vera privilegiata sono stata io.

«Da quel giorno mi sono ripromesso di tenerla sempre d'occhio, ovunque fosse», continua a raccontare, con la voce intrisa di dolore. «Per sei mesi l'ho guardato malmenarla, diviso tra la voglia di intervenire e la paura di farlo arrabbiare ancora di più. Sono sempre rimasto nascosto nei miei angolini come un codardo».

«Per un dodicenne che alternative c'erano?»

«Nessuna. Fino al giorno in cui, da dietro una delle tende del salone, l'ho visto trascinarla per i capelli sbraitando per una lettera che lei aveva scritto e lui aveva letto. Ha gettato la busta nel fuoco e al grido: "Ora me la pagherai una volta per tutte", le ha messo le mani al collo. Mia madre non riusciva neanche a gridare da quanto la stringeva e quando gli si è afflosciata tra le mani ho creduto che l'avesse uccisa. Sono uscito dal mio nascondiglio, ho afferrato l'attizzatoio del camino e gliel'ho sbattuto sulla testa con tutte le mie forze. Non so quante volte l'ho colpito, sono stati i domestici a togliermi l'attrezzo dalle mani e a trascinarmi via di peso».

«E vostra madre?»

«Per fortuna aveva solo perso conoscenza ed è rinvenuta poco dopo. Charles voleva farmi rinchiudere a Bedlam, ma il Reggente – che al tempo era ancora solo principe di Galles – è intervenuto e hanno convenuto sullo spogliarmi del nome Wyndham e allontanarmi dal Paese mandandomi in Marina».

«Il Reggente aveva voce in capitolo?», chiedo confusa.

«Era uno dei migliori amici di mio padre, veniva spesso a caccia nella nostra tenuta, come fosse di casa. Inoltre, avevo ammazzato uno dei pari del Consiglio Privato, dunque ha ritenuto di dover gestire la questione in prima persona. Da allora il mio cognome è Knox e non ho più contatti con mia madre da diciannove anni».

«Ora capisco perché avete rivolto a vostro fratello quella frase, all'Almack».

«Chi tace davanti a un'ingiustizia ne diventa complice?», ripete.

«Non avete ucciso vostro padre», dico intrecciando la mia mano alla sua, appoggiata sul mio ginocchio. «Avete salvato vostra madre. Questo non fa di voi un mostro».

«Vedere il cranio di mio padre aperto in due, con il cervello che colava sul tappeto, ancora oggi è la mia soddisfazione più grande». Lui avvicina il suo volto al mio. «Questo fa di me un mostro».

«Io non ti vedo come un mostro», affermo.

«Lasciamo cadere le formalità?», nota lui.

«Condividiamo troppi segreti per fingere una distanza sociale che non c'è più», rispondo.

«A me sta bene», concorda lui facendo spallucce. «Non è nella mia natura genuflettermi alle convenzioni».

«Sei troppo buono per essere un cattivo».

Il sorriso che gli tende le labbra è amaro e disincantato. «Ma anche troppo cattivo per essere un buono».

«Io credo che tu ti sia così abituato al ruolo di cattivo che ti hanno cucito addosso da nascondere la tua parte buona e dare alle persone quello che vogliono».

«E tu chi vuoi, Rebecca?», domanda con il suo volto a un soffio dal mio, il suo pollice che solletica la pelle della mia coscia appena sopra la fasciatura. «Il buono o il cattivo?»

«Voglio il vero Reedlan. Quello che hai nel cuore».

«Ma non ho un cuore, lo hai ricordato poco fa».

«Scopriamolo». Prendo lo stetoscopio. «Toglimi la camicia… ehm, intendevo *togliti* la camicia».

L'occhiata che mi scocca mi attraversa come una scossa elettrica. «Posso toglierla a entrambi, con piacere».

«La… la tua, Reed», bisbiglio imbarazzata per il lapsus.

«Reed», ripete lui sciogliendo la cravatta di seta. «È la prima volta che mi chiami così. Ce n'è voluto di tempo».

Vero, e mi è uscito senza che stessi a pensarci. «Forse mi serviva».

«Finalmente», commenta mentre sfila l'indumento dalla testa restando a torso nudo.

E "finalmente" è quello che penso anche io.

Deglutisco mentre osservo il torace disegnato, in ogni senso possibile: il gioco di luci e ombre della fiamma del camino evidenzia il profilo dei muscoli sul suo addome e sul petto abbronzato. La pelle è solcata qua e là da cicatrici traslucide.

«Le mie medaglie», dice lui notando il mio sguardo che vaga da una all'altra. «Ti fanno senso?»

«In realtà mi incuriosiscono di più i tatuaggi», dico accennando alle intricate spirali nere che vorticano da una spalla all'altra, intrecciandosi sui pettorali. «Dove li hai fatti?». Sono abbastanza sicura che non ci siano studi di tatuatori nella Londra del 1816.

«L'artista è Sun. Tutti quelli che ho li ha fatti lei».

«Da dove viene Sun?»

«Era la puttana di bordo su un vascello di mercanti dell'Asia che ho requisito in uno dei miei primi arrembaggi».

«Ed è diventata la tua...».

«Aveva quattordici anni», mi interrompe lapidario. «Vista acuta, osservatrice attenta, è diventata la mia migliore intercettatrice. E tatuatrice», aggiunge indicandosi il torace.

«E ne hai altri che non ho ancora visto?», chiedo.

«È una scusa per farmi togliere anche i pantaloni?»

«No, a meno che tu non abbia il cuore nei pantaloni». Avvito i due cilindri dello stetoscopio e appoggio un'estremità sul suo petto e il mio orecchio sull'altra. «Ora zitto, anche se ti sto chiedendo una cosa impossibile».

«Stavo per dirti la stessa cosa, Rebecca».

Leggero ma sommesso, ascolto il *tu-tum* del suo battito. Di riflesso inizio a contarli: uno, due, tre, quattro. È un suono così avvolgente e confortante che mi culla e mi rilassa.

«Allora, dottore?», mi domanda. «Qual è la diagnosi?»

«Il cuore c'è», confermo. «Anche se nascosto molto bene».

«Ed è una notizia bella o brutta?»

«Io direi molto bella».

«Fammi ascoltare il tuo». La sua non è una domanda. Mi tende il palmo aperto perché gli passi lo stetoscopio.

«Non nascondo nulla, io», dico slacciando il nastrino per allargare la scollatura e abbassare la spallina sinistra della sottoveste.

Reed appoggia lo stetoscopio e ascolta in silenzio, ma l'unica cosa che percepisco è la lieve carezza della punta delle sue dita che sfiorano appena la pelle del mio seno, mentre tiene fermo lo strumento. Mi riscopro avida e ingorda del suo contatto e ne vorrei di più. Vorrei sentirlo dappertutto.

«Batte forte», osserva Reed a bassa voce. «Sembra che voglia uscirti dal petto e saltarmi in mano».

«Se succede non lasciarlo cadere, allora», dico con il battito che mi strozza la gola.

Reed scosta lo stetoscopio e mi guarda. «Forse non sono il tipo che ispira fiducia, forse arriverò all'ultimo secondo, un attimo prima che tocchi terra, ma lo prenderò». Si porta la mia mano al petto. «Tu però potresti aiutarmi a scavare per tirare fuori il mio».

Accarezzo la sua pelle calda, soffice come velluto sotto le mie dita, seguendo l'intreccio dei tatuaggi. «Hanno un significato?»

«Sono i venti», risponde, «ciascuna scia ne rappresenta uno».

«Questo che vento è?», chiedo indicando la linea vorticante intorno alla sua spalla sinistra.

«Scirocco. È un vento caldo che soffia da sud-est».

Sposto il dito sulla spirale sottostante. «E questo?»

«Maestrale».

Passo in rassegna ogni traccia disegnata sul suo petto, memorizzando i venti: Ostro, Libeccio, Grecale...

«Manca questo», dico fermando l'indice sulla sottile voluta al centro del suo torace.

Reedlan sorride in quel suo modo sfacciato. «Bacio».

«Non prendermi in giro».

«Giuro di no. Chiedi a qualunque marinaio».

«Sei l'unico che conosco».

«Non ti resta che fidarti: è un vento nord-orientale, freddo e secco, che arriva dopo una perturbazione e porta bel tempo». Mette una mano sulla mia, fermandola. «A proposito di bacio. Se non sbaglio avevamo una scommessa, noi due».

«Sai benissimo di non sbagliare», replico.

«Mi risulta che siamo stati aggrediti come *io* avevo previsto».

«Ma io ti ho salvato», obietto.

«Ciò non di meno, ho vinto». Reed reclina il capo, il volto a poca distanza dal mio. «E tu hai accettato di darmi un bacio». Con due dita mi sposta una ciocca di capelli dietro l'orecchio. «Debito di gioco, debito d'onore».

«Ho accettato di baciarti, sì, ma... la scommessa non specificava quando».

Reed si morde il labbro inferiore. «Cavilli», ribatte.

«E poiché i termini non sono stati specificati, sarò io a decidere».

«Sei seminuda nel mio letto, credi che non sarei in grado di prendermi ciò che mi spetta?». La sua mano risale lungo il mio braccio lasciandomi una traccia infuocata sulla pelle.

«Non lo farai», ribatto sicura.

«Ah, no?»

«Sei un pirata: preferisci l'inseguimento alla cattura», lo sfido.

«Hai ragione», e così dicendo risolleva la spallina della sottoveste sulla mia spalla. «Buonanotte, Rebecca».

In realtà la mia bocca mi sta implorando di saldare la sua vincita.

Reed è l'uomo più bello e carismatico che abbia incontrato e sento per lui un'attrazione magnetica. Potrei davvero concedergli tutto quello che vuole qui e ora. Ma non con questa facilità.

«Buonanotte, Reed». Scivolo giù dal suo letto e lui, in piedi davanti a me, mi riallaccia il nastrino dello scollo.

Mi sembra che ci metta un'eternità, eppure vorrei che non smettesse. Mi riaccompagna nel suo studio, alla finestra che ormai è diventato il mio ingresso privato a casa sua.

«Buonanotte», ripete mentre scavalco il davanzale.

«Ci siamo già salutati», gli faccio notare.

«Lo sai, vero, che così mi lasci sulle spine?»

«Non hai detto che quando cerchi piacere sai dove trovarlo?», lo sfido. «Vai pure, non ti trattengo certo con le catene».

Lui scuote la testa con una risata sommessa. «A volte le parole possono legare più di qualunque catena».

Lunedì 3 giugno

1816

29

Tutta Londra è in fermento poiché stasera non solo aprirà la stagione dei Vauxhall Pleasure Gardens, altro ritrovo mondano dell'alta società, ma perché per raggiungerli si attraverserà il Tamigi non in barca, bensì camminando sul nuovo ponte di Vauxhall.

L'inaugurazione ufficiale sarà domani, ma gli ospiti della serata ai giardini vi passeggeranno sopra per primi tra poco più di un'ora.

La Londra da cui vengo io è veloce, dinamica, vanta le strade e i trasporti pubblici più rapidi ed efficienti d'Europa, e la si può attraversare da parte a parte in meno di un'ora.

Nel 1816, passare dall'East End al West End è già considerato un vero e proprio viaggio.

Il nuovo ponte di Vauxhall rappresenta un passo in avanti verso la modernità e mio cugino Archie non sta nella pelle.

I giardini sono aperti a chiunque possa pagare per entrarvi, ma non stasera. Tramite il duca di Wellington, uno dei padrini della traversata del ponte, sono riuscita a far invitare anche Reedlan, spiegandogli che ci tenevo a sdebitarmi simbolicamente per il denaro prestatomi al Derby di Epsom.

Indosso un abito nuovo del mio corredo da debuttante, di una delicata sfumatura glicine e con ricami dorati impalpabili che sembrano polvere di stelle.

Mi piaccio e smanio dalla voglia che Reed mi veda.

«Chi stai cercando?», mi domanda Archie mentre cammino con lui sul nuovo ponte verso la sponda sud del Tamigi.

«Nessuno. Perché?». Bugia: cerco Reed, ma non si vede da nessuna parte.

«Continui a girarti a destra e sinistra con il collo lungo come uno struzzo».

«È per ammirare la magnificenza generale», mi giustifico.

«Farò finta di crederti», ribatte Archie con sarcasmo.

«Perché non dovresti?».

Lui fa spallucce. «Infatti. Non ne ho motivo, no?»

«No», affermo tassativa.

Al nostro parterre, oltre agli zii, c'è quello che io ormai chiamo "il nostro piccolo club" al completo: Lady Sefton e marito, Wellington, Ausonia Osbourne con i suoi genitori, Lady Celeste Manderley con il marito, Bennet e sua moglie Mary Anne che però è sempre poco socievole, Charles Rutherford, ormai presenza immancabile che nel gioco delle sedie mi finisce sempre accanto. Con mia grande sorpresa, ci sono anche i Fraser al completo: Edgar, Leonie e Jemima.

Verso di loro sono tutti particolarmente ossequiosi.

«Abbiamo discusso molto se partecipare o meno alla serata e alla fine ho dovuto convenire con mia moglie che, sebbene i Pleasure Gardens festeggino l'apertura ogni anno, l'inaugurazione del ponte sarebbe stata solo stasera. Jemima ha già sopportato tanto, merita una serata di beneducato svago come ogni fanciulla della sua età», spiega Mr Fraser.

«E di non perdersi l'esibizione di Madame Saqui», aggiunge Leonie. «Che occasione vedere la performance della funambola più famosa d'Europa».

«Con i fuochi d'artificio», sospira Jemima entusiasta. Anche se dentro di me penso che il loro disinteresse nei confronti di Emily rasenti l'offensivo, non posso biasimare una ragazza di diciannove anni per non essere stata reclusa in casa in una serata così suggestiva.

Capisco perché questi giardini siano tanto apprezzati: sono una fuga da Londra senza uscire da Londra, come se fossimo caduti dentro *Sogno di una notte di mezza estate* di Shakespeare.

Ci sono fontane, padiglioni dalle architetture esotiche, labirinti verdi, giochi di luci proiettati da lanterne nascoste e una sottile melodia d'archi in sottofondo.

Manca solo Reed.
«Lady Rebecca?», mi chiama Charles Rutherford, riscuotendomi dai miei pensieri.
«Dicevo, mi piacerebbe conoscere alcuni vostri interessi per disporre delle attività di intrattenimento quando verrete in visita a Wyndham Hall».
Oh, giusto. Wyndham Hall. «Voi cosa proporreste?», rilancio senza sapere cosa dire.
«Il parco è molto vasto, potremmo visitarlo in calesse», suggerisce, ma la mia faccia gli fa cambiare idea. «O a piedi».
«A piedi sarebbe l'ideale», concordo.
«C'è anche un lago sul quale è piacevole trascorrere il pomeriggio in barca. Se non vi dà fastidio la barca, Lady Rebecca».
«La barca non è un problema».
«Il sabato sera, invece, darò una cena speciale in vostro onore», mi informa a bruciapelo.
«In mio onore? Perché?», chiedo con una punta d'ansia.
Charles lancia uno sguardo a zia Calpurnia, alla mia sinistra, che ricambia con un sorriso di assenso. «Sarebbe una manifestazione d'impegno».
«Impegno?». Sto diventando un pappagallo.
«Mio. Nei vostri confronti».
«Fa proprio caldo, eh, stasera», svicolo con una voce fin troppo squillante. «Sembra che l'estate sia arrivata, dopotutto».
Tutto il gruppo concorda, esprimendo ciascuno la propria contentezza dopo i mesi di freddo imprevisto e facendo tramontare la conversazione tra me e Charles.
Poi, l'idea. «Credo che andrò da Jemima per conversare un po' con lei. Mi sembra un pesce fuor d'acqua», mi scuso con la zia.
«Sei sempre così premurosa. Ma certo, falle pure compagnia».
Raggiungo Jemima, intenta a giocherellare con il ventaglio.
«Sei contenta di essere qui?», le chiedo.
«Un sollievo. Le mura di casa cominciavano a diventare soffocanti», risponde lei con garbo.
«Mi spiace che Emily non abbia potuto accompagnarti nel tuo debutto. Ti saresti goduta una splendida stagione».
«Non è così: non ha *voluto*», ribatte con la voce intrisa di acre-

dine. «Non mi serve il tuo finto rammarico, Rebecca. La tua stagione sta andando a gonfie vele e a quanto pare finirai fidanzata con lo scapolo più desiderabile della società. Non credo che il mio dispiacere ti tocchi».

«Non ci siamo lasciate con cordialità l'ultima volta che ho fatto visita a casa tua».

«Era evidente che il tuo interesse era volto più a mia sorella che a noi».

«Voglio fare ammenda: in luogo del dovere di Emily come sorella maggiore, mi propongo io di presentarti alla regina, al prossimo salotto».

Jemima mi guarda sbattendo le ciglia stupita e anche Leonie si volta verso di me. «Tu?»

«Che ne dici?».

Il suo atteggiamento nei miei confronti pare ammorbidirsi. «Mia madre dovrà dare il suo consenso, ma sono certa che si tratterà di una pura formalità».

«Oh, ma senza dubbio!», accorda Leonie entusiasta.

«Ci tengo davvero». Bene. Ora che Jemima vuole qualcosa da me, può darmi ciò che voglio io. Devo solo estorcerglielo nel modo giusto. «L'amicizia con Emily mi fa sentire responsabile delle macerie che ha lasciato la sua scomparsa. Avevamo una corrispondenza regolare, avrei dovuto intuire qualcosa e invece...», lascio la frase appesa a un sospiro. «La sua cameriera personale, Penny, avrà perso il lavoro e immagino che Maxim stia ridimensionando il personale che si occupava di sua moglie. Mi piacerebbe offrirle un'occupazione. Nella casa di mio cugino siamo quattro persone, il lavoro non manca e due mani in più sarebbero una benedizione».

Leonie agita il suo ventaglio indispettita. «Maxim ha licenziato Penny dopo la fuga di Emily. Quella piccola sciocca ce l'ha messa in casa tua zia, una delle sue tante sventurate da salvare. Avevo detto a Edgar che non avremmo dovuto assumerla, ma Emily l'ha voluta a tutti i costi».

«Ha già trovato una nuova occupazione?»

«Non credo proprio», ribatte lei algida. «In fondo, quale famiglia darebbe fiducia a una cameriera che si è fatta sfuggire la propria padrona da sotto il naso? Per come la vedo io, quella stupida è stata quasi una complice».

«Perciò non sapete dove potrei trovarla?», insisto senza demordere.

«Perché mai dovremmo?». Leonie sembra quasi offesa. «Non ci interessiamo delle sorti della servitù».

Capisco che non otterrò più di così senza rischiare di indisporle davanti a tutti e getto la spugna. «Infatti, avete ragione».

La serata procede tra chiacchiere di circostanza e champagne, ma ad attirare la mia attenzione è Ausonia: si alza di scatto, quasi avesse fretta.

«Oh, ma ci sono le sorelle Porter! Non le avevo neanche viste, che sbadata. Devo andare a salutarle, con permesso».

Da dove arriva questa smania di correre dalle sorelle Porter, quando alla loro festa di debutto all'Argyll Rooms non ha fatto che parlare di loro con disprezzo?

Il resto del gruppo la ignora, ma io la seguo con lo sguardo e noto che si dirige sì verso le sorelle Porter, ma poi le oltrepassa senza la minima considerazione e, con aria circospetta, svanisce nel folto del parco, nel labirinto.

Cara Ausonia, non sono mica nata ieri.

«Devo andare anche io a salutare le sorelle Porter, non vorrei mai fare una figuraccia», annuncio lasciando il tavolo alla svelta.

Il "labirinto" è un dedalo di sentieri ben riparati alla vista degli invitati riuniti nella piazzetta centrale, ricco di nicchie, anfratti, angoli molto riservati, portali di pietra con archi gotici avvinti dai rampicanti e colonnati dietro cui nascondersi con agilità.

Perché mai Ausonia dovrebbe recarsi qui?

Senza alcun tipo di preavviso mi sento afferrare per un braccio, mentre un'altra mano mi chiude la bocca.

30

«Cosa diavolo fai qui, da sola?», mi sibila all'orecchio Reed. Mi ha attirato dietro una siepe, dove a quanto pare si stava nascondendo.

«Potrei chiederti la stessa cosa», ribatto sottovoce appena mi libera dalla sua presa. «Non ho ancora capito perché tu pretenda gli inviti alle feste se poi te ne stai in disparte».

«Sto seguendo una pista», replica.

Incrocio le braccia sul petto con aria risoluta. «Anche io».

«Non farlo».

«Cosa?»

«Quel gesto con le braccia. Mi distrae», risponde abbassando lo sguardo sul mio décolleté.

L'abito è piuttosto scollato e il corpetto che mi ha messo Lucy spinge il seno ben più in alto della sua posizione naturale. Le braccia conserte sembrano quasi una sfida a non guardare.

E il fatto che lui voglia guardare mi lusinga. «Bel vestito, eh?»

«Molto. Anche quello che c'è sotto».

La sua battuta soddisfa il mio bisogno di attenzione. Non mi interessa l'attenzione di chiunque, ma quella di Reed sì. Mi fa sentire viva. Ma devo smettere di sorridere come una scema! «Perché sei qui e non nel vivo della festa?», lo interrogo, tornando padrona di me.

«Tu credi che mi importi qualcosa di questa o delle altre feste? Sto seguendo delle persone che hanno affari che mi interessano, diciamo. Quanto a te, perché non sei nel vivo della festa?»

«Sto tenendo d'occhio delle persone che hanno affari che mi interessano, diciamo».

«Per Emily, vero?»

«Sono convinta che Ausonia abbia a che fare con la sua morte e intendo scoprire il come e il perché».

E il perché ci sfila davanti, senza rilevare la nostra presenza protetta dalla siepe: Maxim Duville.

«Scommetto che sta andando da lei, seguiamolo», dico a Reed tirandolo per la manica della giacca.

Lo pediniamo a distanza sempre facendoci scudo del verde del labirinto fino a quando non raggiunge Ausonia, che lo aspettava seduta su una panca di pietra davanti a una fontana.

Appena lo vede, si alza andandogli incontro e gettandogli le braccia al collo con trasporto.

La cara Ausonia, sempre così affamata di scandali e pettegolezzi, che va a cacciarsi in una situazione compromettente.

Io e Reed ci fermiamo a osservarli nascosti dietro una colonna, schiacciati l'uno all'altra per non uscire dal cono d'ombra che ci protegge.

«C'è qualcosa tra loro due», bisbiglio. «Chissà da quanto».

«Shhh», mi zittisce Reed. «Voglio sentire cosa si dicono».

«Sono stanca di incontrarci così, come ladri», si lamenta Ausonia.

«È ancora troppo presto per… lo sapete», le risponde lui prendendole le mani tra le sue.

«Lo so, ma io voglio che *tutti* sappiano».

«Anche io fremo all'idea di potervi chiamare mia in pubblico, ma vi ho già spiegato che finché non verrà eseguita la pena di Harlow, il caso di Emily non sarà davvero chiuso. Sarebbe disdicevole se io mi fidanzassi prima, e voi non volete che ci disonorassimo», la ragguaglia lui. «Entro la fine della stagione sarà finita di certo».

«Ma settembre è così lontano, ancora», piagnucola Ausonia. Brutta stronza egoista.

«Anche per me questa inutile attesa è un'agonia. Pazientate ancora», l'ammansisce. «Le acque ora sono troppo agitate. Attireremmo un'attenzione inopportuna. Già questi incontri sono così rischiosi per la vostra reputazione».

«Oh, magari ci scoprissero. Almeno saremmo costretti a celebrare un matrimonio riparatore».

«Il maggiore Fraser mi sta con il fiato sul collo perché restituisca la dote di Emily, non voglio indispettirlo oltre, finché non avrò trattato una buonuscita. Dopotutto, io ho subìto un danno con la sua fuga».

Ausonia si scosta di scatto. «Non me la nominate più. Non merito di vivere nella sua ombra... Oh, se solo l'anno scorso aveste corteggiato me e non lei».

«Se non ricordo male, l'anno scorso i vostri genitori attendevano che il duca di Wyndham annunciasse di voler prendere moglie nella speranza che corteggiasse voi».

Reed, dietro di me, simula un conato.

«Si sarebbero meritati a vicenda», sussurro io.

Ausonia sospira. «Per voi avrei desistito». Lei gli getta di nuovo le braccia al collo. «Quando possiamo rivederci, da soli, Maxim?»

«Giovedì, a teatro. Lì la famiglia di Emily non verrà di certo. Non capite quanto stiamo rischiando stasera».

«Conterò le ore».

«Andate, sta per cominciare lo spettacolo, si chiederanno dove siete finita».

Ausonia si avvinghia al collo di Maxim e lo bacia come se fosse l'ultima notte della sua vita. Hai capito Ausonia la virtuosa? Quella è una gastroscopia in piena regola.

Si salutano e si separano, allontanandosi in direzioni opposte, con Ausonia che si precipita lungo il vialetto, passandoci a meno di un metro, ma senza vederci, schiacciati come siamo nell'ombra.

Reed mi tiene premuta a sé circondandomi la vita con un braccio, la sua mano che scalda la stoffa sottile del mio abito.

«Ho le allucinazioni o la tua pelle odora di menta e liquirizia?», mi domanda in un sussurro.

«Ho usato il sapone che mi hai regalato, quando ho fatto il bagno oggi».

«Credevo avessi rifiutato il dono».

«Mi hanno costretta, non ho mai detto che non lo volevo. Ne ho tenuto uno di nascosto... il mio preferito», confesso.

«È quello che uso anch'io», mi fa notare lui.

«Lo so».

China la testa sul mio collo, accarezzandolo con la punta del naso. «Mi piace su di te». Mi fa voltare verso di lui, in una posizione non meno compromettente di quella di Ausonia e Maxim, se qualcuno ci vedesse.

«E a me piace il tuo profumo su di me».

Il sorriso impercettibile che tende le sue labbra mi dice che la cosa lo intriga. «E mi piace anche pensare che hai usato qualcosa che ti ho dato io, mentre eri nuda».

Mentre ero nuda me lo sono passata su ogni centimetro di pelle. «Tieniti caro il pensiero».

«Credo che tu abbia ancora qualcosa di mio».

«Non ho niente di tuo», ribatto.

«Il bacio che ho vinto», rivendica.

«Quello è ancora mio, finché non te lo darò».

«Mio, tuo, quando mi bacerai non farà nessuna differenza».

«Ma fino ad allora...».

Sulle nostre teste, il cielo blu s'illumina dello scoppiettio dei fuochi d'artificio, in un trionfo di oro, argento, rosso, azzurro, senza soluzione di continuità.

Ancora nella stretta di Reed, con le mie mani appoggiate sul suo petto e il naso all'insù, rincorro ogni scintilla che squarcia il buio. Lui però non sposta gli occhi da me.

«Non guardi lo spettacolo?», gli chiedo.

«Lo sto facendo».

«Stai guardando me».

«Infatti». Mi scruta con le sue iridi scure, mentre la notte ci avvolge. «Mi sforzo con tutto me stesso di non fissarti in continuazione, ma non ci riesco». Si arrotola una mia ciocca di capelli intorno all'indice per scioglierla sulla mia spalla nuda. «Mi sto sforzando con tutto me stesso di non toccarti e non so fino a quando ci riuscirò».

«E se ti chiedessi di non trattenerti?»

«Meglio di no», mi risponde con una risata sommessa e uno sguardo carico di cattive intenzioni.

«Pssst, Rebecca!», mi sento chiamare in un sussurro. «Rebecca! Pssst».

Poco distante da noi intravedo la figura di Celeste Manderley.

Accidenti.

Mi fa cenno con la mano di raggiungerla. Guardo Reed e lui sbuffa. «Alla festa si chiederanno dove tu sia finita. Forse dovresti andare».

Annuisco, cercando di nascondere l'imbarazzo. Arretro di qualche passo, con l'aria fresca che solletica il mio corpo ormai così abituato al calore di Reed. «Hai ragione».

M'incammino lungo il sentiero di ghiaia raggiungendo Celeste.

«Charles Rutherford e tuo cugino si domandavano perché non tornassi. Mi sono offerta di venirti a chiamare perché se ti fossi appartata per una necessità non sarebbe stato opportuno che ti disturbassero».

«Grazie, Celeste».

«Impara da una stupida, non essere così imprudente».

Quando raggiungo la nostra comitiva tutti acclamano il mio ritorno.

«Ti sei persa l'esibizione di Madame Saqui», mi informa la zia. «Ha danzato su una corda sospesa in aria come un'amazzone volante».

«Dev'essere stato magnifico», commento.

«Dov'eri finita?», mi chiede Archie. «Non ti trovavamo più».

«Temo di essermi smarrita nel labirinto», rispondo, ben attenta a scandire la parola "labirinto". La mia frase ottiene l'effetto voluto perché Ausonia smette di sorridere e si volta verso di me, con il volto pietrificato. «Per fortuna Celeste mi ha aiutata a uscire».

Martedì 4 giugno

1816

31

Stamattina sono sola in soggiorno poiché i bagordi di ieri sera hanno tenuto a letto tutta la famiglia.

C'è solo Lucy a farmi compagnia, così mi viene un'idea.

«Conosci i domestici che lavorano nelle altre case di Mayfair?», le chiedo senza troppi giri di parole.

«Non tutti, Lady Rebecca, anche perché in certe case le maestranze cambiano spesso. Dagli Osbourne pare che le cameriere personali non durino mai più di un anno. Lady Ausonia e sua madre sono incontentabili».

Veniamo interrotte dal maggiordomo che, come ormai prassi dopo ogni evento mondano, raccoglie gli omaggi dei vari ammiratori e me li porta.

Il bouquet più imponente è di Charles Rutherford, seguito da due più piccoli – uno di Mr Boyle e uno di Mr Stockton, l'amico di Archie – e una scatola di bonbon alla violetta candita mandata da uno dei tanti Henry Qualcosa, che Lucy dispone su una delle alzatine insieme al già ricco buffet della colazione.

«E della cameriera personale di Emily Fraser, Penny, che mi dici?»

«Non ho mai avuto modo di rapportarmi con lei. Emily l'ha assunta qualche settimana prima di sposarsi e poi si è trasferita a casa di Lord Duville».

«Avrei bisogno di trovarla. Ho saputo da Jemima Fraser che è stata licenziata dopo la fuga di Emily. Forse le domestiche dei Duville della casa in Hanover Square hanno delle informazioni».

Lucy mi versa una tazza di tè. «Credete che sia saggio approfondire questa storia?»

«Non è saggio. Ma è giusto», affermo.

«Volete anche qualcosa da mangiare?», mi offre indicando il tavolo.

«Sai che non resisto al pane appena sfornato con il burro. Che mi dici del personale di casa Duville? Conosci qualcuno?»

«L'aiuto cuoca. Potrei chiedere a lei, ma è un'altra persona che incrocio di rado. Abbiamo mansioni diverse, i nostri orari e le commissioni di cui ci occupiamo non mi danno modo di incrociarla».

«Ma oggi è un giorno di festa, il nuovo ponte viene inaugurato al pubblico. Tutti i domestici avranno qualche ora di permesso extra, giusto?», domando.

Lucy annuisce. «Sarà un evento molto affollato, ma sarà più facile incontrare anche le persone che vedo meno di frequente».

Mi sporgo verso di lei, abbassando il tono di voce. «Chiedile dov'è Penny. Non dire che sono io che voglio saperlo e non nominare Emily».

Sfrutto la bella giornata per leggere un po' in giardino, anche se sotto sotto spero di vedere Reed.

È così da un po': quando lui è nei paraggi sono sovreccitata dalla sua presenza; quando non c'è smanio per vederlo e comunque i miei pensieri vanno a rivolgersi tutti a lui, rendendo la sua assenza ancora più sovreccitante della presenza stessa.

Da quando sono diventata una versione così patetica di me stessa?

Il mio leggere diventa un rileggere e rileggere ancora le stesse tre righe perché non riesco a concentrarmi su nulla che non sia il ricordo di ieri sera, di me e Reed, nel labirinto.

Ricordo che la mia mente ha declinato in dozzine di finali alternativi.

E, in ciascuno dei finali alternativi, io e Reed indossiamo sempre meno vestiti.

Tra le raccomandazioni di Gwenda c'era quella di non innamorarmi.

Non sono innamorata.

Almeno, non credo.

«Cosa stai leggendo?».

È la voce di Reed. Alzo il viso riparandomi dal sole con la mano e lo vedo affacciato alla finestra del suo studio, i gomiti appoggiati al davanzale.

«*Il pirata*», dico mostrandogli la copertina. «Tu, invece, cosa fai lì chiuso in una così bella giornata di sole? Potresti scendere a farmi compagnia».

«Potrei. Ma da quassù la vista è migliore», e come se mi servisse una spiegazione, i suoi occhi si spostano dal mio viso alla mia metà inferiore.

Protetta dalla privacy del giardino ho fatto quello che di solito farei nel futuro a Hyde Park: mi sono levata scarpe e calze e ho raccolto la veste in grembo per fare il pieno di vitamina D con le gambe scoperte.

«Da quanto tempo sei lì a sbirciare?».

Il sorriso sornione di Reed anticipa già una risposta delle sue. «Abbastanza per farti un ritratto. È così raro vederti ferma e zitta per più di due minuti di fila che ne ho approfittato».

Sto per chiedergli a che gli serva un mio ritratto, quando noto una figura panciuta picchiare sul vetro del salone che affaccia sul giardino interno.

È zio Algernon che, paonazzo, mi fissa furibondo.

Ops, forse mi sono approfittata fin troppo della privacy di casa. Credevo fosse ancora a letto.

Con la mano faccio cenno a Reed di rientrare. «Via, vai dentro prima che mio zio ti veda».

Abbandono la panca su cui stavo oziando, mi tiro giù il vestito, rimetto le scarpe e mi dirigo verso casa, dove l'ira dello zio non accenna ad attenuarsi.

Apro la porta a vetri e rimango sciocccata dal fatto che zio Algernon mi prende le mani e crolla a terra in ginocchio.

È viola, ha gli occhi sgranati e la bocca spalancata, ma non esce alcun suono.

«Zio! Cosa c'è? Che è successo?», gli chiedo cercando di sostenere il suo peso, con l'unico risultato di finire a terra con lui.

Non emette altro che rantoli confusi, ai quali si unisce un fiotto di bava collosa che gli scende sul mento.

Infarto? Shock anafilattico? Non ho idea di cos'abbia.

«Reed!», urlo fino a farmi bruciare la gola. «Reed! Chiama Azmahl, mio zio sta male!».

Alle mie urla accorrono il maggiordomo, l'unico domestico che non è voluto andare all'inaugurazione del ponte, zia Calpurnia in vestaglia e Archie, rincasato alle prime luci dell'alba dopo una lunga bisboccia con Bennet, con gli occhi pesti di sonno.

La zia si butta su Algernon in preda al panico. «Caro, cosa ti prende? Parlami».

«Non ci riesce, zia», le spiego.

Per fortuna il bussare alla porta annuncia l'arrivo di Azmahl che ci raggiunge, prendendo in mano la situazione. Con lui c'è anche Reed, che però si tiene in disparte con discrezione.

«Ha gli arti irrigiditi», constata nel tentativo di muovergli le mani, adesso di pietra. «E non segue il mio dito con gli occhi», continua oscillando l'indice davanti al viso. «Non respira perché è in corso una paralisi dei muscoli».

«Una paralisi?», domando senza capire. «Dovuta a cosa?»

«Veleno», risponde Azmahl, telegrafico. «I sintomi sembrano proprio quelli dell'aconito».

Prende dalla sua valigetta una fialetta e con il contagocce versa una dose generosa di liquido denso e scuro sotto la lingua dello zio.

Ci fa cenno di allontanarci. «Vi conviene stare indietro».

Dopo una manciata di secondi zio Algernon è scosso da violenti e lunghi conati.

La zia, impaurita e inorridita, si ripara stretta al petto di Archie.

«Non esiste antidoto per l'aconito se non provare a espellere tutto il veleno prima che entri in circolo e la paralisi raggiunga cuore e polmoni», spiega Azmahl, che tiene il polso dello zio tra le dita per controllare il battito. «Se mi autorizzate gli praticherò altre lavande e gli somministrerò dell'estratto di atropa belladonna per disintossicarlo».

«Ma era qui in casa, al sicuro, appena sveglio, con che può essersi avvelenato?», chiede la zia.

Azmahl guarda il buffet alle nostre spalle. «Avete fatto colazione, Mr Algernon?», domanda allo zio.

Lui, ancora boccheggiante, si limita ad annuire.

«Qualcosa che ha mangiato», suggerisce Azmahl.

«Ma fa tutto la nostra cuoca», protesta la zia. «E i nostri domestici mangiano tutto ciò che mangiamo noi».

«Tutto, tutto?», domanda Reed sospettoso. «Mr Algernon, riuscirebbe a indicarci cosa ha assaggiato?».

Lo zio non parla, ma tende la mano grassoccia verso l'estremità del tavolo con i dolci. Ovvio, lo zio ha un debole per i dolci, sarebbe stato strano se si fosse buttato sul salato.

Raggiungo il buffet e indico ogni piatto. «Questo?», domando riferendomi al ciambellone. No. «Questi?». Neanche i pasticcini con la crema. «Le mandorle caramellate?», tento buttandomi su uno dei suoi preferiti. Nemmeno.

Dall'alzatina su cui Lucy aveva disposto i bonbon alla violetta noto che ne mancano tre.

«Zio, hai mangiato i bonbon alla violetta?».

Lui annuisce sfinito.

«Merda», borbotto tra me e me. Reed, che però mi è accanto, mi sente.

«Che c'è?»

«Questi non vengono dalla nostra cucina», dico prendendo una delle palline tonde di pasta di zucchero. «Sono un regalo».

Reed aggrotta la fronte, rabbuiato. «Un regalo?»

«Per me».

32

Mentre lo zio “spurga” il veleno, assistito nella sua stanza da Azmahl, zia Calpurnia e Archie, io resto in giardino con Reed che ha l’aria furibonda.

La sua è una furia controllata, come se stesse cercando di dominarsi per non esplodere.

Ha la mandibola serrata, il respiro pesante, digrigna i denti e si scrocchia i pugni chiusi.

«Grazie per la tempestività», gli dico.

«Potevi essere tu», dichiara lui con una voce glaciale. «Chi ti avrebbe soccorso, con tutta la tua famiglia a letto e i domestici all’inaugurazione? Cosa sarebbe successo?»

«Non lo so».

«Saresti morta». Si volta a guardarmi, gli occhi furenti. «Io sarei stato dall’altra parte del giardino a pochi metri da te e saresti morta senza che potessi fare nulla».

«La mia vita non è una tua responsabilità», gli ricordo.

«Ma m’importa più della mia». Alza una mano al mio viso per accarezzarmi la guancia. È gelida nonostante la giornata tiepida.

La copro con la mia intrecciando le nostre dita. «Ma non è successo e per fortuna Azmahl ha salvato lo zio».

«Lo capisci o no che qualcuno voleva uccidere *te*?», esclama. «E che quando si accorgerà di non esserci riuscito ci riproverà ancora?»

«Allora, non lasciarmi sola».

Anche stavolta mi rendo conto di quanto io sia andata vicina al pericolo, alla faccia della raccomandazione "Non farti uccidere" di Gwenda.

«Chi è che ti ha mandato i bonbon?», mi domanda con tono inquisitorio.

«Il biglietto diceva Mr Henry Jones».

«E lo hai incontrato ieri sera, questo Henry Jones?».

Mi stringo nelle spalle senza sapere cosa dire. «Mi presentano almeno mezza dozzina di Henry a ogni evento. Potrebbe essere chiunque».

«O potrebbe essere un nome falso», suggerisce Reed, facendo avanti e indietro sul sentiero. «Prima l'aggressione alla prigione, ora i dolcetti avvelenati: è evidente che stiamo dando fastidio a qualcuno con le nostre ricerche riguardo a Emily».

«Se stiamo dando fastidio, significa che siamo sulla strada giusta», affermo. «E sospetto anche che il cerchio ora si stringa intorno ad Ausonia: detestava Emily, ha una relazione segreta con Maxim e ieri sera sapeva che ero nel labirinto. Forse ha provato a mettermi a tacere con i bonbon avvelenati. Subdoli come lei. Siamo vicini alla soluzione, Reed».

«Sì, ma a che prezzo?»

«Stai per caso suggerendo di abbandonare l'indagine?», mi informo, preoccupata che la sua risposta possa essere sì.

«Forse dovrei proseguire solo io».

«Non se ne parla neanche», scatto io.

«Lady Rebecca». È Lucy che mi chiama dalla portafinestra del soggiorno.

Le faccio cenno di raggiungerci, ma lo sguardo con cui squadra prima Reed e poi me è carico di rimprovero. So già cosa vorrebbe dirmi: "Sola con un uomo, senza chaperon?".

Ma siamo tra le mura di casa, niente è disdicevole finché non viene esposto al pubblico ludibrio.

«Ho incontrato Tamzin, l'aiuto cuoca dei Duville e abbiamo scambiato qualche parola», mi comunica.

«Riguarda Penny, la cameriera di Emily?», chiede Reed.

«Proprio lei, Sir Knox», conferma Lucy. «È vero che non lavora più a casa Duville, ma non è stata licenziata».

«Non mi interessa se si è licenziata lei o se le ha dato il benservito lui, voglio vederla», ribatto.
«Non credo che sarà così facile, Lady Rebecca. Penny è impazzita di dolore per la scomparsa di Emily, così l'hanno internata», ci comunica abbassando la voce. «A Bedlam».

Mercoledì 5 giugno

1816

33

«È possibile visitare i pazienti del Bedlam Hospital?», chiedo facendo sgranare gli occhi a tutta la mia famiglia, riunita sul patio per il tè.

Lo zio è in via di ripresa, lo vediamo dall'appetito che gli è tornato, ma per tutti oggi è una giornata di pausa dagli impegni mondani, nonostante il mercoledì sia la serata dell'Almack.

«Ma Rebecca, tesoro, che idea è mai la tua?», chiede zia Calpurnia stupita.

Inventati una balla, veloce. «Ah, ehm... tu, zia, sei sempre così coinvolta nelle attività benefiche e ammiro molto il modo in cui riesci ad andare oltre la vita agiata che conduciamo e tendere la mano ai meno fortunati. Vorrei seguire il tuo esempio».

Zia Calpurnia si pulisce una briciola immaginaria dalle labbra con il tovagliolo. «Io mi occupo delle giovani perdute, trovando loro una vita onorevole e alternativa alla mercificazione del proprio corpo. Alle povere anime di Bedlam pensa Lady Celeste Manderley».

Questa è una buona notizia. «E cosa fa di preciso?»

«Raccoglie biancheria per la casa, come lenzuola, tendaggi o tovagliati dismessi da chi può permettersi di rinnovarli a ogni stagione, e ne fa indumenti per i pazienti dell'ospedale, ne ricava coperte, bambole di pezza...».

«Ci sono anche bambini a Bedlam?», domando curiosa.

«Oh, è pieno!», interviene lo zio. «Quando l'ospedale era ancora un'attrazione aperta al pubblico, ci andavamo in gita la domenica a vedere i matti. Lo chiamavano il teatro della follia. Mi ricordo che c'era un bambino che si arrampicava sulle pareti come una scimmia e un altro con la testa grande come un cocomero che, per tenerla dritta, dovevano agganciargliela a una catena appesa al soffitto...».

«Algernon», lo riprende la zia. «Stiamo mangiando».

«Più che un ospedale psichiatrico, era un freak show», conclude mio cugino. «Ora è solo un luogo dimenticato da Dio e dagli uomini».

«Ho capito», taglio corto per non sentire oltre. «Il mio armadio trabocca di abiti sorpassati e dall'atelier di Mrs Triaud continuano ad arrivarne di nuovi. Credo che ne porterò alcuni a Celeste».

«Se ne hai già messi da parte, puoi portarglieli oggi: Celeste si reca a Bedlam ogni mercoledì e ogni venerdì».

Perfetto! Prima è, meglio è.

Per fortuna, proprio in quell'istante arriva Azmahl per controllare la salute dello zio e così gli faccio recapitare un messaggio per Reed.

Quando, nel primo pomeriggio, raggiungo casa dei Manderley, Lady Celeste mi riceve con calore.

«Sono così contenta che tu voglia unirti al nostro circolo di beneficenza. Tra tutte sono la più giovane. Sai, mi sento sempre un po' giudicata dalle veterane», mi dice facendomi accomodare in salotto.

«Sarò sincera con te, Celeste: la beneficenza è solo una scusa», ammetto subito.

Celeste mi guarda confusa. «Per cosa?»

«Poiché tu ti sei fidata di me, io mi fido di te e ciò che ti dirò non deve uscire da qui», la avverto. «Sto indagando sulla morte di Emily. I fatti non sono andati come raccontano i giornali e come insiste a sostenere la sua famiglia, pur di mettere a tacere lo scandalo».

«Ma, Rebecca, non credi che sia poco prudente? Se il duca di Wyndham lo venisse a sapere potrebbe non gradire...».

«Wyndham non ha voce in capitolo sulla mia vita. Non ancora, comunque».

«Perché ti interessa il Bedlam Hospital?»

«Penny, la cameriera personale di Emily, è stata rinchiusa lì; dicono che sia impazzita ma ormai non mi fido più di ciò che sento».

«Vorresti recarti in visita là insieme a me, immagino», intuisce Celeste.

«Oggi, se possibile».

«In realtà ho raccolto poco in questi giorni, farei un giro unico venerdì».

«A quello ho pensato già io», la anticipo. «Ho svuotato la soffitta da tutti i vecchi tessili conservati dalla zia. Ci sono lenzuola a sufficienza per tutti i letti di Bedlam».

Celeste sospira. «In questo caso, andiamo. Ma ti avverto, non sarà una vista piacevole per i tuoi occhi. Potresti rimanere… scossa».

Lasciamo il soggiorno e usciamo fuori, dove la mia carrozza è già pronta a portarci al Bedlam Hospital.

«Sono già stata nella peggiore taverna di Southwark e nelle segrete di Newgate, credo che nulla potrà scioccarmi di più».

«Faccio finta di non aver sentito», glissa lei.

«Un'altra cosa, Celeste: non saremo sole», la avverto. «Ci sarà anche un'altra persona che mi sta aiutando nell'indagine».

«Di chi si tratta?»

«Sir Reedlan Knox».

Nello sguardo che mi rivolge leggo un sottile rimprovero. «Se fossi saggia non ti asseconderei».

«Non ti darà alcun problema», la rassicuro. «Reed è un uomo riservato».

«È un uomo discreto, ma non è una persona onorevole con cui mostrarsi in giro».

«Non si mostrerà in alcun modo vicino a te».

Lei scuote il capo. «Mi riferivo a te», puntualizza. «Che la mia vita mi annoi così tanto depone a tuo favore. A volte stento a credere che, a ventidue anni, le mie giornate siano già una uguale all'altra, senza la minima novità o sorpresa». Anche se sta parlando con il sorriso sulle labbra, le sue parole hanno un sapore amaro. «A volte penso che sarebbe meglio essere morta».

«Ci sono altre vie di fuga», replico.

Lei mi guarda scettica. «Quali?»

«Potresti restare vedova», butto lì.

«Non so se sarò così fortunata».

La carrozza ci scorta fino a Lambeth, oltrepassando il Tamigi – tutto ciò che va nascosto alla vista della Londra bene è accuratamente occultato sul lato sud del fiume –, e varca gli alti cancelli del Bedlam Hospital, dove ad attenderci all'ingresso non c'è solo Reedlan, ma anche Azmahl.

Quando Celeste lo vede, scorgo sul suo volto una impercettibile espressione di sorpresa e lo sguardo le si vivacizza, come se fino a neanche due minuti fa non stesse compiangendo la sua esistenza.

«Ho pensato che lui sarebbe l'unico in grado di valutare lo stato di Penny», spiega Reed. «Azmahl Al-Saidi è il mio medico personale, Lady Celeste».

Lui la saluta con un inchino e lei spiega che non c'è bisogno di queste formalità, rivolgendogli un sorriso caloroso, che lui accoglie con timidezza, spostando lo sguardo a terra.

Azmahl ha all'incirca l'età di Reed, intorno ai trenta o giù di lì, e ha dei folti capelli neri ondulati che gli incorniciano il viso dalla pelle ambrata. Anche se i tratti del suo volto sono molto marcati, le lunghe ciglia scure conferiscono una profonda dolcezza ai suoi occhi. Dolcezza che, ci metterei la mano sul fuoco, nella vita di Celeste manca.

A differenza del piglio sicuro e sfacciato di Reed, corredato dal suo sorriso impertinente e dall'atteggiamento di chi non si fa mettere i piedi in testa da nessuno, Azmahl ha sempre un'aria serena, un tono di voce pacato e carezzevole, e un contegno discreto e garbato.

Reed trasuda carisma, Azmahl eleganza. La sua è una bellezza meno impattante e clamorosa, ma senza dubbio anche il suo è un aspetto che non si scorda.

La me teenager ci vedrebbe Zayn Malik, prima che lasciasse gli One Direction.

Non so chi ci veda Celeste ma lo sta guardando imbambolata al punto che devo ricordarle perché siamo qui. Sì, Celeste nel futuro sarebbe senza dubbio #teamZayn.

«Andiamo? Non abbiamo un minuto da perdere», la sollecito. «Reed, Azmahl, voi prendete le ceste con le stoffe da donare».

«Per favore e grazie», aggiunge Reed in tono sarcastico.

«Per favore e grazie. Avanti, prendi quelle ceste!».

Celeste fa strada, accompagnata da Azmahl, mentre io e Reed li seguiamo.

Scruto curiosa l'edificio mastodontico che, per l'estetica a cui sono abituata io, potrei scambiare per la sede di un'ambasciata o di un qualche ministero, con la sua lunga facciata neoclassica, il colonnato e il timpano.

Questo edificio nella Londra del futuro non esiste più, come tanti altri.

Osservando i suoi bei giardini curati, l'intonaco delle facciate nuovo di zecca che scintilla sotto il sole, sembra impossibile che al suo interno si spalanchino le porte della desolazione.

Il nostro passaggio è ben salutato dagli inservienti perché Celeste è conosciuta.

«Il comparto femminile è nell'ala ovest», ci guida. «Ma mi hanno detto che Penny è nei sotterranei».

«Sotterranei?», chiedo.

«Dove tengono i pazienti incontinenti. Loro non possono dormire sui materassi, la puzza sarebbe insostenibile. Hanno dei giacigli di paglia che vengono sostituiti», spiega impassibile. «Ogni tanto».

Giacigli di paglia, come animali da stalla. Solo che questi ultimi vengono trattati meglio, perché almeno hanno un valore e nessun contadino vorrebbe perdere una vacca o un cavallo.

Quando entriamo nel braccio dei pazienti, è come se il buio mi ingurgitasse.

Pur essendo un edificio nuovo, i muri sono macchiati di muffa, l'aria è densa di umidità e odora di stantio. Più scendiamo le scale, più sembra di precipitare negli inferi.

Dalle "camere" provengono urla strazianti, pianti, nenie da brividi.

Alcune sono aperte e vedo che le persone al loro interno sono legate, rasate, giacciono sul pavimento in maniera scomposta dimenandosi.

Due infermieri trasportano di peso e di malagrazia una ragazza di sì e no quindici anni, che piange disperata e dalla cui bocca gronda sangue.

«Ethel», dice Celeste, «le hanno cavato i denti perché morde».

Deglutisco a fatica, con la gola strozzata.

In un'altra stanza stanno immergendo una donna che somiglia a zia Calpurnia in una vasca fumante. Lei è nuda ma gli "operatori" sono bardati da capo a piedi con guanti, grembiuli e maschere simili a elmetti.

«I bagni di acido, contro la frenesia», spiega ancora Celeste.

Seduta su una panca c'è una bambina immobile, dagli occhi spenti, che sembra una statua di cera. Celeste si dirige verso di lei, le si siede accanto e dalla cesta che sta portando Azmahl prende un orsacchiotto di pezza. «Ciao, Nancy, guarda cosa ti ho portato».

La bambina lo osserva con diffidenza, poi lo prende, se lo stringe al petto ma senza dire nulla.

«Quanti anni hai?», le domando io.

«Dodici», risponde Celeste al posto suo. «Non capisce le parole, è nata con una demenza. Bedlam l'ha accolta quando aveva sei anni. Oggi è tranquilla, ma a volte è colta da raptus improvvisi e ha bisogno di essere contenuta».

«È qui dentro da metà della sua vita?».

Celeste prende un pettine e le spazzola i capelli rosso rame, lunghi poco più di una spanna e sforbiciati senza il minimo criterio. «Ti faccio bella, Nancy».

Nancy continua a guardare nel vuoto. Solo quando appoggia l'orsetto di pezza sulla panca noto che il suo addome sporge in maniera innaturale. O meglio, è una sporgenza naturale per una gravidanza al quinto mese, ma non per una bambina di dodici anni.

«Celeste, ma è...», fatico a pronunciare la domanda ad alta voce, «...incinta?».

Lei rimane in silenzio, si limita ad accarezzarle una guancia, annuendo.

«Come è possibile?», lo sto chiedendo, ma ho paura della risposta.

«Non lo vuoi sapere davvero, Rebecca». Celeste si alza e mi prende sottobraccio. «Ti ho detto che avresti visto cose che non ti sarebbero piaciute».

Poiché qui le pazienti internate sono tutte donne, il cerchio si stringe intorno agli infermieri.

Ha ragione Celeste, Bedlam è peggio di Newgate. Qui persone indifese, incapaci di esercitare la propria volontà e bisognose di umanità e calore, vengono umiliate e torturate.

Lungo il corridoio c'è una donna che passeggia avanti e indietro spingendo una carrozzina, evidente segno del fatto che la violenza sessuale sulle pazienti è una norma.

«Buongiorno, Gladys». Celeste si ferma con lei. «Come sta il piccolo Timothy, oggi?»

«Abbiamo passato una notte difficile», risponde la donna sistemando la copertina. «Le coliche non gli hanno dato tregua».

«Spero che stanotte vada meglio. Guarda, ho un regalino per lui», dice facendo cenno ad Azmahl di avvicinarsi e prendendo dal cestino di vimini una cuffietta celeste.

«Vedo che oggi avete compagnia, cara». Gladys mi sembra una donna molto lucida e in sé, mi chiedo perché sia qui.

«Loro sono amici che mi aiutano con la beneficenza. Lady Rebecca è la cugina del marchese di Lennox e poi ci sono Sir Knox e il suo medico personale», ci presenta.

«Vieni, amore, salutiamo tutti questi amici», dice Gladys rivolta al neonato, chinandosi per prenderlo in braccio. Stringe il fagotto tra le braccia e lo rivolge verso di noi. «Facciamo ciao».

Timothy è una bambola di porcellana a cui manca un occhio.

La desolazione mi scava dentro una voragine. Per fortuna c'è Reed dietro di me che mi pianta le sue mani salde sulle braccia impedendomi di afflosciarmi a terra.

Questo sarebbe un momento da inalatore, ma mi rendo conto che non ho problemi di respiro, non mi sento strozzare, nulla. E di attimi di estremo shock ne ho già vissuti altri: nella taverna a Southwark, quando ci hanno aggrediti in prigione, quando mio zio è stato avvelenato, eppure non mi è mai venuto di cercare l'inalatore. In tutti quegli istanti, però, con me c'era Reed.

Ora mi sorge un dubbio: Reed è il mio nuovo inalatore, oppure non ho mai davvero avuto bisogno dell'inalatore?

Lo psicologo che mi aveva seguita quando sono morti i miei mi disse che mi stavo costruendo delle fobie per difendermi dagli imprevisti, perché le paure sono forme di controllo. Asma psicosomatica, era stata la sua diagnosi. Pensavo non ci avesse capito un tubo e ho interrotto le sedute.

Eppure, qui, nel 1816, sto facendo cose che nel futuro non farei mai e con uno slancio che non pensavo di possedere.

Inspiro ed espiro senza problemi, mentre Celeste infila la cuffietta a Timothy, sotto lo sguardo deliziato di Gladys.

«Per aiutarlo ad alleviare le coliche potete fargli un massaggio al pancino», le dice Azmahl, «vi mostro come fare». Gladys gli tende il bambolotto che Azmahl prende come se fosse un neonato vero, facendole vedere come massaggiargli il ventre. «In senso orario, così».

La compassione di Celeste e la dolcezza di Azmahl mi stringono il cuore al punto da farmi riempire gli occhi di lacrime.

Gladys rimette il bambolotto nella carrozzina e ci saluta, riprendendo il suo andirivieni, cantando una ninnananna.

«Suo figlio Timothy è morto a neanche due mesi di vita per una malattia respiratoria. Gladys ha cercato di uccidersi», ci sussurra Celeste riprendendo a camminare. Indica una delle ultime "camere" del corridoio. «A quanto mi hanno detto, Penny dovrebbe essere lì».

Dopo tutto ciò che ho visto, ho paura di guardare dentro la sua "stanza" e scoprire altro orrore.

Celeste bussa sulla porta semiaperta, facendoci cenno di entrare.

Sulla soglia incrociamo la cambusiera che sta portando via una ciotola con rimasugli di porridge.

«Come sta?», le domanda Celeste.

«Melanconica come sempre, ma almeno oggi non urla. Si vede che ha perso la voce».

«È il suo pasto, quello?», chiede Reed accennando alla ciotola.

«Tanto non mangia quasi niente», risponde quella facendo spallucce, poi guarda i nostri cesti con sospetto. «Non allungatele nulla di tagliente o appuntito». Poi se ne va, lasciandoci entrare nella stanzetta asfittica.

Penny è seduta su un giaciglio lercio, scalza, intenta a intrecciare i fili di paglia che fuoriescono dalla branda di legno.

Ai suoi piedi c'è un cartoccio con degli spicchi di mela ossidati che lei non accenna a toccare.

Alza due occhi acquosi e tristi su di noi passandoci in rassegna a uno a uno e, quando il suo sguardo si ferma su di me, fa una cosa che ci sorprende tutti.

Mi corre incontro buttandomi le braccia al collo ed emettendo dei versi gutturali incomprensibili.

«Non capisco», le dico confusa, mentre lei continua a stringermi e mugugnare. «Non capisco», ripeto guardando Celeste in cerca di aiuto.

Lei mi guarda a sua volta, stranita. «Certo che non capisci. Penny è sordomuta».

34

«Sordomuta?!», ripeto scombussolata. La persona di cui più abbiamo bisogno è sordomuta.

Ma anche Penny sembra aver bisogno di me poiché, più che abbracciarmi, è proprio appesa al mio collo.

Penny è uno scricciolo, più bassa di me di venti centimetri buoni e così magra da farmi temere che possa spezzarsi al solo sfiorarla.

Mugola in modo per me incomprensibile. Ripete ossessivamente: «Eh-eh-ah, eh-eh-ah. Ah-uh-oh, ah-uh-oh», con il viso solcato di lacrime.

Io indietreggio per poterla guardare ma lei finisce a terra.

«È legata», ci fa notare Reed, indicando la catena che da un capo si aggancia alla sua caviglia e dall'altro al muro.

«Ah-uh-oh. Ah-uh-oh». Scossa dai singhiozzi convulsi, Penny mi tira l'orlo del vestito, così mi chino in ginocchio, alla sua altezza.

«Sembra quasi che stesse aspettando te», osserva Reed.

«E come avrei potuto sapere che lei si trovava qui?», gli domando, alzando lo sguardo su di lui.

Azmahl s'inginocchia accanto a me, prendendo il volto di Penny tra le mani, con delicatezza e rivolgendole un sorriso dolce, per rassicurarla.

«Riesci a leggere le mie labbra, se parlo piano?», le chiede. «Fai cenno di sì con la testa, se mi capisci».

Penny annuisce, annaspando in cerca d'aria.

«Ora ti domanderò di fare alcune cose per me. Ho bisogno di valutare il tuo stato di salute psicofisica, d'accordo?».

Penny annuisce di nuovo.
Azmahl muove l'indice davanti ai suoi occhi, prova i suoi riflessi e le fa eseguire dei facili esercizi.
«Per quello che posso constatare, Penny mi sembra del tutto lucida e padrona di sé», ci conferma Azmahl.
«Stiamo cercando di capire cosa sia successo a Emily. Tu lo sai?», le chiedo.
Penny annuisce ancora, con le lacrime che annebbiano di nuovo i suoi occhi grigi. Muove le mani in gesti convulsi, agitandomele davanti al viso.
Guardo Reed. «Benjamin aveva ragione, Penny può aiutarci... ma se non può parlarci, come facciamo a scoprire cosa è accaduto?».
Anche Reed si china in ginocchio davanti a lei. «Sai scrivere?».
Penny scuote il capo sconsolata.
Io avrei ancora tante domande da farle ma un altro inserviente viene a chiamarci per dirci che l'orario delle visite è concluso.
Penny mi stringe di nuovo, disperata.
«Torneremo», la rassicuro.
Ma Penny comincia ad agitarsi per la cella, come se stesse cercando un modo per dirci qualcosa, solo che noi non comprendiamo cosa.
Con la mano destra fa dei gesti simili allo scrivere.
«Vuoi che ti insegniamo a scrivere?», le chiedo.
Scuote il capo, indica me con forza e poi di nuovo il gesto di scrittura.
«Io devo scrivere qualcosa per te?».
Ancora no. Prima indica Celeste, fa il gesto di scrivere, poi indica me. Di nuovo segno di scrittura e poi indica di nuovo Celeste.
«Io e Celeste dobbiamo scrivere?», chiedo ancora più confusa.
«Eh-ih-ah! Eh-ih-ah!», urla. Indica me, gesto di scrittura, poi grida di nuovo: «Eh-ih-ah!».
Va al suo giaciglio, prende l'incarto con le fette di mela, le butta, finge di scrivere sull'incarto, lo piega in tre e me lo porge.
Imploro Celeste, Azmahl e Reed con lo sguardo ma anche loro sembrano non avere idee. «Non capisco cosa devo fare», le dico desolata.

«Eh-ih-ah», ripete fingendo di nuovo di scrivere, ripiega il pezzo di carta e me lo consegna, ormai sopraffatta dalla frustrazione.

«Ora basta urla», interviene un "infermiere" – se così possono chiamarsi questi cinici carcerieri – accompagnato da un altro collega. «Adesso ci pensiamo noi a calmarti i bollori con un bagno ghiacciato».

Sganciano la cavigliera a Penny e la trascinano fuori dalla cella, mentre si dimena nel tentativo di recuperare un contatto con me.

«La persona più importante del caso non può aiutarci», constata Reed.

«Mi sento impotente». La mia voce trema. «Mi sento inutile!», urlo scoppiando a piangere, schiacciata dal malessere mostruoso che mi segue da quando ho messo piede dentro Bedlam e che, minuto dopo minuto, si è ingrandito come una palla di neve che rotola.

Non avrò bisogno dell'inalatore, ma l'orrore non mi ha lasciata indifferente.

«Nessuno potrà dire che non hai fatto il possibile». Celeste mi prende tra le braccia, con il suo profumo dolce che va a ripulire il mio olfatto ormai abituato al puzzo di muffa e sudiciume. «Andiamo a casa, adesso. Anche io, la prima volta che sono venuta qui, sono rimasta molto scossa».

Sono ben contenta che stasera non andremo al ballo settimanale all'Almack perché non ne ho né l'umore né le forze.

Mi immergo in un lungo bagno, strofinandomi con energia per cercare di lavarmi lo strato di sporco che mi sento addosso, ma non se ne va.

Non è sporco, ma senso di impotenza. Ci sono vite di innocenti che chiedono riscatto e che rischiano di restare nell'oblio: Emily, Benjamin Harlow, Penny.

Qualcosa li lega, sento di essere vicina a quel qualcosa ma allo stesso tempo lontanissima.

È come se fossi spaccata a metà tra il bisogno viscerale di ritornare al mio futuro che, sebbene imperfetto sotto tanti profili, almeno qualche tentativo di riconoscere equi diritti a tutti lo fa e già molto è stato conquistato, e il bisogno di restare nel 1816 per dare voce a chi non ce l'ha e contribuire a portare a galla la verità.

E, pur faticando ad ammetterlo a me stessa, nel futuro non c'è Reed. E ce lo vorrei davvero tanto Reed.

«Fate piano», mi rimprovera Lucy, «volete spellarvi viva per caso?»

«Lo sai che sofferenze patiscono gli internati di Bedlam, Lucy?», sbotto furibonda. «Li ustionano in bagni di acido, cavano loro i denti...».

«Non sareste dovuta andare», replica passandomi l'asciugamano caldo dal braciere. «È un luogo di anime infelici che nessuno più vuole. Eppure, a Whitechapel ci sono poveri così poveri che si fingono pazzi pur di essere internati a Bedlam e assicurarsi un tetto sulla testa e un pasto al giorno».

«Non scorderò mai ciò che ho visto». Sento il cuore rimpicciolirsi nel petto. «Vorrei dimenticare, ma farlo equivarrebbe a ignorare».

«Fate già tanto, Lady Rebecca», mi consola lei, spazzolandomi i capelli, dopo che ho indossato la camicia da notte. Anche se le giornate sembrano migliorate, al calare della sera torna il freddo, così m'infilo subito sotto le lenzuola.

«Posso entrare?», domanda zio Algernon con il suo vocione grasso. Non ho idea del perché sia qui, non mi fa mai visita in camera.

«Sì, zio, sono a letto».

Il pancione prominente entra prima di lui, con il suo passo oscillante. Anche zio Algernon è in vestaglia e tiene in mano un piattino con una fetta di torta. Immagino che non possa andare a letto senza uno spuntino notturno.

«Ti ho visto molto scossa a cena. A malapena hai aperto bocca, cosa strana per una linguacciuta come te, e hai rigirato il cibo nel piatto senza mandare giù un boccone».

«Non avevo appetito».

«Ti ho portato una fetta di torta», dice appoggiandola sul mio comodino. «Nel caso ti venisse fame».

Il suo gesto mi stupisce, lui non è particolarmente incline a slanci nei miei confronti.

«Ho lo stomaco chiuso».

«Oh, ma non è mica per lo stomaco. La torta al cioccolato è per il cervello».

Per una volta, zio Algernon ha ragione. Non può saperlo, ma i dolci stimolano la produzione di dopamina, l'ormone della felicità. «Magari più tardi». Accetto la sua offerta, il primo vero gesto di affetto da parte sua chc, c'era da immaginarlo, più che a parole ha espresso con i dolci.

Annuisce soddisfatto del risultato e si avvia alla porta. «A domani, Rebecca».

Lucy lo imita. «Buonanotte, Lady Rebecca».

«Non spegnere le luci!», le dico. «Non stanotte». Ho paura, al buio, di rivivere tutto l'orrore di oggi.

Passo ore a rigirarmi nel letto, mi siedo, sprimaccio i cuscini, mi rimetto giù, poi mi alzo, passeggio per la stanza, mi sdraio di nuovo, poi mi siedo alla scrivania e provo a far uscire i demoni di Bedlam dalla mia testa scrivendo tutto ciò che ho visto e sentito – altro crudo contributo originale che porterò nella mia tesi –, mi faccio un'altra camminata, ma il sonno non arriva.

La casa è avvolta dal silenzio da un pezzo, è ormai notte fonda quando sento un *toc-toc-toc* sul vetro di una delle due finestre.

Mi avvicino e, appoggiato al davanzale, scorgo Reed.

35

Sgancio la chiusura, alzo la ghigliottina e lui mette dentro la testa. «Funziona anche a parti inverse», commenta a bassa voce, tono che risalta ancora di più il calore del suo timbro.

«Non dormi?»

«Stavo per porti la stessa domanda». Scavalca il davanzale con una gamba. «È permesso?»

«Purché tu non faccia rumore».

«Raccomandazione inutile, di solito sei tu quella chiassosa». Reed entra, si posiziona davanti al camino e ravviva il fuoco ormai spento, smuovendo le braci. «Ero nello studio e ho notato che la luce nella tua stanza non si spegneva mai».

«E, di solito, quando spengo la luce è un dettaglio che noti?»

«Se non notassi tutto non sarei bravo nel mio mestiere».

«Quello di pirata?»

«Anche». Reed si aggira per la mia stanza osservando ogni dettaglio. «Ti ho vista vagare come un'anima in pena e mi sono chiesto se qualcosa non andasse».

Risalgo sul letto, le ginocchia abbracciate al petto. «Non riesco a dormire. Continuo a sentirmi nelle orecchie la ninnananna che Gladys cantava alla bambola e, ogni volta che chiudo gli occhi, rivedo la bambina incinta, la ragazza senza denti, Penny legata… Mi è entrato tutto dentro».

«Lo capisco, anche per me è così».

«E penso anche al fatto che tuo fratello volesse rinchiuderti là dentro». La voce mi si spezza alla sola idea. «Che ne sarebbe stato di te? Avevi solo dodici anni».

Lui si siede accanto a me, con il materasso che affonda sotto il suo peso. «La sorte è stata clemente e mi ha regalato una vita migliore perfino di quella che avrei condotto se fossi rimasto a casa con la mia famiglia».

«Quel posto renderebbe pazzo anche chi non lo è».

«Tu sei una che si prende sulle spalle tutti i pesi del mondo, eh? Ti rende onore, ma ti stai anche facendo del male».

«Lo so, ma non è una cosa che faccio per mia scelta».

«Questa la tieni sul comodino nel caso ti venisse un attacco di fame sonnambula?», chiede, indicando la torta.

«L'ha portata mio zio. Non ho cenato, così ha pensato di lasciarmi il dolce».

«Sembra molto buona», dice prendendo il piattino in mano. «Non è avvelenata, vero?»

«Secondo le mie stime, zio Algernon deve averne mangiate almeno tre fette e fino a qualche ora fa era proprio in forma smagliante».

«Non ti scoccia se la mangio io?»

«Fai pure».

Reed prende una forchettata di torta e l'addenta con voracità, con un'espressione di pura estasi e mugolii di soddisfazione.

Se non stessi guardando, potrebbe essere equivocabile.

«Ti piace, eh?», lo prendo in giro.

«È la torta più buona che abbia mai assaggiato», commenta leccandosi le briciole dal labbro superiore. «Dovresti provarne almeno un boccone».

«Non mi va».

Lui si avvicina a me. «Insisto».

«Davvero, finiscila tu senza problemi».

Reed ne inforca un pezzo gigante e tende la forchetta verso la mia bocca. «Fai aaahhh».

«Stai provando a imboccarmi? Sul serio?!».

«Un morso solo». Mi guarda rivolgendomi un sorriso che per la prima volta non è né malizioso né impertinente. Un sorriso che si riflette nei suoi occhi, sincero, di cuore. È bellissimo.

Sulla sua bellezza non ho mai avuto dubbi, ma così non l'ho mai visto.

Il suo è sempre stato un fascino tagliente, con quelle espressioni arroganti stampate in faccia; non ero pronta a questa limpidezza. Reed è… non so descriverlo, mi lascia senza fiato.

Comincio a pensare che non possa esistere e sia un parto della mia fantasia.

«Nel caso non lo avessi già capito, non sono il tipo che si arrende», ribadisce portando la forchetta davanti alle mie labbra. A questa distanza, l'aroma del cioccolato solletica le mie narici arrivando dritto ai neurorecettori che già scalpitano per la scarica di dopamina promessa.

«Ok», cedo aprendo la bocca.

Reed mi porge il boccone. «Brava bambina».

È buona. Mrs Bry è la regina dei lievitati e questa torta è da svenire. Certo, nessuno nel 1816 ha mai sentito parlare di colesterolo, il burro è l'ingrediente principale di cui è fatta, ma si scioglie in bocca e arriva dritta ad abbracciare l'anima.

Lui mi guarda increspando un sopracciglio. «Com'è?»

«Divina».

«Ora te lo devo proprio chiedere: cosa diavolo vuol dire "Ok"? Lo ripeti spesso…».

Ehm… e ora come gli spiego che è un'espressione risalente a una guerra mondiale che si combatterà tra cento anni? «Significa sì, è un modo di dire…», divago.

«Questo l'ho più o meno inteso, ma non capisco da dove provenga».

«Avevo una cameriera scozzese quando vivevo con i miei». Posso sentire il rumore delle mie unghie mentre mi arrampico sugli specchi.

«Mia madre è di Edimburgo, mai sentito questo "Ok"», ribatte lui.

«Dialetto delle isole», svicolo. «Posso avere un altro po' di torta?»

«Meno male che non la volevi», scherza tendendomi di nuovo la forchetta. «Uno io, uno tu?»

«Uno tu, *due* io», rilancio.

«Ingorda».

«Non ho cenato».

Ci alterniamo gustando il dolce fino all'ultima briciola poi, non contenta, passo il dito sul lago di glassa colato sul piatto e lo succhio in preda alla frenesia da zuccheri.

Reed allunga la mano al mio viso, portandomi l'indice sotto il mento e accarezzandomi le labbra con il pollice. «Sei sporca», sussurra mentre con il polpastrello disegna il profilo della mia bocca.

Sento caldo, ma non è il camino.

«Vuoi provare a dormire?».

Annuisco. Mi adagio sul letto, con Reed che mi rimbocca le lenzuola. «Buonanotte, Rebecca».

«Posso chiederti un favore?», lo fermo mentre lui è già teso in direzione della finestra.

«Dimmi».

«Resteresti con me finché non mi addormento?»

«Qui, in camera con te?»

«Qui, sul letto, con me».

36

«Se entrasse qualcuno, saresti rovinata a vita», mi fa notare, levandosi gli stivali.

«Non entrerà nessuno. Sono tutti molto rispettosi della mia privacy, una volta chiusa la porta per la notte».

Il materasso affonda sotto il suo peso mentre si sdraia accanto a me. «Il mio letto è più grande», osserva.

«Il tuo è fatto per essere condiviso, il mio no».

Mi piace la sua risata bassa e roca, è come se facesse le fusa. «Eppure, quando si condivide un letto, più vicini si sta meglio è».

«Sei comodo?»

«Non molto, in verità».

«Forse dovremmo provare a cambiare posizione», propongo.

«Perché questa frase nella mia testa suona molto suggestiva?»

«Perché tu vedi allusioni ovunque, anche quando non ci sono». Mi giro sul fianco sinistro, dandogli le spalle. «Fai come me, voltati dalla mia parte».

«Agli ordini, Lady Rebecca». Mi imita, trovandomi così con la schiena premuta contro il suo petto.

«Posso passarti il braccio sotto le spalle? Non voglio abbracciarti, solo stare più comodo».

«Non ho detto che non puoi abbracciarmi, Reed».

«Se sono libero di muovermi a piacimento, credo che farò anche così», e con il braccio destro mi cinge la vita, mettendoci nella posizione dei due cucchiai.

Mi piace.

«Raccontami qualcosa», gli dico. «Qualcosa di bello, che per un po' eclissi tutti i ricordi di oggi pomeriggio».

«Cosa vorresti sentire?»

«Hai viaggiato in tutto il mondo, descrivimi cosa hai visto».

«Non ho viaggiato per piacere, ho visto molti luoghi bellissimi mentre navigavo per dovere».

«Il Reggente ti ha insignito di un cavalierato, ma non è mai stato spiegato a che merito».

«Con la mia flotta mercenaria abbiamo intercettato linee di approvvigionamento francesi nell'Adriatico fino al 1814. Venezia, con i suoi cantieri, era la roccaforte napoleonica più importante per controllare il Mediterraneo orientale, dalle coste balcaniche alla Turchia».

«Non c'era già la Marina inglese in quel braccio di mare?»

«Diciamo che ci sono operazioni di "pulizia" che è meglio non siano ricondotte alla Royal Navy».

«Intendi operazioni segrete?», mi informo.

«Diciamo non proprio ufficiali», svicola lui. «Come tutte quelle di cui la Corona mi ha incaricato in seguito. Da allora a oggi, Napoleone è stato il mio sorvegliato speciale».

«È in esilio a Sant'Elena da quasi un anno, ormai».

«Finché Napoleone è vivo, nessuno può dire che la guerra sia davvero vinta».

«Quando finirà, riprenderai il mare o resterai a Londra?». Non so perché ho questa curiosità; non dovrebbe riguardarmi ma l'idea che possa salpare a breve mi rattrista.

«Rientrerei a Gibilterra. Ci sei mai stata?»

«Mai». Né in questa vita né nell'altra.

«È solo una cittadella militare ma ti piacerebbe».

«È vero che possiedi un *intero* palazzo moresco, laggiù?»

«Sì. Ma senza harem, se stavi per chiedermelo», risponde con la voce velata di scherno.

«Non stavo per chiedertelo», mento. «È bello?»

«Bello non rende l'idea; è un palazzo in pietra bianca, così lucida che nelle giornate di sole abbaglia chi la guarda. *La paloma blanca*, la chiamano gli spagnoli: La colomba bianca, per via di tutte le terrazze che sporgono dalla rocca come ali, e della torre più alta che svetta verso il cielo come se si alzasse in volo».

«Si vede il mare?», domando, cercando di immaginarmela.

«È circondata dal mare, puoi vederlo da qualunque finestra ti affacci», mi racconta, con un sussurro che accarezza il mio orecchio. «Il giardino è un paradiso terrestre, pieno di palme, ulivi, gelsomini e acacie rosa che profumano fino a farti ubriacare. Gli inglesi hanno talento per il verde, ma quello l'ha disegnato la mano di Dio».

«Ci sono anche animali?»

«Pavoni albini, fenicotteri rosa e cigni che fanno il bagno nelle fontane e, la notte, il tordo eremita ti addormenterebbe con il suo canto flautato».

«Vorrei vederla, *La paloma blanca*», sospiro, lasciandomi avvolgere dalle suggestioni.

«E io ti ci vorrei portare. Nel mastio c'è una profonda scala a pozzo che, una volta scesi tutti i mille gradini, porta a una grotta marina: una piccola gola segreta dell'oceano che altrimenti si potrebbe raggiungere solo via mare. L'acqua è dell'azzurro più azzurro che vedrai mai. Vorrei farci il bagno insieme a te, di notte, osservati solo dalla luna».

«Credevo che dovessi aiutarmi a dormire», obietto.

«E non ci sto riuscendo?»

«Andava tutto bene, finché non hai parlato di fare il bagno insieme, di notte», gli faccio notare.

«Non ti piacerebbe?»

«Mi piacerebbe molto. Ma non puoi pretendere che mi addormenti dopo che mi hai regalato questa immagine mentale, Reed».

«Io è un po' che ci penso, invece».

«Cos'altro mi faresti vedere?», gli chiedo, con il fiato mozzato e il battito a mille.

«Nella grotta?», sussurra con malizia.

«A Gibilterra», lo correggo.

«Attraverseremmo lo stretto in barca e ti porterei a Tangeri, a passeggio nella Kasbah antica. Ti comprerei tutti i profumi che ti piacciono, le spezie, le stoffe più colorate per farti dei vestiti che poi mi divertirei a toglierti; poi ci perderemmo nei vicoli stretti tra le case pitturate di azzurro, finiremmo a ingozzarci di *shebakia* per poi baciarci con la bocca e le mani impiastricciate di miele all'ombra dei portoni verdi, senza farci vedere da nessuno se non dai gatti randagi... Con la *Sfinge* ti porterei verso qualunque punto sull'orizzonte tu mi indicassi, Rebecca».

«*Sfinge?*», domando senza capire.

«La nave che sto facendo costruire al cantiere di Porter. Ho deciso che la chiamerò *Sfinge*, e la polena sarà scolpita seguendo il ritratto che ho disegnato mentre leggevi in giardino».

Ecco a cosa gli serviva.

Reed tuffa il viso nell'ansa tra il mio collo e la spalla, scostando appena la camicia da notte, e inspira forte come se fosse lì l'unica aria di cui ha bisogno.

Preme le sue labbra calde nel punto appena sotto il mio orecchio provocandomi una scossa interna che arriva dritta al mio basso ventre.

«Il mio profumo, su di te, mi fa perdere la testa, Rebecca».

In uno slancio di sfrontatezza, mi volto sull'altro fianco, trovandomi faccia a faccia con lui. «Non reclami il tuo bacio, stasera?», gli domando.

Reed scuote la testa. «Non mentre sei turbata da cattivi pensieri. Quando mi bacerai voglio che non pensi ad altro che a me».

«Io penso già a te. Sei diventato la prima persona che cerco quando entro in una stanza».

Reed accarezza il mio viso, chiudendo una mano a coppa intorno alla mia guancia rossa. «Con uno come me ti giocheresti la reputazione».

«Sei uno per cui vale la pena rovinarsela».

Con le fronti premute l'una contro l'altra e le punte dei nasi che si sfiorano, i respiri che si perdono uno nell'altro, ci manca davvero poco per scambiarci quel bacio che ormai è sospeso in aria da troppo tempo.

Inclino appena la testa, quel tanto che basta per toccare leggermente le sue labbra con le mie.

«No», mormora Reed.

«Perché?»

«Perché io non voglio baciarti e basta, cazzo. Voglio spogliarti, voglio sentire il tuo corpo sotto le mie mani e le tue su di me e, quando sarà, voglio che siamo in un posto dove tu possa urlare il mio nome con tutto il fiato che hai». Reed rotola sulla schiena e sospira come se fosse stanchissimo. «Mettere un freno a un desiderio così bruciante mi sta consumando vivo. E quel che è peggio è che questa tortura mi piace da morire».

«Vuoi andartene?», gli chiedo con la paura che dica di sì.

«Ti ho promesso di restare finché non ti saresti addormentata, giusto?».

Annuisco, senza aggiungere altro.

Reed mi attira a sé, nel suo abbraccio, e io finisco con la testa appoggiata al suo petto mentre le nostre gambe si intrecciano sotto le lenzuola.

Mi accarezza i capelli, avvolgendo una lunga ciocca tra le dita. «Ho sempre avuto il controllo di tutto ma da quando ti conosco i miei pensieri, del mio controllo, se ne fregano».

Non ci diciamo più nulla. È il *tu-tum* del suo cuore, sotto il mio orecchio, che mi culla nel sonno.

Giovedì 6 giugno

1816

37

«Buongiorno, Lady Rebecca!», mi desta Lucy, con la sua voce squillante. «Mrs Bry ha preparato i soufflé al formaggio, i vostri preferiti!».

Il profumo di burro e formaggio riempie la stanza, risvegliando i miei sensi.

«Oh, vedo che avete mangiato la torta al cioccolato, è un bel segno che vi sia tornato l'appetito».

Torta al cioccolato. Reed. Nel mio letto.

Apro gli occhi di scatto, balzando a sedere come se mi avesse lanciato una catapulta.

Lui non c'è. Né nel mio letto né altrove.

Chissà quando se n'è andato.

Mi stropiccio gli occhi, feriti dalla luce che entra dalla finestra, mentre Lucy si occupa della mia routine mattutina.

Noto che sul cuscino accanto al mio c'è una barchetta di carta. Me la rigiro tra le mani, sorridendo tra me e me, immaginando Reed che fa gli origami mentre dormo. C'è uno sbaffo di inchiostro, all'interno, perciò la dispiego.

Verso qualunque punto sull'orizzonte.
R.K.

Il cuore mi batte così forte che me lo sento dappertutto: in gola, negli occhi, nelle orecchie…

Mi rituffo tra i cuscini e la federa su cui si è disteso Reed profuma di lui.

Sorrido. Sorrido tutta.

«Sono lieta di vedere che avete ritrovato il vostro consueto buon umore, Lady Rebecca. La dormita vi ha portato ristoro».

«Hai ragione, Lucy. È stata proprio una bella dormita».

Mentre lei si affaccenda a rifare il letto, io vado al mio scrittoio per nascondere il messaggio di Reed nella ribaltina dove tengo tutta la mia corrispondenza: inviti, biglietti di ringraziamento e le lettere di Emily, legate da un nastrino.

Le lettere di Emily.

Le tiro fuori e le sfoglio a una a una, notando che alcune riportano delle decorazioni simili a geroglifici egizi. Non tutte, non le più vecchie, ma le ultime sì.

Più sono recenti più sono decorate.

Chi mai perderebbe tanto tempo a ornare delle lettere per un'amica?

Di certo non una giovane sposa con una casa piena di domestici da mandare avanti.

La mia mente, oggi più lucida e depurata dal senso di orrore, ritorna a Penny, a quello che cercava di dirmi.

Lettere.

Lettere che ho ricevuto.

Lettere che qualcuno mi ha mandato.

Lettere che Emily ha scritto per farmi sapere qualcosa.

Ma se lei è morta e la sua domestica sordomuta è stata internata, forse ciò che voleva farmi sapere non lo poteva dire, né tantomeno scrivere.

E se Emily mi avesse mandato delle lettere scritte in codice?

Studio le lettere di Emily per tutto il giorno cercando di estrapolare il codice.

Avrei voluto chiedere aiuto a Reed ma non era in casa e lo rivedo solo la sera, al King's Theatre dove io, Archie, Bennet e sua moglie ci rechiamo per la prima di *Così fan tutte*.

La zia è rimasta a casa ad assistere lo zio che, pur essendo ormai in pieno recupero, ancora non se la sente di fare le ore piccole.

Questo ha fatto sì che la poltrona rimasta vuota inducesse Archie ad accogliere la mia proposta di invitare Reed nel nostro palco, come ringraziamento del provvidenziale intervento quando lo zio è stato avvelenato.

Se devo sopportare la conversazione di Mary Anne, almeno che io possa godere della vicinanza di Reed.

Attendiamo la chiamata ai palchi nel foyer del teatro, vertice dello struscio mondano.

La prima a salutarmi è Lady Sefton, su di giri per il mio invito nella tenuta di Charles Rutherford.

«Reputati già fidanzata», mi bisbiglia all'orecchio. «La proposta sarà una pura formalità».

«Credo che, tuttavia, aspetterò una richiesta esplicita», la ammansisco.

«La duchessa vedova ha l'anello. Non te la presenterebbe se non fosse intenzionato ad avere la sua approvazione. È chiaro che Rutherford ti vuole prendere in moglie».

«Resta da domandarsi se io lo voglia prendere *in marito*», rilancio sibillina.

Lady Sefton non coglie il mio sarcasmo e ridacchia dietro il suo ventaglio. «Rebecca, il tuo umorismo è impareggiabile».

«Avresti delle carrozze bellissime e un guardaroba nuovo e alla moda ogni stagione, non come me che devo fare accomodare quelli della precedente perché Bennet vuole contenere le spese», commenta Mary Anne inacidita. «E daresti ricevimenti, andresti a corte… Magari la principessa Carlotta ti vorrà come dama di compagnia».

«Rebecca», interviene Ausonia, con sorpresa, entrando nel foyer. Sul suo abito spicca la spilla della madre di Emily.

«Non ti aspettavi di vedermi?»

«Ieri al ballo dell'Almack non c'eri…», osserva con finta innocenza.

«Addirittura basta saltare una serata per essere radiata dal panorama sociale?», la provoco. «Sarai stata contenta di avere tutte le attenzioni per te».

Lei fa spallucce. «Credevo fossi indisposta, ti accade spesso ultimamente».

«Credevi o speravi?». Nessuno mi toglie dalla testa che ci sia il suo zampino nei bonbon avvelenati. Bonbon che, guarda caso, sono arrivati la mattina seguente l'inaugurazione dei Vauxhall Gardens.

«Perché dovrei sperare in una tua indisposizione?»

«Toh! È appena arrivato Maxim Duville», noto.

«Dove?!». La reazione di Ausonia è pressoché immediata: allunga il collo scrutando intorno come un segugio.

«Mi sono sbagliata... Era solo uno che gli somigliava. Come mai quest'ansia? Lo stavi aspettando, Ausonia?».

Lei mi rivolge uno sguardo dardeggiante. «E per quale motivo?»

«Non lo so», gioco a fare la finta tonta. «Dimmelo tu, come mai, al solo sentire il suo nome ti sei tutta infervorata».

«Stasera fa molto caldo», taglia corto.

«Sta piovendo, Ausonia», le faccio notare.

In quell'istante arrivano, dopo aver sorseggiato un brandy, Archie e Bennet, i quali sono stati raggiunti da Reed.

«Lady Rebecca», mi saluta con un inchino formale, ma rivolgendomi un impercettibile sorriso e un occhiolino.

«Sir Knox, sono lieta che abbiate accettato l'invito di mio cugino», ricambio io, sperando che nessuno noti il mio sguardo perso. Non riesco a non ripensare a ieri notte, a me, a lui, nel mio letto, abbracciati, legati dalla corda tesa del desiderio.

«Lo spettacolo sta per iniziare», ci sollecita Archie.

Il primo atto riesco a seguirlo con una discreta attenzione, ma poco dopo l'inizio del secondo, Bennet si alza, annunciando di non sentirsi bene.

«Non sarei proprio dovuto uscire stasera, ma Mary Anne non voleva perdersi la prima. Dovrei andarmene o rischio di rovinare la serata a tutti», si scusa alzandosi dalla sua poltroncina. Bennet non ha mai avuto una bella cera, ma ogni volta che lo vedo mi sembra che peggiori.

«Che novità!», sbuffa sua moglie scocciata. «Cosa non t'inventi pur di evitare i ritrovi?!».

Ma, a guardare Bennet, a me non pare proprio si stia inventando nulla.

«Posso mandarvi il mio medico per una visita, anche stasera stessa», si offre Reed.

«Per carità!», rifiuta Mary Anne. «Noi ci affidiamo solo al dottor Winslow. È l'unico da cui ci facciamo visitare».

«Winslow è un macellaio e ti riempie di medicinali inutili che ti fanno solo stare peggio», obietta Archie con astio.

«Ha detto che mi devono fare male per farmi del bene», ci scherza su Bennet, anche se ha l'aria di uno che sta per svenire. «Meglio che vada».

«La prossima volta vengo da sola», borbotta sua moglie senza preoccuparsi che la sentiamo. Non conosco la loro storia, ma sono convinta che Bennet meriterebbe molto di meglio di quella donna.

«Vi accompagno», decide Archie risoluto, alzandosi dalla poltroncina a sua volta. Deve essere davvero preoccupato se non si pone neanche il problema di lasciarmi con Reed senza chaperon. «Ah, ehm, Rebecca... faccio presto... Tu...».

«Siamo qui sotto gli occhi di tutti, la sala è illuminata a giorno, non sarà la tua assenza di cinque minuti a nuocermi», lo rassicuro. «E Sir Knox ci ha più volte dimostrato la sua lealtà, no?».

Archie annuisce, sorregge Bennet seguendo la stizzita Mary Anne, e io e Reed ci ritroviamo soli.

«Stasera lascia la finestra aperta», bisbiglio. «Vengo da te».

«Dopo il teatro ho un impegno», mi ferma lui. «Io e Azmahl dobbiamo sbrigare un affare».

«Credo di aver capito cosa intendesse dirmi Penny, ieri pomeriggio», spiego. «Si riferiva alle lettere che mi mandava Emily: sono convinta che abbia scritto qualche messaggio in codice, ma ho bisogno del tuo aiuto per decifrarle».

«Ottima intuizione e ti aiuterò volentieri, ma quello che devo fare stanotte non posso più rimandarlo». Reed allunga la mano ad accarezzare le mie dita. «A proposito di messaggi segreti: hai trovato il mio, stamattina?»

«Verso qualunque punto sull'orizzonte», rispondo. «Quando te ne sei andato?»

«Poco prima dell'alba, appena ho sentito i primi rumori in casa».

Stringo le labbra per contenere un sorriso troppo grande. «Sei rimasto tutta la notte, allora».

«Avrei voluto rimanere fino al tuo risveglio».

Le mie dita s'intrecciano alle sue in una stretta morbida. Le nostre mani si sono toccate in ogni modo possibile: sfioramenti leggeri, prese salde, carezze gentili, strette decise, si parlano quando le nostre bocche non osano dire più nulla che possa udirsi ad alta voce.

La maniglia della porta si abbassa e Archie rientra, scuro in volto, mentre noi due interrompiamo ogni contatto ma non abbastanza veloci da non essere visti.

Mio cugino mi rifila uno sguardo truce, si siede accanto a me, ma non proferisce parola per il resto dello spettacolo.

Solo quando arriviamo a casa si degna di aprire bocca e il suo tono nei miei confronti, quando annuncio la mia intenzione di congedarmi per andare a letto, è gelido e autoritario.

«No, prima voglio parlarti. Nel mio studio».

«Possiamo fare domattina?», chiedo, impaziente di raggiungere Reed prima che esca con Azmahl.

«Ora».

38

Archie si siede alla scrivania come un professore in sede d'esame. «Cosa sta succedendo tra te e Sir Reedlan Knox?»

«Niente», rispondo io in fretta. È la verità: tra me e lui non è successo nulla. Non ancora, almeno.

«Davvero? E io che credevo di avervi visto tenervi per mano, a teatro».

«Non significa nulla», insisto ma più incerta.

Archie stringe le labbra con un'espressione severa che non gli ho mai visto rivolgermi. «Sarà meglio, Rebecca».

«Meglio per chi?», mi azzardo a chiedere.

«Per chi?». Lui scoppia in una risata isterica. «Per te! Per la famiglia! Per tutti, che razza di domanda è?»

«Non è successo niente, Archie», ripeto.

«Sai, Rebecca», lui si alza dalla poltrona in pelle verde scuro e si reca alla libreria da cui prende un tomo pesante, «non vorrei averti dato l'idea che tu abbia più libertà di quanto ti sia consentito, né che io possa essere indulgente con te al punto da trascurare il mio compito di tuo tutore. Cosa leggi qui?», dice mettendomi sotto il naso una pagina con illustrato uno stemma decorato in rosso, blu e oro accompagnato da una lunga lista.

«Marchese di Lennox, conte di Kilmore, visconte di Brewster e barone di Mennycomb», leggo l'elenco, diligente come una scolaretta.

«Sono tutti i titoli che portava tuo padre, tra i più antichi del Regno Unito». Archie richiude il librone con un colpo secco. «E che io ho ereditato alla sua morte, con i relativi onori e oneri. Sai questo cosa vuol dire?».

Scuoto la testa. Il tono gelido che mi rivolge mi schiaccia.

«Che è mio dovere dare una linea di successione al casato e preoccuparmi che anche tu produca eredi che, nel malaugurato caso di mia morte prematura, possano succedermi. Ciò significa che il tuo matrimonio dev'essere di rango pari o superiore al nostro; ed essendo un marchesato piuttosto in alto tra i titoli, i possibili sposi per te possono essere o marchesi o duchi. O principi, per carità, ma loro sono impegnati nello scacchiere matrimoniale europeo».

«Dove vuoi arrivare, Archie?»

«Charles Rutherford, duca di Wyndham, è il candidato ideale: oltre al titolo e ai possedimenti, non è vecchio e ha un aspetto piacevole. Non ti costringerei mai a un matrimonio come quello di Lady Celeste Manderley, tuttavia devo ricordarti il valore della mia autorità».

«E il valore della tua autorità m'impone di rinunciare alla libertà di innamorarmi per sposare l'uomo che hai scelto per me?»

«Hai la libertà di innamorarti di Rutherford», dichiara lapidario.

«E se io non lo volessi Rutherford?»

«Puoi scegliere tra gli altri pretendenti adeguati al nostro rango, ma sei abbastanza intelligente da capire da sola che sono tutti molto più sgradevoli o più poveri di lui».

Il tema non dovrebbe toccarmi, tornerò al futuro presto o tardi – quando Gwenda giungerà a una data – ma non riesco a non prenderla sul personale.

«Se parliamo di ricchezza, nessuno è più ricco di Reedlan», lo sfido incrociando le braccia sul petto con aria di sfida. «Nemmeno Rutherford».

Archie mi guarda con aria canzonatoria. «Reedlan? Lo chiamiamo con il nome di battesimo, ora?»

«Sir Knox, come ti pare».

«Non ha titolo, non ha onore e ha un passato contaminato da crimini imperdonabili che non sarà certo un valore militare a cancellare», ribatte lui.

«Io credevo che ti piacesse», obietto stupita.

«Ma non lo devo mica sposare! Posso mostrare cordialità a un vicino di casa; trovare brillante la sua conversazione; ricambiare la gentilezza per i servigi prestati dal suo medico e, di quando in quando, condividere con lui i miei passatempi come una serata da White o a teatro, ma ciò non fa di lui un valido pretendente alla tua mano».

«Perché?», sbotto con la voce che mi trema in gola.

«Per lo stesso motivo per cui io non posso stare con la persona che amo!», tuona Archie picchiando il pugno sulla scrivania con una forza tale da far vibrare lo stiletto nel calamaio. «Io non posso, tu non puoi, queste sono le regole del gioco che dobbiamo accettare. Ti piace questa bella casa, con la tavola sempre imbandita, gli armadi colmi, i camini accesi, una carrozza sempre pronta a scortarti ovunque tu voglia e svegliarti senza una preoccupazione al mondo se non scrivere lettere o leggere libri? Bene, questo è ciò che devi accettare per vivere così. Altrimenti, puoi avere tutta la libertà che vuoi, ma senza un tetto sulla testa, senza sapere se rimedierai un pasto caldo o, nella migliore delle ipotesi, svuotando pitali nelle case di chi ha accettato queste regole».

«Chi è che ami e non puoi avere?», gli domando sentendo che quello è il suo nervo scoperto.

Archie mi dà le spalle, fissando il buio fuori dalla finestra; è lontano chilometri da me e non si fa sfiorare dalle mie parole. «Chi amiamo non fa differenza. La nostra non è una vita di amore; siamo pari del regno, è una vita di dovere».

«Archie, ascoltami», lo prego.

«Ringrazia che stasera vi ho visti io e non mia madre o qualche pettegola dell'Almack. Il segreto muore con me, ma non arrischiarti oltre: quando Rutherford mi chiederà la tua mano, gliela concederò. Ora vai a letto, non ho altro da aggiungere».

Apro la porta, sconsolata. «Ti credevo diverso».

«Spiacente di averti deluso».

Appena entrata in camera non perdo tempo a cambiarmi dagli abiti del teatro; prendo le lettere di Emily dallo scrittoio ed esco subito dalla finestra per entrare in casa di Reed.

Nello studio noto la porta dell'arsenale aperta e lì ci sono lui e Azmahl armati fino ai denti.

«A che servono tutte quelle armi?», chiedo loro senza disturbarmi a salutare.

«Come ti ho detto prima a teatro, c'è un affare che dobbiamo sbrigare», risponde Reed. «Riguarda Benjamin Harlow».

«Harlow?», ripeto stranita. «Perché?»

«Ricordi quando disse che Emily gli aveva consegnato un astuccio di pelle da recapitare al "Chronicle"?»

«Sì, certo».

«Ero andato a cercarlo all'alloggio che lui aveva affittato prima che lo arrestassero ma non ho trovato nulla. Stamattina sono tornato alla prigione e ho parlato di nuovo con lui e mi ha spiegato dove lo ha nascosto. Io e Azmahl stiamo andando a recuperarlo. E credo che non saremo i soli a voler mettere le mani su quell'astuccio».

«Sei tornato alla prigione?!», esclamo in tono di accusa. «Senza di me!».

«Ti sei scordata cosa è successo quando siamo stati a Newgate?», ribatte lui irritato.

«Mi hai tagliata fuori».

«Ti ho protetta», insiste lui.

«Non ho bisogno di essere protetta».

«Già la prima volta sapevo che sarebbe stato rischioso e avevo ragione. Non volevo esporti a una seconda aggressione».

«Perché?»

«Perché mi preoccupo per te», tuona lui così forte che Azmahl si dilegua, lasciandoci soli. Reed fa un passo verso di me, poi un altro e un altro ancora, fino a prendermi le mani. «Perché mi sono reso conto che il mio unico pensiero, in qualunque situazione ci troviamo, è la tua sicurezza. Ho bisogno di sapere che tu stai bene, che sei al sicuro. Tu sei diventata la mia priorità, Rebecca».

Io, che non sono mai stata la priorità di nessuno a parte i miei genitori, sono la sua.

«E tu sei la mia, per questo non voglio che tu vada da solo», insisto.

Reed mi trascina fuori dall'arsenale, richiudendo la porta a chiave. «Non sarò da solo, c'è Azmahl».

«E se ti succedesse qualcosa?», domando preoccupata mentre lo seguo fuori dallo studio, giù per le scale. «E se…», quasi mi muore la voce in gola, al pensiero, «…se non tornassi?».

Reed si ferma, voltandosi verso di me, con il gradino di vantaggio che per una volta mi permette di guardarlo dritto negli occhi, anziché da sotto in su. «Se non tornassi ti mancherei?»

«Se rispondessi di sì?».

Reed mi sorride in quel modo che mi scalda dentro. «Potrei farmi uccidere solo per la soddisfazione di mancarti», replica cingendomi la vita tra le mani.

«Sai quel bacio che ti devo? Voglio dartelo ora».

Reed avvicina il suo volto al mio, al punto che ho già le labbra tese e schiuse pronte ad accogliere le sue.

Lui però si ferma a un millimetro. «Tienilo per dopo, così avrò una ragione in più per tornare».

39

Aspetto Reed nella sua stanza, rannicchiata sul divano davanti al camino con le lettere di Emily in grembo.

Perfino Sun-Yi a un certo punto bussa per portarmi un infuso di erbe caldo, segno che il rapporto tra me e Reed è cambiato e ora sono la benvenuta in casa sua. Scorro le pagine scritte da Emily in ordine cronologico per trovare indizi e anche per sviare i miei pensieri dall'apprensione.

Escludo subito che i geroglifici disegnati corrispondano alla traduzione effettiva, perché Champollion non codificherà la stele di Rosetta fino al 1822, quindi Emily ha dato loro un significato arbitrario. Il più è capire quale.

La dimora di campagna di Maxim sembra uscita da un sogno, vorrei che ci stabilissimo qui. È il luogo perfetto per crescere una famiglia. Spero che avremo tanti bambini…

Maxim parte spesso per lunghi viaggi che lo tengono distante da me per diversi giorni. Mi annoio molto e senza di lui le ore non passano mai. Decorare questa corrispondenza con i geroglifici è diventato il mio diversivo preferito. Non sciupare le mie fatiche artistiche gettando le mie lettere; conservale come opere d'arte.

Il tenore delle lettere è molto simile: righe e righe di resoconti domestici e lodi sperticate al marito. Indizi per la codifica: assenti.

Per tenermi compagnia nelle sue assenze, Maxim ha proposto che mia sorella Jemima venga a stabilirsi da noi. In questo modo, oltre alla gioia di trascorrere il mio tempo con lei, potrò istruirla per il suo futuro debutto in società…

Maxim mi tratta come una regina, non mi fa mai mancare nulla e mi sorprende spesso con doni e omaggi. Gli dico che mi sta viziando troppo ma, secondo lui, non mi lusinga abbastanza…

Alzo gli occhi al cielo, nauseata dalla stucchevolezza delle sue missive, ma vado avanti, cercando la chiave per decifrare i messaggi in codice.

Il mio ciclo mensile è in ritardo, preghiamo perché io sia incinta. Desidero così tanto un figlio. Spero che sia bello come il mio amato Maxim…

«Cosa vuoi dirmi, Emily?!», sbotto contro le lettere. «Cosa?».

Ho mesi di corrispondenza serrata tra le mani e niente che mi riconduca al vero contenuto dei messaggi.

Inizio a pensare che le decorazioni simil-geroglifiche siano davvero solo il passatempo di una giovane sposa annoiata.

Sbuffo, ripiegando il fascio di lettere con una pungente sensazione di sconfitta nel cuore.

Credevo di aver capito tutto, invece non ho capito nulla.

Chino la testa all'indietro, sul bracciolo del divano, e mi abbandono alla stanchezza, cadendo in uno stato di dormiveglia.

Mi desto di soprassalto quando la porta della stanza si spalanca di colpo ed entra Azmahl trascinando Reed di peso, aiutato da Sun-Yi.

«Sul letto, presto», ordina.

La giacca di Reed è intrisa di sangue.

40

I minuti successivi trascorrono frenetici mentre depositano Reed sul materasso. Azmahl gli taglia via giacca e camicia, scoprendo il suo petto ferito, in alto a sinistra, e Sun-Yi gli porta strumenti chirurgici e asciugamani puliti.

«Rebecca», mi chiama lui con un filo di voce, tendendo la mano verso di me che sto impalata nel mezzo della stanza.

Lo raggiungo sedendomi accanto a lui sul letto, alla sua destra, e constatando con orrore la ferita larga tre dita da cui sgorga un lago di sangue.

Guardo Azmahl, con terrore. «È il...?», ma le parole mi muoiono sulla lingua.

«Non è il cuore, per fortuna lo ha mancato di pochi centimetri. Però devo fermare subito l'emorragia», mi rassicura. «Reed, ti chiedo scusa ma devo farti male».

«Sai, Rebecca», mi dice lui, con respiro affaticato, «forse avrei dovuto finirlo, il tizio che ci aveva aggrediti alla prigione. Ma stavolta ho rimediato».

«Di nuovo lui?!».

«Ha cercato di colpire me, mentre ero di spalle», spiega Azmahl, «Reed si è messo in mezzo e ha preso la coltellata al mio posto».

«Vedi cosa ti succede ad andare in missione senza di me?», scherzo, anche se c'è ben poco da ironizzare. «Se ci fossi stata io, saresti tornato tutto intero».

«Forse hai ragioneaaahhhhh!». Dopo che Azmahl ha ripulito

parte della ferita, passa alla sutura interna. Reed s'irrigidisce per il dolore e mi stringe la mano con tutta la forza che ha. «Cazzo, Azmahl», ringhia a denti stretti.

«Resisti, ti aggiusterò anche stavolta».

«Dammi del rum. Del gin. Dell'alcol, perdio!», sbraita Reed. «L'unico medico che non consente di anestetizzare il dolore ai pazienti doveva capitare a me».

Azmahl scuote la testa con un sorrisetto sadico. «Hai un'emorragia in corso. L'alcol alza la temperatura corporea, che di conseguenza dilata i vasi sanguigni, aumentando così la circolazione… Che è l'esatto contrario di ciò di cui ho bisogno. Non concentrarti su di me, concentrati su Rebecca». Poi si rivolge a me. «Parlagli, distrailo».

«Reed, guardami», gli ordino. «Occhi fissi su di me».

«È quello che faccio in continuazione, ogni volta che compari nel mio campo visivo», ribatte lui. «A proposito: sei bellissima stasera. Volevo dirtelo, prima, a teatro».

«Riguardo al teatro… Archie ci ha visto tenerci per mano e non gli è piaciuto. Mi ha convocata nel suo studio per rimproverarmi e ricordarmi che il mio dev'essere un matrimonio di rango. È deciso a concedere la mia mano a Charles Rutherford, tuo fratello».

«Azmahl», lo chiama Reed, «…uccidimi».

«Ma non sono ancora sposata, neanche fidanzata. Stavo pensando a una cosa: se, quando avrai concluso i tuoi affari qui a Londra, io ripartissi con te?».

Lui mi guarda sgranando gli occhi, non so più se per il dolore o per la sorpresa. «Con me, intendi in mare?»

«Certo», insisto e sono seria, dannatamente seria. «Pagheresti tanto oro quanto peso per avermi nel tuo equipaggio».

«Se tu fossi a bordo della mia nave, non metteresti piede fuori dalla mia cabina», ribatte lui.

«Sono dotata di un ottimo spirito di adattamento e imparo in fretta. Non sono un complemento di arredo da tenere sotto chiave».

«Non sarei io a tenerti sotto chiave». Riecco il lampo di malizia nel suo sguardo, che da un po' di tempo a questa parte è diventata una delle cose che preferisco di lui. «Saresti tu a non voler uscire».

«Oh, e cosa ci sarebbe di tanto bello, lì dentro?».

Lui mi percorre tutta con lo sguardo, come se volesse spogliarmi con gli occhi. «Non è cosa c'è, ma cosa *faremmo* lì dentro».

«Ragazzi, niente allusioni», ci richiama all'ordine Azmahl, «le pulsazioni di Reed mi servono basse e regolari».

Ops.

«Dovrai essere in una forma migliore di così per tentarmi...», lo prendo in giro.

«Non fare caso a lui, è solo geloso. Mi sa che Azmahl a bordo ci vorrebbe anche Lady Celeste Manderley», lo punzecchia Reed. «Ahi! Ma lo fai apposta?!».

«Lady Manderley è una donna sposata», rammenta lui come se il solo sentire il nome di Celeste non lo avesse fatto arrossire.

«Non è un matrimonio felice», dico. «Partire non dispiacerebbe nemmeno a lei... E credo anche che sarebbe molto contenta di rivederti».

«Lascialo perdere», interviene Reed. «Azmahl non si accorgerebbe delle attenzioni di una donna nemmeno se gli si buttasse addosso».

«Non stuzzicare un uomo che sta infilando un ago a pochi centimetri dal tuo cuore», ribatte lui. «E, per la cronaca, so riconoscere benissimo una donna interessata, ma so anche quando è fuori dalla mia portata, a differenza di qualcun altro».

«Non so proprio a chi ti riferisci... Aaah!».

«Ho finito», annuncia Azmahl alzando le mani. «Rilassati mentre vado a prendere i bendaggi».

Rimaniamo soli e io mi stendo sul letto accanto a Reed. «Ricordi quando hai accettato di indagare con me sulla morte di Emily e hai detto che lo avresti fatto solo se non ne fosse scaturito un rischio gratuito?»

«Dove vuoi arrivare?»

«Be', stanotte non sei morto per un soffio. Se vuoi che lasciamo perdere, lasciamo perdere».

«È troppo tardi per lasciare perdere».

«Hanno provato ad avvelenare me e qualcuno ha tentato di uccidere te. Se siamo ancora vivi, non è troppo tardi».

«Mi serve finire quello che abbiamo iniziato».

Aggrotto la fronte, confusa. «Perché *ti serve*?»
«Io non...», esita lui.
«Diglielo», interviene Azmahl con tono perentorio, ricomparendo sull'uscio.
«Non possiamo».
«Ha il diritto di saperlo», insiste. «Ormai c'è dentro fino al collo anche lei nella cospirazione».
«Co... cospirazione?», balbetto.
Reed sospira, arreso. «Con la pirateria ho consolidato una fitta rete di sentinelle e informatori in tutto il Mediterraneo, il Reggente mi ha conferito la patente di corsa per svolgere indagini segrete. Io, Azmahl, Sun-Yi, i miei domestici siamo...».
«Siete...?», lo incalzo.
«Spie», conclude Azmahl, impegnato a fasciare la ferita ricucita. «Reed è il capo delle spie della Corona».
«Marittime», aggiunge lui, quasi fosse imbarazzato.
«Cioè, voi siete la prima unità di intelligence navale del Regno Unito?!», esclamo sbalordita.
«La *che*?». Azmahl e Reed mi guardano come se non avessero capito. È comprensibile dato che il primo dipartimento ufficiale di Navy Intelligence sarà costituito solo con la Prima guerra mondiale. Sapevo che alcuni corsari avevano anche questo ruolo, ma non pensavo di averne davanti due.
«Scusate, ho pensato ad alta voce. Dicevamo, in che cospirazione sarei dentro fino al collo?»
«Sono sulla pista di un piano ordito da alcuni inglesi scontenti, cattolici filofrancesi, che starebbero facendo da appoggio ai bonapartisti per far fuggire Napoleone da Sant'Elena», cede Reed. «Sono stati sottratti dei documenti molto importanti e riservati dall'Ammiragliato, per questo il Reggente mi ha investito del cavalierato, così da darmi la possibilità di indagare nelle alte sfere».
«Per questo volevi che io ti garantissi l'accesso alle feste e ai ritrovi più esclusivi?», chiedo scioccata.
Reed annuisce. «I sospetti portano verso persone molto ricche e ben inserite nella gerarchia sociale. Persone che beneficerebbero della gratitudine di Napoleone se riuscissero a ribaltare l'Inghilterra da dentro, per conto suo».

«Perciò, se io avessi accettato il tuo ricatto, mi avresti trascinato in un complotto alla Corona a mia insaputa, senza farti il minimo scrupolo?», gli rinfaccio risentita. «Volevi usarmi».

Reed tace e Azmahl si dirige verso la porta. «Meglio che vi lasci».

«Allora?», insisto. Una cospirazione tra francesi e inglesi per rovesciare il regno e consegnarlo alla Francia di Napoleone Bonaparte nel 1816 è l'equivalente dell'attacco alle Torri Gemelle. È una roba grossa. Molto più grossa di me. Troppo.

«Non ti avrei mai esposto a pericoli», si difende lui.

«Bugiardo», lo accuso alzandomi dal letto. «Mi sembrava troppo strana l'arrendevolezza con cui hai accettato di aiutarmi con il caso di Emily in cambio di qualche festicciola».

«Ti avevo detto che era per affari privati», controbatte.

«Ma io pensavo a una resa dei conti personale o a informazioni senza impegno, non a UN CAZZO DI INTRIGO INTERNAZIONALE PER LIBERARE NAPOLEONE!».

«Forse ti sfugge che non ho ordito io il complotto, sono quello che deve sgominarlo».

«Sai cosa, Reed? Me ne chiamo fuori», annuncio alzando le mani. «Lascio perdere tutta la storia di Emily, tanto è chiaro che non avrà mai giustizia in questo mondo. Quanto a te, starai anche facendo il tuo dovere, ma chiunque ci sia dietro sta pensando che pure io sia coinvolta nella tua missione segreta».

«Lo sei, infatti. E anche più di me».

«Scusami?». Sbatto le palpebre inebetita.

«All'inizio non potevo saperlo, ma le mie piste mi stanno portando verso Maxim Duville, il marito di Emily. Quello che sto scoprendo con te, sulla sua morte, potrebbe chiudere il cerchio con ciò che so io».

«Sostieni che Emily c'entri qualcosa con il complotto?». L'angoscia mi annoda la gola.

«Ciò che abbiamo recuperato stasera dall'alloggio di Harlow, l'astuccio che gli aveva consegnato lei, lo stava cercando anche qualcun altro: l'uomo che ho ucciso lavora per Porter. Gli ho commissionato una nave per poter avere libero accesso al suo cantiere ed è là che l'ho visto». Reed si alza dal letto, ma il dolore provocatogli dalla ferita lo inchioda giù. Si mette a sedere a fatica; vorrei aiutarlo, ma l'orgoglio mi trattiene. «Rebecca, non posso più rinunciare a te, né per l'indagine né...».

«Né?», lo sfido a continuare.

«Sei in tutti i miei pensieri quando sono sveglio e in tutti i miei sogni quando dormo. Sei in tutte le mie paure quando non ti vedo e non so dove sei. E quando siamo insieme, non sei mai abbastanza vicina». Mi guarda con occhi colmi di preghiera. «Ti ho cercata per i motivi sbagliati, ma ora ti voglio per tutti quelli giusti. E, giuro su Dio, quando il pericolo ha cominciato a sfiorarti, ho cercato di tenertelo lontano in ogni modo».

Tutto il risentimento che mi bruciava sottopelle si dissolve all'istante.

«Cosa vuoi fare ora?», gli domando muovendo un passo verso di lui, come un muto cenno di riconciliazione.

«Abbracciarti».

«Parlavo del piano», specifico io.

«Abbracciarti è l'unica cosa che voglio dal momento in cui ho varcato la soglia».

Faccio un altro passo, poi un terzo e un quarto, fino ad annullare lo spazio che ci separa. «Fa male?», chiedo sfiorando i bordi della fasciatura.

«Abbastanza. Ma se resti con me, mi farà meno male».

«Quando ti ho visto entrare ferito, ho avuto paura». Le mie mani percorrono il solido profilo delle sue spalle nude fino a intrecciarglisi dietro la nuca. «Non farmi più spaventare così».

Lui ride sotto i baffi. «Invece stavo pensando di farlo più spesso. Mi piace quando mi guardi in quel modo».

«Quel modo, come?»

«Come se fossi l'unico uomo al mondo».

Appoggio la mia fronte alla sua. «Non vuoi più il tuo bacio?»

«Aspettarlo ormai è il motivo per cui mi sveglio. Apro gli occhi e mi chiedo se sarà oggi il giorno che riuscirò a baciarti; e stare sulle spine mi fa sentire vivo come non mai. Potrei rimandare per sempre».

«Ottimo», dico arretrando come se volessi andarmene. «Me lo riporto via».

Lui però mi trattiene e mi attira di nuovo a sé. «Ma credo anche di aver aspettato così a lungo che ora mi prenderò quel bacio con tutti gli interessi».

«È tutto tuo».

41

Mi arrendo alla sua bocca che si posa sulla mia, con delicatezza, quasi come se avesse il timore che io possa sottrarmi.

Non ho la minima intenzione di farlo; gli affondo le dita tra i folti capelli scuri e schiudo le labbra per invitarlo a continuare.

Solo ora mi rendo conto di quanto lo volessi anche io. Il gemito che mi sfugge è tanto carico di sollievo quanto di desiderio.

Ci abbandoniamo al bacio, alle nostre lingue che si cercano, che si accarezzano, che stringono una tregua dopo tante schermaglie.

La dolcezza cede il passo all'impulso frenetico di sentirci in ogni modo possibile.

È un bacio che avverto in tutto il corpo, e ora non si capisce più chi lo ha dato e chi lo ha ricevuto, tanto era il bisogno da soddisfare.

«Voglio morire così», sussurra Reed sulla mia bocca.

«Prima di morire, baciami ancora». Stretta a lui, gli salgo in grembo a cavalcioni, mentre mi tiene per i fianchi e s'impossessa di nuovo delle mie labbra.

Seguo il suo impeto mentre mi trascina giù con sé, sul materasso.

«Argh», ringhia a denti stretti. «Dannata ferita».

«Se ti faccio male mi sposto».

Lui, però, non me lo permette, imprigionandomi nel suo abbraccio. «Non azzardarti ad allontanarti da me».

«Non sei abbastanza in forze per rincorrermi», lo prendo in giro.

«Ma lo sono abbastanza per fare questo». E con uno slancio ribalta le nostre posizioni sul letto. Io distesa sulla schiena, lui sopra di me, si china a baciare tutta la pelle che il mio abito lascia scoperta, dalla spalla al collo, sotto l'orecchio, il profilo della mandibola, per tornare a dare sollievo alla mia bocca che ora non può più fare a meno della sua.

E non solo la bocca.

Ho bisogno di sentire il suo corpo sul mio, ho bisogno di non avere vestiti addosso, ho bisogno…

«Ehm, ehm… Chiedo scusa». Il ritorno di Azmahl interrompe il nostro idillio. Entra nella stanza porgendo un bicchiere con un intruglio fumante a Reed. «Da amico non posso essere che contento che vi siate… chiariti, e v'incoraggerei a continuare a "chiarirvi". Come tuo medico, però, ti suggerisco di andarci piano con lo sport per qualche giorno o ti farai saltare i punti».

«Ma poi ci sei tu che me li rimetti», scherza Reed prendendo un sorso. «Questa robaccia è disgustosa».

«Finiscila; è per il dolore». Azmahl torna alla porta socchiudendola mentre esce. «Ti lascio nelle mani di Rebecca».

«Meglio le sue delle tue», ribatte Reed.

«Tranquilli, non è stato affatto imbarazzante», dico io.

«Azmahl per me è più di un fratello. Io, lui e Sun-Yi eravamo dei reietti, ora siamo la famiglia che ci siamo scelti. Loro non ti metteranno mai in imbarazzo».

«Quindi», gli accarezzo il petto seguendo le linee sinuose dei tatuaggi, «basta baci?»

«Vuoi scherzare? Abbiamo appena iniziato. Devo solo rivedere i miei programmi».

«Programmi? Di che programmi parli?».

Reed mi solleva piano il vestito, scoprendomi le cosce. Mi guarda a lungo, emettendo un sospiro pesante. «Niente che si possa spiegare a parole». Torna a chinarsi su di me, sollevandomi il mento con l'indice. «A che punto ci ha interrotti?»

«Più o meno…», con la punta della lingua solletico il suo labbro inferiore, «qui».

Un suo bacio non mi basta, neanche due, neanche tre, voglio di più e anche lui.

«Tuo cugino non sarebbe molto felice di sapere dove sei e cosa stai facendo ora», scherza lui senza smettere di baciarmi.

«Ma non lo sa».

Anche se sto attenta a toccarlo con gentilezza, a Reed scappa ancora un lamento di dolore, seguito da un'imprecazione.

«Cristo», sbotta buttandosi sul letto con una mano premuta sulla ferita. «Dio maledica l'anima di quel bastardo figlio di puttana che mi ha accoltellato».

«Quanto dolore senti da uno a dieci?»

«Vorrei fare l'eroe e dire uno».

«Non ti serve fare l'eroe. Ho visto la ferita, sarebbe strano che non ti facesse male». Gli sistemo il bendaggio che, nella foga dei nostri baci, si è arricciato. «Vuoi che chieda ad Azmahl di rincarare il suo rimedio?»

«Non credo che possa fare più di così».

«Vorrei poterti aiutare, è che non so…». Idea! E invece so come. Balzo giù dal letto. «Arrivo subito».

«Dove vai?»

«A prendere una cosa in camera mia».

Vado e torno alla chetichella, recuperando dal mio kit d'emergenza il portapillole che tengo sempre con me.

«Eccomi», annuncio a Reed. Gli sistemo bene i cuscini dietro la schiena e lo faccio adagiare perché stia comodo. «Tieni, prendi una di queste», dico schiacciando una compressa fuori dal blister.

«Cos'è?», chiede guardando la pastiglia bianca.

Una mano santa che non si userà ancora per almeno altri centotrent'anni. «Paracetamolo: un antidolorifico per trattare mal di testa, mal di gola, mal di denti, dolori muscolari, sintomi del raffreddore, mal di schiena e per abbassare la febbre», spiego. «Allevia anche i dolori del ciclo mestruale ma non credo che t'interessi».

«Dove lo hai preso?»

«Lontano… Avanti, butta giù e bevi», lo esorto tendendomi verso il comodino per prendergli la brocca dell'acqua. «Ci vorranno una ventina di minuti prima che agisca».

Lui esegue senza obiettare, atto di fiducia di cui devo dargli credito, poi tende le braccia verso di me. «Vieni qui. Se ti sdrai con me, fa effetto prima».

Mi stendo al suo fianco, la testa appoggiata alla sua spalla e la mano sul petto, sopra alla ferita. «Così?»

«Da dove vieni?», mi domanda a bruciapelo. «Ora che sai tutto di me, io voglio sapere tutto di te. Che c'è di più dietro la debuttante scrittrice di storie del mistero, l'ho capito da un pezzo».

«Se io te lo dico, mi prometti che non mi prenderai per pazza?», lo avverto con l'angoscia che mi si addensa alla bocca dello stomaco. «Perché sarà la storia più strana che ti sarà mai capitato di sentire».

«Se non volessi saperlo, non te lo avrei chiesto».

«Ok», deglutisco e prendo un respirone, come se mi dovessi tuffare da una scogliera di cento metri. «Mi chiamo Rebecca Sheridan, ho ventun anni, ho perso i miei genitori quando ne avevo diciotto e vengo da Londra». Bene, questa era la parte facile. «La Londra del futuro».

«Futuro?». Come prevedibile, nel tono di Reed c'è una certa incredulità. «In che senso, futuro?»

«Futuro. In effetti, il 1816, che per te è il presente, per me è il passato».

«Quanto passato?»

«Più di duecento anni». Nella stanza regna il silenzio: quello di Reed è il silenzio di chi sta ragionando su ciò che ha sentito; il mio è il silenzio di chi aspetta una reazione.

Scuote il capo, perplesso. «Mi stai dicendo che tu hai… viaggiato nel tempo?».

Annuisco.

«Sono disposto a crederti, non a lasciarti prendere gioco di me. Da dove vieni, Rebecca?», mi domanda ancora. «*Sul serio*».

«Temo che, per quante volte tu possa domandarmelo, la risposta non cambierà», replico scoraggiata. «Ma se non mi credi è inutile proseguire la conversazione».

«Facciamo finta che sia come dici: in che modo sei arrivata dal futuro al 1816?»

«In realtà mi ci ha trascinato Gwenda Fanning».

«La donna che lavora da Hatchards?», chiede ancora più incredulo. «Vuoi farmi credere che è una maga o roba del genere?»

«No, anzi: è una scienziata. È una professoressa di fisica e ha calcolato le coordinate di questo passaggio spazio-temporale tra il mio presente e il 1816. Mi ha trascinata con sé mentre eravamo a una rievocazione storica da Hatchards… è bastato varcare la porta del magazzino e mi sono ritrovata qui».

«Sono… sono confuso».

«Immagino». Già è tanto se non mi reputa pazza.

«E cosa fai nel futuro? Sei una lady? Come funziona?». Il suo tono è ancora scettico, ma mi lascia uno spiraglio.

«Niente di più diverso. Non ho titoli e neanche soldi, se è per questo. Studio Egittologia all'università e…».

«Università?!», m'interrompe quasi più stupito del fatto che io gli abbia detto di venire dal futuro. «Le donne possono studiare?»

«Nel futuro è piuttosto normale. Anzi, fino a una certa età è perfino obbligatorio che tutti, uomini e donne, abbiano un'istruzione».

«Scusami, continua».

«Lavoro part-time alla biblioteca universitaria, ma sono anche un'avida lettrice di romanzi d'amore ambientati durante la Reggenza, cosa non particolarmente ben vista dai miei colleghi. Sto per laurearmi…».

«Cazzo!», esclama lui basito. «Ero pronto a una storia strana… ma non così tanto strana».

Mi sollevo a sedere per guardarlo in volto. «Lo so, neanche io lo ritenevo possibile quando tutti continuavano a ripetermi che era il 1816, eppure… Puoi anche non credermi, Reed, lo capisco, ma non prendermi per pazza per favore».

«Invece ti credo, Rebecca». Il suo tono serio sfata ogni mio dubbio. «Sai perché?»

«Per il paracetamolo?»

«Perché io ho visto la luce, quel giorno, da Hatchards. Ero entrato per seguire Maxim Duville e mi fingevo interessato ad alcuni volumi mentre origliavo la sua conversazione con il commesso, quando gli scaffali che stavo spulciando si sono smaterializzati. Un lampo di luce mi è esploso davanti agli occhi e, quando li ho riaperti, avevo te tra le braccia con la scollatura ricoperta di panna… Dio, cosa farei a quella panna ora… Perdonami, non è importante. Tu non c'eri in libreria, prima. Sei comparsa dal nulla».

Mi crede. Reed mi crede. È la prima persona a parte Gwenda a sapere che io non appartengo a questo tempo. «Grazie».

«Di cosa?»

«Per avermi creduto».

«Avevi quelle scarpe assurde ai piedi», continua lui, sorridendo divertito.

«Le Converse».

«E volevi pagare i libri con quel coso nero…».

«Il mio smartphone. Tutti tra duecento anni ne avranno uno».

«A che serve?»

«Con lo smartphone ci si può fare di tutto: parlare con persone che vivono dall'altra parte del Paese, vederle dal vivo, ordinare cibo, scattare fotogr… Tra qualche anno si inventerà un modo per fare ritratti a persone e paesaggi senza posare per ore, basterà pigiare un tasto con il dito».

Lui mi ascolta ma ha l'aria di non capire. «E il tuo smartcoso può fare tutte queste cose?»

«Ci si può ascoltare la musica senza che vi sia un'orchestra che suoni dal vivo, vi si può scrivere… Quando starai meglio e potrai venire da me, te lo mostrerò».

«È per questo che non mi sei mai sembrata pazza: dicevi cose assurde e incomprensibili, ma lo facevi con una naturalezza tale che non potevi non essere lucida».

«Come pensi che sapessi con certezza che Prince Leopold avrebbe vinto il Derby di Epsom? Sul mio smartphone ho alcuni libri che mi servono per la tesi di laurea e nei quali ci sono i risultati di tutte le corse e tutti i campionati ufficiali giocati durante la Reggenza».

Reed sgrana gli occhi. «Dunque, sapendo già l'esito della gara, hai barato?».

Mi stringo nelle spalle, con aria colpevole. «Ecco, non sceglierei proprio il termine "barare"…».

«Aver umiliato mio fratello è stata una gran bella soddisfazione, ma così, mia signora, devo dire che mi rendi davvero orgoglioso». Mi prende per la vita, facendomi sedere a cavallo del suo addome. «Sai, credo proprio di aver bisogno di te sulla mia nave».

«Te lo avevo detto». Mi chino su di lui, a reclamare un bacio.

«Ora che sei qui, resterai nel mio presente o tornerai al tuo?».

Questa domanda, forse, è la peggiore a cui mi tocca rispondere. Rettifico: spiegare da dove sono arrivata è stata la parte facile. «Non lo so più», rispondo incerta. «In verità, dovrei tornare. Gwenda sta ricalcolando l'apertura del paradosso spaziotemporale. Non sono venuta per restare, almeno, non era la mia intenzione iniziale».

«E adesso qual è?». La bocca di Reed sfiora appena la mia, a ogni parola. «Se Mrs Fanning domani ti dicesse: il portale è aperto, puoi tornare al futuro?»

«Non ne ho idea», ammetto, certa della mia incertezza. «Se non ci fossero di mezzo il caso di Emily da risolvere e l'evasione di Napoleone da sventare, le direi di sì subito».

«Solo per Emily e Napoleone?». Lo sguardo di Reed mi chiede ciò che a voce non dice. *E per me?*

«Gwenda mi ha raccomandato due cose: di non farmi uccidere e di non innamorarmi. Per quanto riguarda la prima posso impegnarmi, per la seconda no», confesso. «Non più».

Reed mi accarezza le braccia nude, scatenandomi un piccolo brivido. «Non saprei definire l'amore, Rebecca, ma la mia pelle sente più di quanto le parole possano dire».

«In così poco tempo ogni mia certezza si è trasformata in un dubbio e non sono sicura di volere ancora le stesse cose di un mese fa», confesso.

«Deciderai tu, quando sarà il momento, con la tua testa».

«Mi vedi così in difficoltà?»

«Non voglio influenzarti, Rebecca».

Veniamo interrotti da un leggero bussare. «Mi spiace disturbarvi», è la voce di Azmahl, attutita dall'uscio chiuso. «Ma ho notato una luce accendersi a casa di Rebecca. Credevo che potesse interessarvi saperlo».

Reed sbuffa, indispettito. «Per quanto mi costi dirtelo, è meglio che tu vada».

«Tornerò da te domani sera», lo rassicuro, mentre scendo dal letto. «Tieni il paracetamolo: una compressa ogni quattro ore se il dolore non ti dà tregua. Goditi l'effetto perché lo inventeranno solo nel 1878».

Reed mi accompagna alla "mia" finestra nel suo studio, dove ci salutiamo.

«Non so se questo sia un bacio della buonanotte o del buongiorno», dice chinandosi sulla mia bocca.

I suoi sono in assoluto i baci migliori che io abbia ricevuto in vita mia, mi fanno sentire desiderata come non mai.

«Vai», mi prega forzando il nostro distacco. «O tuo cugino saprà dove venire a cercarti».

«Riposati, non farmi preoccupare».

Mi aiuta a scavalcare il davanzale e mi guarda finché non rientro nella mia stanza, dove lo saluto prima di svestirmi e mettermi a letto.

Ma anziché tirare la tenda, come consuetudine, la lascio aperta.

Vedo ancora Reed dal suo affaccio, quando lascio cadere prima la spallina destra, poi la sinistra, con l'abito che scivola ai miei piedi in una pozza di seta azzurra.

Slego poi il corpetto e lo sfilo con studiata lentezza per abbandonarlo sul letto.

E lui è sempre lì, quando allento il nastro della scollatura della sottoveste, che poco dopo raggiunge il vestito a terra.

Ora non ho addosso nulla. Sono nuda, davanti a lui, nella luce fioca e ambrata delle lampade a gas che illuminano la stanza.

Non ho mai improvvisato spogliarelli per nessuno, eppure mi è sembrato così spontaneo e naturale da non poter fare altrimenti.

Reed è ancora alla sua finestra quando spengo le luci.

È ancora lì quando mi metto a letto.

Ed è ancora lì quando chiudo gli occhi.

Al mio risveglio, qualche ora dopo, mi alzo prima che entri Lucy, e sul davanzale trovo una rosa bianca, con un biglietto.

Spogliarti per me, quando non posso toccarti, è stato un colpo basso.
Se vuoi uccidermi, almeno non farmi soffrire lentamente.
R.K.

Venerdì 7 giugno

1816

42

A colazione, mio cugino è freddo e distaccato non solo con me, ma con tutti.

Sembra chiuso in sé stesso e nemmeno fa caso alle frasi che gli vengono rivolte, tanto che zia Calpurnia deve ripeterle due volte.

«Archie, stamattina mi sembri poco in te. Non ti starai ammalando, per caso? Mercoledì ospitiamo il ballo in onore di Rebecca, sei il padrone di casa, riguardati. Prendi un ricostituente».

«Certo, madre», è la sua risposta laconica senza degnarla di uno sguardo.

Dubito di essere io il problema, o i suoi sospetti riguardo a una mia ipotetica – ormai neanche tanto – relazione segreta con Reed.

Vorrei che si aprisse con me perché è evidente che, qualsiasi cosa lo turbi, abbia bisogno di parlare.

Lui però pilucca svogliato la colazione ed esce di casa torvo, senza nemmeno dirci dove va o quando tornerà.

La mia speranza è di essere libera per andare da Reed ma la zia mi trascina con lei nelle sue commissioni.

«E il tuo abito per il ballo chi lo prova? Io?», ridacchia lei. «Sciocchina che non sei altro, andiamo da Mrs Triaud che ci aspetta».

Io, che ho sempre comprato abiti nei mercatini *second hand*, ho riscoperto una gioia del tutto nuova nell'indossare capi fatti su misura per me, che mi vestono alla perfezione in ogni punto.

Nel mio armadio del futuro non ho un solo indumento che risponda a tali requisiti: se i jeans mi vanno bene di vita, non vanno di gamba; se gli abiti mi stanno bene sul seno, mi difettano sui fianchi; ho maglioni perfetti di spalle ma troppo lunghi di manica. Nel futuro le taglie saranno standard, uguali per tutti – persone alte o minute; magre o formose; con il corpo a mela o pera o banana – ma non andranno davvero bene a nessuno.

Ciò, comunque, non mi porterà a diventare una frequentatrice delle sartorie di Savile Row, dato che mi manca la componente fondamentale per diventare loro cliente: un conto in banca a sei zeri. Già se arriviamo a tre è tanto.

Almeno nel 1816 mi lascio viziare dalla modista, dato che ho questa possibilità.

«Sapete, Lady Rebecca», mi dice Mrs Triaud intenta a chiudermi la lunga fila di bottoncini sulla schiena. «Poco fa è passata Lady Osbourne mentre apportavo gli ultimi tocchi al vostro abito ed è rimasta così impressionata da chiedermi di confezionarne uno uguale per sua figlia. Le ho detto che questo punto di rosa pallido ad Ausonia non donerebbe affatto e uno scollo così non è adatto alle sue spalle spioventi. Credo che si sia risentita, ma io ho molto a cuore il mio lavoro e non voglio che si dica in giro che una donna sia mortificata da un mio abito», declama con orgoglio.

«Mrs Triaud», s'inserisce la sua assistente. «A proposito di Lady Osbourne, quando prima ha provato i coprispalle, si è levata la spilla e l'ha dimenticata sul bancone. Ho il permesso di recarmi a casa loro e restituirgliela? Non ci metterò molto».

«Ma certo! Non sia mai che ci accusi di furto. Sarebbe capace di tutto quella linguacciuta».

«Quella spilla?». Scatto all'erta guardando il gioiello che tiene in mano l'assistente. La spilla che ho spesso visto indosso ad Ausonia, quella che apparteneva alla madre di Emily.

«E quanto ne vanno fiere. Madre e figlia se la litigano».

«Credo che appartenga alla figlia», suggerisco, sapendo che è un dono di Maxim Duville.

«L'una, l'altra, che differenza fa? Ogni volta che vengono qui si vantano di quanto abbia speso Lord Osbourne per comprarla».

Comprarla? In che senso? «Dove l'ha comprata? Quanto ha speso?», chiedo a bruciapelo.

«Rebecca, non sta bene», mi riprende la zia.

«Sono solo curiosa… è un gioiello così raffinato e mi piacerebbe averne uno simile», mento.

«Oh, il duca di Wyndham ve ne comprerà di più belli, cara», esclama Mrs Triaud, alla quale la zia ha spifferato l'interesse di Charles Rutherford nei miei confronti. «Cosa volete che sia per lui una spilla da cinquemila sterline?! Ma se proprio ci tenete, suggeritegli di andare da Greyhurst, sullo Strand».

«Se non vi spiace, restituisco io la spilla ad Ausonia», mi propongo con più entusiasmo del dovuto.

«Figuratevi, Lady Rebecca», ridacchia Mrs Triaud. «Ci mancherebbe che vi facessimo fare da messo».

«Mi è di strada!», insisto.

«Come, di strada?!», salta su la zia.

«Voglio portare un invito al mio ballo di mercoledì anche ad Ausonia». Meno male che non sono Pinocchio o avrei il naso lungo sei metri.

«Ma è tardi, le partecipazioni sono partite due settimane fa. E poi, ero sicura che non la volessi tra gli ospiti».

«Ci ho ripensato». Ho un piano, e lo porterò a termine. Horatio Caine farebbe la stessa cosa al mio posto. «Voglio appianare le nostre divergenze e porle un ramoscello di ulivo».

Lo so che zia Calpurnia non mi dirà di no, lo so, lo so. «D'accordo, Rebecca, come vuoi», cede.

«Prima passiamo da Greyhurst. Chiediamo loro in prestito una parure da abbinare a questo abito. Che ne dici, zia? Ametiste o perle?».

La gioielleria ci accoglie con calore, e riesco perfino a convincere la zia a separarci con la scusa di valutare più gioielli.

«Che mi dite di questa spilla?», domando al gioielliere che mi sta esibendo collane faraoniche su un vassoio di velluto.

Prende la spilla di Ausonia dalle mie mani e la osserva, si consulta poi con il suo collega più anziano, Mr Greyhurst, che viene da me.

«Questa spilla appartiene a Lord Osbourne. Perché è in vostro possesso?», mi domanda.

«L'ho trovata a teatro, ieri sera, per *Così fan tutte*. Ho pensato di fare il giro dei gioiellieri per sapere se qualcuno conoscesse il proprietario. Siete il terzo negozio che visito».

«Sì», annuisce Greyhurst. «È senza dubbio la spilla che abbiamo realizzato per Osbourne. Ho smontato io il collier originale di cui faceva parte».

«Ah, Lord Osbourne ha fatto modificare un collier?», chiedo facendo la finta tonta. Che venga da un collier è fuor di dubbio, ma della madre di Emily.

«No. Il collier lo abbiamo acquistato da un nostro affezionato cliente, Maxim Duville. La moglie voleva disfarsi di alcuni gioielli di famiglia che non usava. Ritengo il prezioso squisito e dal valore davvero eccezionale, ma in effetti era un collier troppo importante per una giovane sposa. E, aggiungerei, a mio gusto, anche molto fuori moda».

«Capisco», concordo assimilando le informazioni. «E aveva un valore molto alto il collier? Lo chiedo perché forse non conveniva smontarlo».

«La pietra e i diamanti sono il pezzo forte. Valgono quattromila sterline da soli. Ma ce ne ha portati così tanti che abbiamo pagato ben di più. A proposito, Lady Rebecca, lasciate che vi mostri questa parure di perle rosa dei Caraibi che abbiamo comprato sempre da Duville e riassemblato in una montatura dall'ispirazione floreale. Per il vostro ballo sarebbe perfetta. Se le indossaste in una occasione così speciale, sarebbe una grande pubblicità per noi».

Le perle di Emily.

«Zia Calpurnia», la chiamo mentre lei è intenta a provarsi diversi anelli. «Ho trovato cosa indossare».

Quando rientriamo, scalpito perché dopo cena tutti se ne vadano a letto presto poiché domani ci aspetta la St James Boat Race, la parata reale.

Spentasi l'ultima luce e chiusasi l'ultima porta, sgattaiolo fuori come mia abitudine e m'imbuco in casa di Reed, dirigendomi dritta nella sua stanza.

A letto non c'è, ma le porte della sala da bagno sono aperte e la luce è accesa: è disteso nella vasca, circondato da una fitta schiuma.

«I miei sospetti su Ausonia erano sbagliati», annuncio entrando.

«E io», dice lui, indicando dei fogli appoggiati sul tavolo accanto alla vasca, «ho decifrato il codice di Emily».

43

«Hai decifrato il codice?», domando entusiasta. In effetti, se non ne è capace lui che è una spia, chi dovrebbe riuscirci? «Cosa dicono? Che c'è scritto?».

Reed scuote la testa. «Le buone maniere non si usano più nel futuro? Nessun saluto, nessun bacio, nessun come stai…».

Lo raggiungo, sedendomi sul bordo della vasca. «Come stai?»

«Ruffiana», ribatte senza rispondermi. «Inoltre, sei troppo vestita. Ti ricordavo più nuda ieri notte».

«Stai per caso suggerendo che per dirmi come hai fatto a decifrare le lettere di Emily devo prima spogliarmi?»

«Sto suggerendo che potresti farmi compagnia». Reed afferra il nastrino della mia camicia da notte e tira il lembo, sciogliendo il fiocco.

«Facciamo così: tu prima mi dici come hai decifrato il codice, poi io potrei levarmi un indumento a tua scelta».

«Ma non indossi altro che la sottoveste», sottolinea lui con un sorriso malizioso.

«Uomo fortunato».

«Questo rende le cose molto più facili, non credi?».

Reed prende una lettera di Emily e me la passa. È la prima in ordine di data, in cui compare la cornice di geroglifici e che si raccomandava io conservassi. «Questa è la chiave del codice, che chiaramente lei ti dice di non perdere. Il bordo del foglio è decorato con questi ventisei simboli geroglifici, ma la corrispondenza con le lettere non segue l'ordine alfabetico».

«E come si arriva a capire quale lettera corrisponde a ciascun simbolo?», domando. «Non mi sembra che lo spieghi in alcun modo».

«Emily non lo spiega», concorda Reed, «lo mostra. Guarda il modo in cui il testo va a capo anche quando non c'è bisogno, anche quando avrebbe abbastanza spazio nel foglio per continuare a scrivere».

«Lei spezza la frase e va a capo, sì». Mi soffermo a osservare quanto evidenziato da Reed: credevo che fosse una semplice questione stilistica, legata al modo di scrivere di Emily. Io non ho mai avuto bisogno di scrivere lettere a mano – mi sarà capitato qualche volta a scuola, come esercizio –, scrivo solo e-mail e lì il testo va a capo in automatico. «E tutte le prime parole di ogni riga hanno sempre un'iniziale diversa!», noto.

«Secondo te, perché?», m'imbecca lui piegando la testa all'indietro, sul bordo.

«Perché l'iniziale della prima parola della prima riga corrisponde al primo geroglifico?», ipotizzo. «E l'iniziale della prima parola della seconda riga corrisponde al secondo?»

«Esatto», conferma Reed soddisfatto. «Prendi la lettera successiva che Emily ti ha inviato».

Faccio come dice. «Questa?», ma nell'aprirla cade un foglio, vergato nella grafia di Reed che ormai riconosco. «Hai "tradotto" il messaggio?!».

«Dovevo provare se la teoria fosse vera. Lo è».

La leggo ad alta voce. «Temo che Maxim legga le mie lettere. Dopo il matrimonio il suo comportamento nei miei confronti è cambiato: è freddo, scostante, disinteressato. Non c'è più traccia della passione con cui mi ha corteggiata. Non fare caso a ciò che leggerai nel testo di questa lettera o altre mie future. P.S. Il codice scala sempre di uno. Ti scriverò più spesso che posso, non abbandonarmi. Emily». Non ci posso credere. «Cazzo», dico scioccata. Il 1816 mi sta facendo diventare scurrile.

«Il cerchio si stringe intorno a Maxim», constata Reed.

«Cosa vuol dire "scala sempre di uno"?», gli chiedo dubbiosa.

«Che nella lettera successiva la corrispondenza geroglifico-lettere dell'alfabeto slitta di una posizione: l'iniziale della prima parola della prima riga non corrisponde più al primo geroglifico, ma al secondo; quella della seconda riga, al terzo... e così via. Nella terza lettera le corrispondenze slitteranno di due posizioni, nella quarta tre. In questo modo il codice non è mai lo stesso. La crittografia variabile rende i messaggi pressoché indecifrabili senza chiave», mi spiega.

«Ho capito! Come l'Enigma dei nazisti!», esclamo.

Reed mi guarda dubbioso. «I chi?»

«Sarebbe sbagliato dire tedeschi, perché non tutti i tedeschi erano nazisti ma la Germania – tra poco più di cento anni – sarà guidata da una fazione politica le cui mire espansionistiche la porteranno a dichiarare guerra a pressoché tutta l'Europa, che dal 1939 al 1945 sarà messa a ferro e fuoco».

«Come ha fatto Napoleone?»

«Più o meno». Anche peggio.

«E cos'è l'Enigma di cui parlavi?»

«Una macchina molto complicata che l'intelligence nazista usava per mandare messaggi criptati, ed essendo il sistema a codice variabile era appunto impossibile da decifrare senza chiave, come dici tu».

«E anche noi inglesi avremo un Enigma?», mi domanda curioso.

«Ancora meglio. Noi inglesi saremo quelli che decripteranno l'Enigma», annuncio compiaciuta. «E delle altre lettere di Emily che mi dici? Gli hai dato un'occhiata?»

«Non ancora; sarà un lavoraccio. Ti ha mandato decine di lettere, ci vorranno diversi giorni per decodificarle tutte».

«Capisco», replico riappoggiando i fogli sul tavolino. «A proposito: non mi hai detto cosa c'era nell'astuccio che hai recuperato nell'alloggio di Harlow».

«Vai a vedere tu stessa: è sulla mia scrivania».

Faccio come dice e torno con l'astuccio, dal quale prelevo il contenuto. «Sembrano dei progetti d'ingegneria... navale. O roba simile», dico guardandoli confusa. Poi mi cade l'occhio sul timbro in calce alle tavole. «Vengono dall'Ammiragliato! Sono... sono i documenti scomparsi?».

Reed annuisce. «Sono due navi subacquee, suppongo che chi li ha sottratti voglia utilizzarli per raggiungere l'isola di Sant'Elena e sbarcarvi senza farsi vedere dalla flotta della Royal Navy che pattuglia la costa», spiega. «L' *Aquila*, la più grande, è progettata per un carico di centoquattordici tonnellate, è lunga ottantaquattro piedi e larga diciotto, azionata da due motori a vapore di quaranta cavalli. L'*Etna*, la più piccola, è quaranta piedi per dieci; carico: ventitré tonnellate. Possono portare trenta marinai scelti, accompagnati da quattro ingegneri. Il progetto prevede anche che siano armate da venti siluri: perfetti per entrare in azione in caso di opposizione delle navi da guerra della Marina».

«Sono dei... sottomarini!», esclamo scioccata. «Il piano è far fuggire Napoleone da Sant'Elena via sottomarino!».

«Nome calzante».

«Il nome che avranno nel futuro. Saranno impiegati in tutte le guerre del Novecento. Non fatti così, molto più avanzati tecnologicamente, ma la Germania ha quasi decimato la flotta inglese militare e civile con i suoi U-Boot».

«Sempre i nazisti di cui parlavi prima?», mi chiede lui.

«Già», confermo. «E come pensano di far fuggire Napoleone?»

«Suppongo travestendosi da guardie. Sbarcheranno, lo raggiungeranno, travestiranno anche lui e lo porteranno via. Poi, è probabile che intendano approdare alla vicina isola di Ascensione o Tristan da Cunha e, da lì, ripartire alla volta dell'Europa con una flotta di navi da guerra».

«Ben protetto».

«La Royal Navy aveva commissionato i sottomarini all'ingegnere che li aveva ideati, Fulton, come risorse aggiuntive. Quando i progetti sono spariti hanno richiamato me a Londra».

«A questo punto i sospetti ricadono su Maxim», suggerisco. Riarrotolo le tavole e le infilo nell'astuccio. «Ora capisco perché Emily volesse consegnare questi progetti al "Chronicle": per divulgare il complotto».

«Io ho mantenuto la mia parte dell'accordo». Mi inchioda con il suo sguardo, in attesa di una mia mossa. «Adesso tocca a te, Rebecca».

«Ti riferisci allo spogliarmi e unirmi a te nella vasca?»

«Precisamente a quello».

Mi alzo in piedi e raccolgo tra le dita la batista impalpabile della mia camicia da notte, senza smettere di guardare Reed negli occhi, che m'incendiano dentro.

La sollevo lenta, scoprendo piano le caviglie, poi i polpacci, le ginocchia, le cosce e lasciando indugiare l'orlo di pizzo all'altezza dell'inguine.

«Ti piace mettere alla prova la mia pazienza, vero?», mormora Reed.

«Strano che tu lo abbia capito solo ora».

«O te la togli tu, o te la tolgo io».

«Né l'una né l'altra». Scavalco il bordo della vasca entrando in acqua, nello spazio tra le sue gambe. Dandogli le spalle mi abbasso finché non sono immersa fino ai fianchi, dopodiché mi sfilo la camicia da notte dalla testa, lanciandola sul pavimento.

Con me dentro, il livello dell'acqua è salito e la fitta schiuma mi abbraccia morbida le spalle.

«Creatura perfida», sussurra Reed al mio orecchio, mentre mi cinge la vita tra le braccia e mi stringe contro il suo petto.

«La tua ferita», gli ricordo.

«La mia ferita è a posto».

«Non ti fa male?»

«Mai quanto il dolore che mi infliggi tu ogni volta che ti prendi gioco di me».

«Ora che mi hai qui, nuda, nella vasca con te, che intenzioni hai?». La verità è che sono un po' tesa. Un po' tanto tesa. Non sono stata così con nessun uomo mai in vita mia. Sono nervosa, ma anche… curiosa.

«Ho intenzione di lavarti».

«Lavarmi?», gli chiedo confusa, voltandomi verso di lui.

«Lascia che ti faccia godere di un bagno come si deve». Prende una spugna e una saponetta dalla mensolina d'ottone agganciata alla vasca. Le bagna e poi strofina una sull'altra. Il profumo che si spande nell'aria umida di vapore della stanza è inconfondibile: liquirizia e menta.

Mi scosta la treccia dalle spalle e le massaggia dolcemente. «Mmm», è il mugolio di piacere che mi sfugge dalle labbra.

«E ho appena cominciato». La sua risata sommessa, unita al suo tocco, mi provoca un brivido.

La sua bocca traccia una scia di baci sul mio collo e io mi giro per incontrarla con la mia. Lo accolgo tra le mie labbra già brucianti dall'esigenza di sentire la carezza della sua lingua.

Le sue attenzioni si spostano dalle mie spalle al décolleté, che sfiora con la spugna facendo scorrere piccole cascate di schiuma sul mio petto.

Alla spugna si sostituisce il tocco delle sue mani: si chiudono a coppa intorno ai miei seni, in una stretta gentile ma decisa, e con i polpastrelli stuzzica i miei capezzoli tesi a fior d'acqua.

I nostri respiri sono pesanti e veloci, i nostri baci anziché saziarci ci provocano un bisogno sempre più crescente.

La mano destra di Reed scende sul mio ventre, poi giù tra le mie cosce che chiudo d'istinto.

«Cosa fai?», sussurro sulle sue labbra.

«Ti ascolto».

«Ma non sto dicendo nulla».

«Tu no, ma il tuo corpo sì».

Il suo indice mi solletica con una carezza intima, che mi fa tremare tra le sue braccia. «Oooh», gemo.

Ripete il gesto, in un lento su e giù che mi fa inarcare la schiena dal piacere e poi si ferma. «Ancora?»

«Sì, ancora», ho la forza di rispondere. «Ti prego, per favore».

«Ti prego, per favore», mi fa il verso, «come sei educata e docile, ora».

«Reed», lo imploro, piegata dal bisogno.

«Apri le gambe», mi ordina. Faccio come dice, senza esitare, e lui mi premia con un'altra carezza. «Brava, la mia Rebecca».

Mi abbandono contro di lui, la testa buttata all'indietro sulla sua spalla, mentre le sue labbra mi regalano l'estasi con un bacio profondo.

M'invade con l'indice, entrandomi dentro e provocandomi una fitta di dolore seguita subito dopo da un'onda calda di piacere.

I gemiti che mi salgono in gola si perdono nella sua bocca.

«Se vuoi mi fermo», suggerisce lui rallentando e sfilando il dito.

«No!!!», esclamo come se mi avesse tolto ciò che ho di più caro al mondo. «Non smettere, Reed».

«Allora continuo». Il suo tono gronda soddisfazione per avermi alla sua mercé.

Stavolta le dita sono due, le fa entrare con delicatezza, ma io le accolgo avida del suo tocco ed esasperata perché non mi basta.

Spingo il bacino avanti e indietro, seguendo il suo ritmo, che mi sta accompagnando verso qualcosa.

Una sensazione di languore e tensione mi si addensa nel basso ventre mentre le sue dita si muovono sempre più incalzanti.

È come se un filo mi stesse portando sempre più in alto e io muoio dalla voglia di buttarmi.

Non so dove, ma mi voglio buttare.

«Ti sento», mormora Reed sulle mie labbra. «Vieni».

Qualcosa mi esplode dentro, il filo si rompe e io cado precipitando giù in un vuoto bellissimo in cui mi frantumo.

Credo che sia stato il mio primo orgasmo in assoluto. Non ho mai sentito il mio corpo così: l'ho sentito tutto, dalla testa ai piedi, in ogni singolo atomo.

Mi sono toccata da sola, altri ragazzi mi hanno toccata, ma non ci ero neanche mai andata vicina. Mi era piaciuto, ma mai fino a questo punto.

Sono scossa; scossa e abbandonata a un delizioso sfinimento.

«Ti desidero da impazzire», mi dice Reed posandomi un bacio sotto l'orecchio destro. «Se non fosse per questa stupida ferita».

«Ti voglio ancora, ti voglio di più», confesso con una voce flebile che è poco più di un sospiro. Mi giro verso di lui. «Grazie». Si può dire qualcosa di più stupido? Non lo so, ma è l'unica cosa che mi è venuta spontanea da dire.

Lui mi sorride con l'aria di chi ha conquistato un nuovo continente. «È stato un piacere».

«Parlando di piacere...», inizio, cingendogli le braccia intorno alle spalle, «se ora fossi io a "fare il bagno" a te?»

«Se mi sentissi le tue mani addosso, credo che non riuscirei a limitarmi». I suoi palmi scendono dai miei fianchi ai glutei che stringe con bramosia attirandomi sul suo grembo dove sento la sua erezione che preme con prepotenza per entrarmi dentro. «Ma non stasera».

Tenendomi stretta a sé, Reed si alza in piedi e usciamo dalla vasca, poi si dirige in camera con me in braccio.

«Che fai?», gli domando rabbrividendo per il cambio di temperatura.

«Andiamo a letto», risponde lui con naturalezza, sdraiandomi sul materasso su cui è steso uno spesso asciugamano morbido.

«Ho freddo».

Reed si sdraia al mio fianco, chiudendomi nel suo abbraccio. «Ti scaldo io».

Sabato 8 giugno

1816

44

In verità non dormiamo granché, indugiamo a lungo in baci innocenti che poi diventano niente affatto innocenti, che diventano mani curiose, che diventano estasi che mi annebbia i sensi.

Alla fine, Reed cede e lascia che anche io gli restituisca il piacere che mi dà, anche se quello che ho avuto tra le mani dubito possa entrarmi tutto dentro.

Una volta, mentre io e May eravamo in pausa, mi ha fatto vedere un porno – stava facendo una ricerca su come i video hard siano ancora poco inclusivi e non rivolti al piacere femminile –, categoria "Superdotati", e credevo che il pene dell'attore fosse finto.

Quello di Reed so per certo che è vero, il che da una parte è entusiasmante ma anche, per me che è la prima volta... preoccupante.

Ci addormentiamo sfiniti dalla tensione in un groviglio di braccia, gambe e lenzuola e mi sembra che non siano passati neanche dieci minuti quando mi sento picchiettare sulla spalla.

«A casa Sheridan la servitù è già al lavoro», mi avverte Sun-Yi tendendomi la camicia da notte.

«Accidenti», esclamo catapultandomi a sedere.

«Bussare mai, eh, Sun?», mugugna Reed rotolandosi sulla schiena.

«Ho bussato ma il vostro sonno era più forte. Se preferite, la prossima volta non vi avverto».

«No, no, grazie», mi affretto a rivestirmi. «Si staranno già tutti preparando per andare alla Boat Race». Ma prima che io possa allontanarmi, mi sento tirare per l'orlo della camicia da notte.

È Reed, che mi guarda come se stesse ripensando a tutto ciò che abbiamo fatto stanotte. «Buongiorno».

Mi tendo verso di lui, sul letto, per prendermi un bacio. Dio, che ingiustizia non poter restare qui. «Devo andare. Torno stasera».

Alla svelta e alla chetichella sgattaiolo nella mia stanza dove, seduta sul letto, con il mio abito per la giornata tra le braccia, c'è Lucy.

«Lucy», dico senza parole, bloccata sul davanzale come un gatto spaventato.

«Mi farete licenziare, questo è sicuro. Dove eravate?», mi domanda lapidaria.

45

«Io… eh…». Vorrei mentire ma non ho nessuna scusa valida pronta. Salto dentro, arrovellandomi per dire qualcosa di sensato.

«Lasciate perdere, eravate da Reedlan Knox, vero?»

«Sì», ammetto incapace di inventarmi altro.

«Avete passato la notte con lui?». Lucy non le manda certo a dire.

Annuisco.

Lucy sbuffa, scuotendo la testa. «Lady Rebecca», comincia con tono di rimprovero. «Voi… voi…». La sua risolutezza viene a mancare subito. «Non commettete stupidaggini, vc ne prego».

«Non commetto stupidaggini, io e Reed non facciamo…». Non facciamo, cosa? Che non abbiamo fatto nulla non è vero, ma ci siamo tenuti comunque entro certi limiti.

«Io non sono nessuno per dirvi come dovete comportarvi e siete sempre stata una fanciulla con la testa sulle spalle, conoscete i vostri doveri e la vostra posizione, non serve che la vostra cameriera ve lo ricordi ma, vi scongiuro, non mettete a repentaglio la vostra reputazione», mi prega.

«La mia reputazione? Se nessuno dice nulla in giro, e Reed di certo non lo farà, la mia reputazione non è in pericolo».

«Non fatevi mettere incinta», mi avverte accantonando i giri di parole. «Non sarete certo la prima lady ad andare in sposa a un uomo pur avendo già giaciuto con un altro. Per ingannare il marito ci sono mille modi più uno e io sarò disposta ad aiutarvi, ma, se rimarrete incinta di Knox, non posso fare davvero niente». Il volto e la voce di Lucy mi comunicano una preoccupazione sincera.

«Non ho giaciuto con Reed», la rassicuro. «Ma terrò a mente le tue parole. So che giù, nelle cucine, si ama spettegolare ma non fatelo su di me, vi prego».

«Dei padroni leali non sparliamo. Di tanto in tanto chiacchieriamo di Mr Algernon, ma di voi mai».

«Starò attenta».

St James Park è il cuore pulsante della monarchia, su cui affacciano il palazzo reale ufficiale del re, Carlton House, dove risiede il Reggente, e Buckingham House, oggi corte della regina Carlotta e che nel futuro diventerà Buckingham Palace.

Come Hyde Park, anche St James è meta di ritrovi alla moda per guardare e farsi guardare, e oggi si terrà una competizione di canottaggio lungo il canale che lo attraversa.

Archie non è venuto, siamo solo io e zia Calpurnia sempre in compagnia del nostro solito gruppo.

C'è anche Maxim Duville che chiacchiera con giovialità insieme a Wellington e Mr Porter. Ausonia, al braccio del padre, lo guarda adorante.

Quanto alla controparte femminile, oltre alle signore, per fortuna c'è Lady Celeste.

«Ti trovo bene, Rebecca», mi saluta affiancandosi a me.

«Sto alla grande, in effetti».

«Si vede, ti brillano gli occhi».

«È la luce, il sole si vede così di rado quest'anno che, quando esce, non ci sono abituata». Balle. Continuo a pensare a ieri notte, a me, a Reed, e i continui flashback mi provocano improvvise ondate di calore. La sensazione delle sue dita tra le mie gambe è ancora così vivida che... Mi vergogno anche di ammetterlo a me stessa, ma sono un dannato lago ambulante.

Mi sento una cretina. E mi serve del bromuro.

«E il sole ti fa anche arrossire?», mi provoca Celeste.

«Ho la pelle sensibile».

Annuisce, con un sorrisetto compiaciuto. «Certo, dev'essere così».

«È così», insisto.

«Forse dovresti chiedere al dottor Azmahl di fornirti un rimedio».

«Può darsi. Già che ci sono, hai bisogno anche tu del bel dottore?».

Stavolta è Celeste ad arrossire. «Non saprei».

«Concentrati, Celeste, vedrai che qualcosa ti verrà in mente. Sono certa che lui sarà più che felice di assisterti per ogni tuo... bisogno», la punzecchio.

«Oh, diamoci un contegno, Rebecca. Sta per avere inizio la regata!», borbotta in tono scherzoso. «Sai, invece, chi avrebbe proprio bisogno di un medico? Jemima Fraser».

Mi volto seguendo lo sguardo di Celeste. Non avevo notato la presenza di Jemima nel parterre.

In effetti, oltre a lei non vedo né sua madre né il maggiore Fraser. In disparte, seminascosta, ha l'aria tirata, occhi cerchiati e colorito terreo. Si guarda intorno con fare circospetto: forse è uscita senza permesso e senza accompagnatrice.

Ciò che mi stranisce però è che, anziché guadagnarsi un posto per vedere la regata, se ne svicola via lungo il Mall in direzione di Charing Cross in tutta fretta.

«Se mi cercano, di' che ho avuto un bisogno», dico a Celeste.

Seguo Jemima Fraser anche se nella ressa che affolla lo Strand rischio di perderla più volte.

Non capisco dove sia diretta, dato che svolta dentro a stradine e vicoli che non portano a nulla, tuttavia si muove troppo veloce per stare davvero vagando a caso.

Ecco, lo sapevo, avrei dovuto mettere le Converse anziché queste scarpine di seta con il tacchetto.

Mi ritrovo in una via dalle parti di Covent Garden e perfino una sprovveduta come me sa che questo – come ogni area prossima ai teatri – è uno dei distretti più provvisti di prostitute della Londra regency e nessuna fanciulla ben nata dovrebbe metterci piede.

Nessuna tranne me e Jemima, a quanto pare.

Lei si ferma nella rientranza della vetrina di una bottega sfitta e... aspetta. Il suo arrestarsi mi spiazza perché non so dove andare. Non posso proseguire altrimenti mi vedrebbe, ed è troppo tardi per tornare indietro.

Presa dall'indecisione e dal bisogno di una soluzione veloce entro nell'unica bottega aperta della strada, un negozio di calze la cui insegna penzolante reca la scritta THE GREEN CANISTER.

Ma non sono la sola a entrare. Subito dietro di me c'è Reed.

«Se mi stavi pedinando, avresti dovuto tenere le distanze, non trovi?»

«Stavo pedinando te, che stai pedinando Jemima. E anche tu quanto a discrezione lasci parecchio a desiderare».

«Dovresti essere a casa, a letto, a curare la ferita», lo rimprovero.

«Il paracetamolo che mi hai dato mi ha rimesso a nuovo. E riguardo a Jemima ho scoperto una cosa, ed è per quello che sono venuto a cercarti, solo che mi sei sfuggita da sotto il naso», mi comunica lui. «Stamattina sono andato avanti a studiare i messaggi di Emily e...».

«Shhh», lo zittisco, trascinandolo alla vetrina. «Guarda laggiù: Jemima non è più sola. L'ha raggiunta Maxim!».

«Sì, infatti. Quello che ti volevo dire...».

«Non capisco il labiale, ma la loro conversazione mi sembra molto concitata e forse anche un po' troppo confidenziale per essere due cognati. E poi, perché trovarsi di nascosto, dico io?»

«Perché...», Reed tenta di parlare ancora.

Ma quello che vedo mi lascia a bocca aperta. «Maxim e Jemima si stanno baciando!». La mia testa sta esplodendo, incapace di processare tutte le informazioni in una volta sola. «Maxim e Jemima hanno una relazione!».

46

«È quello che stavo cercando di dirti!», sbotta Reed. «Guarda». Mi passa un foglio scritto da lui. «È il messaggio in codice dalle lettere di Emily».

M(axim) e J(emima) stanno insieme. Non so da quando ma credo da prima che ci sposassimo. M non mi fa mai visita, la notte, così sono andata io da lui e li ho trovati a letto insieme. Non mi hanno vista sbirciare, non sanno che io so, ma so. Ora ho capito perché voleva che J venisse a stare con noi: non era per fare compagnia a me.

Alzo lo sguardo sconcertato su Reed e lui annuisce. «C'è e ci sarà molto altro, temo».

Rivolgiamo i nostri sguardi, attraverso la vetrina, alla coppia di amanti segreti che si scambiano effusioni appassionate tra una battuta e l'altra.

Lei sembra preoccupata, lui ha l'aria di volerla tranquillizzare. Ma riguardo a cosa?

«Non capisco», borbotto. «Lui sta corteggiando Ausonia Osbourne, è con lei che ha una tresca, ricordi?», rammento. «Li abbiamo visti nel labirinto di Vauxhall».

«Sta prendendo in giro una delle due», ipotizza Reed. «O entrambe».

«Se ne stanno andando in direzioni opposte», dico puntandoli. «Questo è stato senza dubbio un incontro segreto concordato. Sarà il caso che attendiamo un attimo prima di andarcene anche noi».

«Nel frattempo, vuoi fare compere?», mi domanda Reed indicando una delle calze che pendono sulle nostre teste.

«Non direi, no».

Lui però sembra star trattenendo una risata. «Devo ammettere che hai un gusto ammirevole nello scegliere i tuoi nascondigli», ribatte con vago tono canzonatorio.

Io invece lo fisso senza capire. «Perché?»

«Be'…». Seguo il suo sguardo che va a cadere su un fermacarte in avorio dalla slanciata forma cilindrica e la testa a bulbo. Accanto a esso, giace una pila di illustrazioni erotiche *mooolto* esplicite.

Ora che li guardo meglio, quelli appesi al soffitto non sembrano calzini. Per nulla.

«Fammi indovinare», sospiro. «Non siamo in un negozio di intimo, vero?».

Reed scuote il capo, con un sorriso malandrino stampato in volto. «No».

Infatti, questo è un sexy shop.

«Vi chiedo scusa. Di solito lascio curiosare i clienti in libertà nel mio negozio, anche se io preferisco chiamarlo *boudoir*», dice una signora molto truccata, avvicinandosi a noi. «Ma ho notato che siete qui da un po' e mi chiedevo se non vi servisse aiuto. Io sono Mrs Philips, ho rilevato l'attività dalla precedente Mrs Philips, che a sua volta è subentrata alla fondatrice, Mrs Philips».

«Tutte Philips di cognome? Parenti?», domando io.

«Oh, no», ribatte lei, ridacchiando allegra. «La prima Mrs Philips ha guidato con successo il negozio per trentacinque anni. Mantenerne il nome è una garanzia di fiducia per i clienti. È una nicchia con molta concorrenza».

Reed si abbassa per sussurrarmi qualcosa all'orecchio. «Ed è anche il cognome più usato dalle prostitute che si sono ritirate dall'attività».

«Vi prego, seguitemi e lasciate che vi mostri i miei articoli più venduti».

«Non eravamo interessati, a dire la verità», mi scuso io.

«Oh, ma qualcosa che v'interessa lo troviamo di sicuro. Ne ho per tutti i gusti e movimentare la vita di coppie di sposi curiosi è la mia specialità».

«Non siamo sposati», specifico.

«Errore mio». Mrs Philips non fa una piega. «Una giovane vedova e il suo "amico"?»

«Vedova e amico, sì», concorda Reed.

«Non sono ancora neanche fidanzata», gli sibilo. «Già mi devo considerare vedova?»

«Se sposerai mio fratello, contaci», ribatte lui.

Mrs Philips ci mostra una fila di sculture falliche di diverse fatture e dimensioni. «Tra le vedove fresche questi "consolatori" vanno per la maggiore. In particolare, quelli di vetro si possono riempire con acqua calda e rivestire con questa sottile guaina in pelle; regalano un'esperienza piuttosto realistica», ce li presenta lei, con orgoglio.

Non ci credo, sono in un sexy shop del 1816 a guardare dildo regency.

«Altrimenti abbiamo questi accessori da toeletta molto discreti, come spazzole e specchi dal manico molto performante. Sono alquanto apprezzati nei collegi per signorine. Questi doppi, invece...», Mrs Philips si sporge verso di noi, con espressione confidenziale, «sono i preferiti delle spose di Nostro Signore. La preghiera appagherà lo spirito, ma quanto al corpo...».

«Ehm, ehm», si fa notare Reed. «Ma la mia "amica" vedova ha già un "consolatore" in carne e ossa».

Mrs Philips lo guarda con aria di superiorità. «Questo non le impedisce di possederne uno. O più di uno, se vuole».

«Che altri oggetti potete annoverare tra i più richiesti?», domando io, curiosa.

«Il vanto del Green Canister sono i guanti di Parigi», dice lei indicando i "calzini" appesi al soffitto. «Realizzati con budello di intestino di pecora della migliore qualità: sottile, impalpabile ma resistente. Basta metterlo in ammollo un paio d'ore prima dell'atto e srotolarlo sul membro turgido. Poi si lava ed è pronto per l'utilizzo successivo. Io consiglio agli amanti particolarmente vigorosi di non riutilizzare lo stesso più di tre volte, altrimenti il guanto potrebbe non garantire più le sue proprietà protettive. Oggigiorno se possiamo evitare i fastidi del mal francese, facciamolo».

Rivolgo uno sguardo a Reed che è una domanda muta e che lui comprende al volo. «Io non li riutilizzo mai. Non mi fido».

«Allora, vi suggerisco di acquistarne una bella scorta. E aggiungere prima qualche goccia di olio di neem per neutralizzare la fecondità del seme. Non so da quanto è morto vostro marito, cara, ma se è trascorso troppo tempo, temo non sia credibile annunciare una gravidanza postuma».

«Il corpo non è ancora freddo», mormora Reed a denti stretti.

«Inoltre, ho degli intriganti tarocchi arrivati dall'India. Il gioco consiste in questo: gli amanti pescano una carta e replicano l'atto che vi è illustrato», e così dicendo, Mrs Philips ce ne mostra una, in cui lei e lui sono avvinghiati uno all'altra. L'uomo è in piedi e penetra la donna da dietro.

«Le compriamo», annuncia Reed.

«Sei in cerca… di spunti?», lo prendo in giro.

«No, ma sembra divertente». Lui si china sulla vetrina del bancone a esaminare gli altri oggetti in mostra.

La mia attenzione cade su uno strano attrezzo ginnico esposto in una grossa teca: una poltrona in pelle rossa davanti alla quale è posta una specie di cyclette: tra i pedali c'è una grossa ruota, sul cui bordo sono applicati sottili petali di cuoio.

«Quella invece è…?», domando avvicinandomi.

Mrs Philip mi raggiunge sorridendo maliziosa. «La donna si siede, spinge i pedali, la ruota gira e…».

«E…?», la invito a continuare.

«Sarò felice di mostrarti che questo attrezzo a te non serve», mi bisbiglia Reed all'orecchio. Mi lancia un occhiolino facendomi cenno di seguirlo fuori. «Se non c'è altro che ti interessa, possiamo andare».

Il pomeriggio continua con una merenda dagli Osbourne.

È un evento per cui Ausonia dovrebbe mettersi in grande spolvero, ma invece la trovo dimessa e indispettita.

Il motivo principale è Maxim: la sua presenza, tanto pubblicizzata al mattino, si è trasformata in un'assenza improvvisa e deludente.

Il loro fidanzamento è nell'aria e Lady Osbourne ci tiene a sottolineare con tutti – anche a chi non glielo chiede – che Maxim Duville è dovuto rientrare a casa con urgenza per occuparsi di affari imprevisti.

Che questi impegni avessero a che fare con Jemima?

Io tollero la presenza di Charles Rutherford benché la mia testa – e il mio corpo – sia tutta per Reed.

Lady Osbourne e Ausonia non mi avrebbero mai invitata, ma sapendo che la mia partecipazione avrebbe garantito anche la sua, non hanno esitato a inserirmi tra gli ospiti. Vuoi mettere il vanto di avere ospite il duca di Wyndham? Una cosa che ho imparato della Londra regency è che tu vali quanto le persone che frequenti, e che queste possono farti guadagnare o perdere posizione e rispettabilità sociale.

«A Wyndham Hall vi ho fatto preparare gli appartamenti nell'ala di nuova ristrutturazione. Godrete di una vista imparagonabile, al tramonto», mi racconta lui, seduto con me su uno dei divanetti in vimini dell'*orangerie*.

«Vi ringrazio della premura», rispondo. «Ho fame, credo che stuzzicherò qualche tartina dal buffet».

Lui si alza in piedi. «Vi accompagno».

«Non c'è bisogno», lo rassicuro io. Vorrei avere due minuti di tregua dopo il suo incessante monologo sulla qualità dei marmi che ha fatto venire dall'Italia e dei lampadari di Boemia trasportati attraverso l'Europa su cuscini di piume.

Charles però non mi molla, seguendomi al tavolo allestito con gli spuntini.

Non faccio complimenti e riempio il piattino di porcellana con tartine, canapè e canditi.

«Una signora non dovrebbe abbuffarsi», osserva Charles mascherando il rimprovero in un finto tono scherzoso.

«Infatti io sono una signorina: devo crescere», obietto. E a rimarcare il concetto, mi poso sul piatto un rotolino di sfoglia con l'uvetta.

Sto per passare alla confetteria quando il mio sguardo è attirato da dei dolcetti dall'aria familiare: i bonbon killer alla violetta.

E se Ausonia…?

«Chiedo scusa», mi rivolgo alla cameriera che si sta prodigando per mantenere il buffet presentabile. «Ho notato quei graziosi dolcetti alla violetta e, poiché mercoledì ospiteremo un ballo, potrei essere così sfacciata da chiedere la ricetta alla vostra cuoca?»

«Fareste un figurone offrendoli, ma temo di non potervi essere d'aiuto, Lady Rebecca», si scusa lei.

«Usa qualche ingrediente segreto?». Dell'aconito, per esempio.

«Dovreste rivolgervi alle cucine di casa Fraser, è una loro specialità: questi li ha mandati Mrs Leonie per scusarsi di aver dovuto rinunciare all'invito all'ultimo».

Chi voleva avvelenarmi viene da casa Fraser. Forse è la stessa Jemima, preoccupata che le mie indagini vadano a esporre la sua relazione con Maxim!

I bonbon mi sono stati inviati la mattina successiva all'inaugurazione dei Vauxhall Gardens, quando l'ho interrogata sulla cameriera personale di Emily.

Trascorro il resto del pomeriggio a perdermi in tutte le congetture possibili, e al mio ritorno a casa fremo per raccontare tutto a Reed.

Al mio rientro, però, trovo ad attendermi un biglietto inviatomi da Gwenda.

Cara Lady Rebecca, quei volumi speciali che ci avete ordinato sono arrivati. Poiché l'attesa è stata lunga e so che ha messo a dura prova la vostra pazienza, potrete venire a ritirarli alla libreria, che aprirò solo per voi, domani mattina alle dieci.

G.F.

Non ho ordinato alcun volume; senza dubbio questo messaggio vuol dire che Gwenda è riuscita a calcolare la data di riapertura del passaggio spazio-temporale.

La cosa dovrebbe rallegrarmi, dovrei sentirmi rassicurata per il mio prossimo ritorno al futuro, ma non è così.

47

«Buonasera, Rebecca», mi saluta Reed quando entro in camera mia, poco dopo la cena. È sdraiato sul mio letto, un braccio piegato dietro la testa e una gamba accavallata sull'altra, con l'aria di chi non è mai stato così comodo.

«Reed», sibilo a denti stretti, chiudendomi alle spalle la porta a tripla mandata. «Da quanto tempo sei qui? Avrebbero potuto beccarti!».

«Speravo in un'accoglienza più calorosa ma se questo è tutto quello che t'interessa, ti accontento subito: sono qui da una decina di minuti, da quando ho visto tuo zio e tuo cugino salire in carrozza per andare, presumo, da White. E no, non avrebbe potuto beccarmi nessuno perché mi risulta che abbiate dato la serata libera ai domestici. Sbaglio?»

«Non sbagli». In realtà ormai dovrei saperlo che Reed non fa mai nulla senza prima aver calcolato tutte le variabili in gioco.

«Non vuoi leggere le lettere di Emily che ho decifrato?», mi domanda sventolando verso di me un fascio di fogli.

«Caspita, sì», replico balzando sul letto per prenderle, ma lui allontana il braccio fuori dalla mia presa.

«Che fai?», protesto.

«Ah-ah, non ho detto che sarebbe stato facile. Se vuoi che condivida i frutti della mia fatica con te, devi guadagnarteli…».

«Reedlan Knox che mi ricatta, che originalità».

«A Reedlan Knox piacciono gli scambi», ribatte con un sorriso malizioso. «Con te, in maniera particolare».

«I tuoi scambi si sa quando iniziano ma mai quando finiscono». Mi tendo per prendere i fogli ma lui mi ribalta giù, inchiodandomi sul materasso, sotto il suo peso.

«Però non puoi negare che io sia quanto mai generoso nel restituire la mia parte». Il suo viso si abbassa sul mio, con i nostri nasi che si sfiorano. «Potremmo cominciare con un bacio, intanto».

«Ho paura che il bacio potrebbe far passare l'indagine in secondo piano».

«Tu dici?», mi prende in giro, con la bocca a un soffio dalla mia.

Socchiudo le labbra, solleticando le sue con la punta della lingua. «Sbaglio?».

Lui scuote la testa e sospira. «Tieni le lettere». E si rotola sulla schiena accanto a me.

Le scorro a una a una con un crescente senso di colpa che mi appesantisce il cuore: Emily mi aveva chiesto aiuto, io ho avuto i suoi S.O.S. chiusi nello scrittoio fino a pochi giorni fa e lo ignoravo. Non so se avrei mai fatto in tempo a salvarla quando sono arrivata nel 1816 ma sento come di avere una parte di responsabilità.

14 novembre 1815

M è ossessionato dal denaro. Non capisco come mai dato che lui ha sempre avuto un patrimonio invidiabile, eppure ha insistito perché mio padre gli trasmettesse tutta la mia dote la settimana successiva al matrimonio, quando il contratto diceva che gli sarebbe stata consegnata in tre tranche trimestrali.

21 novembre 1815

M non ha più visitato il mio letto dalla prima notte di nozze. L'ardore che esternava durante il corteggiamento sembra essersi dissolto in una nuvola di vapore. Ha compiuto il suo dovere coniugale solo quella volta e, pur non essendo io un'esperta, mi aspettavo più trasporto. Da allora sono trascorsi almeno due mesi. Come potrei mai dare alla luce un figlio?

3 dicembre 1815

Ieri M ha dato in escandescenze perché il Reggente ha ridotto l'area d'influenza del suo titolo, di conseguenza anche le rendite che percepisce. M parla spesso male del principe Giorgio, anche fuori dai muri di casa, e credo che la voce sia arrivata fino a palazzo.

15 dicembre 1815

Mi sento così sola, confinata in questa proprietà di campagna dove l'unica compagnia sono i domestici. M mi lascia anche per diversi giorni. Dice che è impegnato in affari importanti con l'Ammiragliato a Londra ma credo che abbia un'amante. O forse più di una.

27 dicembre 1815

Ho dovuto nascondere i gioielli che ho ereditato da mia madre. Ho notato che sparivano dal mio secretaire e sospetto che sia M a prenderli. Nessuno dei domestici potrebbe farla franca andandosene in giro con brillanti del genere. Non capisco cosa se ne faccia. Forse li regala alla sua amante?

8 gennaio 1816

Io e M abbiamo avuto una forte lite e ho paura. Vuole vendere la proprietà nel Somerset che ho ereditato da mia madre, ma senza la mia firma non è possibile. Io non voglio e lui ha detto che vorrebbe che io fossi morta.

22 gennaio 1816

Non sopporto mia sorella. Non abbiamo mai avuto un buon rapporto e una delle cose che più apprezzavo del matrimonio era il non dover più condividere lo stesso tetto con lei, invece me la ritrovo in casa anche qui. Si comporta come se fosse lei la padrona.

2 febbraio 1816

Jemima mi ha fatta trasferire in un'ala del maniero lontana dalle stanze di M. Ho detto che le stanze padronali spettavano a me, ma M ha acconsentito. Sembra quasi che preferisca J a me.

E poi arriva la lettera incriminata, quella che mi ha mostrato Reed stamattina.

13 febbraio 1816

M(axim) e J(emima) stanno insieme. Non so da quando ma credo da prima che ci sposassimo. M non mi fa mai visita, la notte, così sono andata io da lui e li ho trovati a letto insieme. Non mi hanno vista sbirciare, non sanno che io so, ma so. Ora ho capito perché voleva che J venisse a stare con noi: non era per fare compagnia a me.

27 febbraio 1816

Ormai non posso neanche più uscire dalle mie stanze, sono controllata a vista. La mia cara Penny è l'unica compagnia che ho. Almeno lei ancora non hanno il coraggio di togliermela perché non può parlare. Io però le sto insegnando la lingua dei segni di nascosto.

7 marzo 1816

Ho trovato un passaggio segreto nell'armadio a muro di una delle mie stanze. Non serve a granché ma almeno posso recarmi fino alle cucine e svagarmi un poco. Mi bastano piccole distrazioni, come sgranare i fagioli o pelare le patate. La domenica viene sempre un giovane ufficiale, Benjamin Harlow, per fare visita alla cuoca, che è sua zia. È una faccia nuova che di tanto in tanto fa piacere vedere e mi porta notizie dal mondo.

«Uh, si parla di Benjamin», osservo. «Ma Emily non lascia presagire interesse per lui».

21 marzo 1816

Il passaggio segreto rasenta la parete dello studio di M. Ieri è venuto a fargli visita Porter, l'armatore, e parlavano di progetti molto costosi da realizzare. Non capisco cosa dovrebbe mai farsene M di una nave.

28 marzo 1816

P ormai viene da M ogni settimana. Lo vedo arrivare in carrozza dalla mia finestra, così m'infilo nel passaggio per ascoltarli. M dice che gli servono i soldi della vendita della mia tenuta. P. suggerisce che, se fosse vedovo, venderla sarebbe molto più facile. Ho paura.

«Qui c'è il movente!», esclamo. «Maxim potrebbe aver ucciso Emily per vendere le sue proprietà».

Reed però scuote la testa, non convinto. «Quando una donna muore senza eredi, la dote torna alla famiglia, non resta al marito».

«Se Maxim aveva bisogno di denaro, Emily gli serviva più viva che morta», constato, pensosa.

«La vera domanda è: come mai Maxim aveva così tanto bisogno di denaro?», mi chiede Reed. «L'ho seguito e non gioca d'azzardo, né scommette, non ha conti aperti nei bordelli né dipendenze da sostanze alteranti. Praticamente un santo».

«Già, perché?»

«Più avanti Emily si dà la risposta».

3 aprile 1816

M ha detto a P che intende sottrarre dei documenti dall'Ammiragliato per farne delle copie. Non so di cosa si tratti ma rubare documenti da un dipartimento militare credo sia tradimento. E perché gli servono delle copie?

10 aprile 1816

Li ho sentiti! M sta collaborando con P per liberare il francese dall'esilio, in cambio della promessa di diventare suo viceré d'Inghilterra una volta che lui l'avrà conquistata.

«È il complotto su cui stai indagando tu!», dico. «Ordito e finanziato da Maxim con l'aiuto di Porter».

«Sì», conferma. «E non ci sarei mai arrivato se tu non mi avessi coinvolto nell'indagine sulla morte di Emily».

«Ci saresti arrivato lo stesso, Reed», lo rassicuro.

«Forse, ma non così presto».

17 aprile 1816

Oggi M è andato a Londra con J. Ho approfittato della sua assenza per frugare tra le sue cose. Mio marito è convinto che io non esca dalle mie stanze e non chiude più niente a chiave. Ho trovato un astuccio cilindrico di pelle che contiene dei disegni marchiati con il timbro dell'Ammiragliato. Devo fermarlo.

24 aprile 1816

Tra due settimane torneremo a Londra per prepararci alla stagione. Farò in modo di portare i progetti dell'Ammiragliato al «Chronicle», il giornale per cui scrivi tu, così che denuncino la cospirazione. Forse Ben può aiutarmi.

30 aprile 1816

Penny mi ha detto che questo mese le lavandaie non hanno lavato le pezze di J. Dubito lo faccia da sola, schizzinosa com'è. Crediamo che sia incinta.

Alzo lo sguardo basito su Reed. «Jemima aspetta un figlio da Maxim Duville?!».

«Può darsi. A questo punto non mi stupirebbe. Vai avanti».

2 maggio 1816

M ha approfittato del dover fare i bagagli per il trasferimento in città perché gli consegnassi tutti i miei gioielli. Ha usato la scusa di farli trasportare con una cassetta di sicurezza. Mi sa che non li rivedrò mai più.

3 maggio 1816

M è fuori di sé perché non trova più i disegni. Li ho consegnati a Ben perché li porti a Londra. M non ha sospetti su di me, ma ha licenziato metà della servitù di Duville Downs.

5 maggio 1816

M mi ha sorpresa a parlare con B, nelle cucine. Fortuna che gli avevo già dato i disegni. Ora mi ha segregata in una camera della sua casa in Hanover Square. Ha detto alla servitù che sono malata e mi assiste solo Penny. Nessuno dei domestici della casa di Londra la conosce, l'ha presentata come una giovane sventurata a cui dà lavoro per pietà.

7 maggio 1816

Oggi M mi ha portata sotto minaccia a firmare l'atto di vendita della tenuta nel Somerset di mia madre. L'ha comprata un ricco ma rozzo irlandese che possiede delle miniere, per novecentomila sterline. Non avrei dovuto firmare ma ho più cara la vita.

9 maggio 1816

Ho paura. Credo che mi succederà qualcosa, devo scappare.

«È la sua ultima lettera?», domando a Reed.

«Ho decifrato tutte quelle che mi hai dato. Se non ne hai altre, è l'ultima».

Sospiro sconfortata. «Non ci resta che Penny. Se con il linguaggio dei segni può dirci cosa è accaduto, il cerchio si chiude».

«Dobbiamo portarla via da Bedlam. Ma non puoi ospitarla tu, né tantomeno io».

«Hai ragione», concordo, «se le dessimo rifugio, Maxim lo scoprirebbe di certo».

«O Jemima. Ricordi quando siamo andati alla prigione da Benjamin e siamo stati aggrediti?»

«Certo», annuisco.

«Il giorno prima siamo stati dai Fraser e abbiamo espresso la nostra intenzione di andare al carcere di Newgate a parlare con lui. Jemima deve averlo riferito a Maxim, che ha mandato un uomo di Porter per toglierci di mezzo».

Ripensando alla cronologia degli eventi non posso che dargli ragione. «A questo punto credo che Ausonia sia del tutto innocente. Non è stata lei a cercare di avvelenarmi e non ha ricevuto il gioiello di Emily da Maxim come pegno d'amore, perché lui ha una tresca con Jemima... Eppure, la sta corteggiando senza riserve. Non capisco, perché non mettersi con Jemima, se è lei che vuole?»

«Pensaci: cos'ha Ausonia che a Jemima manca?», mi imbecca Reed. «Ti do un indizio: comincia con la "d" e finisce per "ote"».

Cavolo, è vero! «Vuole i suoi soldi! Così come voleva i soldi di Emily». E un orrendo pensiero mi si palesa in testa. «E se vuole fare fuori anche Ausonia?». Non mi sta certo simpatica, ma c'è un limite anche al disprezzo.

«Non sarebbe da escludere».

«Ma la mia dote è molto più alta della sua. Non gli fa più gola?», mi chiedo.

«Sei anche figlia di un marchese, lui è solo un visconte. Tuo cugino non approverebbe un matrimonio al di sotto del vostro rango», mi fa notare lui. «Ma fammi capire, ti piacerebbe essere corteggiata da un traditore complottista e uxoricida?»

«No, ci mancherebbe», chiarisco.

«Perché se così fosse, potrei offendermi», ribatte Reed. «Anzi, già che ci penso sono offeso. Non so neanche cosa ci faccio ancora qui. Dovrei andarmene», continua mettendosi a sedere, con l'aria di volersi alzare.

Io lo fermo, cingendogli le spalle tra le braccia. «Credimi, Reed, non c'è nessuno che vorrei qui più di te».

«Forse potresti essere un po' più convincente. Perché non me lo dimostri?».

48

«Sarò così convincente che non vorrai andartene mai più».

Catturo le sue labbra tra le mie, assaggiando il suo sapore dal quale credo di essere dipendente.

I nostri baci ormai vanno ben oltre quel primo timido ed esitante sfiorarsi; sono una famelica rivendicazione di possesso.

Sento cose che non ho mai provato prima: sensualità ed erotismo; passione e lussuria.

«La tua bocca è il mio posto preferito», mi sussurra lui. «Per ora».

«Spogliati», gli dico.

«Spogliami», ribatte lui, con decisione.

E io sono ben felice di assecondare la sua richiesta, i miei gesti che diventano sempre più sicuri e la confidenza con il suo corpo che cresce giorno dopo giorno.

Quando è nudo, davanti a me, lo guardo senza arrossire. «Spogliami». Più che un ordine, la mia suona come una preghiera.

«Girati», mi comanda.

Gli do la schiena e lui, con una lentezza esasperante, sfila i bottoncini dell'abito dalle asole, mentre la sua bocca mi infuoca il collo di baci. «Sai, Rebecca, la seta di questo abito è così sottile che non ci vuole niente a strapparla».

«Perché non la strappi, allora?», chiedo io, impaziente di non avere più nessun ostacolo tra la mia pelle e la sua.

E al posto della sua risposta, nella stanza risuona il rumore della stoffa lacerata.

I due brandelli mi cadono di dosso e, subito dopo, alla sottoveste di batista capita la medesima sorte.

Faccio per togliermi le lunghe calze bianche che mi arrivano appena sopra il ginocchio, ma Reed ferma la mia mano con la sua. «Queste tienile, mi piacciono».

Mi sdraio sul materasso, pronta ad accoglierlo nel mio abbraccio, ma lui solleva la mia gamba sinistra portandosi la caviglia alla bocca, per morderla.

«Credevo volessi baciarmi», protesto senza vergognarmi di suonare bisognosa di attenzione.

«Oh, sì che voglio baciarti». Poggia le labbra sul collo del mio piede. «Qui». Poi risale verso il polpaccio. «Qui». Si sposta sul ginocchio. «Qui». La sua bocca traccia una scia rovente sulla mia coscia. «Qui». Fino al mio inguine, dove il suo tocco mi provoca un brivido. «Qui…».

Lo guardo con gli occhi annebbiati di desiderio mentre si china nella V delle mie cosce aperte. «E qui», scende a baciare il vertice del mio piacere, togliendomi il fiato.

«Cosa vuoi fare?», boccheggio.

«Hai presente quella sedia che guardavi, tutta curiosa, al Green Canister?», ribatte lui leccandosi le labbra. «Ora capirai perché a te non serve».

E senza staccare gli occhi dai miei, mi guarda, mentre con la lingua lambisce il mio sesso.

«Reed». Il suo gesto mi strappa un mugolio sommesso.

«Hai un sapore ancora più buono di quanto immaginassi», mormora prima di tornare a dedicarsi a me come se io fossi il suo primo pasto dopo un mese di digiuno.

Mi abbandono alle sensazioni che mi regala la sua lingua, affondando le dita tra i suoi capelli per incitarlo a continuare e ondeggiando il bacino al ritmo del suo tocco.

Devo ricordarmi che siamo a casa mia per ammutolire i miei ansiti di piacere.

«Voglio sentirti venire sulla mia lingua, Rebecca».

Il mio corpo obbedisce al suo ordine, come un servo al suo padrone, e mi sciolgo per lui in una spirale di estasi.

«Sai», Reed mi guarda soddisfatto, come se Reed avesse provato perfino più piacere di me, «per essere una che non sta mai zitta e che vuole sempre avere l'ultima parola, diventi improvvisamente silenziosa e arrendevole quando mi hai tra le gambe».

«Preferiresti che parlassi?», chiedo ancora affannata.

«Se tu avessi la lucidità per parlare vorrebbe dire che non mi sto impegnando abbastanza». Con l'indice mi accarezza su e giù strofinandosi i polpastrelli lucidi del mio orgasmo. «Anche se ormai so riconoscere quando sto facendo un buon lavoro».

«Immagino che tu abbia maturato questa tua abilità con lunghi anni di esperienza», ribatto allusiva.

«A che ti riferisci?»

«Anche senza harem, è abbastanza evidente che tu abbia visitato molti letti prima del mio e nel tuo ci siano passate molte altre prima di me». Non posso mentire a me stessa, sono gelosa. Penso a tutte le donne che Reed ha avuto nella sua vita e mi sento friggere sottopelle all'idea che lui abbia già fatto questo e altro con chissà quante.

«Se vuoi una risposta precisa, fammi una domanda precisa», ribatte sdraiandosi sul fianco accanto a me, la testa puntellata sul palmo. Mi guarda con aria di sfida. «Cosa vuoi sapere, Rebecca?»

«Quante amanti hai avuto?», lo interrogo senza giri di parole. A che mi serve saperlo? A niente. Voglio saperlo comunque? Sì.

Lui ride sotto i baffi, scuotendo il capo. «Non ho tenuto il conto».

«Dieci?», tiro a indovinare.

«Qualcuna in più, mi sa».

«Venti?», chiedo ancora. Stavolta non risponde, ma la sua espressione mi dice che sto sbagliando ancora. «Trenta?», insisto.

«Facciamo meno di cinquanta», la chiude lui. «Ma perché t'interessa?»

«Non lo so perché l'ho chiesto, è che...». Un'onda d'imbarazzo m'investe. «Mi sento inesperta. E avevi detto che non ti piacciono le donne inesperte».

Mi mette un dito sulle labbra, per tacermi. «L'ho detto perché volevo provocarti. Il fatto che io ora sia nel tuo letto e non abbia alcuna intenzione di andarmene dovrebbe valere da solo come una smentita».

«May mi prende sempre in giro per il mio "ritardo" e ogni tanto penso che abbia ragione».

«Chi è May?», mi domanda lui aggrottando la fronte.

«La mia collega alla biblioteca della UCL. Ho confessato a May che sono vergine, cosa che, nel futuro, a vent'anni suonati è ritenuta piuttosto inusuale».

«Cioè le fanciulle del futuro non arrivano illibate alle nozze?!». Reed sembra interdetto.

«Ti dirò di più: sposarsi non è nemmeno obbligatorio. Nel futuro le donne possono sposarsi o non sposarsi, o convivere con un uomo senza che questo sia il loro marito, né l'unico con cui sono state a letto. Anzi, è addirittura incoraggiato avere più partner sessuali durante la propria vita prima di "sistemarsi"».

Lui mi guarda in un misto di stupore e incredulità. «Mi stai prendendo in giro!».

«Le cose cambieranno molto nei prossimi duecento anni. Soprattutto nel Novecento», m'infervoro a raccontare del Ventunesimo secolo al punto da mettermi a sedere. «Uomini e donne potranno incontrarsi senza chaperon anche se tra loro non vi è alcuna promessa di fidanzamento, il restare soli non comprometterà l'onore di nessuno e anche scambiarsi effusioni in pubblico sarà ritenuto del tutto normale. I matrimoni non si decideranno a tavolino sulla base di rendite o doti, e le famiglie non opereranno alcuna ingerenza nelle scelte amorose dei figli», spiego. «Almeno, nella maggior parte delle democrazie occidentali. I tempi sono cambiati, ma purtroppo non dappertutto».

«E come fa un uomo a corteggiare una donna?»

«Con gli appuntamenti. Quando si conosce una persona che si ha interesse a frequentare, di solito ci si scambia il numero di cellulare e si concorda dove e come incontrarsi».

Reed sbatte le palpebre sempre più disorientato. «Il numero di cellulare», ripete.

«Aspetta». Balzo giù dal letto e recupero la mia borsetta del "futuro" con tutti i miei effetti personali e risalgo sul materasso con lui. «Guarda», dico prendendo il cellulare e accendendolo. Per fortuna che prima di andare alla rievocazione lo avevo caricato!

«Ma come fa a illuminarsi?»

«Nel futuro ci sarà una cosa chiamata elettricità che permette a questo e a tanti altri dispositivi di funzionare. Ogni smartphone ha un numero». Clicco sul tastierino mentre lui lo fissa perplesso. «Se ho il tuo numero, ti chiamo. Ovunque tu sia potresti parlarmi come se fossi accanto a te».

«Anche se io fossi a Gibilterra e tu a Londra?»

«Anche sulla tua nave in mezzo al mare», aggiungo. «Ovunque. Sebbene, più che chiamarci ci scriveremmo messaggi», e per spiegarmi meglio apro le chat per mostrargliene una.

«Come se ci mandassimo biglietti?»

«Sì, ma che arrivano in tempo reale».

La sua perplessità muta in entusiasmo. «Straordinario!».

«Potremmo mandarci anche fotografie. Per esempio, se tu mi scrivessi: "Mi manchi", io mi scatterei una foto e te la invierei».

«Puoi mostrarmi una foto del futuro?».

Perché diavolo non ci ho pensato prima?! Clicco sulla galleria e apro alcuni degli scatti che ho salvato.

«Guarda, questa è Londra al tramonto. Ho fatto questa foto dal ponte di Westminster dopo una giornata di vento terribile che ha spazzato la città fino alle fondamenta. Ma alle sei del pomeriggio il cielo era tinto di ogni possibile sfumatura di rosa».

«Non sembra Londra», osserva lui. «Perché ci sono tutte queste torri?»

«Sono grattacieli. Nel futuro si costruiranno molti edifici alti svariate decine di piani. Il più alto ne ha ottantasette».

«Per farci cosa?»

«Uffici, negozi, abitazioni... Di tutto».

«Questa cos'è?», domanda lui indicando il London Eye.

«Una ruota panoramica. Si entra dentro alle cabine e la ruota gira, portandoti in alto, e una volta in cima si vede tutta la città. Per un appuntamento sarebbe perfetta».

«Giusto, gli appuntamenti: come funzionano?», mi chiede curioso.

«Dopo che abbiamo fissato quando vederci, ci si incontra per bere qualcosa: il primo appuntamento è sempre poco impegnativo, perché se non ci si piace, la si può chiudere alla svelta».

«E se ci si piace?»

«Se ci si piace, si ordina un altro giro di drink».

«E...?», mi incalza Reed. «Non tenermi sulle spine».

«E ci si saluta rimanendo con l'impegno di fissarne un secondo. Quest'altro appuntamento sarà un po' più articolato. Magari una cena fuori, seguita dal teatro, un musical oppure cinema».

«Sai, vero, che sto per chiederti cos'è un cinema?»

«È come un teatro, solo che la messa in scena non è dal vivo, si guarda uno schermo come questo dello smartphone ma grande quanto il palcoscenico, su cui è proiettato lo spettacolo».

«Che gusto c'è ad assistere a uno spettacolo non dal vivo?»

«Perché si potranno vedere cose che dal vivo non sono realizzabili».

«Mmm, d'accordo. E finito il cinema?»

«Ci si accompagna a casa e, se si è confermata la chimica del primo appuntamento, quasi sempre scatta il bacio».

Reed annuisce sorridendo. «Ora sì che si ragiona».

«Ecco, il terzo appuntamento – e da quello a seguire – sarà sulla falsariga del secondo, solo che a fine serata uno dei due potrebbe invitare l'altro a casa sua per...». Mi blocco.

«Per...? Rebecca, hai sempre una parola per tutto, non mi diventare timida ora».

«Esplorare il piano fisico della relazione».

Reed si rotola sul letto affondando la faccia nel materasso per soffocare una risata. «Non ci credo», ribatte. «Ti ho appena fatto venire con la lingua e ancora non riesci a parlare di sesso senza giri di parole».

«Be', hai comunque capito cosa intendevo», taglio corto.

Mi guarda mordicchiandosi il labbro inferiore. «Certo che ho capito. E a questo punto le due persone come proseguono il loro rapporto? Hai detto che sposarsi non è obbligatorio».

«Si decide se si vuole proseguire a frequentarsi, se diventare una coppia a tutti gli effetti o no. A quel punto si conoscono i rispettivi amici e amiche, più tardi ci si presenta ai genitori».

«Ah, perché a questo punto ancora non ci si era presentati alle famiglie?»

«Nooo! Lo si fa solo se si intende fare sul serio-serio».

«E?»

«E se le cose vanno bene, dopo si va ad abitare insieme. E vissero più o meno felici e contenti. Ma io sono ferma da un pezzo al primo appuntamento, quindi non ti so dire di più».

«Come mai?»

«Non mi sono mai innamorata davvero di nessuno», ammetto. «Al liceo avevo un ragazzo...».

«Non mi piace. Non lo conosco, ma non mi piace, chiunque sia».

«Si chiamava Flynn e siamo stati insieme un anno e mezzo, ma l'abbiamo presa con molta calma: il sesso con lui era terra inesplorata, essendo entrambi alle prime armi. Poi i miei sono morti: abbiamo avuto un grosso incidente d'auto dal quale io sono uscita ferita ma tutto sommato indenne. Mio padre è deceduto sul colpo, mia madre dopo un mese in terapia intensiva, e io sono rimasta sola. Avevo già diciotto anni, legalmente ero un'adulta, così ho dovuto arrangiarmi. È stato il più brutto anno della mia vita e mi sono chiusa nella mia solitudine. Le relazioni sono passate in ultimo piano, ho perso i contatti con Flynn; che si è rifatto in fretta con la mia ormai ex migliore amica Hedi, la quale, anziché consolare me, ha preferito "consolare" lui. Mi sono trasferita a Londra per studiare e da allora mi concentro solo su quello. Ho ricominciato a uscire con qualche ragazzo da pochi mesi, su insistenza di May, ma nessuno mi è piaciuto».

«Cos'è un incidente d'auto? Cioè, cos'è un'auto?»

«Sono carrozze, ma anziché essere trainate da un cavallo, hanno un motore con propulsione a combustione e vanno molto, molto veloci. Sono comode e utili ma costituiscono anche un pericolo e per poterle guidare serve la patente. È venuto fuori che al tizio che ha provocato l'incidente l'avevano ritirata, stava guidando senza. Ironia della sorte, lui non si è fatto nulla».

«Come si fa ad avere la patente?»

«Si deve studiare il codice della strada, un insieme di regole che definisce in maniera precisa come si circola con le automobili, e si sostiene un esame di guida per dimostrare di avere padronanza del mezzo. Una volta superato, ti viene consegnata la patente». Svuoto la mia borsetta di finta seta sul letto e cerco il mio tesserino. «Senza questa non puoi circolare».

«Tu guidi», assume compiaciuto.

«So guidare, ma non uso la macchina. Devo essere proprio costretta e non avere alternativa per decidere di guidare. E comunque mai in autostrada», chiarisco.

«Autostrada?»

«Strade prioritarie su cui si può andare molto più veloci che in città. È lì che abbiamo avuto l'incidente».

«Ho capito». Reed si rigira il documento tra le dita, guardandolo curioso. «C'è la tua faccia. Rebecca Sheridan...», legge. «Cosa sono tutti questi numeri?»

«Data di nascita, data in cui ho conseguito la patente e data di scadenza per il rinnovo».

«Sei nata davvero nel duemi... cazzo!», esclama incredulo come se solo ora comprendesse per davvero il fatto che io vengo dal futuro. «Qui dice che abiti a Bethnal Green, ma non c'è nulla a Bethnal Green, è tutta campagna!».

«Tra duecento anni sarà piena città», spiego. «Vorrei farti vedere Google Maps ma qui nel 1816 non c'è Internet. Prima che tu me lo chieda, Internet è uno strumento che ti permette di sapere qualunque cosa in tempo zero. Navigando in Internet puoi trovare informazioni su praticamente tutto e tutti».

«Questo invece cos'è?», mi domanda indicando una delle icone sulla home dello smartphone.

«Una app che serve per ordinare cibo a domicilio da qualunque ristorante di Londra, a qualunque ora».

«Questa con scritto Amazon?»

«Per comprare cose che ti vengono recapitate a casa in ventiquattro ore».

«E questa verde con un ventaglio?»

«Una applicazione per ascoltare musica».

Lui increspa un sopracciglio, scettico. «Senza un'orchestra?»

«Si chiama streaming. Ma per fortuna ho l'abbonamento e possiamo ascoltare le canzoni anche offline». Clicco il tasto di avvio di una delle mie playlist e le note di *Shape of You* di Ed Sheeran si diffondono nell'aria.

«Parla di due che si incontrano o sbaglio?», mi domanda lui, ascoltando il testo.

«Non sbagli», confermo.

«Ma sospetto che, nonostante si siano appena conosciuti, la loro serata sia finita con qualcosa di simile a quello che succede al terzo appuntamento», ipotizza Reed. «Altrimenti non si spiega perché il giorno dopo le sue lenzuola dovrebbero essere impregnate del profumo di lei».

«Se due si piacciono molto possono saltare le tappe che ti ho illustrato», chiarisco. «E comunque, anche le mie lenzuola avevano il tuo profumo quando hai trascorso la notte con me dopo che eravamo stati a Bedlam, eppure non ci siamo sfiorati».

«Che non ci siamo sfiorati non è vero», mi contraddice lui.

«Però non siamo andati oltre gli abbracci, Reed».

«Non preoccuparti, ho intenzione di recuperare. Cos'altro hai lì?», mi chiede curioso indicando il contenuto sparso della mia borsetta.

«Un burrocacao per le labbra, gel disinfettante per le mani, soldi che qui nel 1816 non hanno alcun valore, filo interdentale...».

«Per...?»

«Quando mangi fuori e ti si incastra il cibo in mezzo ai denti, il filo serve per toglierlo», spiego. «Elastico per capelli, la chiave di casa, cerotti, il paracetamolo l'ho dato a te...».

«E questi?». Reed prende una stringa di bustine argentate. «Durex...», legge.

«Quelli sono un regalo di May», dico.

«Si mangiano?»

«Non lo consiglierei. Hai presente i guanti di Parigi che vendono al Green Canister?»

«Certo che li ho presenti».

«Ecco, questi sono i guanti del futuro, solo che noi li chiamiamo preservativi. Sono monouso, in lattice anziché budello di pecora, sono pronti all'uso senza tenerli in ammollo due ore prima e hanno una tenuta molto più affidabile».

«Interessante. Mi piace il tuo futuro». Reed mi rivolge un'occhiata ammiccante. «E li porti con te in previsione di adoperarli con... qualcuno?»

«Al momento giacciono inutilizzati nel mio kit da tre mesi. Non c'è nessuno, nel futuro, con cui ho intenzione di usarli».

Reed si gira sul fianco, a fissarmi negli occhi. «E nel passato, invece?»

«Ci sto parlando adesso, con quel qualcuno», confesso.

Reed mi prende il viso tra le mani e mi bacia. «Non c'è fretta, voglio che tu ti prenda tutto il tempo che ti serve e voglio farti scoprire tutti i modi in cui il tuo corpo può provare piacere. Solo così potrai davvero godere insieme a me, quando succederà».

Lo faccio distendere sulla schiena, mettendomi su di lui. «So che non sono "esperta" e dovrei acquisire "manualità", ma anche io voglio farti provare piacere quanto tu ne dai a me».

«Non sei in debito, Rebecca. Non c'è un conto immaginario in cui segno quanto do io e quanto dai tu. Non funziona così».

«Ma potresti insegnarmi a capire cosa ti piace», dico sfiorando la sua erezione tra le dita.

«Ieri notte lo hai intuito piuttosto bene cosa mi piace e, quanto alla manualità, direi che hai una dote naturale ma, visto che me lo chiedi così premurosa, posso suggerirti come preferisco essere toccato dalle tue graziose e piccole mani».

«Non sono io che ho le mani piccole, Reed».

Dal suo ghigno compiaciuto, intuisco che ha capito cosa intendo. «Seguimi», mormora poggiando il palmo sul dorso della mia mano destra e dettando il ritmo del mio su e giù. «Senza stringere, sali e scendi con un movimento deciso ma non frenetico. E se proprio vuoi farmi impazzire, usa il pollice per stuzzicare la punta».

«Così?», chiedo disegnando piccoli cerchi con il polpastrello.

Lui inspira ed espira con forza, gli occhi chiusi e il labbro inferiore stretto tra i denti. «Così».

Continuo anche quando la sua mano non mi guida più, studiando le espressioni che si susseguono sul suo volto, compiacendomi del risultato.

Approfitto del fatto che abbia le palpebre socchiuse, per coglierlo di sorpresa: scivolo all'indietro quanto basta per chinarmi su di lui e accoglierlo tra le labbra.

L'improvvisa sensazione di calore che lo avvolge lo riscuote. «Cristo», sussurra a denti stretti nel vedermi piegata tra le sue gambe, come poco fa stava facendo lui con me.

Con la lingua lo accarezzo dalla base all'apice catturandolo ancora nella mia bocca e lui risponde con una spinta del bacino, che prendo come un incoraggiamento.

Mi piace sentirlo pulsare tra le mie labbra al punto che anche io mi sto eccitando di nuovo.

«Forse è meglio che ti fermi», mi prega con voce roca.

«Perché? Non ti piace?»

«Mi piace troppo», sospira. «Mi piace tanto che, se non smetti, domani dovrai spiegare alla tua cameriera perché le tue lenzuola sono macchiate».

«Allora, sarà meglio non sporcarle», e così dicendo riprendo quello che è diventato il mio nuovo gioco preferito.

«Sei sicura?», mi domanda incerto. Lo sguardo con cui lo inchiodo mentre lo avvolgo ancora tra le labbra è la mia risposta decisa.

La carezza della mia lingua unita al solletico delle mie dita porta Reed sulla soglia del piacere. «Rebecca», mormora ansante, portando una mano sotto il mio mento perché io sollevi il viso verso di lui. «Guardami. Sei bellissima». La sua estasi mi esplode sul petto, scendendo giù nell'incavo dei seni.

Mi sorride, con uno sguardo tra l'ammirato e il malizioso, poi si alza, prende la brocca dalla mia toeletta, versa l'acqua nel catino e v'immerge uno dei teli che uso per lavare il viso.

«Non che non mi piaccia vederti così», dice passandolo sulla mia pelle con un tocco leggero. «Ma lascia che ti dimostri la mia gratitudine prendendomi cura di te come si deve».

«E io mi sono presa cura di te come si deve?»

«Il tuo impegno è ammirevole», risponde lui sdraiandosi di nuovo accanto a me per accogliermi nel suo abbraccio. «Ma non hai proprio nulla da imparare».

Domenica 9 giugno

1816

49

A destarmi è un leggero bussare alla porta.

Sono ancora stretta a Reed, la testa sul suo petto, a crogiolarmi nella veglia con i muscoli intorpiditi dopo altre lunghe ore di effusioni reciproche.

«Lady Rebecca», mi chiama con discrezione Lucy, la voce attutita dall'uscio chiuso. «La casa si sta svegliando».

Non è un'accortezza che usa di solito, perciò deve avere intuito che non sono sola.

«Reed», lo sveglio piano, togliendogli un ciuffo di capelli bruni che gli è ricaduto sul viso. «Devo alzarmi. C'è Lucy».

«Mmm», brontola aprendo gli occhi con sforzo.

«Mi dispiace».

Si tira su, si stiracchia e mi dà un bacio sulla punta del naso. «Ti aspetto da me, stanotte?»

«Non vedo l'ora».

Lo guardo rivestirsi ammirando la bellezza del suo corpo e un po' mi invidio da sola: possibile che un uomo così sia capitato a me?

Cioè, a essere onesti me lo merito, dopo tutti i casi umani che mi sono ritrovata con quella app infernale di MatchMe.

Reed mi prende il viso tra le mani dandomi un ultimo bacio che mi fa venire voglia di mandare via Lucy, fingermi malata e trascinarlo di nuovo a letto con me.

«Anche se non vorrei, vado», sbuffa sulle mie labbra.

Aspetto che abbia scavalcato il davanzale per aprire la porta a Lucy.

Lei mette dentro la testa, timida, poi entra e appoggia il vassoio con la colazione sul mio comodino.

«Meglio spalancare le finestre, qui», dichiara.

«Grazie della discrezione», dico.

Lei raccoglie i miei vestiti strappati da terra borbottando un «Animale» sottovoce, poi mi si avvicina. «Sicura che non abbiate bisogno che vi procuri un rimedio per…».

Annuisco. «Se mi servisse qualcosa, non esiterò a chiedertelo».

Lucy mi accompagna da Hatchards e poi la congedo, accordandoci per ritrovarci qui tra mezz'ora.

Gwenda mi sta aspettando e appena mi sente bussare al vetro della porta viene ad aprirmi.

«Rebecca, ho buone notizie», annuncia invitandomi ad avvicinarmi al bancone dove ci sono una teiera panciuta e due tazze. «Posso offrirti un po' di tè? Scones? Un panino alla cannella, magari?»

«No, grazie, ho appena fatto colazione. Mi sono resa conto che mangiare è uno dei passatempi più quotati nella Londra del 1816. Per quelli del mio ceto, almeno».

«Veniamo al sodo: contro ogni previsione sono già riuscita a calcolare la riapertura del passaggio spazio-temporale», mi comunica festosa.

«Sei stata più veloce del previsto, Gwenda».

«Potrai tornare al futuro il venti giugno. Il portale dovrebbe aprirsi alle cinque e mezza del mattino e si chiuderà tassativamente alle sei».

La guardo interdetta. «Così presto?».

La sua espressione, mentre gira il cucchiaino nel tè, è confusa. «Come, così presto? Mi sembrava che avessi piuttosto fretta di andartene dal 1816».

«S-sì, è così», confermo. Almeno, era così.

Lei si sistema gli occhiali sul naso, la fronte corrugata. «Non mi sembri convinta».

«Sto seguendo una vicenda e non so se riuscirò a risolverla per allora».

Gwenda rimane immobile, il cucchiaino sospeso sulla tazzina. «Che vicenda?»

«Emily Fraser è stata uccisa, l'uomo accusato del suo omicidio è innocente e pare che il marito, Maxim Duville, che peraltro ha una relazione clandestina con la sorellastra di lei, sia coinvolto in un complotto per liberare Napoleone. Sospettiamo che sia stato lui a ucciderla e vogliamo assicurare giustizia a Emily e sventare il complotto».

«Un attimo», mi ferma lei. «*Sospettiamo... vogliamo...* chi altri è coinvolto in questa indagine, oltre a te?»

«Sir Reedlan Knox. Un corsaro della Corona che al momento è a capo dell'intelligence navale su incarico del Reggente. È tutto segreto, ma lo dico a te perché mi fido».

«Mmm», annuisce Gwenda, pensosa. «E come ti ci ha trascinata nell'indagine, questo Reedlan Knox?»

«In verità ce l'ho trascinato io. È partito come un reciproco scambio di favori, ma andando avanti nelle ricerche ci siamo resi conto che avevamo un interesse in comune. E ora è molto importante risolvere il caso, ci siamo quasi, manca un tassello...», spiego infervorata sotto il suo sguardo scettico.

«Ti stai mettendo in pericolo?», mi domanda a bruciapelo.

«Be', pericolo concreto non proprio», svicolo.

«Ci sono dei rischi per la tua vita, sì o no?»

«No!». Ma la troppa fretta e l'enfasi con cui rispondo mi tradiscono. «Forse qualcuno, ma con un pizzico di fortuna e tempismo azzeccato li ho schivati. E Reed è un'arma di difesa vivente».

«Ti avevo detto di non farti uccidere», mi ricorda esasperata, alzando gli occhi al soffitto.

«Infatti sono ancora viva».

«Perché non potevi limitarti a partecipare a qualche tè danzante, a sventagliarti e a passeggiare al parco? Che fine ha fatto la timida e remissiva Rebecca che conoscevo?»

«Ma avevi detto tu che avrei dovuto diventare più coraggiosa e smetterla di nascondermi dal mondo!», obietto.

«Tra un estremo e l'altro ci sono tante sane vie di mezzo, tesoro».

«Senti, Gwenda, ci sarei anche stata a giocare alla bella statuina, ma se lo avessi fatto non avrei la coscienza a posto».

«Comprendo». Lei scuote il capo sospirando. «Di certo non potevi immaginare di starti infilando in una cosa più grande di te. Ma ora hai una scadenza».

«E se aspettassi la prossima apertura del passaggio?», butto lì. «Così da guadagnare tempo».

«Prossima apertura del passaggio?!». Gwenda non sembra d'accordo. «Guarda che non è mica l'autobus che, se lo perdi, puoi prendere il successivo. Come ti ho già spiegato, non posso prevedere quando si riaprirà il passaggio».

«Ok, ma magari tra altri due mesi, o tre, si riaprirà».

«Le aperture del passaggio non sono cicliche, né ritmiche. Potrebbe non riaprirsi una terza volta e, se non torni al futuro alla prima occasione, rischi di rimanere bloccata nel passato per sempre».

«E allora come facevi a sapere, quando siamo arrivate qui, che saremmo anche potute ritornare?».

Gwenda stavolta non risponde.

«Come facevi a saperlo?», insisto.

«Non lo sapevo», ammette.

Stavolta sono io a guardarla sconvolta. «Mi hai trascinata qui consapevole che avremmo potuto non tornare più indietro?!».

«Volevo fare una prova», confessa. «Ma ora il problema non si pone più perché ho calcolato la riapertura e sappiamo che ce n'è una».

«Quindi o il venti o niente?»

«È così», conferma lei.

«Ho capito», rispondo mesta e per nulla convinta.

«Il mio consiglio è di sfruttare i giorni che hai a disposizione e poi, qualunque cosa rimanga in sospeso, se la vedrà il tuo amico Reedlan. Tanto mi pare di capire che non è un pivellino, no?!».

«C'è in gioco la sicurezza della Corona. E se io mollassi tutto per tornare al futuro ma poi non ci fosse alcun futuro a cui tornare?»

«Intendi se il piano per far fuggire Napoleone funzionasse e l'Inghilterra perdesse una nuova guerra contro la Francia?»

«Qualcosa del genere».

«E la tua presenza è così fondamentale? Al punto da giocarti il ritorno al futuro?»

«E se, mettiamo caso, io decidessi di restare nel 1816 per sempre?», butto lì. Anzi, in realtà è da quando sono entrata che voglio porle questa domanda.

«Per quale motivo?», mi chiede lei.

«Per… per amore», trovo il coraggio di ammettere.

«Cosa mi ero raccomandata? Di non innamorarti», brontola.

«Lo so. E ce l'ho messa tutta, ma non avevo messo in conto di incontrare uno come Reedlan».

«Tu vuoi davvero restare in una società che non ti riconosce diritti? Che ti tratta come una proprietà trasferibile? In cui non puoi esercitare il tuo libero arbitrio? In cui corri l'alto rischio di morire di parto?».

In venti secondi Gwenda è riuscita a farmi sentire una stupida. «Ci ho già pensato a tutto questo, lo metterei in conto».

Lei stringe le labbra in cenno di dissenso, come a voler frenare ulteriori argomentazioni.

«Lo so che non approvi».

«È una tua decisione, la data e l'ora le conosci. Quello che posso dirti è di riflettere bene su tutto, se questo amore vale un simile sacrificio…».

«Se conoscessi Reed non lo metteresti in dubbio».

«La tua cameriera è fuori che ti aspetta», conclude lei in tono severo. «Il giorno dell'apertura del portale sarò qui a disposizione, se deciderai di tornare al futuro. In caso contrario ci saluteremo e ti farò i migliori auguri per la tua nuova vita nel passato».

«Ah, Gwenda». Mi volto ancora verso di lei. «Hai libri che spiegano il linguaggio dei segni?»

«No. Perché? A cosa ti serve?»

«Nulla, una curiosità».

Detesto la sensazione di aver deluso un'amica, ma non potevo mentirle.

L'idea di essere stata sbalzata indietro di duecento anni con una permanenza indeterminata non mi aveva fatto impazzire, all'inizio, ma è una realtà a cui mi sono abituata e in cui mi sono integrata.

Non romanticizzo più la Reggenza come quando mi limitavo a leggerne nei romanzi, anzi, ora sono consapevole di tutti i suoi limiti e di tutti gli aspetti più crudi e lacunosi. Ma qui c'è Reed, e nel mio futuro non ho davvero nulla che valga lo scambio.

Perché dovrei tornare a dormire in un bugigattolo in cui non ho nessuno ad aspettarmi, nessun vero amico, con l'alto rischio di trovarmi a mandare curriculum senza ricevere risposta e accontentarmi di lavori scollegati dai miei studi purché mi paghino l'affitto, quando nel 1816 abito nel quartiere migliore di Londra, ho una famiglia – imperfetta, ma quale famiglia non lo è – e l'uomo che ho sempre sognato?

È da un po' che cullo l'idea di restare nel 1816. È un pensiero che sta lì, sullo sfondo della mia mappa mentale, fin troppo timido per fare capolino e manifestarsi in maniera palese, ma l'ho sentito crescere dentro giorno dopo giorno e oggi ho avuto il coraggio di verbalizzarlo.

Io e Lucy giungiamo a casa poco prima del pranzo; lo zio e la zia sono ospiti di Lady Sefton e quando rientro resto sorpresa nel sentire un gran baccano misto a urla strazianti provenienti dallo studio di Archie.

Non si vede nessun domestico in giro, devono essersi tutti fatti da parte con discrezione.

Raggiungo lo studio di mio cugino e dallo spiraglio aperto della porta scorgo uno spettacolo sconvolgente.

50

Archie sta facendo a pezzi la stanza in preda a una rabbia cieca, gli occhi annebbiati di lacrime e il volto contratto in una smorfia di dolore tale che quasi non lo riconosco.

Lui, sempre pacato e solare, ora è una furia. Sembra posseduto.

Qualunque oggetto gli capiti sottomano lo afferra e lo lancia contro le pareti: libri, vasi, sgabelli, bottiglie di liquori…

Prende quella del brandy e la tira contro la mensola del camino schizzando liquido e schegge ovunque.

Scivola sul pavimento bagnato e, quando s'inginocchia a terra, stringendosi la mano ferita, mi decido a intervenire.

«Archie, fermati!». Lo afferro per le spalle sperando che nel suo accesso d'ira non lanci al muro anche me.

Non so se è il contatto con il mio corpo o il calo di adrenalina, ma mio cugino si scioglie tra le mie braccia come un lago di cera scoppiando in un pianto a dirotto, spezzato da singulti così forti che mi chiedo come faccia a respirare.

«Archie, parlami, dimmi cosa è successo», lo imploro. «Ti prego, non spaventarmi, sono qui per te».

Piegato dalla disperazione, non riesce a darmi una risposta.

Gli accarezzo i capelli ancora arruffati dal risveglio per tranquillizzarlo, ma lui non dà cenno di ripresa.

La spalla del mio abito è intrisa delle sue lacrime. «Archie, va tutto bene, sono qui».

«No, non va tutto bene», replica con voce arrochita dalle urla.

S'infila una mano nella tasca della vestaglia e mi allunga un biglietto stropicciato.

Caro marchese, Archibald,
con la presente sono a informarvi che la salute di mio marito è rapidamente declinata ieri notte. Dopo una lunga giornata di agonia, Nostro Signore gli ha concesso la sua misericordia e Bennet è spirato alle prime luci dell'alba.
Nella speranza che l'eterno riposo doni pace alla sua anima, vi attendiamo alla cerimonia funebre che avrà luogo mercoledì mattina. Immagino vogliate rivolgergli l'estremo saluto essendo voi uno tra i suoi più cari amici.
Mary Anne Andrews

«Bennet è morto?!», esclamo scioccata.

«Il mio Bennet. Mi hanno portato via il mio Bennet!», piange Archie appeso al mio collo.

Il *suo* Bennet. Non c'è bisogno che io chieda altro o lui aggiunga altro.

Ora mi è chiaro chi è la persona che amava e con cui non poteva stare.

«Di cosa soffriva?», gli domando. «Era malato?»

«Era sanissimo!», sbotta lui. «È stato quel boia del dottor Winslow a ucciderlo».

«Come? Con i salassi? Bennet non ha mai avuto una bella cera: occhiaie nere, colorito spento, tosse…».

«È colpa di tutte quelle medicine contro l'impotenza che Winslow gli prescriveva». Archie mi guarda in maniera molto eloquente. «Bennet non era impotente. Non gli servivano medicine. Nessuna medicina avrebbe potuto costringerlo ad amare *lei*».

«Mary Anne sapeva di…?». Di loro due.

Archie annuisce. «Lo accettava. Malvolentieri, ma lo accettava».

«E da quanto tempo eravate… legati?»

«Da Eton, è lì che ci siamo conosciuti. Ma lui era l'unico figlio maschio del conte di Sandmore, aveva dei doveri, e i suoi genitori avevano già concordato il fidanzamento con la famiglia di Mary Anne per unire le proprietà confinanti e rafforzare così il titolo. Restare scapolo non era un'opzione. Io ero libero da obblighi di rango. Fino a tre anni fa, almeno».

«Quando è morto mio padre», aggiungo io.

«I tuoi erano giovani, avrebbero potuto avere ancora un figlio, o comunque una lunga vita, senza che il fardello del marchesato gravasse su di me così presto. I genitori di Bennet, i suoi suoceri, sua moglie premevano per un erede. Non avevano faticato tanto perché il titolo si estinguesse ma Mary Anne sosteneva che lui avesse un problema. Non riusciva a espletare l'atto coniugale con lei, così Winslow lo ha sottoposto a una delle sue stupide terapie: tonici a base di polvere di ferro da bere ogni giorno per restituirgli vigore e purghe per depurarlo dai cattivi umori».

«Polvere di ferro?!», ripeto inorridita. «I metalli sono veleno». Questo lo so io, ma nel 1816 non è un'informazione alla portata di nessuno.

«Nelle ultime settimane non riusciva più a trattenere nemmeno un bicchiere d'acqua. Aveva costanti dolori addominali, così forti da piegarlo in due, poi da giovedì sera ha cominciato a vomitare sangue. Aveva sempre mal di testa, respirava male e io non sapevo come aiutarlo». Archie singhiozza di nuovo, disperato. «Non potevo aiutarlo».

Probabile che la polvere di ferro abbia corroso lo stomaco di Bennet e apportato chissà quali altri danni al fegato, al cuore e al sistema nervoso. «Mi dispiace», dico ben sapendo che il mio dispiacere non riporterà Bennet in vita.

«Gli ho detto mille volte di smettere le cure, ma la sua famiglia e quella vipera di Mary Anne non ne volevano sapere. Pur di avere il loro prezioso erede preferivano vederlo soffrire».

«Quando siete andati a vedere le locomotive a vapore, era un modo per stare insieme?»

«Ci erano concessi pochi spazi, che rubavamo così, quando ne avevamo la possibilità, con qualche scusa per allontanarci da occhi indiscreti».

«È per questo che la sera dopo il teatro ti sei arrabbiato con me?»

«Ora che il marchese di Lennox sono io, temo che mi spetterà la sua stessa sorte. Ho degli obblighi di cui rispondere, c'è un'aspettativa nei miei confronti e...». Archie scoppia di nuovo in lacrime. «Non so se ci riuscirò. Senza Bennet io non voglio più vivere».

Sta venendo da piangere anche a me. «Archie, non parlare così, mi fai paura».

«Anche io dovrò sposare una donna per dovere. Una donna che non amo e che non riuscirei nemmeno a sfiorare. E mi sottoporranno alle cure per guarire gli invertiti come me e mi uccideranno. E allora sarà tuo figlio, Rebecca, a subentrare a me. Non abbiamo via di scampo».

Il destino che Archie ci sta prospettando è orrendo e inevitabile perché nel 1816 siamo anelli di una catena che non si può spezzare.

Se io lo abbandonassi, condannerei Archie a una morte già scritta.

Scrivo un biglietto per Reed e glielo faccio recapitare tramite Lucy.

Resterò con Archie stasera.

Si è chiuso in camera sua, dicendo di non sentirsi bene – cosa, dopotutto, vera –, e a parte me nessun altro può visitarlo.

«Posso chiederti una cosa senza sembrare invadente?», domando.

«Non voglio più nascondermi, almeno con te».

«Zia Calpurnia e zio Algernon non hanno idea di cosa ci fosse tra te e Bennet, vero?»

«Loro meno di tutti!», esclama lui, impegnato a misurare la stanza con grandi falcate, senza tregua, una tigre in gabbia.

«Figurati che quando ho compiuto sedici anni, Algernon ha cominciato a portarmi in una casa di piacere per farmi "svezzare" da una prostituta. Ci andavamo ogni martedì perché dovevo "diventare uomo". Turquoise, così si chiamava la donna, non ci ha messo molto a capire che i miei gusti non andavano in quella direzione. Era bellissima e molto creativa, eppure nessuno dei suoi trucchi mi smuoveva. L'ho pregata di non dire nulla ad Algernon e da allora io le pagavo un extra per impegnare la nostra ora di attività in semplici chiacchierate, e affinché celebrasse le mie gesta di stallone con il mio patrigno».

«Sono mortificata per te, che umiliazione dev'essere stata fingere».

«La bugia è poi diventata una comoda scappatoia. Ho mantenuto la consuetudine di recarmi in visita alla mia amante una sera a settimana».

«L'attrice che la zia nomina con disprezzo di quando in quando?»

«Esatto. In realtà Turquoise ora abita in un appartamento a Soho, dove esercita in privato, e concedeva una stanza a me e Bennet per incontrarci». Archie si versa una dose esagerata di cognac e la butta giù in un sorso.

«Per favore, sei a stomaco vuoto da stamattina e non fai che bere. Mangia qualcosa», lo prego.

«Non ho fame!».

«Non è per la fame che devi riempirti lo stomaco».

Archie scuote la testa. «Immagino che Mary Anne sia contenta, sotto sotto. Ora che è vedova potrà risposarsi con qualcuno che "funzioni", un uomo capace», osserva lui con risentimento. «Scommetto che non si disturberanno nemmeno a pagare un custode al cimitero, lasciando il suo corpo in balia dei predatori di cadaveri. A loro non serve una tomba su cui piangere. Pagherò io, mormorino pure».

Finalmente Archie si dà tregua, forse perché è allo stremo delle energie, e si accascia sul letto. «Mangia». Gli tendo un panino al latte. «O te lo ficco in gola con le mie mani».

Lui l'addenta appena, ma è già meglio di niente. «Ti faccio pietà, vero?»

«No. Provo solo uno sconfinato senso d'ingiustizia e impotenza. Bennet non sarebbe dovuto morire per la cura di una malattia che non aveva e voi due avreste dovuto essere felici insieme. Questo sento, non pietà».

«Sei una pazza visionaria se pensi che una cosa del genere sia possibile».

«Lo è», dichiaro con fermezza. «Non oggi, non domani, ma succederà».

«Credevo di essere io ad aver bevuto, ma anche tu devi aver alzato il gomito quando non vedevo».

«Sono seria». Quanto vorrei potergli mostrare ciò di cui parlo.

Sulla sua bocca si disegna un sorriso amaro. «Non abbandonarmi, Rebecca. Ho bisogno di te».

«Sono qui, non vado da nessuna parte».

«Per sempre. Non hai idea del peso che mi sono portato dentro tutti questi anni e ora che almeno tu sai, non puoi capire che liberazione sia».

«Grazie a te per la fiducia che mi hai concesso».

Archie mi prende la mano nella sua. «Mi dispiace di averti attaccato con tanta acrimonia, l'altra sera. Ero preoccupato per Bennet e per me, per la nostra famiglia...».

«Non potevo saperlo, ma ora comprendo».

«Ho sbagliato il modo, ma le cose che ti ho detto purtroppo sono vere. Io e te dovremo produrre eredi al titolo, aumentarne la fortuna e allargarne l'influenza, e ciò è possibile solo attraverso matrimoni di rango. Non posso in alcun modo avallare un tuo fidanzamento al di sotto del nostro titolo, men che meno con Reedlan Knox».

«Archie, ti prego...».

«Grazie al cognome Sheridan abbiamo tante fortune e privilegi, ma un matrimonio d'amore non è tra questi».

«Come puoi ricattarmi così, usando il mio affetto per te?»

«Ti arrangerò il migliore accordo matrimoniale possibile. Sarò tuo alleato e metterò Wyndham in una posizione che non possa nuocerti in alcun modo. Se non desideri condividere la casa con il duca posso far mettere nero su bianco che, una volta datogli l'erede di cui sia lui sia noi abbiamo bisogno, potrai vivere la tua vita in maniera separata e indipendente, e comparire in coppia solo nelle occasioni pubbliche».

«Un matrimonio di facciata», concludo con uno sbuffo.

«Sei la persona più cara che ho al mondo insieme a mia madre, detesto negarti qualcosa ma se mi abbandoni tu, la mia condanna è già scritta».

«Sposerò il duca di Wyndham», dico risoluta. Forse dovrò trovare le parole per spiegarlo a Gwenda, ma ci penserò quando sarà il momento.

«Grazie, Rebecca».

«Ma poiché sai quanto sia doloroso rinunciare all'amore, non impedirmi di amare Reed. Questo è l'accordo. Prendere o lasciare».

Archie mi scruta con occhi vuoti e rossi di pianto. Non dice nulla, sfinito come se tutte le forze lo avessero abbandonato.

Si limita a socchiudere le palpebre, abbassando il capo in cenno di assenso.

Lunedì 10 giugno

1816

51

Oggi si gioca la prima partita della stagione di cricket: Marylebone Cricket Club contro Hampshire XI e io faccio compagnia ad Archie che, sotto le insistenze di zia Calpurnia, è uscito.

«Restartene chiuso in casa non ti farà passare la melanconia. La partita ti farà bene», gli ha detto.

Ma ad Archie, che al match sarebbe dovuto venire con Bennet, non sta facendo bene affatto.

Seduti sugli spalti in legno bianco del Lord's Cricket Ground, prestiamo orecchio alle conversazioni intorno a noi senza ascoltare davvero.

«Finalmente, dopo tanti anni di guerre, torna un po' di sano sport», osserva qualcuno.

«Nel campionato c'è una nuova squadra di Manchester. Ne vedremo delle belle», dice un altro.

«L'Hampshire ha dato una bella rinnovata alla rosa, con i sette debuttanti».

«Non siamo obbligati a restare», gli dico, notando la sua malcelata insofferenza. «Possiamo andarcene a fare un giro in calesse io e te».

Lui scuote il capo. «Dopodomani c'è il tuo ballo, devi farti vedere», replica atono.

«Lord Archibald, Lady Rebecca», ci saluta Charles Rutherford con un inchino, sollevando appena il cappello sul capo. «Posso?». Ci chiede il permesso di sedersi con noi, nel posto libero accanto ad Archie. Il posto che sarebbe stato di Bennet.

Non aspetta risposta e si mette seduto, gesto che a mio cugino non piace ma non glielo fa notare.

«Dal vostro aspetto desumo abbiate passato una notte brava, eh, marchese?», gli domanda con una confidenza che nessuno gli ha dato. «Da White non vi ho visto, dove siete andato a divertirvi?»

«Non sono informazioni che intendo divulgare alla presenza di Rebecca», lo rimbecca lui, evitando di rispondere.

«Se volete un consiglio: uova crude e aglio. Buttate giù e la sbornia passa subito», insiste Rutherford.

«È un rimedio che suggerite perché lo adottate spesso?», chiedo preoccupata.

«Ehm, no, affatto», ribatte lui irrigidendosi.

«Buongiorno a tutti», ci saluta Reed giungendo fra noi sempre con la sua aria da "Stavate aspettando me?".

Io sì e fatico a nasconderlo. Gli sorrido con gli occhi e lui ricambia.

Tiene in mano un piattino ricolmo di spuntini offerti al pubblico d'onore con un ricco buffet. Si porta una tartina alla bocca facendola sparire in un morso, per poi leccarsi le labbra fissandomi allusivo.

«Hai fatto scorte, Reedlan? Cos'è, non hai da mangiare a casa tua, perciò vieni qui a nutrirti a sbafo?», lo sfotte Charles.

«In realtà non è per me, non tutto almeno. Ma non sapendo cosa preferisce Lady Rebecca, ho preso uno di ogni», e così dicendo mi porge il piatto affinché io scelga qualcosa.

«Lady Rebecca non ha espresso appetito», obietta Charles inacidito.

«Ma Lady Rebecca ha sempre appetito», ribatto io prendendo una fetta di pudding. «Sir Knox non poteva sbagliare».

«Ti vuoi levare di mezzo, fratello? La partita sta per iniziare e io vorrei vedere il match, non te».

«Su chi scommettiamo, Rebecca?», mi domanda Archie sotto lo sguardo sconvolto di Wyndham.

«Davvero concedete ancora a vostra cugina di scommettere?», chiede lui interdetto.

«L'ultima volta se l'è cavata bene, mi pare, e mi sono pentito di aver perso una così gloriosa opportunità». Poi Archie squadra Charles Rutherford con un'occhiata. «E non la darò in sposa a nessuno che le garantisca meno libertà di quella che le riconosco io».

Con il senno del futuro, quella di Archie sarebbe una frase comunque sbagliata perché nessuno ha il diritto di circoscrivere la libertà di una donna, ma per il 1816 la sua affermazione è controcorrente in maniera spaventosa.

Di cricket so ancora meno che di cavalli, ma stamattina ho consultato il mio almanacco sul cellulare e so come andrà a finire senza margini di errore. «Marylebone vincente», dichiaro sicura. «Di dieci porte».

«Vuoi giocarti anche le porte?», mi chiede Archie. «Quanto puntiamo?»

«Quanto vogliamo vincere?», replico io.

Charles Rutherford brontola qualcosa come «Inaudito».

«Dieci ghinee?», mi domanda mio cugino.

«Facciamo venti», rilancio io.

«Cinquanta», azzarda Reed. «Accettate un socio?»

«Se non fai l'esibizionista non sei contento, eh, Reedlan?», lo punzecchia suo fratello.

«Nulla ti vieta di metterci una parte anche tu, Charlie. O ti si è accorciato il braccio tutto in un colpo?»

«Non parteciperò a questa farsa grottesca. Divertitevi, ma chiarisco fin da ora che io non permetterò a mia moglie di scommettere».

Reed lo scruta con un sopracciglio increspato. «Congratulazioni, non sapevo che ti fossi sposato».

Charles Rutherford si alza, indispettito. «Non preoccuparti, quando succederà sarai il primo a saperlo. Archibald, godetevi la bella giornata. Lady Rebecca, ci vediamo mercoledì sera al vostro ballo».

Per sapere l'esito della partita bisogna attendere il secondo inning, che si giocherà domani ma al quale non potrò assistere per prendere parte ai preparativi del mio ballo. Prima di andarcene, a fine partita, intercetto Ausonia.

Come sempre è accompagnata dalla madre, ma alla sua sinistra c'è Maxim Duville.

Quando la raggiungo lui le sta magnificando l'apertura della stagione della caccia.

«Avete un cavallo adeguato, Lady Ausonia?», le domanda.

«Ho un cavallo, ma non so se è adeguato», risponde lei sventagliandosi frenetica.

«La mia è una delle scuderie migliori del Sussex. Sarei lieto di farvi cavalcare uno dei miei purosangue».

«Oh, sarei felice di montare qualunque vostro purosangue».

Ok, stanno flirtando. E sono piuttosto certa che quello che Ausonia si propone di montare non è un quadrupede equestre.

Peccato non sappia che il suo destriero lo cavalca già Jemima.

«Ausonia, buongiorno», la saluto dipingendomi un sorriso gioviale in volto. «I miei omaggi, Lady Osbourne».

La mia nemesi invece non ha remore a mostrare il fastidio per aver interrotto il loro scambio di battute subliminali. «Rebecca, che tempismo».

Anche Maxim Duville accenna un inchino. «Lady Sheridan».

«Sono venuta a rammentarti del mio ballo. Non hai ancora confermato se ci sarai».

«Non so se ho l'abito adatto», mi scrolla via puntando il suo nasino in su.

«Permetti una parola in privato? Forse posso darti qualche consiglio».

«Non mi servono i tuoi consigli, grazie della premura».

Va bene, cerchiamo di parlare la sua lingua. «Ma sì, in fondo hai ragione. Non ti servono consigli, Ausonia. Di certo invece servono a Maggie Blige... Ho saputo che si è resa ridicola al ballo che hanno dato i Baxter».

Le mie parole le fanno scintillare gli occhi da vipera assetata di pettegolezzi e subito il suo atteggiamento nei miei confronti cambia. «Davvero? Cosa è capitato?»

«Accompagnami al buffet, così te lo racconto in confidenza».

Pur di azzannare con le sue fauci un nuovo e gustoso gossip, mi segue a ruota. «Sarò di ritorno subito, Lord Duville. Non credo che le nostre chiacchiere solletichino il vostro interesse».

Quando non siamo più a portata d'orecchio, cambio approccio. «Ascoltami bene, Ausonia: dattela a gambe levate da Maxim Duville perché è un pericolo ambulante. Qualunque cosa ti dica, ti sta riempiendo di bugie».

Lei mi guarda sbalordita. «Pazza invidiosa, cosa credi di fare?!».

«Per quanto tu non mi piaccia e penso che lui meriti di patire a vita in compagnia di una serpe come te, se posso salvarti la vita lo farò. Stai alla larga da Maxim Duville se hai cara la pelle».

«Oh, ma certo! Vuoi spaventarmi con delle fantasticherie per impedirmi di fidanzarmi. Tranquilla, Lady Rebecca Sheridan, nessuno ti ruberà il palcoscenico, il matrimonio della stagione sarà il tuo... A meno che...». Mi rifila un'occhiata maligna.

«A meno che?»

«A meno che il duca di Wyndham non stia rivedendo i suoi propositi. Si comincia a chiacchierare parecchio riguardo a te e alla confidenza che riservi a Sir Reedlan Knox. Se ci tieni al tuo onore, digli di farsi da parte. In caso contrario potresti regalarci lo scandalo della stagione».

«Ho ragione di credere, anzi, sono convinta che Maxim abbia le mani sporche del sangue di Emily», ribatto ignorando la sua frecciatina pettegola.

Ausonia scoppia in una risata isterica. «Leggi troppi libri».

«La tua spilla con lo zaffiro, quella che sfoggi sempre con orgoglio, sai da dove viene?»

«L'ha comprata mio padre da Greyhurst», risponde con naturalezza.

«Vero, ma faceva parte di un collier che il gioielliere ha smontato. Indovina chi gli ha venduto quel collier?»

«Non mi piacciono gli indovinelli e non ho tempo da buttare con te. Maxim si sta spazientendo».

«Il tuo caro Maxim gliel'ha venduto», sbotto. «Insieme a tutti gli altri gioielli che Emily ha ereditato da sua madre».

Stavolta non dice nulla, sorpresa.

«Non te l'aspettavi, eh?»

«E come lo sai? Sentiamo», mi sfida incrociando le braccia sul petto.

«Sono stata da Greyhurst per una parure da indossare mercoledì. Ne ho scelta una di perle rosa. Perle appartenute a Emily, è stato il gioielliere a dirmelo».

Lei fa spallucce. «Non dimostra niente».

«Eppure, Maxim la spilla te l'ha vista addosso un sacco di volte e non ti ha mai detto nulla. Perché? Se era in buona fede, non c'era motivo di tacertelo». Il seme del sospetto è piantato, ma non so se Ausonia è un terreno abbastanza fertile da farlo germogliare.

«Tutto qui? I tuoi sospetti si basano sulla vendita di un gioiello?»

«Emily era ancora viva quando Maxim li ha portati da Greyhurst, non avrebbe mai lasciato che i gioielli di sua madre fossero venduti».

«Magari aveva qualche debituccio tra gentiluomini da saldare!», lo giustifica. «Hai finito con questa sceneggiata patetica? Vorrei andare».

«Come vuoi, sposatelo! E prega in tutte le lingue che conosci di non fare la fine di Emily», dico con lei già girata di tre quarti pronta a tornare dal suo amato. «Chiedigli di portarti a visitare la tenuta nel Somerset e senti che ti risponde», la provoco.

Ma lei mi getta un'occhiata di scherno e va via.

Martedì 11 giugno
1816

52

Proprio come ieri, Lucy ha atteso che Reed lasciasse il mio letto prima di entrare, ma stavolta non ci lascia tirare fino a tardi.

Alle prime luci dell'alba bussa e le apro la porta che lui ha scavalcato il davanzale da un secondo, dopo avermi lanciato un bacio come saluto.

Lucy scuote il capo in dissenso e quando, nel tirare indietro le lenzuola per dare aria al letto, scopre una macchiolina rossa, per poco non le prende un colpo.

«Lady Rebecca», piagnucola con voce tremula.

«È tutto a posto», la rassicuro. «È solo il mio ciclo mensile».

Lei riprende a respirare, mormorando: «Sia ringraziato il Signore», a fior di labbra.

La giornata di oggi ha un programma serratissimo:

– prova definitiva di abito, gioielli e acconciatura;
– approvazione del menu;
– prova dell'orchestra e definizione della scaletta delle danze.

Mrs Triaud arriva con il suo codazzo di assistenti poco dopo la colazione, e il fitting si porta via quasi tutta la mattina.

L'idea di ripetere tutto da capo domani mi devasta.

Mrs Bry, poi, serve a me, a zia Calpurnia e a zio Algernon una selezione di *amuse-bouche* da offrire durante il ballo, che sono solo la copia dei mille riassunti già visti e stravisti a ogni ricevimento a cui ho partecipato.

Mrs Bry è una cuoca eccezionale, non capisco perché debba

mortificare il suo talento – e il mio gusto – riproducendo tartine insipide dalla farcia stucchevole.

Dopo pranzo arriva l'orchestra. La zia la fa accomodare nel salone delle feste che io, prima di oggi, non avevo mai visto.

È una sala maestosa, dalle pareti rivestite di specchi, al punto da far perdere il senso della dimensione. Tra l'uno e l'altro vi sono lesene dorate sormontate da putti che reggono candelabri, e dal soffitto pende un candeliere a sedici braccia decorato da gocce di cristallo che proiettano piccoli arcobaleni sulle pareti.

Con il naso all'insù mi perdo ad ammirare l'affresco di un cielo rosato, all'alba, punteggiato da soffici nuvole dalle quali fanno capolino i volti di angeli e dèi.

Si può svenire per la troppa bellezza?

Il maestro m'illustra la scaletta delle danze e impartisce l'ordine all'orchestra di cinque elementi – piano, viola, violino, due violoncelli – di eseguire un reel.

Sono bravissimi, dopotutto sono alcuni tra i musicisti più apprezzati dai membri della famiglia reale, ma dopo un mese di ritrovi mondani sono un po' stanca di ascoltare le stesse musiche, ancora e ancora, e danzare gli stessi balli, ancora e ancora.

Non voglio essere scortese, così rivolgo loro il mio miglior sorriso, mentre la zia batte il ritmo con il ventaglio accanto a me.

«Lady Calpurnia!», tuona la sua cameriera piombando in sala. «Dalla lavanderia ci hanno mandato le tovaglie di qualcun altro e le nostre di Fiandra non si sa più che fine abbiano fatto. E il fattorino che deve ritirare i promemoria da consegnare non si è ancora presentato».

«Oh, cielo!», sobbalza la zia. «Arrivo subito, dobbiamo sistemare questi contrattempi al più presto. Rebecca cara, ci pensi tu all'orchestra?».

Mi ascolto un altro paio di danze prima che Archie compaia sulla soglia del salone, impegnato a contare un fascio di banconote. «Se non fossi mia cugina ti odierei. Il Marylebone Cricket Club ha vinto», annuncia. «Con dieci porte di vantaggio».

Il mio prezioso almanacco ha fatto centro un'altra volta. «Quanto?»

«Mille», mi comunica sventolando il mazzo. Lo poggia sulla

mensola del grande camino per poi farmi un occhiolino e andarsene. Il mio smartphone ha colpito ancora.

D'un tratto mi viene un'idea. «Se io vi facessi ascoltare una canzone, sareste in grado di riprodurre la melodia?», chiedo all'orchestra.

Il direttore mi guarda confuso. «Non capisco».

«Torno subito».

Volo nella mia stanza, prendo il cellulare, torno dai musicisti e lancio la mia playlist.

«Cosa è mai quello?», domandano in coro stupiti.

«Un… musichiere portatile, ma non è importante. Concentratevi sulla melodia».

«Chi è la cantante?», mi chiede il violino.

«Ehm… Lady Taylor Swift, duchessa dei Grammy e madrina di MTV».

Si guardano tra loro, smarriti. «*Romeo, take me somewhere we can be alone…*», ripete canticchiando il pianista. «È un'ode a Shakespeare?»

«Sì, bravo», lo incoraggio. «Allora, potere riprodurla?».

Il direttore si gratta la testa, si volta verso i musicisti, dice loro qualcosa su ritmo, battute, entrata, Sol maggiore, poi solleva la bacchetta e… sto davvero facendo suonare *Love Story* a un'orchestra del 1816?

«Così, Lady Rebecca?», mi domanda il direttore.

«State andando alla perfezione», esclamo entusiasta.

Faccio ascoltare loro ogni brano della playlist e loro li riproducono uno dopo l'altro: Madame Miley Cyrus, Lord Justin Bieber, Lady Gaga…

«Mi sa che l'ho sentita cantare all'Opéra di Parigi», dice la viola.

«Quella era Lady Gigi Gustav, rintronato!», lo rimbecca il pianista.

«Mah, io ero proprio sicuro fosse questa Lady Gaga».

«Ho un dubbio», dice il direttore rivolgendosi a me con aria preoccupata. «Gli ospiti conoscono queste musiche? Potrebbero ritrovarsi spiazzati…».

«Contiamo sull'effetto sorpresa», ribatto.

Ho deciso: se devo dare un ballo, sarà un ballo a modo mio.

Finite le prove dell'orchestra e concordata la scaletta, lascio il salone a passo spedito diretta da Mrs Bry.

«Rebecca, tutto a posto con i musicisti?», mi domanda la zia, incrociandomi nel corridoio.

«Alla perfezione», rispondo trafelata senza aggiungere altro.

Mi precipito giù per le scale e faccio irruzione nel regno dei domestici per eccellenza: le cucine.

«Lady Rebecca, cosa fate qui?», mi chiede la cuoca, sconvolta di vedermi tra le pentole e i taglieri.

«Cambio menu», annuncio. «Abbiamo patate e olio in quantità?»

«Sì, li abbiamo, ma le portate sono già state approvate».

«Ho avuto un'idea migliore. Abbiamo anche farina, formaggio e pomodori?»

«I pomodori sono solo ornamentali! Non vorrete far mangiare dei centrotavola agli ospiti?!». Lei scuote la testa con decisione. «No, no, no, mi farete licenziare, Lady Rebecca».

«Mrs Bry, il vostro talento è sprecato con le tartine rinsecchite. Fidatevi di me, vi farò fare un figurone», la rassicuro. «Abbiamo della vodka?».

Sono io a sgattaiolare da Reed, appena la casa si addormenta.

«Hai ancora il paracetamolo che ti ho portato?», gli chiedo appena lo trovo nel suo studio.

«Non stai bene?», mi domanda preoccupato.

Sollevo la camicia da notte per mostrargli l'apparato ingegneristico arrangiato da Lucy per contenere il mio ciclo: una specie di pannolino da bebè assicurato alla vita con una cintola. «Oggi ho dovuto presiedere ai preparativi del ballo di domani e sono stanca morta».

Poco dopo mi accoglie nel suo letto, dove mi accoccolo contro di lui, che mi accarezza i capelli.

«Dovrei essere arrabbiato con te. Non ho ricevuto l'invito».

«Mio cugino non ha ritenuto opportuna la tua presenza dato che ci sarà tuo fratello Charles», gli spiego. «Un conto è incontrarci ai ritrovi pubblici, un altro è ospitarti a un ricevimento formale a casa nostra. Non credere che io non ti voglia, anzi, ma il padrone di casa è Archie».

«Tuo cugino non l'ho visto bene ieri».

«È morto Bennet. Loro due erano...», indugio. Vorrei dirgli la verità, so che Reed capirebbe senza giudicare, ma non posso e non voglio tradire la fiducia di Archie. «...uniti».

«Venerdì pomeriggio ci sarà l'esibizione delle mongolfiere a Hyde Park», mi dice dopo qualche secondo di silenzio, cambiando argomento. Ho la sensazione che abbia capito e gli sono grata del fatto che non aggiunga altro.

«Mongolfiere?», chiedo curiosa.

«Si potrà sorvolare Londra dal pallone. Se Celeste e Azmahl ci accompagnassero, ci saliresti con me?»

«Volare...», indugio. Io non volo. Non volo su aerei progettati e collaudati da ingegneri della Boeing, figurarsi su un cesto appeso a un pallone.

«...Ti fa paura», conclude lui.

«Sì. Una delle tante cose».

«È solo una breve galleggiata sul parco», mi rassicura. «Voglio soltanto rubare un po' di tempo con te che non sia chiusi tra i muri delle nostre rispettive stanze». Si china su di me per accarezzarmi il collo con un bacio. «Non che stare chiuso a letto con te mi dispiaccia».

«Forse posso provare a vincere la paura, se mi fai la promessa di tenermi stretta per tutto il tempo».

«Considerala già mantenuta».

«Un momento: hai detto venerdì pomeriggio?», chiedo rabbuiandomi. «*Questo* venerdì?»

«Sì, dopodomani».

«Non posso. Tuo fratello Charles ha invitato me e la mia famiglia a soggiornare nella sua tenuta dopo Ascot per un paio di giorni e rientreremo solo sabato». Sbuffo sconsolata per l'occasione persa. «Mi dispiace».

«Non preoccuparti, era solo un'idea improvvisata. C'è un'altra cosa di cui vorrei parlarti: so che domani sarai molto impegnata per il tuo ballo, ma essendo mercoledì – il giorno della visita di carità di Celeste a Bedlam – sarebbe il momento giusto per portare via Penny. La volta scorsa ne sei uscita molto provata, motivo in più per cui pensavo di andare solo con Azmahl».

«No», dichiaro decisa. «Vengo anche io. Ci sono stata per tutto, ci sarò ancora».

Lui sorride, scuotendo il capo. «Sai, Rebecca, credo che pagherei davvero oro per averti a bordo della mia nave».

Mercoledì 12 giugno
1816

53

Vado da Celeste con la scusa di un tè con lei, dove più tardi ci raggiungono Reed e Azmahl per recarci a Bedlam.

La mia borsetta è più gonfia e pesante del solito, spero non si scucia.

Io siedo accanto a Celeste, Reed davanti a me e Azmahl di fronte a lei. Non posso ignorare i sorrisi reciproci che si scambiano.

Quanto vorrei che Celeste non fosse già sposata a quella cariatide di Lord Manderley. Sarebbe così felice con Azmahl.

«Assumerò Penny come cameriera», ci comunica Celeste. «Mio marito ama sfoggiare una nutrita schiera di domestici: più persone ha sul libro paga, più ne guadagna in prestigio sociale».

«Emily stava insegnando di nascosto il linguaggio dei segni a Penny. Ci serve qualcuno che sappia interpretarlo. Chi potrebbe conoscerlo?», le domando.

«Posso sentire in giro», si offre lei.

«Mi informerò anche io», dice Azmahl. «Se posso aiutare, sono a disposizione».

Lui e Celeste si scambiano uno sguardo che fa sentire me e Reed di troppo.

Sarebbero una coppia perfetta, se le condizioni poste dal 1816 non li separassero.

Giunti a Bedlam ci viene data una notizia alquanto sconcertante: Penny è stata trasferita nel reparto degli internati pericolosi per sé e per gli altri.

Perché? Perché dai parenti è stato chiesto così.

Che parenti? Penny non ha nessuno in città.

Spieghiamo che intendiamo farla dimettere e che Lady Celeste si occuperà di lei fornendole le migliori assistenze possibili.

La guardia è inflessibile: non può ricevere visite se non dal custode del reparto e dall'operatore che le fornisce i pasti.

«Dunque, Penny non esiste per nessun altro che per queste due persone, giusto?», chiedo io.

«Tre, incluso me», chiarisce la guardia.

«E se la vostra memoria ha un prezzo, quanto vorreste per dimenticarvi di lei?». La mia domanda sfacciata stranisce tutti.

«Diciamo che per rammentarci di lei ci sono state riconosciute cinquanta ghinee», risponde tronfio.

«Molto bene», annuisco soddisfatta. «Cinquecento ghinee per farla uscire e cinquecento ghinee per scordarvi di lei».

«Rebecca, sei impazzita?!», mi sibila Celeste all'orecchio. «Dove le troviamo mille ghinee?»

«E direte a chiunque ve lo chiederà che Penny si è lasciata morire», aggiungo.

La guardia boccheggia, spiazzata dalla mia offerta. È più di quanto guadagnerà in tutta la sua vita.

«Allora?», lo incalzo. «Prendere o lasciare».

«Pagamento anticipato», bercia lui. «Se poi i soldi non ce li avete?».

Apro la mia borsetta e gli mostro il contenuto. «Eccoli. Sono vostri se ora fate quello che vi comando». Gli indico la gerla traboccante di panni che Celeste dovrebbe donare alla struttura. «Svuotatela, fatevi entrare Penny e copritela con uno dei lenzuoli. Questi due gentiluomini verranno con voi, si occuperanno di trasportarla fino alla carrozza. Noi vi aspetteremo qui con i soldi».

Io e Celeste attendiamo in silenzio che l'operazione si concluda, e nella mia testa esulto quando Reed mi fa l'occhiolino, dopo aver caricato la gerla nella carrozza.

Consegno la borsetta alla guardia, che la apre subito con la bava alla bocca.

«Noi non siamo mai stati qui», dico.

«Voi, chi?», domanda quello contando il denaro con lo sguardo.

«Molto bene. Mi raccomando, Penny è...».

«Povera giovane», mi anticipa lui, «almeno la morte ha alleggerito la sua anima infelice».

«Bravo», si complimenta Reed. Poi apre appena la giacca, lasciando occhieggiare il manico del suo pugnale. «Fa caldino, oggi».

La guardia deglutisce. «Sì, caldo». Solo in quel momento noto un grumo di sangue rappreso sul suo collo tozzo, proprio sotto la mandibola.

Reed deve avergli lasciato un promemoria personale.

Risaliamo in carrozza e riprendiamo la strada verso casa. Dopo qualche metro, Penny riemerge da sotto il lenzuolo in condizioni ancor peggiori di quelle in cui l'avevamo lasciata la prima volta.

Mi poggia la testa sulle ginocchia e mi bacia le mani in un pianto di gratitudine.

«La sua fronte scotta», dico ad Azmahl.

«Era incatenata e deve aver provato a liberarsi ferendosi», dice indicando la carne dilaniata dei suoi polsi, piena di croste e pus. «Le ferite si sono infettate ed è disidratata. La curerò io, ma le servirà qualche giorno per ristabilirsi».

«Dove hai preso tutti quei soldi, Rebecca?», mi domanda Celeste, sconvolta.

«Li ho vinti», spiego. Prima di uscire di casa ho stipato nella borsa i proventi della scommessa di cricket. Non avevo idea di cosa ci avrei fatto ma sentivo che sarebbero potuti servire.

«Ah-eh, ah-eh», mugugna Penny diretta a me.

«Lady Celeste ti darà un posto come cameriera. In cambio, tu devi farci capire cosa è successo a Emily», le dico. «Ci aiuterai?».

Penny annuisce, stringendomi forte le mani prima di accasciarsi priva di sensi sul fondo della carrozza.

54

Non dovrei essere agitata, invece lo sono. Il ballo sarà qualcosa di mai visto in precedenza e ne sono tutti all'oscuro, zia Calpurnia in primis.

L'acconciatura, il trucco, l'abito e i gioielli sono la versione avanzata della prova generale di ieri.

Ma, ai piedi, ho le mie Converse.

È il mio ballo, non mi è concesso svicolare dal centro della pista, perciò se devo danzare tutta la sera, lo farò comoda.

Come in ogni grande evento che si rispetti, sarò l'ultima a entrare nel salone, una volta arrivati tutti gli ospiti.

Attendo con Archie, in cima allo scalone, che ci diano il via libera.

«Nervosa?», mi domanda lui.

«Non per le ragioni che credi tu».

Increspa un sopracciglio. «Ah, sì? E quali?»

«Lo scoprirai».

«Mia madre ti ucciderà per esserti messa quelle calzature ridicole, lo sai, vero?»

«Tanto quando le vedrà sarà troppo tardi».

Le porte del salone si spalancano, ampliando il vociare degli invitati. «Andiamo».

«Archie, grazie», gli dico voltandomi verso di lui. «So che stasera l'ultima cosa che vorresti è partecipare a un evento mondano».

«Non lo farei per nessun altro».

Giungiamo alla soglia del salone delle feste, che, se possibile, è ancora più bello decorato con le composizioni floreali scelte dalla zia, e l'orchestra attacca il brano che abbiamo concordato per l'ingresso: *We Found Love*, di Rihanna.

Archie, la zia, gli ospiti e perfino gli uscieri si guardano spaesati.

Mio cugino mi osserva, stranito. «I musicisti sono ubriachi».

«Sono del tutto sobri», chiarisco io. «Balliamo?»

«E come?», mi domanda.

«Come vuoi». Lo trascino in pista, guido io inventandomi una combinazione sul momento, tra piroette, balzelli, prese sottobraccio e giravolte. Mescolo passi di quadriglia, schemi di *boulangère*, la frenesia dei reel e le camminate della polonaise. E per la prima volta da una settimana a questa parte, lo vedo sorridere.

Dopo il ballo inaugurale, il programma prevede l'apertura del buffet, con i camerieri che entrano muniti dei loro vassoi sormontati da cascate dorate.

L'aria si riempie del goloso odore di fritto.

«Cosa sono questi... stecchi?», mi domanda curiosa Lady Celeste prendendone uno tra le dita.

«Patatine fritte. Mangiale finché sono calde». Il suo stupore è giustificato: le patatine fritte non arriveranno in Inghilterra prima di altri trent'anni.

L'addenta e l'espressione sul suo viso si illumina. «Sono buonissime».

«E se le intingi nella maionese sono ancora meglio», le suggerisco indicando le chicchere piene di ciuffi bianchi.

Mrs Bry era molto scettica quando le ho suggerito la ricetta, ma dopo averne fritte una manciata, lei e tutta la cucina si sono spazzolati una cassetta di patate intera.

«Queste non sono le tartine che avevamo concordato», brontola la zia Calpurnia osservando i dischetti dorati punteggiati di sugo rosso e gocce bianche.

«Sono meglio, fidati».

La zia ne assaggia uno con timore, per poi dare un secondo morso e un terzo. «Deliziosi. Come si chiamano?»

«Pizze». Ok, non sono proprio vere pizze di quelle "moderne", ma le ricordano da vicino.

«E con cosa sono farcite?», mi domanda prendendone subito una seconda.

«Quello bianco è formaggio fuso, quello rosso è pomodoro».

«Po-pomodoro?!». Per poco zia Calpurnia non si accascia a terra. «Quelli dei miei centrotavola?!».

«Sono ottime», sputacchia zio Algernon a bocca piena e con due pizze per mano.

«Cameriere, mi verserebbe un altro sorso di questo nettare?», domanda Wellington.

«Andateci piano con quello, duca». Il nettare di cui parla è il Sex on the beach. Ho insegnato a Norbert a farlo. Una volta scoperta la nostra scorta di vodka in cantina, aggiungere succo d'arancia, liquore alla pesca e succo di mirtillo è stato un attimo.

«Rebecca», mi sento chiamare da una mano leggera che picchietta sulla mia spalla. Mi volto. Trovo Ausonia. Alla fine, è venuta!

«Hai accettato l'invito».

«Avresti un momento? Vorrei… ehm… chiederti…». Si mangia le parole, e ha l'aria corrucciata. Non sventaglia qua e là il suo naso con la solita aria di superiorità. «La tua parure di gioielli è divina».

Se so riconoscere uno sguardo, mi sta pregando di parlare in privato.

«Vieni, Ausonia, rinfreschiamoci un minuto in giardino prima delle danze», le propongo.

Lei, con una docilità che non le appartiene, mi segue come un cagnolino.

«Che tu ci creda o no, sono contenta di averti tra gli ospiti», ammetto sincera guidandola verso la fontana che zampilla al centro del sentiero.

«Oh, risparmiami i convenevoli, Rebecca, non ti si addicono. Parliamo di Maxim: voglio sapere tutto quello che hai scoperto su lui ed Emily».

«L'erba voglio non cresce neanche nel giardino del re», la fermo. «Dimmi tu perché vuoi sapere quello che so io e poi deciderò se e cosa condividere con te».

«Ieri Maxim è venuto da noi per un tè; al pomeriggio mi fa sempre visita e ormai è consuetudine che mia madre finga di dover sbrigare una faccenda urgente per lasciarci qualche minuto da soli. Ho buttato lì la questione dei gioielli di Emily, che ho scoperto che la mia spilla le apparteneva, e gli ho chiesto come mai non me lo avesse detto quando me l'ha vista indosso».

«E...?»

«Ha affermato che non voleva che credessi che la spilla lo fa pensare a lei».

«Paraculo», commento sconvolgendo Ausonia. «Scusa, pensieri miei».

«Gli ho anche domandato perché li avesse venduti e la sua risposta è stata che, dopo che se n'è andata, non voleva più tenere nulla che gli ricordasse Emily».

«Lo sai che è una bugia, vero? Li ha venduti prima, quando lei era ancora viva e contro la sua volontà».

Ausonia annuisce. «Infatti. Ho capito che era una bugia. Innocente e perdonabile, ma comunque una bugia».

«Innocente e perdonabile?!», esclamo. «Non fare la tonta, Ausonia. Non sei così ingenua».

«Ho seguito il tuo suggerimento: ho detto a Maxim che mi sarebbe piaciuto visitare la tenuta nel Somerset e lui ha taciuto».

Scacco. «Ah, sì?»

«E l'ho trovato alquanto strano: non si nega un così piccolo favore alla fanciulla che si sta corteggiando. Così ho insistito, suggerendogli di organizzare un fine settimana di giochi all'aria aperta, e lui ha svicolato asserendo che non vuole andare nel Somerset, che non capisce perché io voglia visitare la tenuta...». Ausonia si accalora nel raccontare. «Gli ho fatto presente che, in ogni caso, a mio padre avrebbe fatto piacere fare un giro delle sue proprietà prima di discutere il nostro contratto matrimoniale e...».

«E...?», sollecito Ausonia.

«E lui ha dato in escandescenze accusandomi di essere materiale e capricciosa, e se n'è risentito al punto che oggi non è nemmeno venuto a trovarmi». Ausonia fa il muso e incrocia le braccia sul petto. «Questo è sospetto».

«Cioè, scusami, tu non trovi sospetto che abbia venduto i gioielli della moglie, rinvenuta morta due settimane dopo, ma che non t'inviti nella tenuta del Somerset sì?», chiedo stupita. La testa di Ausonia funziona in modo strano.

«Be', mi aspetto di essere accontentata dal mio corteggiatore, no? Ha tutta la vita per deludermi, desidero esercitare questo potere fintanto che mi è concesso».

Le sue parole mi colpiscono: non la facevo così realista.

«Allora? Vuoi dirmi o no cosa hai scoperto su di lui?», ribatte lei.

«Sai perché non ti porterà nella tenuta nel Somerset? Perché, come la stragrande maggioranza di ciò che faceva parte dei beni di Emily, l'ha venduta. Avrebbe dovuto rendere la dote al maggiore Fraser, ma sta facendo di tutto per evitarlo perché probabilmente non ha più nulla».

«Venduta?!». Ausonia sbatte le ciglia, sorpresa.

«E questa cosa guai a te se la dici in giro, giuro che conosco persone che ti farebbero chiudere la tua boccaccia pettegola per sempre: Maxim e Jemima hanno una relazione segreta. E, secondo le ultime lettere di Emily, Jemima sarebbe incinta».

Ausonia si porta le mani alla bocca, sconvolta. «Non può essere».

«Li ho visti baciarsi di nascosto in un vicolo dalle parti di Covent Garden».

Lei distoglie lo sguardo, il volto irrigidito in un'espressione truce. «Ora capisco».

«Cosa?»

«Maxim ha suggerito di ospitarla da noi, una volta sposati. Mi ha detto che si sente in dovere di prendersi cura di Jemima dopo che lo scandalo di Emily ha gettato il disonore sulla sua famiglia. Invece, se le cose stanno così come dici, è per portare avanti la loro relazione clandestina».

«Vedo che ragioni in fretta».

«Vuole stare con lei, ma vuole la mia dote», dice più rivolta a sé stessa che a me, soffiando dal naso, imbufalita. «Ma perché ha bisogno di denaro? Se avesse debiti di gioco si saprebbe».

«Pare che sia coinvolto in un grave affare politico per cui necessita di liquidità», mi limito a dirle, senza svelarle tutto. «Ora credi al mio sospetto che nella morte di Emily ci sia il suo zampino? Ho portato avanti delle indagini insieme a Reedlan Knox e il cerchio si stringe intorno a lui».

«Ci hai visto, vero, me e Maxim ad amoreggiare nel labirinto dei Vauxhall Gardens?»

«Sì. Ma come puoi constatare non ho divulgato pettegolezzi».

Lei non si preoccupa di ringraziarmi. «Bene, possiamo rientrare». Ausonia si ricompone. Si liscia il vestito e sorride come nulla fosse. «Dovessi sapere altro t'informerò. Ma per la cronaca, Rebecca, tu ancora non mi piaci e io e te non siamo amiche».

«Tranquilla, la tua amicizia è un traguardo a cui non ambisco».

«Ricevimento alquanto bizzarro», osserva Charles Rutherford, al mio rientro. «Devo immaginare che ogni festa da voi organizzata sarà così?»

«Non lo escluderei», ribatto orgogliosa del risultato. «Ma gli ospiti si divertono e il banchetto mi pare molto più apprezzato che le solite tartine di pane raffermo, il solito condimento acido e il solito tè slavato».

«Da un duca, però, ci si aspetta ben altro tenore di evento». La sua battuta mi suona come un monito.

«Da un duca, può darsi. Ma da una duchessa?», lo punzecchio. Una parte di me continua a dirmi che sono una folle ad accettare un matrimonio con questa persona, dall'altra voglio fidarmi di Archie e del nostro accordo.

L'orchestra attacca *Shape of You*, sempre con gli invitati che si guardano tra il curioso e il divertito, familiarizzando con il ritmo chi battendo le mani, chi i piedi, chi ondeggiando.

«È il mio ballo, si suppone che io debba ballare. Non m'invitate?», domando a Charles.

«Non conosco questa melodia».

«Nessuno la conosce. Siamo liberi di improvvisare».

«Non intendo rendermi ridicolo davanti a tutta l'alta società», ribadisce lui, composto. «Ma sarò lieto di accompagnarvi nella prima danza con cui ho confidenza».

«Fino a quel momento», s'intromette tra noi la voce di Reed, «Rebecca danzerà con me».

55

L'arrivo imprevisto di Reed ha due effetti: euforizzante su di me, irritante su Charles, che lo squadra infuriato. «Mi avevano assicurato che non saresti stato presente».

«Dovresti saperlo, ormai, che trovo sempre un modo», è la risposta affilata di Reed.

«Sei il solito presuntuoso esibizionista; il lupo perde il pelo ma non il vizio. Ricordati che, però, io sono un ottimo cacciatore».

«Ma il lupo piace proprio per i suoi vizi», controbatte Reed.

«Prenditi le tue libertà finché puoi, ma ricordati che i cancelli della mia tenuta sono alti e presidiati a vista dalle guardie».

«Uh, che paura». Poi si rivolge a me, tendendomi la mano. «Andiamo?».

Io l'afferro sotto lo sguardo gelido di Charles e realizzo che, per quanto piacevole sia il suo aspetto, la bellezza esteriore non è nulla senza quella interiore. È opaco, freddo, inespressivo. Pur essendo un uomo piuttosto attraente, uno di quelli che farebbero la loro figura sulla copertina di un regency romance, non è in grado di smuovermi il minimo brivido.

Con Reed, mi basta un suo sguardo per accendermi.

«E tu, Reed, sai danzare questa musica?», gli chiedo quando raggiungiamo il centro del salone.

«No, ma voglio provarci».

A differenza del ballo con Archie, rispettoso di tutti i dettami dell'etichetta in materia di danza – minimo contatto fisico, riguardosa distanza tra cavaliere e dama e gestualità inequivocabili –,

Reed mi stringe a sé, porta la mia mano sinistra sulla sua spalla, e mi cinge la vita in una posizione a due, chiusa, intima.

Mi fa scivolare sulla pista come se ci trasportasse un'onda, il suo passo è leggero e sicuro, mi fa volteggiare sul marmo lucido neanche fossi priva di peso.

È un valzer, e tutti ci guardano scioccati.

Anche se è stato da poco introdotto nelle sale da ballo inglesi, il valzer è considerato scandaloso proprio per la privacy che concede ai due ballerini, per il disdicevole contatto corpo a corpo, e per come – a detta di qualcuno – lasci sottintendere un'allusione ad atti ben più spinti.

Solo alle donne sposate è concesso danzare il valzer, perciò quello che sta facendo Reed è una chiara affermazione: potrò anche essere in procinto di fidanzarmi con il duca di Wyndham, ma io sono sua.

Non è un essere sua come se fossi una proprietà immobiliare, come se vantasse dei diritti su di me. Non si tratta di possesso, si tratta di qualcosa che va oltre la barriera materiale. Ho un legame con Reed che non ho mai sentito con nessuno, l'intesa che abbiamo è unica. Mi sento come se fossi il pezzo di un puzzle e avessi trovato quello che combacia con me alla perfezione.

Perciò se qualcuno, guardandoci danzare, pensasse che provo qualcosa per lui, che tra me e Reed c'è una relazione, be', penserebbe giusto.

«Certo che tu sai come fare un'entrata, eh?», gli dico.

«Ho pensato che quella finestra spalancata nella tua stanza non l'avessi lasciata solo per arieggiare. O ho sbagliato a interpretarla come un invito?»

«Che sbadata, devo averla dimenticata», ribatto con finta ingenuità. Gli sorrido, perdendomi nei suoi occhi senza alcun pudore. «Speravo tanto che venissi».

«Potrei mai deluderti?»

«Magari non volevi rischiare di farti cacciare fuori.»

«Chi, io?».

La musica finisce e io e Reed ci fermiamo. Non riesco a lasciarlo andare, però.

È Archie a picchiettarmi sulla spalla, con gentilezza. «Due balli di seguito insieme potrebbero essere difficili da giustificare perfino per me», commenta riferito agli ospiti.

Reed fa un passo indietro e s'inchina, baciandomi la mano guantata in segno di commiato.

Sulle sue labbra leggo un "Ti aspetto" appena sospirato.

Giovedì 13 giugno
1816

56

Stamattina sto ben attenta a non attardarmi come al solito da Reed poiché la partenza per Ascot è prevista poco dopo l'alba.

Ed è un peccato perché il mio ballo è durato fino alle due, ora in cui ho salutato gli ospiti, e di conseguenza abbiamo trascorso insieme tre ore scarse.

«Tu non verrai?», gli chiedo prima di sgattaiolare di nuovo in camera mia mentre fuori è ancora buio.

«Ho da fare qui a Londra. Mi devo occupare di Porter».

Sbuffo scocciata. «Già non sarà chissà che divertimento, almeno speravo nella tua compagnia».

«Ci sarà Charles». La sua è una battuta amara e non fa ridere nessuno dei due.

«Preferirei essere con te sulla mongolfiera, lo sai benissimo», ribatto in tono di rimprovero.

«Prima di andare prendi questa». Reed va alla scrivania, afferra una lettera piegata e sigillata e me l'affida. «Puoi farla avere a mia madre in un momento in cui siete sole?»

«Certo».

«E prendi questo», dice mettendomi in mano un flaconcino, «estratto di zenzero preparato da Azmahl. Ti aiuterà con il mal di carrozza».

«Lo apprezzo davvero. E tu mi mancherai tantissimo».

«Rimedierò». Reed mi ruba un ultimo bacio e ci salutiamo.

Arriviamo ad Ascot con due carrozze: una con i nostri bagagli, diretta a Wyndham Hall, dove i nostri valletti li scaricheranno; l'altra che ci porta al Derby.

Come a Epsom, intorno all'ippodromo è pieno di altri intrattenimenti: tavoli da gioco, scommesse sul combattimento dei galli, giocolieri, mimi, orchestre e stand gastronomici a perdita d'occhio. Solo che è tutto più grande e tutti sono ancora più eleganti.

A malincuore tollero la presenza di Charles Rutherford: ieri ha lasciato il ballo subito dopo la mia danza con Reed, e ora mi affianca a ogni passo nella promenade che stiamo facendo a bordo pista, sotto gli occhi di tutti.

«Spero che siate riposata, Rebecca», mi dice. «Sarà una lunga giornata e stasera incontrerete mia madre. È ansiosa di conoscervi, le ho parlato molto di voi».

«Mi domando cosa le abbiate detto, dato che in fondo ci siamo visti così poco».

«Che siete una giovane molto colta, sebbene di spirito vivace, e dalle grazie arrivabili da poche altre. Certo, il vostro temperamento talvolta indomito e il linguaggio non sempre opportuno possono rivelarsi tratti alquanto rimproverabili della vostra personalità, ma l'arguzia di cui siete dotata compensa queste lacune che, senza dubbio, tempo e maturità smusseranno».

«E se tempo e maturità non bastassero?», lo provoco.

«Ci penserà un figlio», dichiara con piglio sicuro. «È come con le puledre: dopo un figlio si ammansiscono, è naturale», spiega indicando gli equini con il bastone da passeggio.

«Ho capito bene? Mi state paragonando a un cavallo?»

«Oh, non oserei. Ma per le donne è uguale, diventano molto più docili con la maternità».

Questo è *mansplaining* bello è buono: un uomo che non sa un tubo delle donne, ma che pretende di spiegare a una donna come è la vita di una donna. «Non sapevo foste un esperto in materia: avete avuto molti figli, dunque?»

«Suvvia, Rebecca, non impermalositevi. Volevo farvi un complimento».

«In questo caso, non vi è riuscito molto bene».

«E anche rassicurarvi sul fatto che non mi spaventano le vostre spigolosità. Né le ambigue frequentazioni che vi ostinate a intrattenere».

«Vi riferite a qualcuno in particolare?»

«Avete capito a chi mi riferisco e non intendo fare il suo nome in questi giorni che, invece, vorrei dedicare a coltivare la nostra reciproca conoscenza».

«Perché proprio io?», gli domando a bruciapelo. «Londra pullula di nubili fanciulle di buona famiglia e ben più accomodanti di me. Perché non corteggiare una di loro?»

«Sono il duca di Wyndham, da me ci si aspetta il massimo e io pretendo solo il massimo: nessuna può rivaleggiare con il vostro rango, né proviene da una famiglia altrettanto antica e rispettata, o può vantare una dote pari alla vostra. Non che a me serva denaro», enuncia compiaciuto. «Nostro figlio erediterà il mio titolo e i nostri possedimenti, sarà uno dei pari più influenti del regno».

«E se nascessero solo femmine?». Non riesco a non punzecchiarlo, come se fosse un palloncino che voglio far scoppiare.

«Sarà vostro compito impegnarvi a produrre maschi», liquida lui la faccenda.

Quanto vorrei sbattergli in faccia un po' di genetica: è lo spermatozoo a determinare il sesso di un bambino, non l'ovulo, caprone ignorante! Peccato che nulla di tutto ciò per lui avrebbe senso.

«Se non ne fossi in grado, cosa fareste?», chiedo. «Mi ripudiereste? O mi picchiereste?»

«Santo cielo, sono contrario a picchiare una donna senza motivo o per fatti indipendenti dalla sua volontà», ridacchia lui, come se le mie parole fossero una barzelletta.

«Ah, invece con il giusto motivo sareste favorevole?»

«Non credo che si porrà il problema, se voi non me ne darete».

Sto per lasciare Charles Rutherford al palo quando il mio sguardo si posa su Archie.

Al solito, partecipa solo con il corpo ma non con lo spirito, lo sguardo perso e l'espressione assente.

Zia Calpurnia lo coinvolge in tutte le conversazioni ma mio cugino rimane inespressivo.

Zio Algernon, invece, abbocca a ogni offerta di cibo che gli passa sotto il naso. Scommetto che ha i valori di colesterolo e glicemia alle stelle.

Se fossimo nel futuro, lo obbligherei a un bel check-up completo: esami del sangue, una visita dal gastroenterologo e anche un bell'ecodoppler.

«Allora, Rebecca, su chi puntiamo oggi?», scherza Wellington quando ci riuniamo alla comitiva.

«Perché chiedete a me? Non sono mica una veggente», scherzo, forte del mio smartphone occultato nella borsetta.

«Avanti!», mi sollecita Mr Bolton. «Suggeriteci qualche dritta, Lady Rebecca».

«Datemi solo un momento per valutare meglio i contendenti», dico prendendo tempo.

Mi allontano il giusto per essere fuori dal loro campo visivo, sotto le gradinate in legno, e riesumo il mio smartphone per consultare l'almanacco.

Solo che, nel momento in cui accedo alla libreria, sullo schermo lampeggia la notifica della batteria scarica.

Ok, non importa, mi servono solo dieci secondi per arrivare alla scheda dell'albo d'oro di Ascot... «No! No! No! Non abbandonarmi ora!», esclamo disperata. L'attimo prima di leggere la riga del 1816 lo schermo diventa nero e lo smartphone si spegne. «Ti prego, riaccenditi!», piagnucolo.

L'ho strapazzato troppo per la preparazione del ballo, per mostrare a Reed le mie foto, per far ascoltare all'orchestra le mie playlist... e ora è morto.

Accidenti, devo inventarmi qualcosa! Torno nel parterre, dove ora c'è anche Ausonia. In controtendenza al suo solito, mi saluta con un cenno del capo. È con sua madre e Maxim, ma tra loro sembra esserci un clima freddo: nessuno scambio di sorrisetti e occhiatine. Anzi, lei sembra studiare ogni sua mossa e pesare ogni parola.

«Credo che dopotutto oggi non mi vada di scommettere», butto lì con aria annoiata. «Queste corse sono tutte uguali, dopo un po'. E poi, voi signori, sarete stufi di farvi stracciare da una damigella di ventun anni».

«Visto? L'avevo detto che avreste smussato le vostre spigolosità», commenta compiaciuto Charles Rutherford.

Tra noi arriva uno degli Yeoman – i paggi della famiglia reale – vestito in velluto verde. «È qui Lady Rebecca Sheridan, cugina del marchese di Lennox?», domanda.

«Sono io». Mi faccio avanti. «Perché?»

«Il Reggente richiede la vostra presenza nella tribuna reale», comunica a gran voce.

Tutti mi guardano tra un coro di «Ahhh» e «Ohhh» stupiti.

«Adesso?».

Lo Yeoman annuisce. «Desidera assistere alla corsa in vostra compagnia».

L'accesso alla tribuna reale è pressoché impossibile da ottenere e un onore del genere, quando accordato, è indice di profonda stima che monda il nome di chi lo riceve da ogni tipo di peccato.

«Avanti, Rebecca, non perdiamo tempo!», mi sollecita la zia. «Algernon, caro, metti giù quel pasticcio di carne; Archie, sorridi».

Seguiamo lo Yeoman tra gli sguardi ammirati e invidiosi, Charles ci viene dietro, ma lo Yeoman lo ferma con un'alzata di mano. «Solo gli Sheridan», e lui si raggela interdetto.

Non ho idea di come io mi sia meritata un simile invito ma mi godo questo piccolo momento di gloria, avvolta dal calore della popolarità.

Nella mia vita del futuro nessuno mi guarda mai con ammirazione, sono anonima, trasparente, e di certo non faccio o posseggo nulla da invidiare.

«Lady Rebecca Sheridan», è il saluto della regina, che mi squadra dall'alto in basso. «Era prevedibile dal vostro debutto che avreste fatto parlare di voi».

Prima che io possa rispondere, è il Reggente a parlare. «Non lo sapete, madre? Lady Rebecca Sheridan è stata ribattezzata Lady Derby. Ha sbaragliato le scommesse dei gentiluomini a Epsom. E ha azzeccato anche la vittoria del Marylebone Cricket Club alla prima giornata di campionato, non è così?»

«Di dieci porte, Vostra Altezza», confermo con una riverenza.

«Una lady scommettitrice. Bizzarro», commenta la regina. «La vostra famiglia approva?»

«Come suo tutore vigilo da lontano», è la risposta di Archie.

«State attento a non farvela sfuggire, marchese, o non la riacciufferete nemmeno con la vostra migliore muta da caccia», è la battuta della sovrana.

«Lady Derby, vi domanderete il motivo del mio invito nella tribuna reale», continua il Reggente.

«È così, Altezza».

«Ebbene. ho voglia di vincere», annuncia lui. «E mi fido del vostro straordinario intuito».

Ti prego, fa' che non stia per chiedermi quello che credo.

Il Reggente sorride compiaciuto. «Su chi mi suggerite di scommettere?».

57

«Non avete già un favorito?», gli domando cercando di nascondere l'angoscia.

«Aladdin è il vincitore dell'anno scorso, è molto in forma e la scuderia del duca di York è una delle migliori. Tuttavia, Wanderer è il favorito», mi spiega il Reggente. «Concordate, Lady Derby?».

Panico. «A mio parere… avete ragione», incespico. «Aladdin è un ottimo cavallo e Wanderer ha tutte le carte in regola per vincere», ripeto a pappagallo.

Voglio evaporare. Non posso far puntare il Reggente sul cavallo sbagliato.

Me lo merito, il karma mi sta facendo pagare le scommesse che ho vinto barando.

«Allora?», mi mette fretta lui.

«Mi lasci pensare un momento, Vostra Altezza». Pensare a cosa?! Come? Mi giro e rivolgo uno sguardo disperato ad Archie. "Aiuto", lo prego a fior di labbra.

Mio cugino mi porge il pamphlet con le schede dei sei cavalli in gara, corredati di peso, altezza al garrese, età, proprietario e nome del fantino.

Guardo e riguardo i dati ma io di corse non so nulla: meglio il più giovane o il più maturo? Il più pesante o il più leggero? Il più alto o il più basso?

Boh, per me è ostrogoto.

Al diavolo le altezze al garrese! Se questo Wanderer è il favorito ci sarà un motivo, no?

«Wanderer?», chiedo ad Archie, sottovoce.

Lui si stringe nelle spalle. «Ha ottime chance».

«O Aladdin?», domando incerta con le mani che mi tremano.

«Aladdin è stitico e Wanderer ha fatto la cacca brutta stamattina», commenta lo zio sottovoce. «Ho visitato le stalle quando siamo arrivati».

«Ed è importante?», gli chiedo avida di qualche informazione valida.

«Anticipation invece l'ha già fatta tre volte», dice lui strizzandomi l'occhio. «È bello leggero».

Archie guarda lo zio con cipiglio. «Sicuro? Nel pannello scommesse, Anticipation è l'underdog», osserva. «Wanderer addirittura lo danno sette a quattro. Con queste quote è come puntare su quello che con ogni probabilità arriverà ultimo».

Zio Algernon incrocia le braccia sul petto, appoggiandole al pancione prominente. «Quote un corno! Tu pensi che correresti meglio prima o dopo aver defecato?».

In effetti, lo zio non ha tutti i torti.

«Lady Derby», mi chiama il Reggente. «Siamo tutti sulle spine».

O la va o la spacca. Tanto per non saperne nulla, la teoria della cacca dello zio almeno è convincente.

«Anticipation vincente!», annuncio a gran voce.

Tutti i presenti della tribuna reale mi guardano con l'aria di pensare: "Ma questa è pazza".

«Anticipation?», chiede il Reggente, stranito. «Ne siete sicura?».

Sicura no, ma qualcosa devo dire. «Anticipation», affermo.

Le trombe annunciano l'inizio della gara e tutti ci sediamo ai nostri posti. Io, però, è come se fossi su un cuscino di ortiche.

Vorrei che ci fosse Reed qui a rassicurarmi, a tenermi la mano, o anche solo a rivolgermi uno sguardo d'intesa di sottecchi.

«Se Anticipation non dovesse vincere, possiamo sempre dire che sei molto stanca per via del tuo ballo di ieri sera», mi dice Archie.

I cavalli escono dai loro box al via e, dopo uno scatto di partenza quasi alla pari, cominciano a distanziarsi.

La buona notizia è che Anticipation non è ultimo. Quella cattiva è che non è nemmeno primo.

Mi sa che la teoria della cacca è valida fino a un certo punto.

Wanderer e Aladdin sono testa a testa, confermando di essere i due contendenti alla Golden Cup.

«Siete ancora convinta di Anticipation?», mi domanda il Reggente con un tono tra il canzonatorio e lo stizzito. Mi sembra di sentire il suo sguardo bruciante sulla schiena.

«La corsa è lunga, Altezza», rispondo aggirando il suo quesito.

Non so se sono le due teste di serie a rallentare o Anticipation a mettere la quinta, ma alla fine riesce a infilarsi in mezzo a loro.

Aladdin perde un po' di terreno, in favore di Anticipation che inizia a contendersi la gara con Wanderer.

A quel punto io mi alzo in piedi, il Reggente, Archie e lo zio mi imitano.

Wanderer si perde indietro, Anticipation rimane solo in testa, ma per poco perché Aladdin lo riprende facendomi precipitare nell'angoscia.

«Dai, dai, dai», prego a denti stretti.

E succede.

A pochi metri dal traguardo Anticipation allunga e i suoi zoccoli battono il traguardo prima di Aladdin.

«Sììì!!!», esulto urlando a pieni polmoni. Aladdin è secondo, Wanderer addirittura penultimo. Mi volto verso lo zio, alla mia sinistra, e lo stringo in un abbraccio. «Avevi ragione! Avevi ragione sulla cacca brutta!».

«Non so se la vostra sia bravura o fortuna sfacciata, Lady Derby», ormai il Reggente mi apostrofa così. «Ma grazie a voi, ora, premierò il fantino con molta più gioia che se avessi scommesso su uno dei perdenti».

«Lieta di avervi fatto questo favore».

«Mercoledì prossimo, all'Almack's Assembly Rooms, si terrà una cena di gala in mio onore: siederete al mio tavolo, Lady Rebecca».

«Non so come ringraziarvi, Vostra Altezza». Mi profondo in una riverenza.

«Lo so io. Ditemi, quello champagne di Napoleone che avete vinto a Epsom è già stato aperto?»

«Non si è presentata l'occasione giusta, Vostra Altezza».

«Portatelo, brinderemo alla nostra». Dopodiché, il Reggente nel passarmi accanto si china al mio orecchio. «Fatemi sapere se desiderate che aggiunga un posto per un vostro accompagnatore».

«Vi riferite al duca di Wyndham?», domando.

«Se è il duca di Wyndham che desiderate, altrimenti...». Lui si limita a farmi l'occhiolino e scende dalla tribuna per premiare il vincitore.

58

Wyndham Hall è proprio come nella mia testa immaginavo la Pemberley di Mr Darcy: un grande palazzo di pietra bianca, dall'elegante stile neoclassico, circondato a perdita d'occhio da un parco rigoglioso.

Potrebbe passare per una residenza reale, non mi stupisce che il Reggente amasse sostarvi nella stagione di caccia.

Le stanze – al plurale – a me riservate sono un trionfo di bianco e oro, con cascate di fiori freschi che traboccano da ogni vaso.

«Ti rendi conto che potresti diventare la signora di tutto questo?», commenta zia Calpurnia guardandosi intorno mentre scendiamo, già cambiate, per la cena. «Per non parlare della casa che il duca possiede in Grosvenor Square! Non vi sarebbe dama al tuo pari, potresti entrare anche a far parte delle patronesse dell'Almack!».

«Non esagerare, zia», la fermo. «E poi questa è solo una visita di cortesia».

«Sai bene che è molto di più. E sei fortunata che il duca abbia deciso di passare sopra a quel tuo colpo di testa al ballo, ieri sera. Non abbiamo voluto fare scenate perché non sarebbe stato di buon gusto, ma Sir Reedlan Knox non era invitato e meritava di essere cacciato».

«Grazie per non averlo fatto».

«Ma non ti piace il duca? È un uomo affascinante, quasi attraente come lo era tuo zio Algernon quando l'ho conosciuto», sussurra lei ridacchiando.

«Sull'aspetto del duca non ho nulla da recriminare, sul suo modo di pensare, ahimè, sì».

«Oh, cara, che sciocchezze. Gli uomini non pensano!».

Reed sì, ma mi trattengo dal dirlo.

«Il mio Archie pensa anche troppo. Ma lui non è come gli altri uomini, lui è...». Zia Calpurnia fa una lunga pausa. «Sensibile».

Non aggiunge altro, facendomi capire che lei sa. Non lo dice e probabilmente non lo dirà mai ad alta voce, ma sa. E, probabilmente, quel suo parlare in pubblico dell'attrice che Archie mantiene a Soho è solo un modo per proteggerlo.

In fondo allo scalone ci attende Charles con lo zio e mio cugino, e ci scorta in sala da pranzo, dove una donna sta aggiustando la cornucopia al centro del tavolo. «Troppa uva», borbotta tra sé e sé, levando un grappolo. «E con questo ananas nel mezzo come si fa a guardarsi in faccia?»

«Madre, abbiamo dei domestici. Perché non lasciate che siano loro ad allestire la tavola?»

«L'ho fatto e questo è il risultato», sbuffa. Si volta verso di noi e due grandi occhi scuri e brillanti incrociano i miei. Gli occhi di Reed. «Benvenuti a Wyndham Hall».

«Madre, vi presento il marchese di Lennox, Archibald Sheridan, sua madre Lady Calpurnia e suo marito Mr Algernon Belfort. Ultima ma non per importanza, sua cugina Lady Rebecca. Mia madre, nonché duchessa di Wyndham e ipercritica padrona di casa, Georgia Rutherford».

Gli uomini s'inchinano e io e la zia le rivolgiamo una riverenza, come richiede il protocollo.

«Spero che l'aria campestre vi abbia messo appetito, ho ordinato alle cucine di non risparmiare energie». Si sofferma a guardarmi con un sorriso enigmatico. «La vostra è una visita molto attesa, Rebecca».

Ci accomodiamo a tavola, e gli uomini parlano soprattutto di politica, mentre zia Calpurnia descrive a Lady Wyndham i fasti della stagione mondana.

«Non accompagnate vostro figlio in città?», le domanda la zia.

«Amo la riservatezza che mi regala la campagna: la quiete e l'aria pulita sono l'ideale per dare sollievo alle mie emicranie. E poi, non ho davvero più motivi per partecipare ai ritrovi sociali. Sono troppo in là con l'età per risposarmi – non che ne abbia intenzione – e non ho figlie da maritare», spiega lei.

Io la studio senza farmi notare per cogliere tutte le somiglianze tra lei e Reed perché, per quanto Georgia Rutherford sia la madre di entrambi, per me è più la madre di Reed. Oltre agli occhi, ha lo stesso mezzo sorriso con l'angolo destro all'insù che le scava le medesime due fossette che ha lui. Anche il naso, Reed lo ha ereditato da lei.

I suoi capelli sono striati qua e là di grigio, ma una volta devono essere stati di un castano scuro intenso, come quelli di Reed.

Reed e Charles sembrano uno il negativo, l'altro il positivo della stessa immagine: entrambi con gli occhi marroni ma quelli di Reed sono caldi e profondi, quelli di Charles più freddi e tendenti al nocciola. Entrambi dalla chioma castana, ma il castano di Reed ricorda il cioccolato fondente, quello di Charles è schiarito dal sole fino quasi al biondo.

Eppure, non direi che Reed è il negativo, dei due.

«Una figlia da maritare non l'avete, ma una nuora da trovare sì».

«Mio figlio ne sembra più che capace in autonomia», replica guardandomi. «Qui ho la mia fattoria da curare. Charles la trova una bizzarria, ma le bestie mi fanno una compagnia migliore delle persone».

«Che animali avete?», le chiedo.

«Oh, di tutto. Galline, conigli, capre, pecore, mucche, oche, una coppia di asini… Ci sono anche i cavalli, certo, ma le scuderie sono affare di mio figlio. Vi farebbe piacere visitare il mio piccolo villaggio domani pomeriggio, Rebecca?»

«Volentieri», rispondo sincera.

«Spero abbiate abiti comodi con voi. È probabile che vi inzaccherererete», mi avverte.

«Non sarà un problema». In cuor mio spero che zia Calpurnia non si unisca a noi, così da avere modo di dare a Lady Wyndham la lettera di Reed.

Venerdì 14 giugno

1816

59

La fortuna mi assiste e zia Calpurnia preferisce restare in casa dato che l'aria carica di polline le ha smosso una fastidiosa allergia, mentre gli uomini hanno in previsione un pomeriggio di pesca nel lago.

Ho faticato a dormire: ormai sono abituata a farmi cullare dall'abbraccio di Reed, con il *tu-tum* del suo cuore sotto il mio orecchio.

In più non ho fatto altro che pensare e ripensare che lui è nato e cresciuto qui, tra queste mura, dove si è consumata la tragedia con suo padre.

E a Lady Georgia, ai suoi occhi velati di tristezza, a che bellezza fiera dev'essere stata da giovane, a come il matrimonio con un mostro l'abbia logorata e il dolore di separarsi da un figlio l'abbia spinta ad allontanarsi dal mondo… Mi sono rotolata nel letto fino all'alba.

La mattinata l'ho trascorsa con Charles e Archie a visitare tutta la dimora, tanto grande al punto che a pranzo ho dovuto sfilarmi le scarpe sotto il tavolo da quanto mi facevano male i piedi.

Al mio «Ho il fiatone», Charles ha ribattuto con un «Ci farete l'abitudine», che ha riscosso sorrisetti e occhiate d'intesa tra i parenti.

Alle tre, alzandoci da tavola dopo un pranzo davvero troppo abbondante che però io non ho quasi toccato, seguo Lady Georgia – così mi ha detto di chiamarla, non Lady Rutherford, non duchessa – alla sua fattoria, con la lettera di Reed che mi pesa in tasca neanche fosse di pietra.

«Ventun anni e questa è la tua prima stagione, vero, Rebecca?»

«È così», confermo.

«Anche io mi sono sposata a pochi mesi dal debutto. Avevo decine di pretendenti ma tra loro solo uno era un duca».

«Non sono ancora fidanzata».

«Non nascondiamoci. Mio figlio non mi ha mai presentato fanciulle e tantomeno le loro famiglie al completo. Se sei qui, è per un motivo: l'unico possibile».

«Charles ha detto che avreste dovuto esaminarmi per... il ruolo», replico camminandole accanto.

«Ruolo?», chiede lei confusa.

«Di duchessa, se io sia adatta o meno a ricoprirlo».

Lei scoppia in una risata che le fa socchiudere gli occhi, come a Reed. «Come se io ne fossi gelosa! Credimi, Rebecca, non c'è nessuna più di me che spera di passare il testimone alla nuova leva. Molte suocere titolate, inclusa la mia, fanno sudare la nuora per ottenere anche il minimo riconoscimento in casa, restie a cedere potere, prestigio e autorità. Io invece sono sollevata dal fatto che mio figlio si sia deciso a prendere moglie».

«Credo che qualunque fidanzata vorrebbe sentire queste parole».

«Tu no?»

«Io...». Se solo non fosse Charles ma Reed il soggetto della conversazione.

«Una volta che Charles sarà sposato e varcherà il portone di Wyndham Hall con la nuova duchessa, io mi ritirerò qui».

Svoltato l'angolo del sentiero ci troviamo davanti alla vista più deliziosa che abbia mai avuto davanti agli occhi.

Un piccolo cottage di pietra imprigionato tra le dita rampicanti di edera rossa, accanto a un mulino, la cui ruota gira grazie al ruscello che alimenta il lago della tenuta. «È splendido», dico senza fiato.

Giriamo intorno al cottage e dall'altro lato vi è un recinto collegato a una stalla.

«Tieni», dice prendendo un cappello di paglia e un grembiule appesi a un chiodo.

Entra nella stalla e ne esce con due ceste, una piena di batuffoli gialli e l'altra di batuffoli bianchi. «Pulcini e coniglietti», annuncia.

Ci sediamo una accanto all'altra su un tronco, lei sparge sul mio grembiule delle sementi e sul suo del fieno. «Ora della pappa».

Prendo una pallina di piume e me la metto in grembo a becchettare.

«Intendete rinunciare alla vita da padrona di una tenuta?»

«Tanto tempo fa ho fatto la rinuncia più grande che una donna debba affrontare in vita sua; ospitare qualche ballo è ben poca cosa in confronto», sospira, mentre accarezza un coniglietto.

«Non vi riferite a vostro marito, vero?», domando.

Mi rendo conto di essere stata troppo diretta nel momento in cui mi rivolge un'occhiata di sbieco. «E a cosa altrimenti dovrei riferirmi?»

«Ecco», infilo la mano nella tasca del vestito ed estraggo la lettera, «ho avuto istruzione di portarvi questa».

Lei la guarda, con aria circospetta. «Da chi?»

«Ve lo direi ma non so se mi credereste; forse è meglio che la leggiate».

La prende, la apre rompendo il sigillo anonimo, e dopo poche righe la sua presa ferma comincia a tremare e gli occhi le si annebbiano di pianto.

«Come l'hai avuta?». Il suo tono nei miei confronti è cambiato.

«Lui abita nella casa accanto alla mia, a Londra». Non serve che le dica chi è lui, lo ha già capito.

Il respiro di Lady Georgia si fa irregolare, mentre grosse lacrime le rigano il viso.

Resto a fissarla in silenzio mentre scorre parola dopo parola il foglio fitto della grafia di Reed, in un tempo che a me sembra eterno.

«È vivo», sussurra a sé stessa, stringendosi la lettera al petto. «Il mio Reedlan è vivo».

«Ed è un uomo magnifico», aggiungo io.

Lei alza lo sguardo su di me. «L'hai letta?»

«No. Reed me l'ha consegnata sigillata e non l'ho aperta».

«Non so più nulla di lui da diciotto anni, e non c'è stato un singolo giorno, in tutto questo tempo, in cui non mi sia svegliata senza chiedermi dove fosse o se ancora fosse vivo». Mi stringe la mano nella sua tanto da farmi male. «L'accordo era questo: dopo ciò che è accaduto a mio marito, Reedlan non avrebbe pagato le conseguenze con la sua vita o la sua libertà, ma solo se avesse rotto i ponti con la nostra famiglia per sempre. Ho baciato la sua fronte di bambino quando il comando della Marina è venuto a prenderlo per portarlo a Portsmouth, lui mi ha salutato dicendomi: "Vi voglio bene, mamma". È l'ultimo ricordo che ho di lui».

«Reed mi ha raccontato cosa è successo, cosa vi faceva vostro marito e di come Charles non se ne curasse».

«Amo i miei figli allo stesso modo, non potrei mai fare preferenze, ma ho sempre saputo quale dei due avesse più cuore e... anche più cervello». Scuote il capo ancora incredula. «Charles non è intemperante come suo padre, non ha il vizio delle scommesse spregiudicate come lui, però ha una mente molto rigida. Reedlan è sempre stato capace di pensare in maniera non convenzionale, fuori da schemi precostruiti. Reedlan...». Ogni volta che pronuncia il suo nome le trema la voce. «Senza di lui, vivo solo a metà».

«Se lo desiderate, possiamo trovare il modo di farvi incontrare. Lui lo vorrebbe, io sono a disposizione, basta solo che concordiamo una visita, un dove e un quando...».

«Che ci fai tu qui, Rebecca?», mi scruta seria.

«Cosa?»

«Da quanto scrive Reed, per lui sei ben più che una semplice latrice di messaggi segreti».

Deglutisco con aria colpevole. «Sono innamorata di Reed», ammetto. «Ma il mio rango e il suo non sono conciliabili».

«Ma certo, sei la figlia del marchese di Lennox: sei la fanciulla che tutta Londra vorrebbe sposare, mi meraviglio che non ti sia giunta anche la proposta di qualche principe europeo, o di qualche granduca. Non ho ragione alcuna per oppormi al tuo fidanzamento con Charles, ma mi chiedo se sia ciò che tu vuoi».

«Ci sono motivi che vanno oltre ciò che voglio».

«Charles non ti farebbe mancare nulla, insieme avreste l'alta società nel palmo della mano, ma non saresti felice con lui». Lady Georgia accarezza il coniglietto che le si è addormentato in grembo. «I vostri cuori sono troppo diversi. Leggi».

Mi porge la lettera di Reed. Scorro veloce la prima pagina in cui racconta in maniera sommaria la sua vita in Marina, poi nella pirateria fino alla patente di corsa e al titolo di cavaliere, rassicurandola di essere in grande salute fisica ed economica.

La seconda pagina, invece, riguarda me.

...Pur con tutto il denaro di cui dispongo, non posso comprare titoli e onori tali da rappresentare un buon partito per Rebecca.

Ed è l'unica cosa al mondo per cui pagherei fino all'ultimo centesimo che ho in tasca.

So che Charles intende chiedere la sua mano e so che Rebecca accetterà quanto deciso dalla sua famiglia.

Non posso pregarvi di impedire il loro matrimonio, inoltre Rebecca è davvero l'unica persona degna di succedervi.

Ma se approverete l'unione, amatela come farei io, proteggetela come farei io, non lasciate che il sorriso si spenga mai sul suo volto, perché è il sorriso che rivolge a me e che io amo.

Non permettete a nessuno di far piangere i suoi occhi, perché sono quelli con cui mi guarda e nei quali mi perdo.

Tutto l'amore che nutrite per me riversatelo su Rebecca come io non potrò fare.

Se non sposasse Charles, sposerebbe qualcun altro, solo che non avrebbe voi e l'idea di saperla in una casa a lei nemica mi fa orrore.

La mia unica gioia sarà sapere che le due donne della mia vita sono insieme e vicine.

Vi affido ciò che ho di più prezioso, anche se Rebecca non sarà mai davvero mia.

Reedlan

«Non scontenterò mio figlio Charles, a meno che tu non me lo chieda, Rebecca», riprende Lady Georgia. «Ti lascio tutto lo spazio necessario per riflettere».

60

Trascorro il resto del pomeriggio con Charles che mi porta in giro per il parco, insieme ad Archie.

Andiamo alle stalle, dove ci magnifica il pedigree di ogni cavallo fino ai trisavoli di ogni equino.

Il tè, servito sotto un gazebo allestito davanti al parco delle fontane, mi dà pace e riposo.

Wyndham Hall è la tenuta in cui mille volte ho sognato di vivere leggendo i miei romanzi.

Però c'è un "ma"...

Il compromesso è sposare Charles Rutherford.

In fondo, mi dico, anche nella vita del futuro, quante volte le persone accettano compromessi?

Fare un lavoro che non piace ma che tutto sommato paga le bollette.

Oppure vivere in una casa che non corrisponde a quella dei propri sogni, ma neanche ai propri bisogni perché tutto il resto è fuori portata.

Stare con qualcuno che ci piace ma non del tutto, perché chi vorremmo davvero non ci ricambia.

Rinunciare al proprio tempo libero per raggiungere obiettivi professionali sempre più alti.

Rinunciare agli affetti.

Non c'è nulla di diverso... Sposare Charles Rutherford è comunque meglio di ogni altra alternativa del futuro, e se non posso stare con Reed alla luce del sole, allora perché non diventare sua moglie?

Forse dovrei dargli una chance e sforzarmi di vedere i suoi pregi invece di concentrarmi sui suoi difetti e paragonarlo a Reed.

Anziché dipanarsi, i fili dei miei pensieri si annodano ancora di più tra loro facendomi perdere i bandoli.

Non so più cosa voglio, né cosa sia giusto o sbagliato.

«Come?», chiedo accorgendomi di essere osservata da tutti.

«Ci stavamo chiedendo se, una volta tornati in città, volessi far visita alla casa del duca in Grosvenor Square», ripete mio cugino girando il suo tè.

«Perché no?», mi limito a dire.

«Sapete, Rebecca, sono quasi vent'anni che mia madre non vi mette piede né ha desiderio di tornarvi», aggiunge Charles, «e credo che necessiterebbe di un occhio femminile. Magari voi avete qualche esigenza particolare e vorrei che vi sentiste a casa vostra».

«Ma non lo è», preciso.

«Non ancora», ribatte lui. «Però dovreste cominciare a reputarla tale».

Quasi mi va di traverso la tartina alla marmellata di frutti di bosco. Siamo già a questo punto?

«Nel frattempo mi limiterò a una visita di cortesia», indugio.

Mia zia prende la parola, cominciando a raccontare di quando lei si è occupata della ristrutturazione della casa di Charles Street, poco dopo sposata, e io mi perdo tra le sue chiacchiere, più presa a togliermi un semino di mora che mi si è incastrato tra i denti che non ad ascoltarla.

Quanto vorrei tirare fuori il mio filo interdentale dalla borsetta e passarmelo.

Il fastidio è tale che m'invento di alzarmi per sgranchire le gambe – come se non avessi camminato abbastanza – e nascondermi dietro una delle tende di lino del gazebo per pulirmi dal semino maledetto.

Proprio mentre sono impegnata a recuperare il filo dal mio kit, vengo distratta dalla voce di Archie che tuona un «Ehi» molto poco signorile. «Ma quello cos'è?», domanda uscendo dal gazebo e puntando un dito al cielo.

Seguo il suo indice e metto a fuoco una macchietta rossa, nel cielo azzurro-lilla del tardo pomeriggio.

La fissiamo tutti in silenzio per qualche minuto.
«Sembra ingrandirsi sempre di più», constata Charles.
È così, infatti. Più si avvicina, più la palla s'ingrossa. E sotto la palla pende un cesto.
È una mongolfiera.

61

La mongolfiera si avvicina a noi, scendendo di quota come se il parco della tenuta fosse proprio la sua destinazione.

Atterra lenta, fluttuando placida nell'aria, in fondo al viale delle fontane.

Archie, Charles e io – con ancora il rotolo di filo interdentale in mano – la raggiungiamo a passo svelto.

Nel cestello c'è Reed, che apre il cancelletto appena mi vede arrivare.

«Sei venuto fin qui *volando*!», esclamo sbalordita.

«Non potevi venire al lancio delle mongolfiere a Hyde Park, così l'ho portato da te», replica come fosse ordinaria amministrazione.

«*Tu*», sbuffa Charles con disappunto.

«Proprio io, sì». Poi mi guarda con un sorriso trionfante. «Visto, Rebecca? Ti ho detto che avrei trovato un modo».

Charles è rigido di rabbia. «Che diamine intendi fare con lei?»

«Alzare le sue aspettative. E al punto che né tu né nessun altro possiate soddisfarle mai». Poi mi guarda con quel suo sorriso mascalzone e m'invita a raggiungerlo. «Andiamo?».

Volare. Io non ho mai staccato i piedi da terra. Guardo con esitazione Reed che mi tende la mano.

«Sei venuto per Rebecca?», ringhia Charles.

«Di certo non sono venuto per il tè».

Charles mi rivolge uno sguardo duro. «Rebecca, non vorrete mettere in imbarazzo la vostra famiglia.»

«Imbarazzo di cosa?», domanda Archie, sorprendendomi.

Io guardo mio cugino, che annuisce con un cenno impercettibile del capo, poi Reed, che mi sorride con la mano sempre tesa verso di me.

Posso restare al sicuro a terra con una persona che non mi piace, oppure affrontare la mia paura e salire in mongolfiera con l'uomo che amo.

Ma cos'ho fatto finora se non sfidare le mie paure? Il coraggio forse non è la mancanza di paura; è farsela nelle mutande – che non porto – dalla paura ma affrontare le situazioni comunque.

E io raggiungo il cestello della mongolfiera a grandi passi, sollevandomi il vestito per entrare.

«Non oserai portarla via di qui», ringhia Charles.

«Portarla? Ti sfugge un dettaglio Charles: non ho rapito Rebecca, è salita di sua spontanea volontà. E se vuoi sposarla, con la sua volontà dovrai farci i conti», ribatte Reed, alimentando l'aria calda che gonfia il pallone.

«Non potrete stare lassù per sempre; quando i tuoi piedi toccheranno di nuovo terra, la pagherai», lo minaccia mentre la mongolfiera si stacca dal suolo. «Dove sono i guardiacaccia che dovevano vegliare i confini della tenuta?!», tuona Charles stizzito.

«Vedi, Charles, è questo il tuo problema: hai dei pensieri troppo orizzontali. Davanti a un cancello tu ti fermi, io m'invento come scavalcarlo», ribatte Reed, con la voce carica di soddisfazione. «Dove tu vedi un limite, io vedo un'opportunità».

Mentre prendiamo quota, altre due piccole figure, dal passo più corto e lento, raggiungono Charles e Archie: zia Calpurnia e Lady Georgia.

«Reedlan!», urla lei con tutta la voce che ha in corpo.

Quando lui la vede gli si riempiono gli occhi di lacrime. «Madre!».

E per poco ho paura che si tuffi di sotto.

Ma non lo fa. Si guardano uno con l'altra, fissi, muti, mentre noi saliamo e lei diventa un puntino sempre più piccolo.

Quante cose si possono dire in silenzio, solo guardandosi negli occhi?

Non lo so, ma loro si stanno raccontando diciotto anni di abbracci mancati.

Lei guarda un uomo, ma vede il suo bambino.

Lui guarda una donna consumata dalla solitudine, ma vede ancora la sua bellissima e giovane madre.

Gli scende una lacrima che gli riga la guancia e cade giù da lei.

Fluttuiamo sopra la campagna che circonda Londra e che tante volte ho visto attraverso le foto satellitari di Google Maps, quando dovevo cercare questo o quell'itinerario, e mi rendo conto che non ho riferimenti geografici: mancano la rete stradale, quella ferroviaria, i centri produttivi, la rete elettrica con i tralicci… l'aeroporto di Heathrow.

Ciononostante, rimango rapita dalla bellezza del paesaggio accarezzato dalla morbida luce del tramonto che ammanta le spianate verdi e le macchie boschive.

Reed, che mi tiene stretta a sé, non mi ha mai lasciata da quando siamo decollati.

«Mi sei mancata. Ieri sera mi sono affacciato alla finestra del mio studio, ho visto la tua stanza buia e mi è sembrato di soffocare», dice Reed affondando il suo viso tra i miei capelli.

«Come fai a trovare sempre un modo per riuscire in tutto ciò che vuoi?»

«Anni di allenamento. Basta perdere ogni cosa da un giorno all'altro e poi, ti assicuro, passerai ogni secondo della tua vita a non farti più scappare nulla dalle mani». Le nostre dita s'intrecciano. «Che hai qui?», mi domanda stranito aprendomi il palmo.

«Uh». Il filo interdentale! «Scusami, ho questo semino di mora infernale incastrato…». Strappo un pezzo di filo e me lo passo velocemente tra i premolari, poi rimetto il rotolo in borsetta. «Abbi pazienza ma in un'epoca in cui non esiste ancora il concetto di odontoiatria, non posso permettermi una gengivite».

Lui ride, posandomi un bacio sul collo. «Muoio dentro a pensarti sposata a mio fratello».

«Non lo sono, non pensarci».

«Potrei dirottare la mongolfiera fino a Dover e poi, da lì, salpare sulla mia nave per Gibilterra. Non ci troverebbe nessuno».

«Come vedi, non sto opponendo resistenza».

«Se non mi fermi, lo faccio davvero».

«Tua madre mi ha fatto leggere la lettera che le hai scritto. Mi ami così tanto da rinunciare a me?»

«Ti amo tanto da fermarmi dove comincia la tua volontà, qualunque essa sia, fosse anche per le ragioni sbagliate».

«Se fossi libera di scegliere, sceglierei te, sempre».

«Stasera hai scelto me, godiamocela al meglio».

Mi tendo in punta di piedi per baciarlo e appena le mie labbra sfiorano le sue sento quanto mi è mancato.

«Sai di marmellata», sussurra sulla mia bocca.

«Ti piace?»

«Ti mangerei».

Mi crogiolo languida nella sua stretta. Ci scambiamo baci leggeri, baci appassionati, baci nostalgici, baci teneri, tutti i tipi di baci che ci si può dare, mentre il sole scende pigro e il rosa del cielo lascia spazio alle sfumature profonde del crepuscolo.

Prima che si faccia notte, Reed suggerisce di atterrare per non smarrirci e scendiamo in un campo alle porte di Richmond upon Thames, un piccolo villaggio in un'ansa del fiume.

«Possiamo fare due cose», dice Reed quando, dopo pochi minuti di cammino, arriviamo davanti a una locanda. «Noleggiare una carrozza e tornare a Londra, oppure pernottare qui e rientrare domani mattina».

«Non ho voglia di tornare a Londra», replico. «Non ancora».

«Allora, è deciso: restiamo qui», dichiara lui superandomi di qualche passo e aprendo la porta dell'Horses & Coaches Inn.

Lo seguo nel cottage e il profumo di arrosto e patate mi stuzzica l'appetito. Ci accoglie una signora con i capelli raccolti in una cuffietta e un vassoio carico di boccali di birra scura. «Non ditemi che vi serve una stanza?!», domanda con gli occhi fuori dalle orbite.

«Tutto pieno?», azzarda lui guardando la sala attigua da cui proviene il vivo vociare degli ospiti intenti a pasteggiare.

«Siamo a metà strada tra Ascot e Londra, quelli che sono andati a vedere le corse si fermano da noi a dormire. Non ho una branda da darvi, figurarsi una stanza!».

«Sapreste dirci dove possiamo trovare alloggio, a Richmond?», chiedo io.

«Non c'è taverna, albergo o locanda in tutto il villaggio che abbia un buco. Un pasto caldo non si nega a nessuno, quanto al dormire... Ho mandato via già altre persone prima di voi».

Reed infila una mano nella tasca interna della giacca e le mostra un pugno di monete. «Pagavano in oro le persone che avete mandato via?».

La signora per poco non ribalta il vassoio con le birre. «Oro?!».

«Bastano per passare la notte al coperto, al caldo e al sicuro?», s'informa lui facendo tintinnare le monete.

«Per quella cifra potreste affittare tutta la locanda se fosse libera», balbetta lei. «Facciamo così, vi do la mia camera. È la più bella e grande di tutto l'edificio, ha anche uno spogliatoio annesso al lavatoio». La signora appoggia il vassoio, prende una chiave dalla tasca del grembiule e fa segno a una ragazza. «Bessie, i signori sono nostri ospiti speciali: vai nella mia stanza, ravviva il fuoco, metti le lenzuola migliori e i cuscini più morbidi, porta asciugamani puliti, frutta, pane e formaggio a loro disposizione». Poi si rivolge a noi: «Possiamo offrirvi il nostro famoso arrosto alle mele? È il migliore di Richmond!».

«Grazie infinite per averci trovato una soluzione», risponde Reed.

Lei si mette dietro il bancone dell'ingresso e apre un librone. «Chi devo scrivere nel registro degli ospiti?»

«Mr Reedlan Knox», risponde lui, «e...».

«E sua moglie», aggiungo io. «Rebecca Knox».

«Mi sembrate molto giovani, siete sposati da poco, vero?», chioccia lei. «Nella mia stanza c'è solo un letto, io sono vedova da anni. Molte coppie sposate preferiscono i letti separati ma immagino che a voi non dispiaccia dividerne uno».

62

«È l'arrosto più buono che abbia mai mangiato», commento soddisfatta passando una fetta di pane sul piatto per fare la scarpetta nel sugo. E quando è pulito tanto da specchiarmici, Reed fa cambio piatto così che possa lustrare anche il suo.

La cena ci è stata servita nella stanza, lontano dalla confusione.

«Mio fratello ti teneva a stecchetto?», domanda, guardandomi divertito.

«No, era la situazione in sé a togliermi l'appetito». Sposto piatti e posate sul carrellino e Reed prende la caraffa di sidro.

Mi versa un bicchiere e il liquido dolce e speziato mi scalda tutta. «Che in mia compagnia ti sia tornata fame lo prendo come un buon segno».

«Sai, quando ti ho conosciuto avevi la straordinaria capacità di farmi sentire a disagio senza neanche aprire bocca. Ora è il contrario».

«Metterti a disagio è stato uno dei miei passatempi preferiti. Il fatto che tu abbia superato l'impaccio un po' mi ha tolto il divertimento», ribatte lui addentando un chicco d'uva.

«Spero di farti divertire comunque in altri modi», insinuo allusiva. «Ma guarda il lato positivo: se non mi sentissi a mio agio con te, stanotte ti chiederei di dormire sul tappeto e io m'infilerei nel letto vestita da capo a piedi».

«E invece…?».

Mi alzo dal mio posto, sedendomi in grembo a lui. «Invece, dato che non abbiamo un cambio per la notte, non vedo altra alternativa che dormire nudi».

Reed fa scorrere un dito lungo il bordo della mia scollatura. «Farò questo sforzo», mormora con voce roca.

«Sì, sarà un grande...», oscillo appena i fianchi premendo contro la sua crescente erezione, «sacrificio».

«Avresti preferito due stanze separate, immagino», mi provoca mentre mi solleva l'orlo del vestito, insinuandosi sotto.

«Certo, potendo scegliere, non dividerei mai il letto con te, con il rischio di trovarmi le tue mani addosso». Soffoco la mia risata sommessa nell'incavo del suo collo.

«Perché non ti piace affatto che ti tocchi, vero?»

«Per niente», dico sentendo la sua mano risalire lungo la mia gamba.

«Mmm, adesso lo scopriamo subito se ti piace o no». Con l'indice traccia dei cerchi leggeri sulla pelle rovente delle mie cosce, che allargo per fargli strada. Il fatto che le damigelle della Reggenza non indossino intimo facilita molto le sue intenzioni.

Un «Ah» sommesso mi sale alle labbra quando le sue dita mi trovano già eccitata.

«A me sembra che ti piaccia, Rebecca».

«Forse un po'».

«*Solo* un po'?», mi domanda, con le sue carezze che si fanno più insistenti, mentre un calore liquido mi si addensa nel basso ventre.

«Giusto un po'», sospiro.

Lui mi solleva a sedere sul bordo del tavolo, raccogliendomi l'abito in una nuvola di seta intorno ai fianchi, e con le mani sulle mie ginocchia mi fa aprire le cosce.

«Forse, al tocco delle mie dita, preferisci quello della mia lingua». Reed si piega in avanti, su di me, con il suo respiro che mi solletica. «Non so se sai che io sono goloso, non mi alzo mai da tavola senza il dessert».

Sollevo la gamba sinistra sulla sua spalla, obbligandolo ad avvicinarsi ancora di più. «Serviti pure».

Si tuffa su di me a venerare il mio corpo con una dedizione in bilico tra il mistico e il blasfemo. Mi guarda come se gli fosse apparsa una santa, ma la sua lingua mi trascina dritto al peggior girone dell'inferno.

Reed è in ginocchio, ma mi ha in pugno.

Ogni movimento della sua lingua mi leva un po' di forze, mentre mi aggrappo alla tovaglia, che arriccio tra le dita via via che monta l'orgasmo.

Lui però si trattiene, rallenta, e mi guarda scuotendo il capo. «Non ancora».

«Cosa?!», esclamo interdetta.

«Dato che, a quanto dici, non ti soddisfo poi così tanto, credo che stasera ti farò pregare un po'».

Mi prende tra le braccia e mi fa sdraiare sul letto, dove i miei vestiti volano a terra seguiti dai suoi.

Prendo possesso di lui, ricambiando la gentile tortura che mi ha riservato, guidata dai suoi gemiti di piacere.

Quando me lo sento pulsare tra le labbra, m'interrompo, come prima ha fatto con me, divertita dal suo sguardo frustrato.

«Non mi hai lasciato altra scelta che restituirti la cortesia», gli dico.

«Se vuoi trasformarla in una gara a chi implorerà pietà per primo sappi che perderai», è la sua dolce minaccia, mentre mi stringe nel suo abbraccio, le mie labbra catturate dalle sue.

I brividi si alternano alle sue carezze mentre ondeggio a cavalcioni su di lui, che mi accompagna con una mano sui glutei, la mia eccitazione che sfiora la sua, scivolando una sull'altro.

Lascio andare il mio peso alla gravità per soddisfare il mio bisogno di sentirlo sempre di più. Basterebbe che scendessi ancora un po'...

«Reed», gli dico prendendogli il volto tra le mani.

«Ti arrendi?».

Assolutamente sì. «Voglio essere tua, in tutti i modi possibili. Voglio fare l'amore con te, adesso».

Lui scruta i miei occhi come se potesse leggermi la mente attraverso essi. «Non chiedermelo, se non ne sei sicura».

«Non te lo sto chiedendo». Gli tolgo i capelli dalla fronte e appoggio la mia contro la sua. «Per stanotte siamo marito e moglie, e voglio fare tutto ciò che è concesso a un marito e sua moglie».

Lui mi rovescia giù, sul materasso, sotto di sé. «Non hai idea di quanto io ti desideri, ma non ho con me il "guanto"».

«Ho i miei!», esclamo. Mi allungo per prendere la mia borsetta dal tavolino. Sfilo il nastro argentato di preservativi dal kit di emergenza e ne stacco uno. «Ma è la prima volta che li uso, non saprei come metterli. Cioè, sì, lo so, ma solo in teoria, nella pratica potrei non essere così disinvolta…».

Reed mi riagguanta e zittisce con un bacio, mentre si distende su di me facendosi spazio tra le mie gambe. «Io scommetto che ci riesci», mormora. «Mettimelo».

Strappo la bustina con le dita che mi tremano e sfilo lo scivoloso dischetto di lattice.

«Non bisogna gonfiarlo per controllare che non abbia buchi?», mi domanda Reed, curioso.

«No, anzi. Va messo così, senza srotolarlo prima», dico fingendo un'autorevolezza che non ho. «Secondo il tutorial che ho visto su YouTube».

«Non ti chiederò cosa sia YouTube». Mi accarezza una guancia con l'indice. «Ma quando parli di cose che non ho mai sentito sei adorabile».

«Ok, allora vado», dico più a me stessa che a lui.

Mi ripeto a mente i passaggi per non sbagliare e mi sembra di sentire la voce di May: "Hai fatto le prove con un cetriolo come ti avevo detto?".

«Ti fa sorridere?», mi domanda Reed stranito.

«Affatto, è che… la mia amica – quella che mi ha regalato i preservativi – mi aveva suggerito di provare a infilarlo su un cetriolo. Non so perché te lo sto dicendo, è stupido…».

«Hai provato davvero su un cetriolo?»

«No, cioè, l'ho comprato ma poi l'ho lasciato ammuffire…».

«Rebecca, tranquilla, lo facciamo insieme». Reed mi prende la mano e guida i miei gesti, regalandomi la fermezza che non ho, prima per appoggiare il preservativo in punta e poi per accompagnarmi a srotolarlo per tutta la lunghezza.

Mi fa adagiare di nuovo, mentre mi accarezza con le dita per prepararmi per lui. «Ne sei davvero sicura?»

«Non lo sono mai stata di più».

«In qualunque momento, potrai chiedermi di fermarmi e io lo farò».

Gli rispondo con un bacio, mentre lui si spinge piano dentro di me, delicato ma deciso, vincendo la mia fisiologica resistenza.

Si ritrae quando mi irrigidisco alla leggera fitta che mi provoca la penetrazione… che però è già svanita.

Tutto qui? E io che ho cercato perfino su Google "Quanto fa male il primo rapporto sessuale su una scala da uno a dieci?"

«Parlami», sussurra lui. «Dimmi cosa vuoi, Rebecca».

«Resta», sospiro abituandomi alla sua presenza. «Voglio sentirti».

La prima spinta è strana, ma ciascuna delle successive dissipa del tutto l'iniziale sensazione di dolore e lo trasforma in una fitta, sì, ma di piacere che mi scopro avida di voler provare e riprovare.

Gli allaccio le gambe intorno ai fianchi e seguo Reed nel suo ritmo sempre più incalzante.

«Sei perfetta», mormora tracciando una scia di baci lungo il mio collo. «Perfetta».

Il mio respiro affannato si trasforma in un ansimare spasmodico come se stessi correndo per raggiungere qualcosa.

Accolgo ogni affondo di Reed sconvolta e sorpresa da questo nuovo modo di sentirci.

«Reed». La mia voce risuona implorante nella stanza.

«Vuoi che mi fermi?», mi chiede.

«No, perdio, non adesso».

Soffoca una risata nel mio collo e si spinge dentro di me ancora più a fondo, e non so cosa tocca, ma mi sento percorrere da una scossa da capo a piedi.

Avvinghiata a lui, mi lancio nella mia corsa disperata, le mani appese alle sue spalle, la mia bocca che cerca di strappare il respiro alla sua perché io, da sola, non riesco più a prendere fiato.

«Lasciati andare, Rebecca, vieni con me».

L'orgasmo con cui Reed mi aveva lasciata a metà sul tavolo sta tornando a rivendicare la sua esplosione con prepotenza, portandomi via in un vortice di tremiti, in apnea.

Quello di Reed segue il mio, subito dopo, e il suo grido sembra quasi più di sollievo che di estasi, come se si fosse trattenuto a forza.

Cede addosso a me, la sua testa sul mio petto velato di sudore, che si alza e si abbassa con il mio respiro corto.

«Non credo che una sola volta sarà abbastanza», sbuffa. «Non so se potrebbe mai essere abbastanza».

«Perché non lo abbiamo fatto prima?», esclamo ad alta voce.

«Io ero a disposizione, nel caso te lo stessi chiedendo», ridacchia lui alzando il capo per guardarmi. «Ma credo che se non avessimo aspettato non sarebbe stato così bello».

Si sfila da me con dolcezza, mostrandomi poi i polpastrelli della mano destra macchiati di una patina rosso ruggine. «La tua reputazione temo sia ormai compromessa».

«Come pensavo, e ora posso confermarlo: valeva la pena comprometterla con te».

«Cosa racconterai alla tua famiglia, domani?», mi domanda sdraiandosi su un fianco.

«Non lo so, e non ho voglia di pensarci adesso. Ma non credo che siano così stupidi da non immaginare cosa sia successo». Sospiro annoiata alla sola idea della discussione che mi aspetta. «E per quanto riguarda il disonore, sappi che ad Ascot ho fatto puntare il Reggente sul cavallo vincente, guadagnando un posto al suo tavolo al ballo di mercoledì all'Almack per me e i miei».

«Ti impediranno di incontrarci».

«E quando mai è stato un problema, per te? Sei arrivato da Londra su una mongolfiera per vedermi! A proposito, come accidenti ti sei procurato una mongolfiera?», domando curiosa.

«Sono andato a Hyde Park e ho chiesto quanto costasse noleggiarne una per l'intera giornata. Se ti aspettavi qualcosa di avventuroso o poetico mi spiace deluderti, ma c'è ben poco che il vil denaro non possa comprare».

«Delusa? Credo che non vi sia persona al mondo che possa competere con te. E per tua informazione, le mie aspettative le avevi già alzate a sufficienza».

Con l'indice Reed traccia sulla mia pelle i baluginii delle fiamme del camino. «Non mi accontento della sufficienza, e non dovresti neanche tu».

Intreccio le mie dita alle sue facendo scivolare la sua mano lungo il mio corpo. «Ma dal momento che la mia reputazione ormai è perduta, non vedo perché fermarci a una volta sola».

«Ti sentiresti già… pronta?». Reed alza un sopracciglio con aria sorpresa. «Non preferisci aspettare domattina?»

«Non intendo sprecare un solo secondo di questa notte». Mi sollevo sedendomi a cavalcioni su di lui. «Reedlan Knox, dovresti averlo capito che quando mi metto in testa qualcosa, farmi cambiare idea è impossibile».

Sabato 15 giugno

1816

63

«Non voglio uscire», dico a Reed quando, dopo aver indugiato a lungo sotto le lenzuola, siamo costretti ad alzarci.

«Dal letto o dalla stanza?»

«Entrambe le cose».

Ma anche se faccio di tutto per trattenerci il più a lungo possibile, alla fine ci costringiamo a rivestirci e a scendere per la colazione.

Reed chiede una carrozza a nolo e, quando ripartiamo, la locandiera ci saluta con un «Arrivederci, signori Knox», frase che un po' mi scava dentro.

Nel tragitto fino a Londra resto con la testa appoggiata alla sua spalla, con lui che mi tiene le mani, mentre guardo la campagna inglese schiacciata da un pesante cielo grigio che promette il diluvio universale.

«Ho deciso di restare nel 1816, per sempre. E sposare Charles», dico con voce sommessa, quasi non volessi udire le mie stesse parole. «Archie tutelerà i miei interessi assicurandosi che, nonostante il matrimonio con tuo fratello, io possa godere di tutta la libertà possibile, mantenendo solo le necessarie apparenze di facciata. Devo solo riuscire a dargli l'erede che vuole».

«Le mie congratulazioni», commenta lui con acredine.

«Tra tutti i pretendenti possibili, lui è il meno peggio, pare», sospiro. «Ma Archie sa che amo te e, se lo vorrai, anche se non potrà mai essere alla luce del sole, sarò sempre tua».

Reed sbuffa scontento. «Non che credessi ci fossero possibilità per noi, ma non ho mai immaginato il mio futuro a Londra. Ho sempre saputo che sarei ripartito».

«E il tuo piano potrebbe cambiare?»

«Se sapessi che ci sei tu ad aspettarmi, potrei tornare. Ma non so con che frequenza, dipende da dove mi troverò e dove il Reggente avrà bisogno che io vada. Al momento ci sono molti movimenti nei mari della costa orientale degli Stati Uniti, non ci vedremmo per mesi».

«E non resteresti nemmeno per me?»

«Restare a fare cosa? A nascondermi quando ti presenti agli eventi al braccio di Charles? A guardarti mentre cresci suo figlio? Ad aspettare che nessuno ci veda per poterti sfiorare?»

«Non suonava così male nella mia testa», ammetto. «Ma se ho deciso di non tornare al futuro, è perché nel futuro non ci sei tu».

«Perché non ci sono io, o perché non c'è nulla che ti spinga a tornare nonostante me?».

La domanda di Reed è di una ferocia spietata. «Stai mettendo in dubbio i miei sentimenti?», mi raddrizzo voltandomi a guardarlo.

«No, ma quando mi hai raccontato della tua vita non c'è stato nulla che ti ha fatto accendere gli occhi. Mi stai dicendo che io sono meglio del tuo futuro, ma se nel tuo futuro non c'è niente a cui tieni, allora ci vuole davvero poco a valere più del niente».

«Perché sei così crudele con me, ora, Reed?»

«Perché stanotte è stato bello, ma sappiamo entrambi che è stata una fuga dalla realtà. E come ti ho detto, io rispetterò sempre la tua volontà ma ho fame di te, di noi, e tu mi offri solo le briciole. Non voglio aspettare che cadano dal tavolo».

«Anche io mi devo tenere le briciole, perché non mi è data scelta», mi difendo. «Perché Archie non ha scelta e non starò a guardare mentre un medico incompetente lo uccide come è successo a Bennet».

Reed mi stringe a sé, in silenzio, tanto forte che potrebbe spezzarmi le ossa finché non entriamo a Londra, e Londra entra nella carrozza dai finestrini abbassati.

«È la prima volta in vita mia che non vorrei essere chi sono», dice Reed con voce intrisa di tristezza. «E la prima volta in vita mia che invidio mio fratello».

Seguo Reed in casa sua, dove ci accoglie Sun-Yi, sempre con i suoi modi ruvidi.

«Lavatevi, tutti e due», decreta.

«Per fortuna siete qui!», è il saluto di Azmahl, che si precipita giù dalle scale a rotta di collo, scalzo, e con la camicia aperta fuori dai pantaloni.

«Ti sono mancato così tanto che non hai nemmeno finito di vestirti pur di corrermi incontro?», lo prende in giro Reed. «Stai diventando troppo sentimentale, Az».

«In realtà non averti intorno per ventiquattro ore è stato un piacevole diversivo, ma ieri sera è stata annunciata una notizia gravissima e dovete saperla».

«Che notizia?», chiedo allarmata.

«Il giudice ha emesso la sentenza capitale per Benjamin Harlow. Sarà impiccato giovedì all'alba», ci comunica in tono grave.

«Cazzo», ringhia Reed tra i denti. Si volta verso di me con espressione preoccupata. «Non c'è più tempo, ci serve che Penny ci spieghi cos'è successo per mettere insieme i pezzi mancanti e incastrare Maxim Duville. Oggi».

«Impossibile», si aggiunge una quarta voce.

Io e Reed alziamo lo sguardo verso la cima della rampa dove c'è Celeste.

«Che ci fa *lei*, qui?», domanda Reed ad Azmahl.

«Mio marito è a Brighton a sistemare degli affari in una nuova proprietà che ha vinto al gioco», spiega Celeste. «Mi sentivo… sola».

«Immagino che tu le abbia tenuto compagnia con la tua proverbiale parlantina, eh, Az?», lo punzecchia Reed con un sorrisetto malizioso.

Azmahl lo ignora. «Penny non sta bene, ha ancora la febbre ed è sotto shock per ciò che ha subìto a Bedlam. La sto aiutando a riprendersi ma non credo sia già in grado di affrontare un simile aggravio».

«Non abbiamo alternative. Nessuno le farà mancare il supporto di cui ha bisogno, ma dobbiamo scoprire la verità il prima possibile», insisto io. «O un altro innocente morirà».

64

Rientro a casa mia tra lo stupore dei domestici, che non comprendono cosa faccia lì da sola, e poco prima di mezzogiorno, al rientro degli zii e di Archie, mi tocca affrontare il discorso della vergogna.

Vergogna è la parola più utilizzata dalla zia, oratrice *ad honorem* della causa.

Lei si è vergognata di me e del mio comportamento.

Io dovrei vergognarmi per aver umiliato il padrone di casa.

Reed di vergogna non ne ha e ha messo in imbarazzo tutti.

«Per fortuna tutto questo è avvenuto a porte chiuse e nessuno di noi sarà così stupido da raccontarlo. Né il duca ha interesse a svergognarsi divulgando questo fatto increscioso».

«Uno scandalo non è uno scandalo se tutti sono d'accordo di non parlarne», osserva Archie con una punta di cinismo.

«Taci tu, che non hai avuto nemmeno il fegato di far valere la tua autorità. Sei il suo tutore, nel caso te ne fossi dimenticato», lo riprende la zia. «Non sarà uno scandalo, a meno che…».

«A meno che?», le chiedo.

La zia si guarda intorno come se qualcuno potesse sentirci, come se non avesse dato due ore libere a tutta la servitù. «A meno che tu non sia incinta».

«Non lo sono», dichiaro risoluta.

«Non lo sei perché non hai fatto nulla che possa farti correre questo rischio o non lo sei perché *credi* di non esserlo?», m'incalza lei, indagatrice.

La sua domanda è solo il giro largo per sapere se sono o non sono andata a letto con Reed. So che siamo stati il paradigma della prudenza e dell'attenzione e, anche se un minimo margine di errore può esserci, mi sento di escluderlo. «Non lo sono, zia. Non sono incinta».

«Perché se lo fossi, bisognerebbe provvedere ad annunciare il tuo fidanzamento con il duca il prima possibile e accelerare le nozze», decreta lei. «Perciò sii sincera. Ne va del nome di tutta la famiglia».

«Charles è ancora interessato a sposarmi?», chiedo stupita. «La sua determinazione è da ammirare».

«Vuole te come moglie e nessun'altra. In più, a quanto pare, godi del favore del Reggente, nessun uomo sarebbe così sciocco da rinunciare a un tale privilegio», conclude la zia. «Ma non prima di aver sfidato Reedlan Knox a duello. Renditi conto a cosa la tua imprudenza lo ha spinto».

«Duello?», ripeto rintontita. «Ma sono illegali».

«Domattina all'alba, a Chalk Farm», m'informa. «Il duca lo notificherà a Knox oggi stesso».

Sebbene io trascorra la giornata di sabato controllata a vista da zia Calpurnia, al calare della notte raggiungo Reed, che trovo nel suo arsenale insieme ad Azmahl intenti a scegliere le pistole.

«Hai accettato il duello», constato guardandolo rigirarsi la rivoltella nel palmo.

«Non si rifiutano i duelli», ribatte con freddezza.

«Che senso ha? Lo sposerò in ogni caso».

«È un regolamento di conti tra noi due, che parte da lontano. Ci saremmo arrivati comunque, prima o poi».

«Non c'è modo di fermare questa follia?», insisto. «Se mi fidanzassi con lui domani stesso?»

«Non è che in questo modo mi stai facendo cambiare idea, giusto perché tu lo sappia».

«Non voglio che tu… muoia». Rivedo ancora l'immagine di lui

che torna ferito, trascinato da Azmahl, dopo la notte all'alloggio di Harlow, e mi sento ancora mozzare il respiro.

«Grazie, che pensiero carino il tuo», ribatte sarcastico.

«La pianti di rispondermi male? Sono preoccupata per te, che vai a rischiare la vita per l'insensata idea di onore ferito di un bambino troppo cresciuto che non vuole che qualcuno tocchi i suoi giocattoli».

Reed scoppia a ridere. «Credi davvero che mio fratello voglia questo duello per difendere il suo onore? O perché è geloso di te?». Appoggia la pistola nella custodia di legno e la consegna ad Azmahl, che se ne va lasciandoci soli. «Lo capisci che questa è la sua vendetta per quello che ho fatto a nostro padre? Sono diciotto anni che aspetta di farmela pagare, non poteva certo impallinare un ragazzino di dodici anni, ma ora sono adulto e ha un alibi di ferro».

«Quindi è così che si sana il passato: o tu uccidi lui o lui uccide te?», chiedo inorridita.

«Ho una mira piuttosto buona e molto allenata».

Gli vado addosso a mani tese per scuoterlo, ma non lo smuovo. «Basta atteggiarti a indifferente, io sono qui a pregarti di non prestarti a questa follia e tu m'ignori».

Reed mi stringe i polsi per fermare i miei pugnetti isterici. «Io non ignoro te, sto cercando di ignorare il fatto che tu, sia che io accetti il duello o no, sposerai lui».

«Ma è te che voglio». Inspiro meditando a fondo le parole che sto per pronunciare, consapevole della quantità di conseguenze che genereranno. «Domani mattina, alla prima luce, io e te fuggiamo insieme. Ce ne andiamo a Gretna Green e ci sposiamo». Gretna Green, la Las Vegas della Reggenza.

«Intendi fuggire con me?»

«Sì. Niente duelli d'onore, niente matrimoni forzati, niente finzioni per mantenere le apparenze». So che questa scelta metterà in difficoltà la mia famiglia e soprattutto Archie, ma non intendo fare l'agnello sacrificale.

Non risolveremo il caso di Emily, la congiura, nulla, ma ci siamo dedicati a tutto meno che a noi stessi e alla nostra vita. È ora di andare avanti e pensare a noi due.

Sul volto di Reed, finora impassibile, si tende un sorriso. «È me che scegli?»

«Te, oggi e per sempre». Le nostre dita s'intrecciano strette. «Mi è piaciuto essere la signora Knox ieri notte, voglio esserlo ogni notte della mia vita».

Reed mi passa un braccio sotto le ginocchia per sollevarmi e mi porta in camera sua, buttandosi sul letto con me. «Allora è il caso di rinnovare le nostre promesse».

Non so se il sesso è così per tutti o è così bello solo con Reed, ma più lo facciamo più ho bisogno di rifarlo.

May farebbe un tifo da stadio se lo sapesse.

Sono rimasti solo due preservativi di quelli che mi ha regalato, ma con lui ormai non è più sesso occasionale.

Sento Reed muoversi nel letto, nel sonno, così apro gli occhi e lo trovo sdraiato su un fianco che mi osserva.

«Non dormi?», gli domando con voce impastata.

«Preferisco guardarti. Voglio imparare il tuo viso a memoria».

«Hai tutta la vita per farlo».

«Ma non sei mai stata bella come stanotte». Lui mi scosta i capelli dal viso. «Dormi tu anche per me».

Richiudo gli occhi, con le labbra ancora tese in un sorriso.

Passerò ogni notte così, con lui, ebbra del suo calore e del suo profumo.

Domenica 16 giugno

1816

65

Il mio sonno è pesante, denso, e mi sveglio a fatica quando la prima luce del giorno filtra tra le tende.

Dobbiamo andare.

Allungo il braccio per svegliare Reed, ma accanto a me non c'è, il letto è vuoto.

Mi ha lasciata dormire.

Non abbiamo comunque tempo da perdere, così mi rivesto in fretta e scendo al piano di sotto a cercarlo, ma la casa è silenziosa e c'è solo Sun-Yi.

«Dov'è Reed?», le domando. «Si è alzato prima di me ma non mi ha svegliata».

Lei mi scruta stranita. «A Chalk Farm, dove dovrebbe essere?»

«Chalk Farm?», boccheggio. «Al duello?»

«Azmahl è il suo testimone, sono partiti venti minuti fa».

«Cazzo!», sbotto. «Cazzo!».

66

Mi scapicollo a svegliare Archie; lo butto giù dal letto facendogli quasi prendere un colpo.

«Dobbiamo andare a Chalk Farm, ora!», gli ordino.

«Chalk Farm?», ripete lui disorientato nella nebbia del sonno.

«A impedire il duello. Non accetto un no come risposta. Vestiti e andiamo, potrebbe già essere troppo tardi».

Lui mi guarda tra la resa e il compatimento, si mette addosso i primi vestiti che trova sottomano e mi fa cenno di seguirlo nella rimessa. «Niente carrozza, a cavallo faremo prima».

Attraversiamo la Londra dei lavoratori, di quelli che tirano avanti la carretta mentre i nobili ronfano nei loro letti, in direzione nord, verso quella che nel futuro sarà la vivace e colorata Camden ma che al momento è solo campagna.

Nel campo del duello, i testimoni stanno esaminando a vicenda le pistole dei contendenti.

«Mi hai mentito», urlo furiosa a Reed mentre salto giù dal cavallo. Non ha mai avuto intenzione di fuggire con me a Gretna Green, ha solo finto di accettare per tenermi buona.

Reed però m'ignora. Prende la sua pistola e Charles fa lo stesso con la propria. Si mettono uno di spalle all'altro sulla linea di mezzeria e prendono a camminare in direzioni opposte.

Faccio per avvicinarmi, ma Azmahl mi ferma trattenendomi per le braccia. Il mio dimenarmi è inutile. «Reed! Reed! Vieni qui!».

Nulla, come se la mia voce non avesse suono.

Sul terreno sono infissi tre pali per parte.

«Che succede ora?», chiedo ad Azmahl, ansimante per l'ansia e la cavalcata.

«Spareranno i primi due colpi a cento passi. In caso di nulla di fatto, si avvicineranno a settantacinque e, se ancora non vi è nessun vincitore, a cinquanta», mi spiega, rigido.

«E se anche a cinquanta, con due colpi, nessuno è ferito, il duello è finito?». La preoccupazione parla per me.

«No, a cinquanta è fuoco a volontà». Finché uno dei due non muore.

Non mi sono mai sentita una persona peggiore di così: tifo per Reed, spero che Reed vinca, spero che viva, ma questo significa che inconsciamente sto anche sperando che muoia Charles.

Non provo nulla per lui, non lo stimo, non mi sta neanche simpatico, ma ciò non significa che meriti di morire. Nessuno merita di morire, tuttavia è la regola del duello.

«Gentiluomini», urla il testimone di Charles. «Innescare le pistole», comanda.

Reed e Charles eseguono.

«Gentiluomini, tendere le pistole». E loro due si puntano le pistole a vicenda.

È una scena di una crudeltà orrenda. L'unico duello che ho visto in vita mia era in *Barry Lyndon*, di Kubrik, che ci fecero vedere a scuola, e non ci ho dormito per tre giorni… ed era solo un film.

Respiro a fatica e sono così terrorizzata che vorrei coprirmi gli occhi.

Reed è bravo, sparare è il suo mestiere. Forse potrebbe finire tutto in fretta…

Azmahl alza un braccio e lo abbassa, che è il segnale di via.

L'esplosione dei colpi sferza l'aria. Quelli di Reed però non sfiorano neanche Charles, mentre suo fratello gli rasenta la manica del braccio sinistro.

Possibile?

«Settantacinque passi», declama il testimone di Charles, e i due sfidanti si avvicinano.

Azmahl ridà il segnale di via, gli schioppi frustano l'aria e ancora Charles non rischia minimamente di prendersi una pallottola. Reed invece è a terra e mi devo appendere ad Archie per non crollare.

Azmahl gli si avvicina, lo controlla e con mio sollievo Reed si rialza: la pallottola gli ha colpito di striscio la spalla sinistra.

«Cinquanta passi», urla di nuovo il testimone. «Ricaricate le armi».

Ora Reed e Charles sono davvero molto vicini, un cecchino provetto temprato da anni di guerre di corsa non può sbagliare. E, purtroppo, anche Charles a questa distanza non può sbagliare.

«Perché Reed non riesce a prendere la mira?», sibilo a denti stretti.

«Non è che non riesce», risponde Azmahl con un tono cupo che trasuda dolore. «Non la sta prendendo di proposito».

«S-si vuol fare am-ammazzare?!», balbetto incredula.

«Non ucciderà suo fratello. Reed non uccide per sport».

E mi tornano in mente le parole di Reed, quella prima sera mentre lo medicavo, di ritorno dalla taverna di Southwark. Lui non uccide per sfizio o divertimento, solo perché sa farlo.

Il modo in cui ha fatto l'amore con me, stanotte, come se fosse l'ultima notte al mondo, il non aver dormito… aveva già deciso tutto.

Non è un duello, è un'esecuzione.

Quando Azmahl sta per abbassare il braccio, io apro la bocca per urlare.

«FERMIII!», ma la voce non è la mia.

Ci voltiamo e dalla carrozza che arriva a rotta di collo, ancora in corsa, salta giù Lady Georgia che quasi precipita a terra. «Fermiii!», strilla con tutto il fiato che ha in corpo, correndo scomposta verso il campo di sfida.

Si butta tra Charles e Reed, sulla linea di tiro delle armi e loro, subito, le abbassano.

«Madre, toglietevi di mezzo», tuona Charles.

«Piuttosto muoio io ma non guarderò i miei figli uccidersi. Oggi non sarà il giorno che metterò sottoterra il sangue del mio sangue, e se volete continuare prima dovete sparare a me».

È furiosa, non sembra nemmeno la donna calma e pacata che accarezzava i pulcini nella fattoria: i suoi occhi iniettati di sangue piangono di rabbia, i capelli arruffati di chi se li è tirati… fa paura.

«È una questione tra me e lui», continua Charles. «Ho dei doveri d'onore. Quella merda mi ha offeso in casa mia».

«Se la questione è Rebecca, sappi, Charles, che non approverò né ora né mai la vostra unione. Così la chiudiamo subito».

«In base a cosa non approvate? Solo per mettere fine al duello?»

«Perché? Tu vuoi forse prendere in moglie una donna che ti sposa per dovere ma che ama un altro?!», ribatte lei.

«È questo il punto del duello: se lo uccido, l'altro non sarà più un problema».

«Sei idiota, per caso?». Lady Georgia non ha paura a insultare suo figlio, un duca, davanti a tutti. «Cosa ti fa pensare che un corsaro non possa piantarti una pallottola in fronte a occhi chiusi? Tu, che sì e no vai a caccia e riesci ad ammazzare una volpe solo dopo che la tua muta di cani l'ha sbranata fino a ridurla in fin di vita, pensi di far meglio?!».

«Non osate mettermi in ridicolo. Rogers», urla Charles al suo testimone, «levala dal campo».

«Non avvicinatevi, Rogers, o giuro su Dio che vi cavo gli occhi», ringhia lei. «La finiamo qui, ora, voglio quelle pistole a terra, subito». È un lupo, non escludo che, se saltasse alla gola di qualcuno, lo sgozzerebbe. «Subito, ho detto».

Forse le madri hanno uno strano potere sui figli, anche se ormai adulti, perché loro fanno come dice.

«È questo il motivo per cui ci avete raggiunto, madre? La paura che Reedlan mi uccidesse? Non avete considerato neanche per un attimo l'ipotesi che io possa centrare lui».

«Oh, no, sono qui anche per te: se tu centrassi Reedlan, stai certo che il Reggente non te la farebbe passare liscia per aver ucciso suo figlio».

67

È tutto fermo e immobile, la frase di Lady Georgia è stata più potente di ogni sparo.

«Figlio del Reggente?», boccheggia Charles.

«Chi è figlio del Reggente?», domanda Reed con lo sguardo stravolto.

«Tu, Reedlan. Tu sei il figlio illegittimo che il Reggente ha avuto da me trent'anni fa», ribadisce Lady Georgia fugando ogni possibile dubbio.

«Siete stata l'amante del principe Giorgio?», sibila Charles con la voce impregnata di disprezzo.

Io, Archie, Rogers e Azmahl siamo muti spettatori.

«Non per mia scelta, Charles», chiarisce lei decisa. «Io avevo ventidue anni, ero una sposa e una madre felice, mi bastava quello che avevo e frequentavo poco la vita mondana. Tuo padre e il Reggente invece erano grandi amici di gioventù e, purtroppo, due scommettitori debosciati. Da White addirittura scommisero su quale goccia di pioggia sarebbe scivolata per prima dal vetro: tuo padre chiese come vincita il purosangue più veloce della scuderia del principe. Il principe, invece, chiese di avere me per ogni notte di un'intera settimana. Indovina chi vinse? I debiti di gioco sono debiti d'onore, così pochi giorni dopo seppi che Sua Altezza sarebbe venuto a riscuotere la sua vincita».

«E non vi siete opposta?», chiede Charles sconvolto.

«Secondo te avevo la facoltà di dire di no al principe di Galles?», ribatte lei in tono di sfida. «Nessuno di voi uomini sa cosa significhi essere espropriati del proprio libero arbitrio, perché siete voi a fare le regole. Guardati! Pur di avere una donna che non ti vuole sei disposto a uccidere. Credi forse che una volta ammazzato l'uomo che ama, Rebecca s'innamorerà di te?! Ma questo a voi uomini non sfiora nemmeno i pensieri, a voi preme solo di possedere e così è stato per me. Per una settimana sono stata il premio del Reggente, con il benestare di tuo padre. Ma da allora non ha più condiviso il letto con me, e quando ho saltato il mio periodo si è capito senza ombra di dubbio di chi fosse il figlio che portavo in grembo».

«Io», constata Reed con voce sommessa.

«Quando sei nato, mio marito ha provato a farti portare via, ma io mi sono opposta con ogni mia forza e ho preteso di crescerti perché sono tua madre e nessuno mi porta via i miei figli», continua a spiegare lei, concitata. «Il Reggente si è fatto carico del tuo mantenimento e della tua istruzione, è venuto spesso a farci visita per vedere come crescevi e, quando è accaduto "l'incidente", ha interceduto decidendo di farti arruolare in Marina ed evitarti Bedlam. Questo è quanto».

«Siccome mio fratello è un bastardo reale non posso torcergli un capello?», ironizza Charles.

«Non ti permetterei di torcergli un capello in ogni caso, come non permetterei a lui di torcerlo a te».

Charles guarda prima Reed e poi me, scuotendo il capo. «Me ne vado. Sono stato insultato a sufficienza».

Lui e Rogers risalgono sulla carrozza con le insegne del ducato di Wyndham e, appena siamo soli, Lady Georgia si affloscia a terra e Reed si lancia su di lei, chiudendola nel suo abbraccio.

Restano così diversi minuti, immobili, con la nebbia pallida del mattino che gli si addensa intorno.

Quando si separano, Lady Georgia si volta verso di me.

«Vai», mi dice Archie.

Corro da Reed, ma anziché tuffarmi nel suo abbraccio, lo malmeno con tutte le mie forze. «Sei un cretino, imbecille, deficiente, non capisci un accidente». Do sfogo alla tensione accumulata, tra gli insulti e le lacrime. «Mi hai mentito, mi hai abbandonata, mi hai trattato da scema!».

«Rebecca». Mi trattiene per impedirmi ogni movimento, finché la mia furia non evapora. «Scusa».

«Non le voglio le tue scuse!», sbraito schiacciata contro il suo petto.

«Non ti avrei mai trascinata nel disonore con me».

«Ti odio». Tiro su con il naso, strofinando il viso contro la sua giacca per asciugare le lacrime.

«Ti amo anche io». Per tutta risposta gli assesto una pacca sulla ferita che ha sulla spalla. «Ahhh... moltissimo».

Sua madre lo scruta con un sopracciglio increspato. «Non guardare me, non ti difenderò. Rebecca ha ragione, sei un cretino».

Archie ci raggiunge insieme ad Azmahl, che controlla la ferita di Reed. «Ma se questo cretino avesse preso subito la mira, il duello sarebbe finito ancor prima di iniziare».

«Credo che, a questo punto, abbiamo degli affari di cui parlare», annuncia Archie, che ci guarda tra il rimprovero e il divertito. «Preparatevi, mia madre darà in escandescenze».

68

«Non ho parole», sbotta zia Calpurnia dopo che io, Archie, Reed e Lady Georgia siamo arrivati a casa nostra e abbiamo fatto a lei e a zio Algernon un veloce riassunto delle puntate precedenti. «Siete diventati tutti matti! E il fidanzamento con il duca saltato, poi! Saremo sulla bocca di tutti!». Si agita avanti e indietro per il salotto, annaspando. «Che vergogna! Che ver-go-gna!».

«Un bastardo reale, dunque», ridacchia sotto i baffi zio Algernon, affondando i denti in un pasticcino grondante di panna. «Chi l'avrebbe mai detto!».

«Sì, ma deve restare una informazione riservata», precisa Lady Georgia. «Nessuno lo ha mai saputo e nessuno mai dovrà saperlo».

«Non farò mancare nulla a Rebecca», esordisce Reed, «posso garantirle un tenore di vita pari se non addirittura superiore a quello nelle possibilità di mio fratello».

La zia scuote il capo facendo sobbalzare i suoi riccioli come molle. «Oh, ma non si tratta di denaro! È una questione di rispettabilità! Rebecca è una Sheridan, è figlia di un marchese!».

«Bah». Zio Algernon fa spallucce. «Al vecchio re Giorgio cosa resteranno da vivere? Ancora pochi anni, secondo me, e già oggi conta come un fermacarte. Presto suo figlio salirà al trono, e noi ci ritroveremmo imparentati con la famiglia reale se Rebecca sposasse il suo figlio illegittimo».

«Algernon!», lo riprende la zia. «Mio figlio è impazzito, mia nipote ha sempre dato i numeri, contavo su di te per un po' di buon senso».

«Scusa, cara, pensavo ai risvolti positivi».
«Di positivo non c'è un bel niente. Io mi oppongo alle vostre nozze», decreta la zia incrociando le braccia sul petto. «Dovrete passare sul mio cadavere per celebrare questo matrimonio».
«È già stato consumato», mi affretto a dire, ottenendo come unico risultato di farla afflosciare sulla poltrona. «Più volte».
«Io credo che dovremmo lasciar passare la stagione», decreta Archie. «Far cadere la questione del mancato fidanzamento con il duca senza suscitare scandali. Se affrettassimo le nozze tra Rebecca e Reedlan, non faremmo altro che alimentare sospetti di un matrimonio riparatore».
«E perché, non lo è?», controbatte la zia.
«Non sono incinta, zia», ribadisco. «Siamo stati... prudenti», aggiungo guardando Reed, che abbassa il viso per nascondere una risata.
«Oh, risparmiateci i dettagli!». Zia Calpurnia agita il ventaglio davanti a sé, rossa in viso. «Non penserete mica di essere i primi a farlo?! Ci siamo passati tutti, qui, prima di voi».
«Che ricordi, cara! Quando fingevamo che non ti stessi corteggiando mentre eri ancora in lutto», ridacchia lo zio.
Archie la guarda con gli occhi sgranati. «Mamma!».
La zia invece dà una gomitata allo zio. «Algernon, ti sembrano cose opportune da dirsi?! Invece di redarguire questi due sventati senza cervello, metti in imbarazzo me?»
«Ehm... già. Ragazzi, male, male. Vi siete comportati molto male», le fa seguito lui senza essere troppo convincente.
Se la storia del *royal bastard* è quanto di peggio la zia potesse aspettarsi, a zio Algernon invece sembra piacere da matti. Peccato che lui sia quello con meno voce in capitolo.
«Comunque», Archie riprende il filo del discorso, «io propenderei per un fidanzamento lungo, e vorrei attirare la vostra attenzione sulla parola "lungo", con annuncio in autunno e matrimonio in primavera, così che nessuno possa insinuare che nella fretta vogliamo insabbiare uno scandalo».
«Sono d'accordo», concorda Lady Georgia. «Benché il mio parere non serva dato che, sulla carta, tra me e mio figlio non vi è più alcun rapporto. Tu, Reedlan, che ne dici?»

«Che io Rebecca la sposerei anche domani, ma se vogliamo fare le cose per bene…».

«Oh, ci puoi giurare che le faremo per bene», lo interrompe la zia. «Da stanotte Rebecca si trasferisce nell'altra ala della casa! Le facciamo murare quelle finestre».

«Posso anche trasferirmi, ma io e Reed prima abbiamo ancora una cosa da risolvere ed è questione di vita o di morte», dico. «Perciò non potete costringerci a separarci o troverò il modo di incontrarlo di nascosto».

«Di vita o di morte?!». La zia alza gli occhi al soffitto, sfinita. «Che altro c'è, ancora?»

«Stiamo indagando sull'assassinio di Emily e abbiamo scoperto che Benjamin Harlow è stato incolpato ingiustamente. Maxim Duville ha una relazione clandestina con Jemima Fraser e sta complottando per liberare Napoleone dall'esilio».

Zio Algernon sputa il tè a spruzzo. «Jemima vuole liberare Napoleone?!».

«No, zio. Maxim!», lo correggo. «Ha sposato Emily per la sua dote, così da mettere le mani sul denaro, vendere le proprietà e sostenere questo complotto».

La zia sembra confusa. «Ma Maxim sta corteggiando Ausonia».

«Perché i soldi non gli bastano, ora vuole mettere le mani anche sui suoi».

«Abbiamo fatto evadere la cameriera personale di Emily da Bedlam e Lady Celeste le ha dato asilo», si aggiunge Reedlan. «È l'unica che può dirci chi l'ha uccisa e perché, solo che è sordomuta e non sappiamo come comunicare con lei. Purtroppo, abbiamo bisogno delle sue informazioni altrimenti Benjamin Harlow sarà giustiziato giovedì».

«Qui, i casi sono due: o ci aiutate a fare giustizia e salvare la Corona, oppure ci ostacolate in nome della salvezza delle apparenze al prezzo di una vita innocente, e con il rischio che Napoleone torni a minacciarci», chiarisco, decisa.

«A me non sembra ci sia scelta», osserva Lady Georgia.

«Io ci sto», afferma Archie.

Forse a mia zia interesserà la forma ma so che il suo senso di giustizia e il bisogno di protezione delle persone più fragili avranno la meglio. La vedo, da come cambiano le espressioni sul suo viso, lottare tra il rispetto dell'etichetta e intervenire. «Algernon, che ne pensi?».

Lo zio, con le guance ricolme di cioccolatini, guarda la zia sorpreso. «E da quando in qua chiedi il mio parere?», mugugna.

«Oh, e va bene!», cede la zia. «Che dobbiamo fare?»

«Come prima cosa, ci serve capire come ottenere le informazioni da Penny. Emily le ha insegnato la lingua dei segni ma nessuno di noi la conosce», spiego.

«Per Giove!». Zia Calpurnia sobbalza sulla poltrona. «Potevate dirlo subito che Penny conosce la lingua dei segni!».

Io la guardo stupita. «Tu sai segnare, zia?»

«Io no, ma conosco chi sa farlo e anche molto bene: Joseph Watson, nipote di Thomas Braidwood, il fondatore della prima scuola per ragazzi sordomuti d'Inghilterra», spiega. «La sua casa d'accoglienza per persone sorde è uno dei tanti progetti di beneficenza di cui mi occupo, raccogliendo denaro per procurare loro i materiali di cui necessitano».

«Questo Watson è un professore di lingua dei segni?», domanda Reed. «Dove possiamo trovarlo?»

«L'Asilo per sordi è in Old Kent Road, ma è meglio che ci parli io, dato che mi conosce», conclude la zia. «Gli farò visita oggi stesso e, se accetterà, ci vediamo più tardi da Celeste».

Anche se ancora molto debole e provata dallo shock, ora che Celeste si è presa cura di lei, Penny è quasi irriconoscibile.

Con i lunghi capelli lunari, la pelle diafana e gli occhioni chiari, sembra un angelo.

L'angelo custode di Emily.

Lei e Celeste ci aspettano nello studiolo bianco e rosa di casa Manderley insieme ad Azmahl, intento a cambiare ancora le bende alle ferite della povera ragazza.

«Penny», le dico mettendomi davanti a lei perché possa leggere bene il mio labiale, «ora arriverà una persona che conosce molto bene la lingua dei segni e ci aiuterà a comunicare. Te la senti di raccontarci cosa è accaduto a Emily?».

Lei scuote il capo, tremante.

Celeste le prende la mano. «Sei al sicuro, ti proteggeremo», le dice.

A metà pomeriggio, zia Calpurnia, Archie e zio Algernon arrivano accompagnati da un uomo distinto, che si presenta come il professor Joseph Watson.

«Lady Calpurnia mi ha raccontato di questa incresciosa situazione e sono ben lieto di mettermi al servizio della giustizia. Tu devi essere Penny, giusto?», le domanda il professore sia ad alta voce sia facendo i segni con le mani.

«Chiedetele di raccontarci cosa è accaduto a Emily quando si sono trasferiti nella casa di Hanover Square e come è stata uccisa».

Il professor Watson le interpreta la domanda e lei risponde a gesti.

«Emily mi aveva detto di cercare Rebecca, nel caso le fosse successo qualcosa, e che tutto sarebbe stato spiegato nelle lettere in codice. Non potevo immaginare che anche io sarei stata imprigionata», traduce il professore. «Da quando ci siamo trasferiti in Hanover Square, a Emily non era permesso uscire dalla sua stanza. Io ero l'unica a vederla e Lord Duville non le faceva mai visita. Era prigioniera in casa sua».

«Quando è morta? Chi l'ha uccisa e perché?», chiedo ancora io.

«È accaduto il secondo sabato di maggio, nel tardo pomeriggio. Quel mattino sono venute Jemima e sua madre a fare visita a Lord Duville e si sono chiusi nello studio», continua il professore seguendo i gesti di Penny. «Quando sono andate via, Jemima piangeva e Mrs Leonie era molto arrabbiata. Mrs Leonie è poi tornata alle cinque di sera per vedere Emily e ciò mi è sembrato strano, perché non chiedeva mai di lei».

«Tu le hai lasciate sole?», domanda Reed.

Penny riprende a gesticolare sempre più veloce e il professore cerca di starle dietro. «Sono uscite in carrozza e Lord Duville non mi ha dato il permesso di andare con loro due. Emily non è più rientrata, e il giorno dopo lui e Mrs Leonie hanno fatto salire me su quella stessa carrozza. Ho capito che a Emily era successo qualcosa quando ho visto delle macchie di sangue sulla pedana, sul pavimento e sul sedile. Ho cercato di fuggire, ma Lord Duville e Mrs Leonie mi hanno trattenuta e mi hanno internato a Bedlam». Il professor Watson sospira disgustato. «Che famiglia raccapricciante».

«Quindi non sono stati né Maxim né Jemima?», penso a voce alta.

«Questo spiegherebbe il perché della freddezza di Mrs Leonie nei confronti di Emily», constata Reed. «Altro che averla amata come una figlia!».

Penny fa di nuovo segno di voler parlare.

«Mrs Leonie è sempre stata gelosa del fatto che Emily avesse una grossa dote, ereditata dalla madre, rispetto a quella più modesta di Jemima», spiega il professor Watson. «Mrs Leonie voleva che Maxim sposasse Jemima invece di Emily».

«Ma Maxim aveva degli interessi personali per cui gli faceva ben più comodo una ricca dote, così ha corteggiato e sposato Emily ma si scopava comunque Jemima», conclude Reed sotto lo sguardo scioccato della zia. «*Pardon*, intendevo che Maxim intratteneva una relazione adulterina con Jemima», si corregge.

Penny si tocca il ventre, disegnando una curva con le mani. «Jemima è incinta», traduce il professore.

«Quando Leonie ha saputo dello stato di sua figlia, si è recata da Maxim pretendendo che rimediasse al misfatto», medito.

«E dato che Emily, avendo scoperto le sue trame di complotti, era diventata un problema anche per Maxim, hanno concordato che la soluzione migliore fosse farla fuori, ma fingendo che fosse fuggita con l'amante, così da non dover restituire la dote», conclude Reed. «Il povero Benjamin Harlow è stato incastrato per depistare l'attenzione da loro».

«Infatti», aggiungo, «le aggressioni e i pedinamenti sono cominciate dopo che siamo andati dai Fraser a esporre i nostri sospetti».

«Rimettendo anche in moto il piano di liberazione di Napoleone, dopo che Harlow ci aveva rivelato di avere lui i documenti sottratti da Emily».

È così che s'intrecciano la relazione clandestina tra Maxim e Jemima e il complotto per liberare Napoleone: quando Leonie ha capito che io e Reed saremmo andati alla prigione con l'intento di indagare sulla morte di Emily, ha avvertito Maxim. Lui ci ha messo alle costole lo scagnozzo di Porter che ha sentito quando Harlow ci ha detto di avere i documenti rubati da Emily. Informazione preziosa sia per noi sia per loro, che dovevano recuperarli, ma non sapevano più dove fossero. Leonie, invece, ha provato a farmi fuori con i bonbon avvelenati dopo che mi sono interessata a Penny.

«Ora che sappiamo chi ha fatto cosa e perché, rimane solo una questione da affrontare: come denunciamo tutto ciò?», ci domanda la zia. «A cosa ci servono queste informazioni se poi non abbiamo chi se ne può occupare?».

Già... come fare? Bisognerebbe montare un caso mediatico, come Wikileaks, l'Anonymous e i Panama Papers ma, quanto a media, nel 1816 abbiamo ben pochi strumenti per arrivare a più gente possibile in tempo reale.

«Puoi scrivere tutta questa storia», propone Reed, guardandomi. «Sul "Chronicle"».

«E da quando un giornale serio pubblica le confessioni di una debuttante?», borbotta zio Algernon.

«Di una debuttante no», ribatto. «Ma della Sfinge sì: è arrivato il momento che racconti tutta la verità sulla mummia di Oxford Street».

Archie mi fissa sbalordito. «Tu conosci l'autore che si cela dietro la Sfinge?»

«Autrice», puntualizza Reed. «Rebecca non conosce la Sfinge. Rebecca *è* la Sfinge», aggiunge con un moto d'orgoglio.

L'idea di Reed mi piace. Sarò come Edmond Dantès che denuncia il tradimento di Fernand Mondego nella Guerra di Grecia tramite un articolo di giornale, aizzando contro di lui tutta l'opinione pubblica. Ma c'è un problema. «Però, nel tempo che circolerà la notizia prima che arrivi alle autorità, Maxim, Leonie e Jemima riuscirebbero a scappare».

«E se la storia uscisse con un'edizione speciale mercoledì sera alla festa del Reggente, con presenti tutte le massime cariche dello Stato?», suggerisce Archie. «Che dici? Il direttore del "Chronicle" accetterebbe?»

«Se gli fornissimo tutte le prove, credo proprio di sì». Thorpe non aspetta altro. «Ma non penso che i colpevoli se ne staranno lì impalati ad aspettare che il Reggente e tutti quanti abbiano finito di leggere il giornale», osservo scettica.

Reed sorride con piglio meditabondo. «Non se li distrarremo con un diversivo».

Lunedì 17 giugno

1816

69

Ausonia ha accettato di ricevermi con urgenza, così ora sono nell'ingresso di casa sua ad attenderla.

Sarei voluta venire insieme a Reed, ma non credo che gli Osbourne lo avrebbero accolto con piacere, perciò tutta la presentazione del piano spetta a me.

Prendiamo un tè in giardino, sole, e lei mi ascolta in silenzio e con sguardo inespressivo.

«Tu vuoi il mio aiuto per un tuo piano, io ci rimetto un fidanzato e la reputazione, in cambio di cosa?», chiede alzando un sopracciglio.

«Come sarebbe, in cambio di cosa? Sposeresti un complottista filonapoleonico e che ha fatto giustiziare la propria moglie piuttosto che restare zitella?»

«No. Ti sto chiedendo cosa ci guadagno», ripete lei girando il suo tè. «Cosa ci guadagno?»

«Ci guadagnano tutti ogni volta che viene fatta giustizia», sottolineo irritata.

La sua ottusità è un muro invalicabile: se i presupposti sono questi, ho poche speranze che ci aiuti.

«Per me Maxim Duville può bruciare all'inferno, non è migliore di altri uomini, ma il mio unico interesse è non essere trascinata nello scandalo con lui. Sia io sia la mia famiglia rischiamo di essere coperti di ignominia se emergessero questi gravi fatti», conclude pragmatica. «Saremo dei reietti, estromessi da ogni cerchia sociale».

«Preferisci coprire un criminale per non perdere la faccia? L'invito a qualche ballo vale più che salvare un innocente o la Corona stessa?»

«Voglio un salvacondotto». Ausonia appoggia la tazzina e guarda la mia mano sinistra con un sorrisetto affilato. «Non vedo nessun anello di fidanzamento al tuo dito. Eppure, sei appena tornata da Wyndham Hall, dove hai passato un paio di giorni con il duca, hai conosciuto sua madre... Cosa è andato storto?»

«Io e il duca non siamo fatti l'uno per l'altra», rispondo concisa. «Non ho potuto accettare».

Lei scoppia a ridere. «Non esiste donna che non sia fatta per un duca. Anime gemelle non si nasce, si diventa».

«Non sono sicura che funzioni così», obietto.

«Pertanto davanti a me non ho la futura duchessa di Wyndham».

«Né l'avrai mai. Brutta notizia: qualunque favore avresti voluto da me, in quel ruolo, non posso concedertelo». Tipico di Ausonia, cercare vantaggi nel potere.

«Invece questa è un'ottima notizia». Lei ora mi guarda con un'espressione dolce e gentile che sul suo volto mi risulta alquanto inquietante. «Ti aiuterò nel tuo rocambolesco piano. In cambio, tu metterai una buona parola per me con la madre del duca di Wyndham. Anzi, le scriverai una lettera in cui elogerai le mie qualità, caldeggiando l'interesse del duca».

La fisso incredula. «Vuoi che ti faccia da paraninfa per sposare Charles Rutherford?»

«Ascoltami bene, Rebecca. Sei andata vicina tanto così a diventare una delle donne più importanti del regno ma sei stata anche così stupida da tirarti indietro a giochi quasi chiusi. Io sono fatta di ben altra pasta. Se abbiamo un accordo, puoi contare su di me».

«Accetto». Dopotutto mi costa uno sforzo minimo.

«Come posso esserti utile, dunque?»

«Dovrai fare sì che Maxim venga alla festa del Reggente mercoledì sera all'Almack e che si trattenga fino a mezzanotte».

«Tutto qui?», mi domanda lei.

«Be', non è scontato che lui voglia venire, né che, a un certo punto, voglia restare».

«Non sarà un problema, gli dirò che io e i miei genitori intendiamo annunciare il nostro fidanzamento durante la festa. Non potrà tirarsi indietro», afferma, sicura. «Serve altro?»

«A un certo punto avrà luogo un intrattenimento particolare al quale lui sarà invitato a partecipare. Nel caso si rifiutasse devi insistere finché non cede».

«Insistenza è il mio secondo nome».

«Grazie, Ausonia. Lo apprezzo».

«Jane», Ausonia chiama la cameriera accompagnando il comando con il fastidioso tintinnio di una campanella. «Carta e calamaio».

La ragazza arriva di corsa poggiando sul tavolo un kit da scrittura portatile.

Ausonia mi tende la penna. «Prego».

«Vuoi che scriva la lettera, ora?», le domando.

«Con particolare enfasi sulla mia bellezza, grazia, portamento, gentilezza, docilità…».

«Umiltà», aggiungo a fior di labbra.

«E la mia dote di venticinquemila sterline», aggiunge. «Scrivi».

70

Casa nostra sembra una copisteria clandestina.

Io sto scrivendo tutta la storia di Emily a partire dal suo ritrovamento, al mummia party dei Latimore; zia Calpurnia sta ricopiando tutte le lettere di Emily e le codifiche dei messaggi criptati sotto dettatura di zio Algernon; infine, Archie, che è il tecnico della famiglia, sta ricopiando i disegni dei progetti dei sottomarini: per ovvi motivi, Thorpe vedrà gli originali, dopodiché saranno restituiti alle mani del Reggente.

Lady Georgia alloggia a casa di Celeste e, con lei, si prende cura di Penny.

Reed, invece, è accanto a me e si occupa di trascrivere le mie brutte – ma davvero brutte – copie in bella grafia, dato che, nonostante tutto il mio impegno, con il calamaio non me la cavo benissimo e non abbiamo margine d'errore.

Se solo avessimo una fotocamera e una stampante! O anche solo una fotocopiatrice.

Devo considerare che rimanendo nell'Ottocento scelgo di rinunciare per sempre al wi-fi.

Però ho Reed.

«Sei bellissima quando sei concentrata», mi sussurra lui all'orecchio. «Forse anche troppo, avresti bisogno di una pausa». Mi fa l'occhiolino, indicando la portafinestra che dà sul giardino.

«Ehm, io credo che mi sgranchirò qualche minuto con una passeggiata». Mi stiracchio alzandomi in piedi. «Ho bisogno di aria fresca».

Reed mi imita. «Ti accompagno».

«Lasciate la porta aperta e state dove posso vedervi», ci ordina zia Calpurnia senza voltarsi.

Appena siamo fuori, Reed non aspetta nemmeno un secondo e mi attira nell'oscurità della siepe, stringendomi a sé per baciarmi. «Non so se odiare tua zia o amarla».

«Perché?»

«Perché m'impedisce di stare solo con te quanto vorrei».

«Allora, dovresti odiarla».

«Ma questa imposizione mi fa godere ancora di più i pochi momenti che ci sono concessi». Scende a baciarmi il collo, gesto che, ormai sa bene, scioglie i miei freni inibitori senza ritegno.

Sospiro, gettandogli le braccia al collo. «Mi manca il tuo letto».

«E al mio letto manchi tu». Reed arriccia il mio vestito nel palmo, sollevandolo. «Ma non è obbligatorio essere su un letto, per scambiarci piacere».

«Reed», sibilo preoccupata, controllando di essere fuori dal campo visivo di spettatori non graditi, «cosa hai in mente?».

La sua mano risale lungo il mio interno coscia, invitandomi ad allargarle. «Questo».

«Siamo nel bel mezzo di un'operazione d'intelligence», obietto senza troppa convinzione. Purtroppo, le mani di Reed non hanno solo il potere di spogliarmi ma anche di privarmi di tutto il raziocinio nell'esatto momento in cui mi sfiorano.

«Hai bisogno di staccare un attimo, e anche io».

«Ci sono i miei zii a pochi passi… oddio». Già alla sua prima carezza mi si piegano le ginocchia.

«Dunque sarà meglio che tu non faccia rumore».

«Voglio fare l'amore», piagnucolo frustrata, sotto la dolce tortura delle sue dita. «Mi manchi».

«Sono qui».

«Qui non è abbastanza». Mi aggrappo a lui mentre il suo tocco esperto mi porta in alto in fretta. Reed conosce il mio corpo a memoria, sa leggere l'affanno del mio respiro, ogni brivido, e riesce a farmi raggiungere l'orgasmo in pochi minuti, costringendomi a soffocare i miei gemiti contro il suo petto.

«Dopotutto non siamo stati così furbi a essere prudenti», dico ancora aggrappata a lui. «Se fossi incinta, le nozze riparatrici sarebbero l'unica alternativa».

«Ma io non voglio delle nozze riparatrici; prima voglio godermi la vita solo con te. Voglio viaggiare, vedere il mondo insieme, scoprire cosa possiamo essere alla luce del sole».

«Davvero ti sta bene rispettare i paletti che ci hanno dato?»

«Chiamami masochista, ma dopotutto non mi dispiace doverti rispettare».

«Ma tu mi hai sempre rispettata».

«Hai capito cosa intendo». Posa un bacio leggero e rassicurante sulle mie labbra. «E quando potrò averti di nuovo, sarà meglio che non ci sia nessuno intorno a noi per almeno un mese».

«Suona promettente».

«Non vedo l'ora di addormentarmi ogni notte accanto a te, dopo aver fatto l'amore, mentre mi racconti tutte le straordinarie cose che sai sul futuro».

«Anche se per te non hanno alcun senso?»

«Per me tutto quello che dici tu ha senso».

«Stai diventando un po' troppo accondiscendente nei miei confronti, Reed», gli faccio notare, «forse ti preferivo prima, quando non mi davi retta e ti lamentavi del fatto che parlassi troppo».

«Tu, tesoro, parli ancora troppo». Lui mi scocca un'occhiata diabolica, mordendosi il labbro. «Ma lo tollero perché ora so che puoi fare un uso anche migliore della tua bocca».

«Fortunatamente per te», dico inginocchiandomi davanti a lui, accarezzando la sua erezione tesa contro la patta dei calzoni, «non mordo».

Sto per dargli dimostrazione del mio buon uso della bocca quando sento dei passi sul patio.

«Qualunque cosa tu stia cercando chinata lì a terra, Rebecca, non la troverai con questo buio», esclama la voce di Archie.

Io mi tiro su in tutta fretta. «Mi… mi era caduto un orecchino».

«Mmm», mugugna mio cugino rifilandomi un'occhiataccia. «È arrivato Azmahl, ha trovato la maga o quel che è», ci comunica. Li precedo in soggiorno e alle mie spalle lo sento rivolgersi a Reed. «Rimettilo a cuccia, Knox. Cosa non ti è chiaro di fidanzamento *lungo*?».

So che non è il momento di ridere, ma devo sforzarmi per trattenermi. La verità è che la mia autostima adora vedere – e sentire – l'effetto che ho su Reed.

Nel salone insieme ad Azmahl c'è la mistica che leggeva la mano alla festa dei Latimore.

Appena vede Reed gli si avvicina e lo scruta a lungo. «Il figlio delle ombre. Ora che hai trovato la tua luce, seguila».

Lui scuote la testa, rivolgendole uno sguardo di sufficienza. «Hai già superato il provino, non è con noi che devi fare la sceneggiata».

«La profetessa di Alessandria?», domanda dubbiosa la zia. «Che ci fa qui?»

«Lei sarà il nostro diversivo. La "profetessa"», spiega Reed mimando in aria le virgolette con le dita, «in realtà è un'aspirante attrice che sbarca il lunario come birraia ai London Docks. Mercoledì sera, però, sarà una medium che comunicherà per noi con Emily, dal mondo dei morti: cosa c'è di meglio che una bella seduta spiritica per animare la serata?».

Martedì 18 giugno

1816

71

Mi reco da Thorpe, al «Chronicle» di buon mattino, accompagnata da Reed e Archie.

«Mia cugina è la Sfinge», borbotta lui ancora incredulo, «follia».

«Cosa sarebbe una follia?», ribatto. «Il fatto che io sappia scrivere o che abbia pubblicato con un'identità segreta?»

«Che tu abbia una seconda vita e sia sempre riuscita a nascondermi tutto dietro la tua aria da debuttante ritrosa. L'indagine su Emily, le storie del mistero della Sfinge... la tua relazione con Reedlan».

«Sai, Archie, proprio perché noi debuttanti siamo ridotte al ruolo di belle statuine, abbiamo molto tempo libero», replico. «Io ho trovato il modo di sfruttarlo. Via, siamo arrivati».

Sono la prima a saltare giù dalla carrozza, davanti alla sede del «Chronicle» in Fleet Street.

Quando nomino la parola "Sfinge", mi si spalancano le porte dell'ufficio di Thorpe.

«*La mummia di Oxford Street*», dico tendendogli un fascio di fogli spesso tre dita.

«Sapevo che sareste scesa a più miti consigli», osserva compiaciuto. «Londra non ha più una storia della Sfinge da oltre un mese».

«Leggete», gli ordina Reed.

«Voi chi siete?». Thorpe lo scruta indispettito. «E cosa fate qui?».

Reed si piega sulla scrivania, a guardarlo negli occhi. «Credetemi, non volete davvero saperlo».

Lo sguardo del direttore cade sul calcio della pistola che occhieggia dalla sua giacca, deglutisce e china il capo sui miei scritti.

Via via che sfoglia le pagine, le espressioni sul suo volto si fanno sempre più sconvolte. «Ma è realtà o finzione?», mi domanda lui con gli occhi fuori dalle orbite.

«È tutto vero», risponde Archie depositando sulla scrivania di Thorpe le copie dei documenti che abbiamo riprodotto. «Fino all'ultima parola».

«Questa non è più solo la storia di un delitto misterioso», gli dico, seria. «È un intrigo politico internazionale. E il "Chronicle" avrebbe l'esclusiva».

Thorpe scartabella tutti i nostri documenti, grattandosi la fronte imperlata di sudore. «Dovremo uscire con un'edizione curata nei minimi particolari; per questo ci vorranno una decina di giorni di lavorazione, dovremo aumentare le tirature…».

«L'edizione speciale uscirà domani sera», decreta Reed. «Alle ore dieci tutta Londra dovrà sfogliarla, con priorità distributiva all'Almack's Assembly Rooms».

«Ma è impossibile», sbotta Thorpe.

«Se non è possibile per voi, forse lo sarà per qualche altro giornale», aggiunge Archie, che mi afferra per il gomito. «Andiamo. Te l'avevo detto che avremmo dovuto rivolgerci al "Times". Loro non si faranno sfuggire questa storia nemmeno se dovessero andare in stampa seduta stante».

«Il "Times"?!». Thorpe balza in piedi. «Quale "Times", perdinci! Fermatevi, lo facciamo noi!».

«Molto bene. Ero sicura che sareste sceso a più miti consigli», lo schernisco.

«Quanto volete per questa storia?», mi chiede. «Non posso pagarla quanto il "Times", spero voi lo sappiate».

«Non voglio niente a parte precisione, velocità e segretezza», rispondo.

Thorpe boccheggia come un pesce. «Me la fate pubblicare gra… gratis?»

«Da questa redazione non deve uscire un solo fiato riguardo all'edizione speciale, né dalla tipografia. Considerate la vostra vita come garanzia. Infrangete l'accordo e verrò personalmente a riscuoterla», gli intima Reed con voce gelida. «Cento copie all'Almack's Assembly Rooms, domani sera, alle dieci precise».

Mercoledì 19 giugno

1816

72

Tutta la determinazione che mi guidava fino a stamattina si è dissolta nel momento in cui partiamo alla volta dell'Almack.

«Hai le mani congelate, figliola», osserva zio Algernon seduto accanto a me nella carrozza, della quale occupa tutto il sedile. «Se vuoi un goccetto, ho la fiaschetta con me», mi sussurra all'orecchio.

«No, grazie, ho bisogno di essere lucida». Ho una paura cosmica, sto tremando come un trapano pneumatico.

Lungo il tragitto penso più volte che non funzionerà, accadrà il peggio, in che casino mi sono andata a infilare, devo scendere di qui…

«Rebecca». Archie mi appoggia le mani sulle spalle bloccandomi contro lo schienale. «Respira».

«Respiro». Dentro, fuori. Dentro, fuori.

Quando arriviamo e mi tocca scendere, ho il panico.

Zia Calpurnia è la prima a uscire, seguita da Archie che mi tende la mano. «Avanti», bisbiglia.

«Zio». Mi volto verso di lui guardandolo con occhi disperati. «La fiaschetta, presto».

Lui mi allunga il flaconcino argentato nascosto sotto il cuscino. «È un bra…».

Ma io non lo lascio finire, svito il tappo e butto giù il liquido in un sorso. Potrebbe essere nitroglicerina e non me ne accorgerei. «Grazie», dico restituendogliela.

Lui gira la fiaschetta a testa in giù agitandola. «Brandy barricato del '95».

«Mi ci voleva». Stringo la mano di Archie e salto giù. «Si va in scena».

L'Almack è allestito in grande spolvero per accogliere con ogni crisma il Reggente.

Si dice infatti che gli inviti alla sua celebre *Grand Fête* a Carlton House, che ha luogo a luglio, dipendano dalla riuscita di questa serata: chi gli farà buona impressione sarà tra gli *happy few*; chi lo deluderà, invece, se ne starà mesto a casa.

Io mi aggrappo al braccio di Archie e scruto la sala principale per verificare che tra i presenti ci siano le persone di cui abbiamo bisogno quando, dall'altro lato della stanza, incrocio lo sguardo di Reed. Non siamo nulla di ufficiale e le regole del nostro "fidanzamento lungo" prevedono che in pubblico continuiamo a mantenere una discreta e onorevole cortesia. Nulla più.

Mi sorride, lanciandomi un occhiolino. Ora che lo vedo sono più tranquilla.

«Ti prego, sei disgustosamente sdolcinata», mi rimbecca Ausonia, sbucando dal nulla.

«Buonasera anche a te».

«Piantala di fissare quel volgare farabutto di Knox con quella faccia».

«Che faccia?»

«La faccia di una che sta scegliendo i nomi dei vostri figli».

«Vuoi dirmi qualcosa d'importante o solo infastidirmi?»

«Stamane ho ricevuto un biglietto da Lady Georgia Rutherford, la duchessa vedova di Wyndham», asserisce compiaciuta. «Pare sia a Londra e ha invitato mia madre e me nella sua casa in Grosvenor Square per un tè, domani».

«Soddisfatta?»

«Devo liberarmi di Maxim Duville alla svelta, spero che il tuo piano funzioni o mi toccherà sposarlo. Se non diventerò duchessa di Wyndham la riterrò una tua diretta responsabilità».

«Ora sì che sono tranquilla», ribatto sarcastica.

«Maxim non sospetta nulla. Anzi, morde il freno perché i miei genitori annuncino il nostro fidanzamento». Poi sposta lo sguardo sulla famiglia Fraser. «Loro, invece, sono dimessi e poco vivaci. Si vede che sono qui solo per dovere d'omaggio a Sua Maestà ma vorrebbero essere altrove. Mr Fraser è l'ombra di sé stesso – e chi può dargli torto –, quell'infame di Jemima invece la vedo bella pienotta in viso: secondo te a che mese è?»

«Direi terzo... Oh, ma che diavolo di domande mi fai? Che ne so! Ti sembro un'ostetrica?»

«Guarda sua madre Leonie come la scherma in ogni modo possibile».

«Non ho tempo da perdere con i tuoi pettegolezzi, Ausonia!», taglio corto. «Vuoi fidanzarti con il duca? Bene, allora vai a marcare stretto Maxim».

Io e Archie ci lanciamo nel mezzo della folla e all'arrivo del Reggente, annunciato dal suo ciambellano, la festa entra nel vivo.

Le patronesse dell'Almack non si sono risparmiate per compiacere Sua Altezza: assistiamo a esibizioni di mangiatori di fuoco, giocolieri, fachiri, contorsionisti e coreografie di danzatrici seminude che vengono molto apprezzate dal pubblico maschile.

La cena ha inizio e prendiamo i posti a noi assegnati al tavolo d'onore, al centro del quale campeggia la bottiglia di champagne di Napoleone pronta da stappare al momento del brindisi, alla fine della cena.

«Lady Derby», mi saluta il Reggente con tono scherzoso. «I vostri pronostici sono leggenda anche in tutti i club per gentiluomini di Londra. Potreste diventare il primo membro onorario donna di White».

«Credo che terrò per me i suoi preziosi suggerimenti», commenta Archie.

«Sono solo stata fortunata», aggiungo io.

Al nostro tavolo arriva un gigantesco vassoio dorato su cui svetta un cigno con tutte le piume, che sotto le ali nasconde un pasticcio di carne.

Il cigno: il cibo dei re.

Lo sguardo del Reggente si sposta su Reed, che siede alla mia sinistra. «Sir Knox, dalla cresta delle onde del Mediterraneo alla più esclusiva sala di ritrovi di Londra: che ascesa la vostra».

Reed risponde con un sorriso sottile, quasi impercettibile. «Ho beneficiato dei favori delle persone giuste».

E guardandoli, realizzo che Reed è di fronte a suo padre. Entrambi adesso sanno chi sono l'uno per l'altro.

«A un uomo con le vostre risorse non posso che augurare che la salita sia ancora lunga e propizia. Avete valutato l'ipotesi di prendere moglie?»

«Non se la Corona necessiterà ancora del mio servizio in mare».

Il Reggente sposta lo sguardo su di me e poi, di nuovo, su di lui. «Sono certo che la Corona abbisognerà di voi anche in città. Durante questa stagione qualche fanciulla ha suscitato i vostri interessi?»

«Purtroppo, per congiungersi in matrimonio con una fanciulla l'interesse non è sufficiente, tuttavia i titoli giusti possono compensare alla larga la mancanza di un vivo e vero interesse».

Il Reggente increspa un sopracciglio con fare malizioso. «Quanto a titoli, Lady Derby, non posso che dirmi sorpreso del non sapervi ancora fidanzata con il duca di Wyndham. Voci affidabili», e il suo sguardo va a Lady Sefton, sua cara amica, «vi davano per *molto vicini*».

«Vicini non significa fidanzati, Vostra Altezza», replico. «Ho avuto il piacere di fare la conoscenza del duca come di tanti altri gentiluomini. Forse più approfondita nel suo caso, ma comunque solo una semplice conoscenza. Tutto qui».

«E come definireste il vostro rapporto con Sir Reedlan Knox?», continua il Reggente, interessato. «Una semplice conoscenza o *vicini*?»

«Vicini», rispondo a colpo sicuro sbalordendo i presenti al tavolo. «Dato che abitiamo in due edifici attigui. Vicini di casa».

E tutti ridono per il sollievo.

Alle nove e mezza, entra in sala la nostra medium: Sybilla, colei che sussurra agli spiriti, così la introduce il maestro dei festeggiamenti.

«Io sono un ponte tra il mondo dei vivi e quello dei morti, il filo che unisce l'Aldilà all'Aldiquà. Posso comunicare con un amore perduto, o con coloro che sono mancati all'affetto dei propri cari», annuncia lei, seguendo il copione che abbiamo preparato insieme. Alza le mani, con gli occhi chiusi. «Questa stanza è densa di vibrazioni, la volontà dell'animo umano di tendersi all'infinito, verso l'ignoto. Tutti vi fate domande». Si avvicina a Celeste. «C'è vita dopo la morte?». Poi si rivolge a Wellington. «Rivedremo coloro che abbiamo perduto?». Infine, giunge dinanzi a me. «I defunti vogliono parlarci? Cos'hanno da dirci?».

Si spalancano le porte di una delle sale minori, quella di solito destinata al gioco d'azzardo. «Ora chiamerò con me otto persone dall'aura potente e insieme ci avventureremo nelle fredde acque dello Stige».

Si benda gli occhi e tocca il capo agli invitati, come a voler percepire la loro aura; in realtà Azmahl le ha già fatto memorizzare la posizione in cui sono sedute le persone che deve convocare: Wellington, che sarà il nostro pubblico ufficiale, Jemima, Leonie e Mr Fraser, me e Reed, infine Ausonia e Maxim Duville.

«Non intendo prestarmi a queste pagliacciate», decreta Maxim prendendo un sorso di vino.

«Ma a me piacerebbe tantissimo», pigola Ausonia con la sua voce più falsa e zuccherosa. «Vi prego, sarebbe così emozionante».

«Resterete impressionata», taglia corto lui.

«È solo per divertirci, non vorrete negarmi uno svago così intrigante *proprio stasera*». Lei gli lancia uno sguardo civettuolo che però è carico di minacce. Sembra che dica: "Alza quelle chiappe o te lo sogni che mio padre annuncerà il nostro fidanzamento".

Maxim si toglie il tovagliolo dalla gamba e lo lancia sul tavolo. «E va bene».

Anche Leonie e Jemima sembrano recalcitranti ma Mr Fraser, invece, smania per prendere parte alla seduta. Le due non possono tirarsi indietro perché, almeno di facciata, dovrebbero essere dispiaciute quanto lui della morte di Emily.

L'operazione non prevede la presenza del Reggente, che invece resterà in sala pronto a ricevere la sua copia dell'edizione speciale del «Chronicle», quando tra poco arriverà fresca di stampa.

Sybilla ci guida nella stanza semibuia, al centro della quale vi è un grande tavolo circolare coperto da un drappo di velluto nero, illuminato da poche candele.

«Prendete posto in quest'ordine», comanda Sybilla. «Il guerriero», dice indicando Wellington. «L'amazzone», che è Ausonia. «L'innamorato», Maxim. «Lo spezzato», il padre di Emily. «L'ancella», ossia Jemima. «La madre», Leonie. «La viaggiatrice della luce», dice a me, e poi guarda Reed. «E il figlio delle ombre, alla mia destra».

I soprannomi non li avevamo concordati, ma è un'attrice, dev'essersi calata nel personaggio.

«Palmi sul tavolo a dita aperte, tenete il contatto per aprire la porta agli spiriti e non toglietele prima che se ne siano andati. Ciascuno di voi ha subìto una perdita, una perdita irrisolta, e la vostra aura è avviluppata, stretta e soffocata dagli interrogativi. Attraverso me avete l'opportunità di scioglierli. Guerriero, chi volete che io cerchi?»

«Una delle giovani anime perite sui campi di Waterloo e che non ho potuto riportare in patria perché fosse pianta dalla madre e dalla sua amata», risponde lui.

Sybilla prende a ondeggiare come se fosse immersa nell'acqua, gli occhi chiusi, il respiro grosso. «Un nome… Mi serve un nome…».

«Logan Wilbur, il mio attendente: un bravo ragazzo di umili origini ma con coraggio da vendere», sceglie Wellington.

L'accordo con Sybilla è, per non destare sospetti da subito, di fare il giro di tutto il tavolo prima di arrivare a Mr Fraser.

«Sono Wilbur». La voce che esce dalla bocca di Sybilla è spaventosamente diversa, cavernosa, maschile, roca. «Avevo una fidanzata che mi aspettava a casa. Amavo Millicent ma preferisco essere morto per la vittoria dell'Inghilterra che essere sopravvissuto e sconfitto. Millicent ha pianto ma con il cuore pieno di orgoglio. Arthur, è stato un onore combattere sotto il comando del prossimo primo ministro del regno».

Il duca di Wellington fa tanto d'occhi e anche io. Anche questa sul copione non c'era.

Io so che Wellington diventerà primo ministro, nel 1828, ma a Sybilla non l'ho detto.

Oddio, anche se per i suoi indiscutibili meriti, chiunque oggi potrebbe pronosticare una sua facile ascesa alla *premiership*…

Sybilla smette di ondeggiare e fissa Ausonia. «Amazzone. Un nome».

«Non saprei. Io non ho morti irrisolti», risponde lei in tono vivace. «Ehm... mia nonna?»

«Lei sta bene e tu hai accettato la sua morte. Lo sai con chi vuoi parlare», ribatte Sybilla. «Brandon».

Ausonia sbianca. «Chi?», chiede con voce stridula.

«Brandon Asher», ripete Sybilla, «lo scudiero di casa Osbourne».

«No». Ausonia comincia a scuotere la testa. «No, vi prego».

Io e Reed ci guardiamo stupiti. E questa storia da dove viene fuori?

Ma Sybilla chiude di nuovo gli occhi e cambia voce. Un timbro maschile, bello limpido, sincero. «Amore mio, sei sempre incantevole».

Amore mio?! Attenzione! Svolta! Ausonia aveva un ammiratore.

«Ricordi quando ti mandavo un fiore appena colto, sul vassoio della colazione, ogni mattina, e tu lo intrecciavi nella tua acconciatura?», domanda la voce del ragazzo.

Ausonia non risponde, con gli occhi lucidi e lo sguardo fisso nel vuoto.

«So che piangi ogni notte fino a addormentarti, ti vedo», continua il ragazzo. «Mi manca accarezzare il tuo viso».

Maxim si volta a guardarla con aria canzonatoria. «C'è niente che volete dirmi, cara?»

«Come ha fatto?», chiede Ausonia, ignorandolo. «Come ha potuto Brandon cadere da cavallo? Era un cavaliere esperto».

«Non sono caduto», risponde lui. «Sono stato *spinto* giù dal cavallo».

«Da chi?». La voce di Ausonia trema, il suo viso è terreo.

«Dal guardiacaccia della vostra tenuta in campagna. Credo abbia avuto istruzioni precise».

«Mio padre», sussurra lei come ad autoconfermarsi un sospetto celato da tempo.

«La mia vita è stata breve, ma gli ultimi tre anni in tua compagnia sono stati i più belli che potessi avere».

Ora è chiaro come mai Ausonia, nonostante la famiglia di alto lignaggio e la dote generosa, abbia passato tre stagioni mondane senza arrivare a un fidanzamento: aveva una storia d'amore segreta con lo scudiero e, quando il padre li ha scoperti, ha fatto sì che Brandon non fosse più un ostacolo per un buon matrimonio. E da allora, Ausonia, con il cuore sterile e inaridito, ha messo il fidanzamento con un uomo titolato davanti a tutto.

«Come sta lui? Cosa fa? Mi può vedere? Se gli parlassi potrebbe sentirmi?», domanda Ausonia ansiosa.

«È andato via», le risponde Sybilla, di nuovo con la sua voce. Come sapesse questa storia non ne abbiamo idea, ma di certo sarà una vicenda ben nota ai domestici di casa Osbourne e le voci corrono veloci. La medium ora guarda Reed con un sorrisetto a metà. «Che mi dici di tuo padre? Il defunto duca di Wyndham, intendo». Perché specificarlo? Lei non sa che Reed è il bastardo del re. Credo.

«Che l'ho ucciso io», risponde lui impassibile.

«E ne vai fiero?», domanda Sybilla con una voce baritonale e roca che fa strabuzzare gli occhi a Reed. Non se lo aspettava, non lo avevamo programmato.

«Non ne vado fiero, non avevo intenzione di ucciderti allora, ma se tu fossi ancora vivo ti ucciderei ora che so la verità».

«Dunque non sei pentito», è la risposta seguita da una risata grassa.

«Spero che tu stia bruciando all'inferno, figlio di puttana», ringhia Reed.

Sto per prendergli la mano per acquietarlo ma Sybilla mi fulmina. «Palmi sul tavolo». Poi mi rivolge uno strano sorriso gentile. «Rebecca».

La voce è ancora diversa. È quella di mio padre. Quello vero. Quello del futuro.

73

«Papà», boccheggio senza fiato.

«Sei sopravvissuta all'incidente, tuttavia ancora sopravvivi invece di vivere davvero», è la frase che mi rivolge, in quel suo tono di morbido rimprovero. «Sei un fantasma nella tua stessa vita».

«Mi sento sola e senza scopo e l'incertezza mi spaventa», confesso.

«Smettila di nasconderti in quello che credi di sapere perché lo hai studiato, pensando di avere il controllo sul futuro. Nessuno è fatto per vivere nel passato. Proiettarsi in avanti è il naturale slancio dell'umanità».

«Mi avete lasciata troppo presto. Non ero pronta».

«Non avremmo voluto, ma guardarti ogni giorno chiudere la porta in faccia all'avvenire ci fa più male che l'impatto con quell'auto».

La parola "auto" non esiste nel 1816. Possibile che Sybilla possa davvero essere una medium?

«Dentro di te hai tutte le risorse necessarie per affrontare l'incerto. E più coraggio di quanto tu creda». Sybilla apre gli occhi, piegando il collo a destra e a sinistra. «Le energie mi stanno abbandonando, quest'ultima connessione è stata molto difficile, veniva da lontano, ma non abbiamo ancora finito. C'è un'anima che ha subìto un grosso tradimento, un'anima che chiede giustizia...». Sybilla comincia a scuotersi con tremiti simili a una convulsione.

«La signora non si sente bene?», domanda preoccupato il duca di Wellington.

«Sono imprigionata!», esclama Sybilla con una voce dolce ma grintosa di una ragazza giovane.

«La mia Emily!», salta su Mr Fraser con trasporto. «La mia bambina!».

Maxim, Jemima e Leonie si guardano allarmati.

«Sono bloccata tra questo mondo e l'altro, perché chi si è preso la mia vita è una persona in cui io avevo riposto fiducia, con cui ho diviso il tetto e verso cui ho rivolto il mio affetto per lungo tempo. E non solo! Questa persona, non paga di avermi uccisa, ha anche screditato il mio onore facendomi passare per adultera, e spingendo alla forca un innocente».

Ok, questo è il nostro copione, siamo tornati in traccia.

«Tu». Lo sguardo del maggiore Fraser si sposta su Maxim. «Avido bellimbusto che non aspetti nemmeno che il corpo di mia figlia si sia raffreddato pur di correre a impalmare un'altra giovane!».

«Io non ho fatto niente, non ho torto un capello a Emily», si difende Maxim.

«Oh, ma vaffan…!», sbotto io, guadagnandomi un calcetto sotto il tavolo da parte di Reed.

«Sei un lurido assassino!», lo accusa il maggiore.

«Non sono stato io. È stata lei», sbraita Maxim additando Leonie.

«Come osi?!», esclama lei con tono oltraggiato.

Il tavolo comincia a tremare sotto lo sguardo spaventato dei partecipanti.

Una cosa che non possono sapere è che questo effetto speciale è opera di Sun-Yi, che è nascosta nella base cava del tavolo e, da sotto, fa traballare il piano con le mani come se tutto l'Oltretomba si stesse rivoltando.

«Bugiardo!», tuona Fraser, fuori di sé.

«Credete che fossi tanto pazzo da volere mia moglie morta e perdere così la dote?», insiste Maxim. «È stata Leonie ad assassinarla».

«Leonie?!». Ora Fraser guarda la moglie. «Perché? Emily era la tua seconda figlia».

Jemima, sconvolta, la guarda sbattendo le palpebre con l'aria di chi non ne sapeva nulla. «Madre? Avete ucciso Emily?!».

«Non fare la finta dispiaciuta, ora, Jemima! Perché credi che l'abbia tolta di mezzo? Perché lui ti potesse sposare prima che nascesse il bambino!», ribatte Leonie indicando Maxim.

A questo punto è Ausonia a guardare lui con un'occhiata d'acciaio. «C'è niente che volete dirmi, caro?».

Maxim alza le mani come a parare colpi invisibili. «Io non c'entro niente, Ausonia, davvero. Sono solo fantasie di due pazze allucinate».

«Pazze allucinate?». Jemima lo fissa, delusa e furente. «Ero forse pazza ogni volta che ho ceduto alle tue avance e m'invitavi nel tuo letto?».

La lite si consuma sotto lo sguardo basito di tutti.

Qualunque alleanza o accordo segreto ci fosse tra loro si è dissolto.

«Lei è venuta da me per obbligarmi a sposare Jemima, quando ha scoperto che era incinta», dice Maxim riferendosi a Leonie. «E quando le ho detto che non potevo rinunciare a Emily, ha deciso di sbarazzarsene da sola».

«Oh, ma certo, come se tu fossi estraneo a tutto! È stata *tua* l'idea di fingere che Emily fosse fuggita con un altro per non dover restituire la dote», lo accusa Leonie confermando i nostri sospetti.

«Quindi, brutto verme, volevi la disponibilità di una e la dote dell'altra?», domanda il maggiore Fraser a Maxim, che non sa più che dire. «Me la restituirai tutta, quant'è vero Iddio, fino all'ultimo centesimo».

«Non può», s'inserisce di nuovo Emily tramite Sybilla. «Non ce l'ha più la mia dote. E quando ha finito i soldi mi ha fatto vendere anche la tenuta nel Somerset e tutti i gioielli di mia madre».

«Per farci cosa, farabutto?», insiste Fraser.

«Spese impreviste», abbozza Maxim.

«Ecco perché vuoi sposare me!», interviene Ausonia acida. «Perché non hai un penny! E magari, tra un anno, mi farai fuori come Emily e vivrai con la tua concubina. Te lo puoi scordare».

Leonie sta per aprire di nuovo bocca ma dal salone principale ci giunge un crescente brusio.

Il mormorare sordo si gonfia in un vociare poderoso che trapassa perfino le porte della stanza.

Il «Chronicle» è arrivato come da programma ed è stato letto.

«Non starò qui a farmi processare da voi durante questa ridicola pagliacciata», salta su Maxim facendo ribaltare la sua sedia all'indietro. «E non intendo prendermi colpe per un assassinio che non ho commesso».

Spalanca le porte della stanza e, fuori, tutti i presenti nel salone spostano gli occhi dalle loro copie del giornale a lui.

«Che avete da guardare?», sbraita furibondo.

«Vi dovete essere perso l'edizione straordinaria del "Chronicle" arrivata mentre eravate impegnato nella seduta», risponde il Reggente in tono tagliente. «Qualcuno sarebbe così cortese da favorirgliene una?».

È mio cugino Archie a schiaffargli in mano il giornale il cui paginone titola *La mummia di Oxford Street e il complotto per liberare Napoleone: la storia vera raccontata dalla Sfinge*. A Maxim quasi cade la mandibola a terra.

Sono dodici pagine fitte del mio racconto, delle copie delle lettere di Emily accompagnate dalle rispettive codifiche e dei progetti trafugati dall'Ammiragliato.

«Non c'è bisogno che vi dica che siete in arresto per alto tradimento, Lord Maxim Duville. Anzi, Maxim Duville e basta, i vostri titoli e privilegi sono da questo momento revocati e le mie guardie stanno arrivando per condurvi alla torre», comunica il Reggente lanciandosi in bocca un acino d'uva con fare annoiato. «A proposito, l'apriamo o no questa bottiglia alla salute di Napoleone? Che possa vivere a lungo sull'isola di Sant'Elena».

Maxim però non ci sta e scatta in avanti puntando all'uscita.

Perché la serata fosse al di sopra di ogni sospetto, il piano non è stato condiviso con le guardie della Corona che, se si fossero appostate a ogni ingresso, sarebbero state subito una sentinella d'allarme.

Reed si lancia al suo inseguimento, ma quello ha troppi metri di vantaggio e guadagna la fuga.

Finché non si accascia a terra, colpito da qualcosa dritto in un occhio. Io e Reed alziamo lo sguardo alla balconata del primo piano dove sta Azmahl, per capire se sia stato lui a colpirlo.

«Scusate», interviene zio Algernon brandendo la bottiglia di champagne schiumante. «Qualcuno ha visto dove è volato il tappo?».

Reed atterra Maxim sotto il suo peso, bloccandolo a faccia in giù contro il pavimento. «Corda!», ordina. «Datemi qualcosa per legarlo».

Qualcuno gli tende un tovagliolo, qualcuno la catena dell'orologio, ma è tutto o troppo corto o troppo fragile. «Qualcosa di lungo e resistente, perdio!», sbuffa spazientito mentre tiene giù Maxim.

«Ce l'ho io». Recupero la mia borsetta, prendo il rotolo del filo interdentale dal mio kit e glielo lancio.

Lui lo guarda, sorride tra sé e poi a me. «Lo sai che ti amo, vero?».

Wellington e Fraser trascinano al centro della sala anche Leonie, che si dimena inferocita. «In questa sede formalizzo l'accusa nei confronti di Mrs Leonie Fraser per l'assassinio di Emily Fraser», annuncia il duca.

«Accordato», annuisce il Reggente. «Dichiaro innocente e libero Benjamin Harlow, che sia scarcerato e siano cancellati tutti i carichi a lui attribuiti».

La guardia reale irrompe nel salone, prendendo in custodia tutti gli accusati nonché le prove originali del complotto, e lascia la sala nel più totale scompiglio.

«Lady Sefton», le si rivolge il Reggente, facendo roteare lo champagne nel calice. «Voi sì che sapete come dare una festa».

Lady Sefton mi guarda in un misto tra sollievo e rimprovero. «Facciamo del nostro meglio per essere sempre originali, Vostra Altezza».

«Bene, Lady Derby… o dovrei chiamarvi Lady Sfinge?»

«Lady Rebecca va benissimo, Vostra Altezza», rispondo.

«Lady Rebecca, credo di dovervi ringraziare ancora una volta», ridacchia il Reggente scrutandomi. «È un peccato che tra noi la differenza di età sia tanta e io sia già sposato, perché potrei ricompensarvi in maniera degna. Ma dato che non sono più disponibile – con mio profondo rammarico –, il minimo che posso fare è procurarvi uno sposo alla mia altezza».

«Non merito tanto onore».

«Lo decido io cosa uno merita o no», mi zittisce. «Sir Knox, potete di grazia ricomporre la vostra persona e inginocchiarvi dinanzi a me?», comanda il Reggente.

Reed si sistema il cravattino e si riabbottona la giacca, per eseguire l'ordine.

Il Reggente si alza in piedi e gli si avvicina. «In nome del potere di cui Dio mi ha investito, per i servigi da voi prestati al glorioso regno d'Inghilterra preservandolo nella sua integrità, vi nomino duca di Kendal».

Tutti i presenti restano a bocca aperta, riempiendo l'aria di «Ahhh» e «Ohhh» stupiti.

Il principe Leopold – il neosposo della figlia del Reggente, non il cavallo del Derby di Epsom – avrebbe dovuto essere nominato duca di Kendal alle loro nozze, fatto poi non avvenuto.

Se qualcuno nutriva il minimo dubbio che Reed fosse figlio illegittimo del Reggente, questa investitura ne è la tacita conferma.

E scavalca ogni tipo di preclusione a un nostro matrimonio o fidanzamento lungo.

«Nulla di ciò che ho fatto sarebbe stato possibile senza l'aiuto di Lady Rebecca», risponde Reed, sempre a capo chino.

«Giusto. Lady Rebecca», mi chiama il Reggente. «Inchinatevi».

Io?! E io che c'entro, ora?

La mia esitazione allarma subito la zia e Lady Sefton, che con lo sguardo mi ordinano di fare come dice.

«Per il vostro valore e la vostra perseveranza, nonché un raffinato intuito, nomino voi, Rebecca Sheridan, contessa de Grey, *suo jure*, per voi e i vostri eredi».

Anche quel *suo jure* anima il chiacchiericcio della sala. Significa che io sono proprietaria del titolo, indipendentemente da matrimonio o legame di sangue, e che lo trasmetterò ai miei eredi.

«Sono onorata», replico profondendomi ancora di più nella mia riverenza.

«Bene», decreta il Reggente. «Credo sia giunto il momento di ballare. Lascerei al duca di Kendal e alla contessa de Grey l'onore di aprire le danze».

Con la cattura di Maxim, il suffragio del Reggente e i nostri nuovi titoli, io e Reed siamo passati dall'essere due mondi a parte che non avrebbero dovuto incrociarsi neanche per errore a una *power couple* tipo gli Obama e i Beckham. O Rihanna e A$AP Rocky.

Se prima di stasera il nostro matrimonio sarebbe stato scandaloso, ora lo scandalo sarebbe se non ci sposassimo.

Nel tragitto in carrozza fino a casa, sfiniti dalla festa e dalle danze, l'unica che sembra essere del tutto sveglia è zia Calpurnia, che sta già organizzando le nozze.

«Stando così le cose, siamo addirittura in ritardo. Domani decidiamo la data e facciamo l'elenco degli invitati per far preparare le partecipazioni al calligrafo entro questa settimana», dice a zio Algernon che sonnecchia con le palpebre a mezz'asta. «E scriverò a Mrs Triaud perché venerdì ci riservi l'atelier tutto il giorno. Quando saprà che dovrà confezionare i nostri abiti per la cerimonia in meno di un mese le verrà un colpo».

«Un colpo verrà a me appena ci manderà il conto», ribatte Archie.

Quando rientriamo a casa, però, io mi fermo sulla soglia.

«Che fai, non entri?», mi domanda mio cugino.

«Vado da Reed», rispondo.

Lui alza gli occhi al cielo. «Proprio non riuscite a contenervi?», sibila tra i denti. «Sarete sposati per la fine dell'estate, avrete tutto il tempo per… conferire».

«Non ti sto chiedendo il permesso, Archie, ti sto informando. Andrò da lui comunque, con il tuo consenso o meno».

«So che tu con il mio consenso ti ci pulisci le scarpe, non farò nemmeno la fatica di oppormi». Mi prende la mano, scuotendo il capo con fare arreso. «Sono felice che tu possa avere quello che desideri, e per quanto mi riguarda voglio scegliere la felicità anche per me. Non mi sposerò, non mi presterò a una sceneggiata di facciata per mantenere le apparenze, pur di produrre un erede. Al mio titolo accadrà ciò che accadrà. Mi sono reso conto che ciò che pretendevo da te non lo avrei voluto nemmeno per me stesso».

«Mi dispiace per Bennet, avrei voluto che le cose potessero andare altrimenti».

«Nel mio cuore è e sarà sempre vivo». Archie mi abbraccia forte. «Vai da Reed, ora. Dirò a mia madre di non disturbarti perché la serata ti ha molto provata».

74

«Contessa», mi saluta Reed, appena mi vede nell'ingresso di casa sua.

«Duca».

«Il fatto che tu sia riuscita a eludere la sorveglianza di tua zia ti rende la cattiva della situazione», gongola sciogliendosi la cravatta dal collo. «Dovrei essere io ad attentare alla tua rispettabile castità prematrimoniale. Forse, dati gli ultimi sviluppi, farò appello a quel briciolo di lealtà che devo alla tua famiglia e ti riconsegnerò alle sue cure».

«Tienimi con te stanotte, Reed», ribatto, spogliandomi e lasciando cadere l'abito a terra. «Tutta la notte».

«Oppure… Al diavolo la rispettabile castità prematrimoniale». Mi prende in braccio e mi porta su per le scale fino alla sua stanza.

«È così facile convincerti», sorrido.

«*A te* riesce facile convincermi».

Questi giorni di barriere sociali forzate sono stati peggio del vento sulle braci e, appena ci sfioriamo, l'incendio divampa.

Le mani sono veloci a liberarci dei vestiti che restano, e le bocche si appropriano di ogni centimetro di pelle che riescono a raggiungere.

«Vorrei che esistesse un modo per smettere di desiderarti con questa ossessività. Sei diventata il mio punto debole». Mi prende la mano e se la porta al petto. «Ti lascerei farmi di tutto, anche del male».

«Per fortuna che non avevi un cuore».

«Infatti non ce l'ho, non più». Il suo bacio è leggero ma intenso. «Il mio lo hai tu, ora».

«Reed», sussurro. «C'è una cosa che devo dirti».

«Perché sento che non mi piacerà?»

«Domattina tornerò a casa».

«Come ogni mattina». Lui aggrotta la fronte. «Cosa c'è di diverso?».

Prendo un respiro profondo sperando che l'ossigeno mi dia il coraggio che mi serve. «A casa, nel futuro».

75

Aspetto una reazione di Reed che però non arriva. Mi fissa chiudendomi il viso tra i palmi. «Lo sapevo. Te l'ho letto negli occhi quando sei arrivata». Poggia la sua fronte alla mia, emettendo un pesante sospiro. «Ma speravo che non arrivassi a dirlo».

«È un retropensiero che ha cominciato a formarsi quando, dopo la notte che abbiamo passato alla locanda e ti ho detto che avrei scelto te, mi hai risposto che, dato che nella mia vita futura non avevo niente a cui rinunciare, ci vuole poco a essere meglio di niente. E stasera ho capito che restare nel 1816 significherebbe ancora una volta nascondersi, rassicurata da un passato che conosco, che ho studiato, e che tutto sommato non riserva imprevisti. Nel futuro non ho niente, è vero, e forse la cosa più coraggiosa che posso fare è provare a trasformare quel niente in un qualcosa, anche a costo di non riuscirci».

«Mi sono autosabotato con le mie stesse parole. Anche io, come te, parlo troppo». A Reed sfugge una risata sommessa, dal retrogusto amaro. «Non posso darti torto su nulla. Voglio che tu mi scelga perché mi vuoi, non perché sei sola».

«Non provi neanche a convincermi di non farlo?», gli chiedo con gli occhi che mi si appannano. «Sono venuta qui per sentirti dire: "Ti prego, resta"».

«Ricordi cosa ti ho detto una volta? Che rispetto la tua volontà. Dove inizia la tua, si ferma la mia. Non per questo ti amo di meno; anzi, accetto di perderti, se è per il tuo bene».

Deglutisco a forza, con la gola strozzata. «Contavo su di te perché mi facessi cambiare idea. Mi hai delusa. È la prima volta che mi deludi».

Lui mi scosta i capelli dal viso e raccoglie una lacrima dal mio viso con un dito. «Hai duecento anni per perdonarmi».

«Non so se basteranno a perdonarti, ma di sicuro non a dimenticarti».

«Allora facciamo in modo che questa notte tu non possa scordarla mai».

La prima volta che abbiamo fatto l'amore credevo mi avrebbe fatto male, non potevo immaginare quanto me ne avrebbe fatto l'ultima.

Non avevo idea che esistesse una linea tanto sottile tra piacere e dolore, ma la valichiamo a ogni bacio, ogni respiro, ogni carezza, ogni affondo.

I secondi durano ore, e le ore giorni, per tutto il tempo che lui è dentro di me.

I nostri corpi si dicono addio nella loro lingua, muti ma più efficaci di ogni parola.

Reed mi porta vicina all'estasi ma poi io mi tiro indietro, poi di nuovo su e ancora giù, siamo un'onda che non raggiunge mai la riva. Anche lui ci va vicino ma poi si trattiene, entrambi disperatamente appesi a quella privazione. Nessuno dei due vuole che questo finisca e rimandiamo il più possibile.

Anche se ci stiamo lasciando, non ci stiamo lasciando davvero.

Tra noi c'è un filo che si tende e, quando l'orgasmo arriva inevitabile per tutti e due, si spezza.

«Ti amo», bisbiglio con il viso nascosto nell'incavo della sua spalla.

«Ti amo».

Ogni tanto lanciamo uno sguardo alla finestra, per cogliere ogni minimo cambiamento del colore del cielo. Finché è buio, siamo al sicuro.

Le nostre mani giocano pigre, con le dita intrecciate, rifiutando di separarsi.

«Ne voglio uno anche io», dico toccando il tatuaggio con il nodo che Reed ha all'anulare. «Sarà la mia fede».

«Non preferisci un diamante?»

«Non serve agli altri per essere guardato. Serve a me per continuare a sentirti». Lo bacio. Approfitto di ogni istante a disposizione per baciarlo e imprimermi nella memoria il sapore e il calore delle sue labbra.

«A Sun-Yi non farà piacere essere svegliata».

Se è così, quando Reed la chiama, Sun-Yi non lo dà a vedere.

Prende una scatolina di legno lucido al cui interno ci sono una serie di pennelli dalle punte sottili come spilli, delle boccette e un anello con un piattino concavo.

«Mano», mi ordina. Si infila l'anello, versa l'inchiostro nella conca e v'intinge il pennello. «Ora ferma».

Fa male. Io non ho mai fatto tatuaggi, non so se la tecnica del futuro sia dolorosa quanto questa, o se è la posizione, ma fa un male del diavolo.

Sono seduta sulle ginocchia di Reed, stretta a lui, con la mano libera che stritola la sua. «Scommetto che ti sei già pentita», ridacchia lui.

«Mi sarei pentita di più se non l'avessi fatto».

Sun-Yi è rapida e precisa, infigge l'inchiostro sotto la mia pelle senza quasi sbattere le palpebre e punto dopo punto il nodo intorno al mio anulare prende forma.

Quando è finito, lo fascia con una benda di seta e Reed lo bacia.

Il cielo comincia a schiarirsi.

«È quasi ora», dico.

«Come funziona?», mi domanda lui.

«Gwenda mi aspetta da Hatchards».

«Posso accompagnarti?»

«Mi renderai le cose più difficili, però forse è meglio che tu venga a darmi una spinta».

«Allora, andiamo».

Giovedì 20 giugno

1816

76

Sono quasi le cinque, Londra si sta svegliando.

Per strada cominciano già a muoversi silenziosi tutti i lavoratori operosi che devono far ripartire la città.

«Hai tutto quello che ti serve?», mi domanda Reed quando ci troviamo davanti alla libreria.

Alzo la borsetta che stringo per i lacci. «Ho tutto quello con cui sono arrivata». Meno le Converse.

La porta del negozio si socchiude e intravedo il viso di Gwenda. «Eccoti, non pensavo ti presentassi più. Entra, hai ancora dieci minuti».

Il negozio è vuoto e silenzioso, a differenza di quando sono caduta nel 1816.

Mi sembra passata una vita da allora.

Al posto dello scaffale c'è di nuovo la porta.

«Questo è…». Vorrei presentarle Reed ma mi blocco. Ho paura che se cominciassi a parlare di lui potrei cambiare idea.

«È il motivo per cui non volevi più tornare, immagino», conclude lei scrutandolo dietro i suoi occhiali. «Un bel motivo, non c'è che dire».

«Sto compiendo questa scelta con un grosso peso. Non è solo una banale infatuazione», le spiego. «Lo amo».

Gwenda mi guarda con compassione. «Ah, cara, l'amore è una cosa meravigliosa ma anche la penicillina ha il suo fascino». Lei guarda l'orologio che pende dalla sua cintola. «Tieni a mente che il ritorno al futuro potrebbe essere molto più traumatico per via della deformazione degli eventi».

«Deformazione degli eventi?»
«Qualcosa del futuro potrebbe essere cambiato», spiega lei con fare sbrigativo. «Cinque minuti».
«Inderogabili, vero?». Patetico tentativo di scherzare il mio.
«Volete che vi lasci soli?», ci chiede.
«Per me potete restare», accorda Reed.
Muoviamo un paio di passi verso la porta, con i piedi pesanti. Le mie scarpette sono appena diventate di marmo.
Lo guardo come se non lo avessi mai visto prima, cercando di imprimere a fuoco il suo volto nella mia memoria visiva. «È davvero un addio, allora?»
«Io ti amerò sempre, Rebecca. Non importa quanto lontana nello spazio o nel tempo sarai; il mio amore arriverà fin lì».
«Ricordati di non dimenticarmi».
«Due minuti», interviene Gwenda, spalancando l'uscio alle mie spalle.
Accolgo le labbra di Reed sulle mie, che tacitano un singhiozzo. È il nostro ultimo bacio. L'ultimo davvero.
Poi non potrò più stringerlo.
Non sentirò più la sua voce.
Non sentirò più il suo profumo.
«Addio, Rebecca», sussurra con la bocca ancora premuta sulla mia. Il mio viso è bagnato ma non so più se sono le mie lacrime o le sue.
Gwenda mi picchietta sulla spalla. «Non c'è più tempo».
Arretro verso la porta, guardando Reed dall'altro lato della soglia. Lo vedo sfilarsi dalla tasca dei pantaloni un sottile pezzo di stoffa bianca. È il mio guanto, quello che ho perso alla festa in maschera e lui ha raccolto. «Lo terrò sempre con me».
«Vai, Rebecca. Su», m'incalza lei.
«Tu non vieni, Gwenda?», le chiedo.
«Non ho poi così tanti anni davanti a me, per tutti sono solo una vecchia eccentrica. Le mie conoscenze sono più utili qui. Vai, ora».
Non so come trovo il coraggio di voltare le spalle a Reed. Procedo a piccoli passi nel buio, con l'unica indicazione di camminare dritto avanti a me.

Lo sto facendo davvero.

L'impressione è la stessa di quando sono arrivata: spazio stretto, cunicolare e claustrofobico, solo che a ogni passo il cuore si fa più pesante.

In più istanti mi fermo pensando di tornare indietro, ma è come se fossi legata a una corda invisibile che mi trascina in avanti.

E poi una voragine di luce mi risucchia sopraffacendo tutte le mie forze.

Ritorno al presente

77

«Rebecca? Rebecca, mi senti?».

Una voce mi chiama ma non capisco di chi si tratti, non la riconosco.

«Rebecca, stai bene?».

78

Aprire gli occhi mi costa uno sforzo immenso: mi sento come se avessi preso una mazzata in testa.

Sto peggio che dopo la sbornia che May mi ha fatto prendere per il mio ultimo compleanno.

La prima cosa che noto è che non sono né da Hatchards né al British Museum: sono sdraiata su un letto di una comodità ai limiti del sogno erotico da quanto è morbido, accogliente ed ergonomico.

Per non parlare delle lenzuola di seta, la temperatura della stanza è perfetta… e che stanza!

Ma è un Monet quello appeso alla parete? Impossibile, dev'essere una copia.

Un momento! Ma se quello è un Monet – o una replica – dato che l'artista è nato nel 1840, allora io non sono più nel 1816.

Il passaggio ha funzionato. Forse questa sensazione di sconvolgimento è dovuta al ritorno al presente.

Resto sdraiata ad ascoltare il silenzio, sistemando tutti i miei cassetti emotivi: il sollievo che si mischia alla tristezza; dolore e serenità accartocciati.

Mi tocco l'anulare sinistro, avvolto nella fasciatura fatta da Sun-Yi. La sfilo e sotto, con la pelle ancora arrossata, c'è il tatuaggio del nodo.

D'istinto me lo porto alle labbra e lo bacio.

Potrei restare qui immobile due giorni mentre rivivo a memoria ogni momento della mia vita nel 1816, ma non credo di poterlo fare dato che mi trovo in una casa palesemente non mia.

Almeno sono sola e, in cuor mio, spero di non aver commesso nulla di illegale entrando qui.

La prima cosa sensata che posso fare è togliere il disturbo senza dare nell'occhio.

Sul comodino alla mia destra ci sono la mia pochette e il mio cellulare attaccato al caricabatterie.

C'è campo e la rete prende al massimo.

«Domenica *dodici maggio*?!», esclamo guardando il datario sullo schermo.

Sono rimasta nel 1816 per poco più di un mese, ma nel presente non sono trascorse neanche ventiquattro ore dato che sono le dieci e un quarto... «La biblioteca!», mi ricordo. «Sono in ritardo per il turno!».

Salto giù dal letto, calpestando a piedi nudi un delicato parquet, in cerca dei miei vestiti che però non trovo.

Qualcuno mi ha messo un pigiama palazzo in seta di La Perla che costa più del mio affitto. Lo ripiego con cura e lo appoggio sul cuscino.

Magari il mio abito regency è nella cabina armadio. Forse questa è l'unica volta in cui le parole "cabina armadio" sfioreranno i miei pensieri.

Non vi trovo nulla a parte abiti griffati e costosi, molti dei quali hanno ancora il cartellino di Harrods attaccato, così prendo in prestito una tuta da yoga che restituirò una volta lavata.

Chiunque mi abbia ospitata con tanta accoglienza al punto da darmi un pigiama e mettermi a letto non se ne avrà a male.

Prima di uscire scrivo un biglietto di ringraziamento con la carta e la penna appoggiati sulla consolle.

Scendo in ascensore ed esco in strada, dove il portiere dell'edificio mi saluta con un cenno del capo. Il fatto che non abbia chiamato la polizia mi rassicura.

Ancora stordita dal ritorno dal 1816, impiego un po' a geolocalizzarmi, così attivo Google Maps per scoprire che sono proprio in Charles Street, dove abitavo con mio cugino Archie, zia Calpurnia e zio Algernon.

Il destino sa usare una crudele ironia.
Attraverso Mayfair a piedi, per prendere la metro di Green Park e raggiungere Bloomsbury, con il cuore che mi fa un tuffo nel petto ogni volta che riconosco un edificio in cui sono stata per qualche ricevimento o in visita.
Le case di Lady Sefton, di Ausonia, di Celeste…
Per fortuna ho poco tempo per soffermarmi sui miei pensieri, poiché nel giro di dieci minuti raggiungo la biblioteca.
«Eccomi», irrompo nell'edificio trafelata, schivando gli studenti domenicali. Raggiungo la mia postazione ma dall'altro lato del bancone trovo May. «Scusa, sono in ritardo, ma la sveglia non ha suonato». Probabilmente è stata chiamata quando hanno visto che non arrivavo… sarà furibonda. «Comunque ci sono. Se vuoi puoi andare, spiegherò io il disguido alla direzione».
May però mi guarda sbattendo le palpebre, con la bocca spalancata. «Andare dove? Spiegare cosa?»
«Avevamo fatto cambio turno, io sarei venuta oggi, mentre tu ieri hai fatto il pomeriggio al posto mio», le rammento.
«Turno?». May sbatte le palpebre, perplessa. «Questo *è* il mio turno. E non vedo perché dovrei chiedere a una persona che non lavora qui di fare cambio».
May ieri notte deve aver fatto una bisboccia pesante. «Io lavoro qui, May». Prendo il portafoglio. «Guarda, ho qui il ba…».
Dov'è il mio badge? Perché non è nel portafoglio con tutti gli altri documenti?
«Contessa», chiama una voce maschile. «Contessa de Grey».
Un braccio avvolto dalla manica di una giacca mi tende una valigetta portacomputer. «Contessa, ero pronto ad accompagnarla in auto come al solito, poi il portiere mi ha detto che è uscita a piedi, così ho pensato di allungarle il computer: lo ha lasciato sul sedile posteriore ieri mattina e pensavo le servisse».
Dal cappello che indossa, sembra un autista. Ma non capisco perché parli con me. «Prego?»
«Desidera che quando ha finito qui l'accompagni al consueto brunch al Claridge con le sue amiche, contessa?». Si rivolge a me con un piglio sicuro che è impossibile da contraddire.

«Io ho un appuntamento per il brunch? Al Claridge?», domando scettica.
«Come ogni domenica», afferma l'uomo con decisione.
«Con le mie *amiche*?».
Lui annuisce. «Jemma Parker, duchessa di Burlingham, e Cécile Loxley, marchesa di Hungeford. Come ogni domenica, per il brunch».
Le mie amiche sono una duchessa e una marchesa.
«Dev'esserci uno scambio d'identità o roba simile», lo fermo. «Io sono Rebecca Sheridan».
Ma lui non fa una piega. «Certo, lo so bene, contessa. Faccio da chauffeur per gli Sheridan da quindici anni. Mi permetta la confidenza di trovarla un po' confusa, stamattina. So che ieri sera non si è sentita bene alla rievocazione, forse necessita di un po' di riposo».
Un attimo! Possibile che la mia presenza nel 1816 abbia cambiato così tanto il presente? «Ehm… allora io non lavoro qui in biblioteca?», domando a May.
«No, non ci hai mai lavorato», conferma lei.
«Ma studio Egittologia, vero?»
«Certo».
Se fosse tutto vero ciò che dicono, questo ritorno al futuro potrebbe essere tanto scioccante quanto la mia caduta nel passato. Prendo dal portafoglio la patente e vedo che alla riga RESIDENZA è stampigliata la scritta CHARLES STREET, non la mia vecchia via in Bethnal Green. Stamattina mi sono svegliata nel mio letto. In casa *mia*.
«Credo che raggiungerò le mie amiche al Claridge. Mi accompagni, per favore, Anthony?». Un attimo: mi è venuto spontaneo chiamare l'autista per nome, senza che lui me lo abbia detto! Come faccio a saperlo?
«Subito, contessa».
Passo il tragitto in auto in uno stato di trance, impegnata a fare ordine tra il mio vecchio presente e quello nuovo.
Sono ancora contessa, porto il titolo conferitomi dal Reggente, abito in uno degli appartamenti extralusso ricavati dalla residenza di Archie, tutti quegli abiti griffati erano miei… Una flebile spe-

ranza si fa spazio nel mio cuore. «Anthony, perdona la domanda strana ma i miei genitori ci sono ancora o...?»

«Non c'è giorno che io non rimpianga la loro perdita. Lord e Lady Sheridan erano persone speciali».

Purtroppo, di tutte le cose che sono migliorate, questa è rimasta tristemente uguale.

Anthony mi apre la portiera davanti al Claridge e i miei piedi si dirigono in autonomia verso la caffetteria, come se avessero fatto questo percorso dozzine di volte.

Al mio ingresso, una ragazza dai folti capelli castani ravvivati da ciocche fucsia si sbraccia verso di me. «Rebecca, eccoci!».

Raggiungo il tavolo, dove è seduta un'altra ragazza dalla morbida chioma rossa, tutta vestita di nero.

«Ciao Jemma, Cécile», le saluto prendendo posto. Non potrei sapere chi è chi, eppure qualcosa in me riconosce subito qual è l'una e quale l'altra.

«Cécile e Harring hanno litigato», mi aggiorna subito Jemma. «Di nuovo».

«Perché Harring è un imbecille», aggiunge la rossa incrociando le braccia sul petto.

«Oppure tu sei una testarda che rifiuta il confronto», la punzecchia Jemma.

«Ma dobbiamo per forza parlare di me?», svia Cécile. «Rebecca, piuttosto, ti sei ripresa da ieri sera?»

«Sto cercando di mettere insieme i pezzi», rispondo, ed è la pura verità. «Cos'è successo?»

«Eravamo al *Regency Revival* tutte insieme e tu hai avuto un attacco di emicrania così potente che sei addirittura andata a rintanarti nel ripostiglio», mi spiega Jemma. «Ti ho trovata io: eri accasciata a terra e mi è quasi preso un colpo. Almeno eri cosciente, mi hai detto: "Voglio andare a casa", così ti abbiamo riaccompagnata, spogliata, messa a letto e ti ho fatto bere un rimedio naturale di mia madre per l'emicrania a base di...», Jemma gesticola in aria, «...vabbè, diciamo solo naturale».

«Grazie dell'assistenza». Ok, fin qui è quasi tutto chiaro. Più o meno.

Per il resto del brunch ascolto le mie nuove amiche, anche se a quanto pare ci frequentiamo da diverso tempo e siamo in grande confidenza. Mi piace la loro compagnia e spesso parlano di cose che scopro di conoscere già, come se le loro parole sbloccassero via via dei ricordi che non sapevo di avere.

Io, Jemma e Cécile ci salutiamo qualche ora più tardi con la promessa di vederci il pomeriggio successivo e io risalgo sulla Mercedes con Anthony che mi riporta in Charles Street.

Quando rientro a casa, grande ma vuota, passo in rassegna le stanze per cercare tracce della mia vita, come Pollicino con le sue briciole.

Mi sembra tutto estraneo finché, sul camino del soggiorno, trovo una foto incorniciata di me con i miei genitori. Questa foto era appesa al mio frigo quando stavo in Bethnal Green, con una calamita.

La mia vita ora è questa.

79

Ci metto un po' a raccogliere tutte le informazioni di cui ho bisogno per ricomporre il puzzle della mia vita.

Ho ereditato il titolo di contessa de Grey che, come deciso dal Principe Reggente, da quando è stato creato sarebbe passato ai figli maschi o femmine senza differenze.

Ho trovato un ritratto della Lady Rebecca Sheridan del 1816: mi somiglia un po', ma non sono io. Ha sposato un marchese, ha avuto due figlie e poi è morta dando alla luce la terza a ventinove anni. L'ultimogenita è la mia trisavola.

Il marchesato di Lennox si è estinto, segno che mio cugino non ha avuto eredi.

Oltre all'appartamento in Charles Street, possiedo anche diverse proprietà sparse nella campagna.

Giusto ieri ho avuto un incontro con il mio consulente finanziario per discutere di come diversificare il mio portafoglio di investimenti e valutare lo stato dei miei conti. Conti, plurale.

E sembra che mi conoscano in tutte le boutique di Bond Street.

A parte questo, sono ancora single.

Lo sono, ma non mi ci sento. Soprattutto, mi manca Reed. Ho cercato il suo nome nella rubrica del cellulare, ho chiesto a Jemma e Cécile se c'è o c'è stato un Reed nella mia vita, ma era solo una vana speranza.

Lui non è un ex, quelli che prima o poi capita di incrociare di nuovo per strada. Lui, in questa Londra del presente, non esiste.

Non faccio che domandarmi dove sia e cosa stia facendo, di

notte mi sembra di sentirlo entrare nel mio letto e abbracciarmi, come ha fatto tante volte.

La mattina però mi sveglio e sul cuscino non c'è una sua barchetta di carta.

Non c'è il suo profumo.

Dalla mia stanza ora non vedo più il suo studio. Casa sua oggi ospita degli uffici.

Mi rendo conto che non avrei mai potuto vivere nel 1816, ma lui è stata l'unica vera, grande rinuncia.

Così grande che quando penso a lui mi sento schiacciare il petto fino a non riuscire più a respirare.

Non si comprende mai il valore di un istante finché non diventa un ricordo di cui non si può più fare a meno.

E penso a lui di continuo considerando che, studi a parte, la mia vita di adesso mi lascia davvero tanto tempo libero.

Ho consegnato la tesi e il professor Sully ha detto che non sembra nemmeno scritta dalla stessa persona. Forse ha ragione, l'ha scritta un'altra Rebecca.

«Un complotto per liberare Napoleone con dei sottomarini?!», ha esclamato sbigottito. «Un delitto, una mummia… Come ha trovato tutte queste informazioni?»

«La mia è stata una ricerca… immersiva», ho glissato. «Sul campo».

Lui mi ha guardato stupito, con le sopracciglia alzate. «Sul campo? Lei? L'irremovibile, statica Sheridan?»

«Proprio io».

«È un bel lavoro». Ha annuito, colpito. «Sarei un ipocrita se non riconoscessi che è ben superiore a quello dei suoi colleghi».

«Grazie».

«Sa, Miss Sheridan, stavo pensando al prossimo anno accademico: il mio assistente si trasferirà in Olanda e mi sto guardando intorno per un suo degno sostituto. Tra qualche anno andrò in pensione e dovrò passare il testimone. Avrei pensato ad Allen, che dopo di lei ha i voti migliori del corso, tuttavia…». Mi ha studiato con aria interrogativa. «È questo che vorrei da un mio collaboratore, il quid *che c'è in queste pagine».*

«Mi sta chiedendo se sono disponibile?», ho azzardato.

«Il mio assistente dovrà viaggiare molto per affiancarmi nei lavori di ricerca, capisce?». Nel suo tono grave ho percepito rimprovero. «E lei, Sheridan, non ha mai fatto mistero di essere restia a spostarsi».

Guardo il nodo tatuato al mio anulare. «Viaggerò. Navigherò. Volerò».

«Anche in Paesi dove ci sono malattie infettive?», ha aggiunto.

«Anche dove non c'è acqua potabile», ho affermato con una decisione a me estranea.

«Molto bene, non mi deluda. Comincerà a settembre». Il professor Sully si è alzato e mi ha teso la mano. «Nel frattempo, approfondisca la figura di questo Reedlan Knox. Personaggio interessante».

«Lo era», ho risposto con una stretta allo stomaco. «Molto».

Reed. L'unica cosa di cui sono certa è che non troverò mai un uomo adatto a me, perché l'unico è rimasto nel 1816.

Non ci sono sue tracce nella storia d'Inghilterra e, quel che è peggio, non ho neanche una sua foto.

Ho solo il suo ricordo nella mia memoria e vivo nell'angoscia che sbiadisca.

Le lunghe passeggiate sono diventate il mio hobby, anche se c'è un sottile piacere masochistico nei miei itinerari: ripercorro in maniera sistematica tutti quei posti di Londra dove sono stata con lui, e cerco spasmodicamente tutti quegli elementi superstiti che possano legarci ancora, a distanza di oltre duecento anni.

Scopro che ai moli del museo navale di Portsmouth c'è una nave realizzata nei cantieri Porter nel 1816. Si chiama *Sfinge* e il viso della polena mi somiglia.

Il primo volo della mia vita è diretto a Gibilterra: vado alla *Paloma blanca*, immaginando di vedere Reed spuntare da dietro una colonna o di scorgerlo tra le fronde delle palme.

Il secondo decollo mi porta in Provenza, da cui torno con una scorta a vita di saponi alla menta e liquirizia.

Il terzo a Tangeri, dove Reed avrebbe voluto portarmi a mangiare gli *shebakia*.

Cercare Reed nel presente fa male ma è anche una necessità.

E viaggiare, da essere una paura, diventa una dipendenza. Cerco voli e alberghi in offerta – non riesco ancora a concepire concetti come “prima classe” o “cinque stelle” – e ogni fine settimana parto per qualche meta nuova, a volte da sola, altre trascinando con me Jemma o Cécile.

Una mattina mi alzo e, davanti allo specchio, decido che non voglio più guardarmi e vedere la Rebecca del 1816.

Prendo un paio di forbici e taglio i miei capelli, lunghi fino ai fianchi, in un caschetto.

Poi apro l’armadietto delle medicine e levo tutte quelle che non mi servono, quelle che “non si sa mai”, quelle per patologie di cui non soffro, via anche tutta la scorta di inalatori.

Quella era la Rebecca che si nascondeva.

Non voglio più essere un fantasma nella mia stessa vita.

80

L'anno accademico è partito alla grande e il professor Sully è meravigliato di tutte le iniziative che gli propongo.

Ieri sera sono tornata da un workshop di una settimana al museo del Cairo dove ho portato dieci studenti del secondo anno e sto già organizzando un altro giro per il rientro dalle feste natalizie.

«Vigilia a Denby Hall e Capodanno da me», dico a Jemma, al telefono, mentre siamo intente a organizzare i ritrovi delle vacanze. «Ci pensi tu a chiamare Allegra, Charlotte e Jerry? Io sto per entrare in biblioteca e non posso stare al cellulare».

Faccio i gradini dello scalone della Main Library a due a due, sbuffando nuvolette bianche nell'aria gelida di dicembre.

«Ecco qui i testi che avevo preso prima di partire», dico a May appoggiando una pila di libri sul bancone. «Grazie per avermi esteso il prestito di una settimana. Per farmi perdonare vado a risistemarli io sugli scaffali. Hai il carrello dei resi, così ti metto via anche gli altri che ti hanno consegnato?».

Io e May abbiamo questo tacito accordo, lei chiude un occhio sulle scadenze dei miei prestiti e io – dato che so farlo – le sistemo i volumi riconsegnati.

«No, ci penso io», replica May togliendo i libri dal ripiano. «C'è un tizio che è venuto chiedendo di te».

«Chi? Uno studente?»

«Non lo so, gli ho detto che eri in Egitto e che saresti tornata oggi, e lui si è ripresentato stamattina, puntuale, all'apertura delle porte. Dev'essere un altro giornalista che vuole intervistarti».

Non è la prima volta che accade, da quando la mia tesi sul complotto di Napoleone è stata pubblicata.

Sono diventata una specie di attrazione per alcuni media di cronaca di costume ed è capitato più volte che qualcuno volesse una foto per qualche articolo di pettegolezzi.

A rotazione vengo ribattezzata come "Lady Indiana Jones", "La contessa Lara Croft" o "La Nick Montecristo sui tacchi a spillo", anche se i tacchi li porto di rado.

Sono tutti convinti che io sia al lavoro su un altro avvincente mistero storico. Il dipartimento mi incoraggia a inventare qualcosa di suggestivo da buttare lì nelle interviste perché, si sa, comparire sui rotocalchi fa bene al marketing e tutto può attirare nuovi iscritti.

«Dove mi aspetta?», sospiro meditando quale aneddoto esotico raccontare stavolta.

«Di sopra, sulla terrazza», risponde May.

Faccio le scale anziché salire in ascensore, per prendere tempo. Che gli dico, a questo?

Il romanzo che ho in borsa mi dà l'idea: *L'ultima regina d'Egitto*, di Blake Avery, sulla ricerca della tomba perduta di Cleopatra. Vogliono Nick Montecristo? Nick Montecristo avranno.

Arrivo sulla terrazza e a parte l'uomo appoggiato al parapetto che mi dà le spalle non c'è nessuno, quindi deve essere lui.

Indossa una giacca di pelle nera e sembra che stia fissando un punto indefinito del paesaggio.

«Salve, sono Rebecca Sheridan», lo saluto avvicinandomi. «May mi ha detto che mi stava cercando, sono rientrata ieri sera dal Cairo e…».

Si volta e io resto spiazzata. Non è un giornalista.

«Mi ci vorrà un po' ad abituarmi a questo profilo dei tetti di Londra».

Quegli occhi.

Quella bocca.

Quel sorriso accennato.

Quella voce.

La *sua* voce.

«Reedlan», boccheggio con un filo di fiato.

81

Mi guarda con occhi scrutatori e io mi aggrappo a quell'unico pensiero: possibile?

Non è possibile. Forse è solo uno che gli somiglia. È *di certo* uno che gli somiglia.

Ho cercato Reed così a lungo che non mi stupirei se fosse uno scherzo della mia immaginazione.

Anche se quel lampo furbo nello sguardo è il suo; il sopracciglio increspato è il suo; le fossette sulle guance sono le sue.

No, mi sto ingannando.

Però i capelli, le mani… Al suo anulare c'è il mio stesso tatuaggio con il nodo.

Oddio. Il cuore mi pulsa nelle orecchie così forte che non sento altro.

Mi viene incontro, sovrastandomi con la sua altezza. Lo spostamento d'aria porta al mio naso la sua fragranza inconfondibile: liquirizia e menta.

Anche se abbigliato in jeans e giacca di pelle, non può essere che Reed.

Prende da una tasca una barchetta di carta e me la porge.

La dispiego con mani tremanti, quella scritta tra noi.

«Verso qualunque punto sull'orizzonte», leggo.

«Verso qualunque punto sull'orizzonte», ripete. «Ho fatto come ha detto l'indovina: ho seguito la luce».

«Sei… sei qui». L'incredulità m'impedisce di formulare frasi di senso compiuto.

«Trovo sempre un modo, ricordi? Nessun luogo è troppo lontano». Reedlan prende la mia mano e accarezza il mio tatuaggio. «Nessun tempo».

«Come hai fatto a rintracciarmi?»

«Quell'Internet di cui mi hai parlato è stato un aiuto molto valido. Mi è bastato fare quello che so fare meglio: navigare». Quanto mi è mancato il suo sorriso. «In questi dieci giorni ho imparato parecchie cose interessanti su questo futuro».

Mi sta toccando. È lui, è qui ed è reale.

«E non hai avuto paura?», gli chiedo.

«L'unica cosa di cui ho avuto paura è stato vivere un altro giorno nel 1816 senza di te, Rebecca».

«Quanto resterai?»

«Per quanto vorrai». Volerlo? Se mai non voglio più che torni indietro.

«E se non ci fosse limite?»

«Allora significa che ho fatto la scelta giusta». Reed mi stringe nella sua presa salda e io mi sento di nuovo a casa. «Sei l'epicentro del terremoto che ha scosso il mio mondo e abbattuto tutte le mie certezze fino alle fondamenta. Ne hai ricostruito uno nuovo e voglio viverci con te».

«Non vedo l'ora».

Le nostre labbra si incontrano di nuovo dopo mesi, per continuare a dirci quanto ci siamo mancati.

Ci fermiamo solo quando arriva un gruppo di studenti che sghignazza a qualche metro da noi con frasi tipo: «Prendetevi una stanza».

«C'è un posto dove possiamo andare, lontano da occhi indiscreti?», sussurra Reed sulla mia bocca.

«Non siamo più nel 1816, non è sconveniente baciarsi in pubblico, anche se non si è fidanzati».

«Punto primo: chi ha detto che non lo siamo? Punto secondo: non ho intenzione di fermarmi solo a un bacio. O posso spogliarti e farti sdraiare qui, senza che nessuno dica nulla?»

«Non siamo ancora arrivati a questo livello di disinibizione. Meglio se andiamo a casa mia».

«Non siete così moderni, dopotutto». Reed mi bacia di nuovo, impaziente. «Ti stanno bene i capelli corti».

«Mi sei mancato», sussurro sulle sue labbra. «Mi saresti mancato per tutta la vita».

«Solo io?»

«Tu più di tutti. Sono tornata al futuro tutta intera solo per accorgermi che il mio cuore era rimasto nel 1816», mugugno stretta al suo petto, nella paura che possa svanire da un momento all'altro.

Reed mi solleva il mento perché lo guardi negli occhi. «C'è una cosa che devo dirti».

«È una cosa brutta? Non voglio sentire cose brutte».

«Non sono venuto qui da solo. Ho portato compagnia», ammette.

«Compagnia? Chi?»

«Vieni con me». Mi prende per mano e lo seguo giù dalle scale fino fuori dalla biblioteca dove, accostata al marciapiede, c'è un'auto dai finestrini oscurati.

Reed bussa al finestrino posteriore, la portiera dell'auto si apre e ne esce…

«Archie!», esclamo sorpresa gettandogli le braccia al collo.

«Rebecca, guarda questo marchingegno: è geniale!», commenta sventolando uno smartphone in aria. «Se premo questo tasto… Ehi, Siri, che tempo fa a Parigi?».

L'applicazione gli risponde che nella capitale francese il cielo è sereno e ci sono sei gradi. «Straordinario!», urla mio cugino.

Dopo di lui, scendono zia Calpurnia e zio Algernon.

«Hai portato qui tutta la mia famiglia», dico rivolta a Reed, commossa.

«Credo che Mrs Fanning in fondo lo sapesse che avrei avuto bisogno di lei», spiega Reed.

«E li hai convinti tutti…».

«Archie e Calpurnia hanno avuto qualche dubbio, ma il vero osso duro è stato tuo zio, ha brontolato tutto il tempo», racconta Reed. «Si è dato pace solo dopo aver scoperto le alette di pollo fritte di…». Cerca la parola, schioccando le dita in aria.

«KFC», lo aiuta mio cugino.

«Deliziose con quella salsa barbecue», aggiunge lo zio. «Mi si è giusto aperto lo stomaco, ne mangerei una mezza dozzina come seconda colazione».

«Ci penso io», annuncia Archie già con il dito sulla app del delivery.

«No, zio! Tu prendi un'insalata e domani andiamo a fare le analisi del sangue», intervengo risoluta. «E un check-up completo».

Zio Algernon incrocia le braccia sul suo pancione. «Non so di cosa tu stia parlando, ma non ne ho di certo bisogno».

«Lo convincerò», interviene Archie.

«Grazie», dico a Reed con la voce rotta dall'emozione. «E Lucy? Penny? Azmahl e Sun-Yi?», chiedo curiosa e anche un po' in ansia.

«Lucy e Penny sono con mia madre a Wyndham Hall; ora che Ausonia e mio fratello sono sposati può smettere i panni della duchessa vedova e dedicarsi alla sua fattoria. Sun-Yi ha seguito Azmahl a Gibilterra. Gli ho ceduto *La paloma blanca*», mi spiega. «Dove vive con Lady Celeste».

«Celeste ha lasciato Lord Manderley ed è fuggita con Azmahl?!». Non la facevo così tanto avventurosa. Sono contenta per lei, anche se mi sarebbe piaciuto rivederla.

La suoneria del suo cellulare interrompe il nostro momento, ma lui guarda lo schermo e lo rimette via, ignorandolo.

«C'era scritto UFFICIO o sbaglio?», domando curiosa. «Tu hai un ufficio? Che ufficio?»

«Questi dell'MI6 chiamano in continuazione».

MI6?! I servizi segreti! Be', in effetti ha senso… è coerente con ciò che Reed faceva nel 1816.

«Forse dovresti rispondere», suggerisco. «Potrebbe essere urgente».

«Oggi no; l'unica cosa urgente siamo noi due».

Ci baciamo di nuovo, incapaci di resistere più di due secondi senza sfiorarci, con la zia che borbotta in sottofondo: «Che malcostume!».

Mi stiracchio sul suo letto, ancora incredula di avere Reed con me qui.

Abita a pochi passi dal mio appartamento, in un edificio costruito di recente e dotato delle tecnologie più avanguardistiche... anche se per ora ho visto solo la camera da letto.

Ho la testa piena di domande e, anche se le nostre intenzioni erano ben altre, ho scoperto che zia Calpurnia nel presente è ancora una leonessa della beneficenza, zio Algernon gestisce oculatamente le finanze di famiglia, e Archie ha mantenuto la sua vocazione per il progresso e realizza app. Non ho potuto chiedergli altro perché Reed non aveva voglia di conversare e, a essere sincera, nemmeno io.

Eccolo che torna dalla cucina, ancora nudo, con le braccia cariche di cibo.

«Avevo proposto uno spuntino, quelle sono le scorte per una settimana», gli faccio notare mettendomi a sedere tra le lenzuola sfatte.

«Infatti il piano è questo: non spostarci di qui per *almeno* una settimana».

«E hai svaligiato una farmacia», commento accennando al cassetto del comodino traboccante di preservativi. «Ultrasottili, stimolanti, alla frutta...», elenco sbirciando le confezioni colorate, ammonticchiate una sull'altra.

Lui mi scocca un sorriso colpevole. «Ho voluto essere previdente».

«E questo?», dico prendendo un telecomando elettronico di un'automobile buttato tra le scatole. «Hai una Porsche?».

Lui mi guarda confuso. «Una che?»

«Una Porsche: è un'auto sportiva», gli spiego. «Questo è il telecomando che serve ad aprirla e metterla in moto».

«Ah, sì!». Lui s'illumina, come se avesse collegato le informazioni. «Dev'essere quella che c'è giù nella rimessa. Ecco perché non riuscivo ad aprirla».

«Quindi non l'hai mai guidata?», domando rotolandomi su di lui.

«Mi piacerebbe ma non so come si fa», confessa. «Ho una patente come la tua ma non credo sarebbe saggio mettermi in strada, ancora. Dovrei imparare».

«Posso insegnarti io», propongo.

«Tu?». Reed sembra sorpreso. «Mi pare di ricordare che non guidi».

Ricorda bene. Di tutti i limiti che ho superato, quello per l'auto è rimasto in fondo alla lista, dove ho finto di non vederlo. «Forse è il momento di affrontare quella paura».

Reed annuisce. «Andiamo».

«A-adesso?», incespico colta di sorpresa.

«Se non ora, quando?».

Il motore della 911 GT3 fa le fusa mentre scivoliamo tra le vie di Londra, tutte addobbate di luci e decorazioni natalizie.

«Spero tu sia assicurato», dico, rigida, con le mani serrate sul volante.

Non ho idea di quanto tempo sia passato dall'ultima volta che l'ho fatto ma sto guidando per davvero. Credevo che una volta salita, i fantasmi dei miei genitori e i ricordi dell'incidente sarebbero venuti ad affollare l'abitacolo, invece siamo solo io, Reed e la strada.

«Te la stai cavando benissimo, Rebecca», m'incoraggia Reed, alla mia sinistra, senza il minimo cenno di preoccupazione.

«Non possiedi ancora i parametri per valutare la qualità della mia guida», ribatto io, con un'ironia nervosa.

«Tu ti sottovaluti, sono fiducioso».

«Andiamo a Portsmouth», decido dal nulla, mentre siamo fermi al semaforo.

«Perché a Portsmouth?»

«C'è qualcosa che voglio mostrarti». La sua nave, la *Sfinge*.

«Se in questi duecento anni non si è spostata, Portsmouth è abbastanza lontana da Londra».

«Circa centotrenta chilometri», confermo.

«Ci vorrà molto tempo per arrivare».

«Non con l'autostrada», rispondo. Autostrada, sì, proprio quella.

Reed mi rivolge uno sguardo interrogativo, sembra che dica: "Te la senti?". Annuisco alla sua muta domanda.

Non so se me la sento, ma voglio provare.

Non è Reed a darmi il coraggio di fare le cose, ma è stato lui a farmi capire che il coraggio ce l'ho e devo usarlo.

«Reed, sono contenta che tu sia venuto nel mio futuro».

«Nostro». Lui mi prende la mano sinistra nella sua e se la porta alle labbra, posando un bacio sul nodo tatuato al mio anulare, come ha fatto la sera che ho lasciato il 1816. «Il nostro futuro».

Qualche curiosità su *Una ragazza d'altri tempi*

Ho sempre desiderato scrivere questo romanzo, ma sentivo che mi serviva l'idea giusta e il momento giusto, non era qualcosa che avrei potuto scrivere con il solo slancio creativo.

Avevo però ben chiaro cosa non volevo: ridurre il contesto storico a una mera operazione estetica, e che la Reggenza si esprimesse solo con danze, balli e colori pastello.

È stato un periodo storico cruciale per il continente europeo, stravolto dalle campagne di Napoleone.

Anzitutto avevo bisogno di capire in che anno ambientare la storia, non potevo scegliere una data a caso e la decisione è atterrata sul 1816 grazie alle ricerche che ho fatto e che mi hanno portata a una serie di riflessioni.

La prima e più determinante è stata che nell'estate del 1815 Napoleone fu sconfitto a Waterloo, quindi l'umore generale in Inghilterra si risollevò decisamente, facendo anche da volano alla scena mondana; infatti la stagione del 1816 è stata ben più vivace rispetto alle precedenti, dimesse e sottotono.

Nel maggio del 1816 inoltre si sposa la principessa Carlotta, unica figlia legittima del Reggente ed erede al trono, altro evento catalizzante per il benessere dell'alta società.

Tutte le ricerche che ho messo in atto per definire l'annata giusta mi hanno portata a raccogliere sempre più informazioni sulla società inglese in cui si sarebbe mossa Rebecca, restituendomi un quadro complessivo composto sì di luci ma anche di tante ombre.

Mi rendo conto che alcuni passaggi della storia possano risultare crudi, come gli approcci misogini del dottor Winslow ai malesseri di Rebecca, il trafugamento dei corpi dai cimiteri per alimentare le scuole di anatomia, le "cure per l'impotenza" subite da Bennet, per non parlare dell'inferno di Bedlam.

Se non avessi dato spazio anche a queste pieghe nascoste della Reggenza, sentivo che non sarei stata onesta né nei confronti della storia né di te che l'hai letta.

Volevo restituire un ritratto sincero di quella upper class che tanto teneva all'etichetta, alla reputazione e alle apparenze ma che poi nascondeva i vizi privati sotto il tappeto.

Da qui anche l'idea che nessuno scandalo diventa tale se tutti sono d'accordo di non parlarne. Il caro, vecchio "si fa ma non si dice" ha radici lontane.

Certo però le ricerche mi hanno dato anche spunti divertenti, quali scoprire che in effetti il Green Canister della rinomata Mrs Philips, a Covent Garden, è stato uno dei primi sexy shop di Londra, oppure che proprio nel 1816 venne brevettato il primo water con sciacquone, avviando finalmente l'evoluzione verso i bagni e lo scarico in fognatura moderni; l'atelier di Mrs Triaud; la lotta per ottenere un invito ai mitici balli dell'Almack.

Più mi addentravo nella Reggenza, più sentivo di volere la massima aderenza alla realtà, ricercando le date e i luoghi precisi di tutti gli eventi mondani e sportivi, inclusi i risultati, i partecipanti e i vincitori.

Ma è stato grazie al portale dello Smithsonian che ho scoperto il famigerato complotto – mai attuato – per liberare Napoleone da Sant'Elena usando due primordiali sottomarini.

Non è dato sapere se il complotto fosse vero o solo il parto della fantasiosa mente dell'avventuriero Tom Johnson, ma la narrativa trova nelle aree grigie il terreno per far germogliare i propri semi e quello è stato il mio.

Raccontare la storia di Rebecca e Reed è stato un bel viaggio, un treno dal quale ho faticato a scendere, ma quando mi sono decisa a mettere il punto finale, ho sentito che avevo scritto la storia che volevo davvero scrivere nel modo in cui volevo fosse scritta.

Se hai altre curiosità inquadra il QR code con la fotocamera dello smartphone per accedere alla pagina del mio blog (www.feliciakingsley.com) con tutti gli approfondimenti storici e le fonti.

Ringraziamenti

Rieccoci qui, anche stavolta, a salutarci dopo questo viaggio insieme.

A te che hai letto la storia di Rebecca e Reed, grazie di cuore per la fiducia riposta in queste pagine, sperando di averti intrattenuto, divertito, fatto sognare e – ogni tanto – fatto saltare sulla sedia.

Rivolgo un grazie enorme alla mia famiglia e a tutte le persone che nel mio quotidiano mi consentono di dedicarmi alla scrittura, in particolare ai nonni senza il cui aiuto avrei impiegato almeno il doppio del tempo a scriverla, poiché a chi mai mi dovesse domandare: “Qual è la fase più difficile del diventare genitori?”, risponderei senza dubbio: “Il primo anno di asilo nido. Il *%ç°@ primo anno di asilo nido”.

Quest’anno è stato letteralmente una corsa a ostacoli, e senza la famiglia di Azzurro e la mia a supportarci, non ne saremmo mai usciti vivi. Elisa, so che tu puoi capirmi.

Ringrazio anche tutte le amiche che durante la stesura di *Una ragazza d’altri tempi* si sono sorbite i miei vocali podcast con tutta la genesi e sviluppo della storia: l’umile Paola Chiozza, Naike (Roar) Ror e la paziente Lea Landucci.

Menzione speciale per Alessia Gazzola che è stata più volte scomodata per accertarmi che le dinamiche relative al delitto di Emily Fraser tenessero.

Azzurra Sichera, veniamo a te che questo romanzo lo hai visto crescere da quando era solo un germoglio nella mia testa. Non ti sarò mai abbastanza grata per tutto l’impegno che hai messo nella revisione del testo, di tutti i preziosi consigli, e se è venuto come volevo, è anche grazie a te. Questo romanzo è anche un po’ tuo.

Silvia, ti ricordi di quando parlavamo di questa storia mentre facevamo il giro dei laghi in montagna, quell’estate di più di dieci anni fa, quando io dovevo dare l’esame di restauro e tu anatomia patologica? Eccola, finalmente!

A Martina Donati dedicherei una pagina intera perché è a lei che devo tutto ciò che ho imparato fino a oggi, è la persona che mi ha trovata quando *Matrimonio di convenienza* era ancora in self e ha creduto in me. Martina, la tua strada professionale ha cambiato direzione e, oltre a ringraziarti per tutto ciò che mi hai trasmesso, ti auguro un percorso esplosivo come sei tu. A chi lavorerà al tuo fianco voglio dire: avete un enorme privilegio, sfruttatelo e fate tesoro dell'esperienza di Martina, altrimenti vengo io a tirarvi le orecchie di persona.

Mentre, cara Elena, sappi che questo è l'ultimo mio romanzo che leggerai da lettrice, dal prossimo sarò il tuo incubo personale quindi grazie fin da ora per la pazienza che avrai. Non farmi mai sconti e edita senza pietà.

Ringrazio anche tutto lo staff Newton Compton per il loro impegno e disponibilità nei miei confronti, in particolare: Raffaello Avanzini, il mio editore; Antonella Sarandrea dell'ufficio stampa che ormai è la mia metà al Salone di Torino; Marzia Rombi della redazione; Clelia Frasca senza i cui report delle call sarei persa; Gabriele Anniballi che sta dietro al mio disordine amministrativo e anche Vladimiro che è la mia certezza ogni volta che vengo a Roma.

Dicono che ci voglia un villaggio per crescere un bambino, ma secondo me ci vuole un villaggio anche per far crescere un libro, perciò grazie a tutti coloro che danno la possibilità alle mie storie di vivere: i librai e le libraie che ospitano i miei romanzi sui loro scaffali e i bookblogger, bookstagramer e booktoker che con i loro contenuti seminano amore per la lettura.

Sicuramente ho scordato qualcuno, ma rimedierò con uno spritz al mirto.

Ci vediamo su Instagram e su TikTok (@felicia_kingsley).

Alla prossima storia,

un abbraccio

Felicia

Playlist

Ecco qui tutte le canzoni che mi hanno ispirata nella stesura di *Una ragazza d'altri tempi*, se vuoi ascoltarle trovi la playlist nel mio account Spotify, inquadrando il QR code.

Breath and Life, Audiomachine
Take It Off (Violin), Joel Sunny – Ke$ha cover
Running Up That Hill, Joel Sunny – Kate Bush cover
All the Small Things, Vitamin String Quartet – Blink-182 cover
Say It Right, Joel Sunny – Nelly Furtado cover
Blank Space, Vitamin String Quartet – Taylor Swift cover
Under the Influence, Joel Sunny – Chris Brown cover
Middle of the Night, Joel Sunny – Elley Duhé cover
Wildest Dreams, Duomo – Taylor Swift Cover
We Found Love, 2Cellos – Rihanna cover
Love Story, Pop Orchestral Academy of Los Angeles – Taylor Swift cover
Dandelions, Joel Sunny – Ruth B. cover
Shape of You, One Violin Orchestra – Ed Sheeran cover
Let Me Down Slowly, Joel Sunny – Alec Benjamin cover
Rewrite the Stars, The Piano Guys – Anne-Marie & James Arthur cover
My Immortal, Evanescence
When the Party's Over, Billie Eilish
Some Say, Adam Ulanicki

Indice

Felicia Kingsley
L'amante perduta di Shakespeare

Nick Montecristo ha ventisei anni e ha già vissuto nove vite. Evaso dal carcere in cui era rinchiuso grazie all'aiuto di un generoso e astuto mentore, Nick si reinventa ancora una volta nei panni di ladro di opere d'arte su commissione. La sua cultura, il suo ingegno e l'indiscusso fascino sono preziosi sul campo e lo rendono sin da subito uno dei più desiderati del settore.
Il primo committente che richiede i suoi servizi di « consulenza » è un ricco collezionista inglese di libri rari. Nick dovrà recuperare una delle poche e ambite copie del *First Folio* di Shakespeare, che anni prima gli è stato soffiato con l'inganno da un barone-rivale. Ora che quest'ultimo è deceduto e i suoi beni sono passati al figlio, è il momento giusto per pareggiare i conti. Nick si reca così nella villa del barone sul Lago di Como per portare a termine la sua missione. Ha un piano preciso e accurato, solo che non ha messo in conto l'intromissione di Angelica, un'imprevista contendente all'eredità. Giovane, bellissima e impulsiva, Angelica è determinata a prendersi ciò che è suo e trascinare Nick nella soluzione di un enigma che potrebbe rivelarsi più grande di loro. E il ladro gentiluomo potrebbe trovarsi seriamente distratto dall'avvenente ereditiera...

Da aprile 2025 in libreria

Felicia Kingsley
Una conquista fuori menù

Tra gli agenti speciali dell'FBI, Dwight Faraday è il migliore: anticonformista, dal fascino ribelle, detiene il record imbattuto di indagini risolte sotto copertura. È anche un cuoco provetto, dunque è l'ideale per infiltrarsi nella brigata del ristorante italiano che appartiene alla famiglia Villa, sospettata di avere legami con la malavita di New York. Dwight, però, non ha fatto i conti con Julia Villa, la figlia del proprietario: ragazza tosta e determinata a guidare gli « affari » di famiglia, lo detesta sin dal loro primo, tempestoso incontro ed è intenzionata a fargli capire chi comanda. Con la missione a rischio, Dwight è costretto a cambiare piano: conquistare Julia per raccogliere le informazioni di cui ha bisogno. Tra schermaglie affilate, sfide a colpi di fuori menù e provocazioni al peperoncino, Dwight è pronto a scovare la ricetta giusta per arrivare al cuore di Julia, che sembra ostinatamente immune al suo fascino. Ma se alla fine fosse proprio l'inafferrabile agente Faraday a farsi prendere per la gola? In cucina non ha mai fatto così caldo...

NEWTON COMPTON EDITORI

GRAFICA VENETA
CARBON NEUTRAL

Fabbricato da Grafica Veneta S.p.A.
con un processo di stampa e rilegatura certificato 100% carbon neutral
in accordo con PAS 2060 BSI

Finito di stampare nel mese di marzo 2025
per conto della TEA S.r.l.
da Grafica Veneta S.p.A. di Trebaseleghe (PD)
Printed in Italy

Certificato PEFC
Questo prodotto è realizzato con materia prima da foreste gestite in maniera sostenibile e da fonti controllate
PEFC
PEFC/18-31-226
www.pefc.it